D0885496

Nous remercions la SODEC
et le Conseil des Arts du Canada
de l'aide accordée à notre programme de publication
ainsi que le gouvernement du Québec
– Programme de crédit d'impôt
pour l'édition de livres
– Gestion SODEC.

Nous reconnaissons l'aide financière
du gouvernement du Canada
par l'entremise du Fonds du livre du Canada
pour nos activités d'édition.

Illustration de la couverture :
Luc Normandin
Maquette et montage de la couverture :
Grafikar
Édition électronique :
Infographie CompoMagny enr.

Dépôt légal : 3e trimestre 2014
Bibliothèque nationale du Canada
Bibliothèque nationale du Québec
1234567890 IM 0987654
Copyright © Ottawa, Canada, 2014
Éditions Pierre Tisseyre
ISBN 978-2-89633-294-6
11616

Le Puits

À LIRE AUSSI DU MÊME AUTEUR

Maggie, Tome 1
La revenante, tome 2
Le destin de Maggie, tome 3

Catalogage avant publication
de Bibliothèque et Archives nationales du Québec et Bibliothèque et
Archives Canada

Lessard, Daniel, 1947 février 19-

    Le puits

    ISBN 978-2-89633-294-5

    I. Titre.

PS8623.E868P84 2014   C843'.6   C2014-941192-8
PS9623.E868P84 2014

Daniel Lessard

Le Puits

roman

**ÉDITIONS
PIERRE TISSEYRE**
www.tisseyre.ca

155, rue Maurice
Rosemère (Québec) J7A 2S8
Téléphone : 514-335-0777 – Télécopieur : 514-335-6723
Courriel : info@edtisseyre.ca

1

Mai 1944

Mon grand amour, comment vas-tu? Moi, je pense encore et toujours à toi. Sans arrêt. Enivré, exalté, je revis sans cesse tous ces beaux moments qu'on a partagés il y a deux ans. Tu me manques tellement.

Chère Rachel, la distance et le temps n'ont pas eu raison de mon amour. Au contraire, il est toujours plus vibrant. Jamais je n'aurais cru vivre une telle passion. Avant toi, je menais une vie heureuse, n'ayant d'autres préoccupations que mon égoïste bonheur. Je faisais des projets, alimentais mes rêves. Aujourd'hui, mon bonheur a un nom : Rachel Brennan. Tu vis en moi. Je vis en toi, mes pas dans les tiens. Tous mes gestes te recréent, t'emprisonnent dans mes rêves, dans l'encre de la nuit ou la grisaille du jour. Je te retrouve en filigrane dans la timidité des matins anglais. Chaque fois que j'ouvre les yeux dans cette baraque miteuse, je les ouvre sur toi. Chaque fois que je lève la main, je la pose sur toi, à la recherche de la tienne. J'arrive à percevoir ton odeur dans la puanteur de la promiscuité. Le goût de tes lèvres dans les fruits talés du déjeuner. Je te devine dans les recoins d'ombre, si loin.

Souvent, j'ai l'impression de te trahir. Avais-je le droit de mettre autant de distance entre nous deux? De te laisser en plan sur la promesse d'une courte guerre? Je n'avais pas imaginé le vide que ton absence créerait en moi. *Je m'ennuie tellement de toi. Il y a si longtemps que je suis parti, je ne compte même plus les jours, les semaines, les mois.*

J'ai souvent peur de mourir et de ne plus jamais te revoir. L'idée de gâcher un si grand amour me hante. Je devine ta peine que je ne pourrais pas soulager. Il me reste tant de toi à découvrir. Chère Rachel, combien de temps encore devrai-je languir? Me morfondre, à t'espérer? Mon amour, même après deux ans de séparation, tu es plus présente que jamais dans mes pensées, souvent dans mes rêves, blottie contre moi dans ma couchette trop petite. En pyjama! Je te parle à mi-voix, je te souris, je te touche, je t'embrasse, je laisse mes mains suivre la courbe de ton corps.

Je n'ai jamais aimé une femme comme je t'aime. Parfois, je m'inquiète de cette dépendance. Tant d'amour si soudain. Toute ma vie, basculée dans tes bras. Tous mes projets refoulés à moins de les réaliser avec toi. Un merveilleux sentiment que ton absence exacerbe. Tu m'as promis qu'on se marierait. Je ne veux plus attendre. Que finisse cette maudite guerre et vite, que je te retrouve.

Est-ce que l'hiver est enfin terminé à Saint-Benjamin? Ici, la pluie a succédé à la brumasse. Tant de matins de crachin froid à chercher la chaleur d'un soleil qui n'existe pas en Angleterre. Que du vent, de la flotte, des bombes et des Anglais déprimés, terrorisés. Hier, le roi Georges VI est passé tout près. Je ne l'ai pas vu, mais on m'a dit que les Anglais l'aiment beaucoup.

Profite bien du printemps. J'imagine que tu t'es déjà rendue à la dame secrète de la rivière Cumberland. As-tu attrapé des truites ou seulement ces insignifiantes carpes? Y a-t-il encore de la glace dans le fond de ton puits? As-tu égermé tes topinambours? As-tu fini de construire ta cabane à l'abri des indiscrets? Où est-elle exactement? J'ai hâte d'y aller avec toi, d'écouter les oiseaux et de me glisser dans tes bras pendant que Barbotte geindra devant la porte.

Chère Rachel, je ne te cacherai pas que je suis un peu déçu que tu n'aies pas répondu à mes lettres. Je n'ai rien reçu depuis trois mois. Je sais que nos lettres mettent un mois, souvent plus longtemps, à traverser l'océan, qu'il faut être patient, mais aucune depuis trois longs mois? As-tu renoncé à notre amour? Cette absence de deux ans te pèse-t-elle trop? Tu n'es pas malade au moins? Mais sache que je ne t'en veux pas. Je sais que tu n'aimes pas écrire et que tu m'as répété de ne pas attendre des centaines de lettres. J'ai relu si souvent celles que tu m'as envoyées depuis mon départ pour la guerre que je les connais par cœur et les récite dans ma tête le soir avant de dormir. Voilà pourquoi je rêve d'en recevoir d'autres que je chérirais jusqu'à la fin de la guerre. Des porte-bonheur, des boucliers contre les balles allemandes.

Mon amour, je t'aime du plus profond de moi, et de savoir que tu m'aimes autant m'enivre de bonheur, l'immense bonheur qui sera le nôtre quand je reviendrai de la guerre.

Je te couvre de baisers, de caresses, d'amour.

Ryan

2

Rachel Brennan est morte. Noyée dans le puits de sa modeste maison. Retenue par les pieds à la margelle, le reste du corps, nu, plongé dans l'eau jusqu'à la taille. Barbotte, son fidèle chien, est couché devant le puits, le nez entre les pattes, geignant en attendant qu'elle en ressorte.

Dans le rang Watford, à mi-chemin entre Cumberland Mills et Saint-Benjamin, personne ne soupçonne le drame. La dizaine de familles qui y vivent vaquent à leur train-train quotidien, aiguillonnées par ce printemps lumineux qui chante déjà les premières mesures de l'été.

Soudain, un cri puissant, désespéré, aigu, perce l'air. À vous déchirer les tympans et le cœur. Catiche Veilleux tourne autour du puits, une main sur les yeux pour ne pas voir la nudité du corps. En pleurs, affolé, il saute, tombe, se relève, pantin désarticulé, fût de paille soufflé par le vent. Barbotte sautille derrière lui, sur trois pattes. Excité, le chien est convaincu que Catiche a inventé un nouveau jeu. Attirée par les hurlements de son fils adoptif et les aboiements du chien, Dézeline Veilleux arrive au pas de course. Le spectacle l'ahurit.

— Mon doux Jésus, Catiche, va chercher les Lagrange. Vite !

Cheveux attachés en une toque inélégante, nez effilé, des yeux toujours tristes, Dézeline Veilleux vit seule huit mois par année, son mari besogne dans les chantiers. La main sur la bouche, la peur au ventre, elle s'approche du puits, les yeux rivés sur le cadavre. À n'en pas douter, c'est celui de Rachel Brennan. Elle se penche au-dessus de la margelle pour s'assurer qu'elle est bien morte et qu'elle ne peut rien faire pour elle. Aucune hésitation, dans le puits, le visage de Rachel est bouffi, les yeux globuleux, une mèche de cheveux dans la bouche. Le cadavre doit reposer dans l'eau depuis plusieurs heures. Dézeline fait un signe de croix, cherche les mots de ses prières. Bouleversée, elle piétine, ignore ce qu'elle devrait faire. Laurélie et Delbert Lagrange, essoufflés, s'arrêtent à quelques pieds du puits, suivis de Catiche, encore tout à l'envers.

— Seigneur!

Laurélie demande à son mari de trouver une couverture pour dissimuler le cadavre en attendant l'arrivée des autorités. Dézeline Veilleux interpelle Réginald Boily dès qu'il se pointe à la course, alerté par les cris de Catiche. Le jeune homme se signe, la bouche ouverte d'incompréhension, essuyant rapidement une larme.

— Réginald, attelle Princesse pis va avertir monsieur l'curé pis l'maire. Vite!

Delbert Lagrange revient rapidement et remet une couverture de chevaux à sa femme qui s'empresse de camoufler la margelle et le corps de la morte. Barbotte mord aussitôt la couverture et dégage le corps de sa maîtresse. Delbert Lagrange le chasse en claquant des mains. Le chien se sauve en boitant, mais pas très loin. Pendant que Réginald file vers le village, les trois autres s'interrogent du regard. Un peu à l'écart, Catiche s'est calmé, mais il tremble de tout son corps et pleure à chaudes larmes. Thomas Boily, voisin de Rachel, arrive à son tour, le visage défait, incapable de dire un mot.

— Vous avez pas eu connaissance de rien? s'enquiert Dézeline.

— Non. J'me demandais pourquoi elle était si en r'tard à matin.

Rachel Brennan était l'engagée des Lagrange depuis son arrivée à Saint-Benjamin, dix ans auparavant. À la mort de

11

ses parents, elle et sa sœur ont vendu la maison de Saint-Odilon-de-Cranbourne et Rachel a acheté la petite maison qui appartenait jadis à la sœur de Laurélie Lagrange.

— Toé, Dézeline, t'as vu quelque chose?

Elle se souvient de s'être endormie tôt, repue de fatigue. A-t-elle entendu des voix ou a-t-elle rêvé? La pétarade d'un camion? Elle n'en est pas certaine. Dézeline croit se rappeler que le maire est encore venu la semaine passée pour forcer Rachel à payer ses taxes. Selon elle, la dernière visite du curé remonte à deux jours. Probablement pour tenter à nouveau de convaincre Rachel de fréquenter l'église et de se confesser. Ces visites du curé se répétaient plusieurs fois par année. Les deux hommes n'en finissaient plus d'intimider Rachel, cette femme solitaire qui ne parlait à personne et qui avait mauvaise réputation.

— A l'était peut-être ben saoule pis a l'est tombée dans l'puits en voulant prendre de l'eau, ose Delbert Lagrange.

Sa femme branle furieusement la tête. Jamais n'a-t-elle perçu le moindre relent d'alcool dans l'haleine de Rachel Brennan. Tous ceux qui la soupçonnaient d'ivrognerie avaient tort. Tous ceux qui la croyaient débile parce qu'elle ne parlait pas beaucoup se trompaient.

— Elle aurait pu en montrer à ben du monde de Saint-Benjamin, elle était plus intelligente que toutes nous autres, tranche Laurélie.

— C'est sûrement un accident, suggère Delbert Lagrange.

Sa femme lui lance un regard courroucé. Elle l'a si souvent surpris, les yeux rivés sur Rachel, quand elle nettoyait la maison ou effectuait les travaux qu'on lui confiait.

— Y a quelque chose qui marche pas, dit Laurélie. Si elle avait voulu s'noyer, pourquoi elle se s'rait déshabillée avant?

— A l'était peut-être ben somnambule, avance Dézeline.

Laurélie Lagrange ne le croit pas. Rachel Brennan, sans être démesurément prude, portait toujours des vêtements amples. Même en été, elle ne découvrait jamais ses bras ou ses jambes. Pourquoi serait-elle allée puiser son eau, nue, en plein sommeil?

— J's'rais pas surpris si c'était un d'ces maquereaux avec qui y paraît qu'a s'dérangeait, dit Delbert.

Agacée, Laurélie le fusille des yeux. Calotte rabattue sur le front, les pouces sur les revers de ses bretelles, Delbert tourne le dos à sa femme.

— En as-tu déjà vu un seul maquereau icitte ? Un seul ?

Delbert, fixant la forêt, est forcé de reconnaître qu'il n'a jamais vu personne entrer dans la maison de Rachel, sauf Ryan O'Farrell qui la fréquentait assidûment avant son départ pour la guerre, deux ans auparavant.

— Les seules personnes qui ont mis les pieds dans sa maison depuis qu'Ryan est parti, reprend Laurélie, c'est l'maire et l'curé. Même Catiche, elle le laissait jamais rentrer. Pas vrai, Dézeline ?

— Y a jamais rentré, au grand jamais !

Irlandaise catholique, fin de la vingtaine, Rachel Brennan a toujours vécu en marge de la communauté. Le maire et le curé lui reprochaient de ne pas payer ses taxes, d'ignorer la dîme et de ne pas faire ses Pâques. Rachel ne parlait à personne, sauf à Laurélie et à ses voisins quand c'était vraiment nécessaire. Et encore, les conversations étaient brèves, mots obligatoires, jamais de politesse ou de familiarité. «Une vraie sauvageonne !» disait-on dans le rang Watford. Le seul qui la fréquentait régulièrement était Catiche, un homme de son âge, un demeuré qui s'exprimait dans un charabia incompréhensible. Catiche a peu fréquenté l'école, son cerveau ne s'y retrouvait pas. À la mort de ses parents, Dézeline et Alcide Veilleux l'ont adopté. Dans le rang Watford, on dit que Catiche est inoffensif. Quand Rachel Brennan, à la levée du jour, allait en forêt, cueillir de l'ail des bois, relever ses pièges ou pêcher dans la rivière Cumberland, Catiche la suivait. Elle n'a jamais tenté de le dissuader. Parfois, elle lui souriait. Alors là, la mine de «l'arriéré» s'illuminait. Quand il était dans son sillage, Rachel se faisait toute douce. Elle effaçait ce regard buté qui déformait son visage quand, fourche en main, elle accueillait les étrangers.

Grande, baraquée, Rachel Brennan ne passait pas inaperçue. Sa chevelure blonde ressemblait à une crinière de cheval, une immense touffe de crins. Une explosion de cheveux qui grimpaient au ciel et retombaient en cascades frisées, un bouillonnement d'or presque blanc qui cachait un visage aux traits durs, mais beaux. Sa grande bouche, ses yeux vifs et ses longues jambes enjôlaient les hommes.

Barbotte lui collait aux fesses, ce chien affectueux qu'elle avait trouvé au pas de sa porte quelques semaines après son arrivée à Saint-Benjamin. Un bâtard, un peu de collie et d'épagneul. Efflanqué, des franges de poils floconneux suivent le pourtour de ses longues pattes, de son ventre et de sa queue.

— Pourquoi y boite comme ça ? interroge Thomas Boily, le voisin de Rachel. On dirait que quequ'un y a fait mal à la patte.

Tous, ils examinent le chien comme s'ils en espéraient une explication. Que s'est-il passé ? se demande Thomas Boily, le visage buriné, le geste nerveux. Il a un mauvais pressentiment.

— V'nez avec moé, on va j'ter un coup d'œil dans la maison, suggère Thomas.

Les deux femmes le suivent d'un pas inquiet, comme si elles craignaient d'y découvrir la clef du mystère. Et si le coupable du meurtre s'y trouvait ? Peut-être est-il caché dans la cave ? La petite maison dégage un parfum âcre, celui de trilliums fraîchement cueillis, inclinant leurs fleurs blanches comme pour saluer, la tige dans une bouteille d'eau au milieu de la table flanquée de ses deux chaises. À l'évidence, Rachel Brennan vivait frugalement. Un lit dans le coin près de la fenêtre dont la couverture est froissée. Une modeste commode qu'ils n'osent pas ouvrir. Les deux morceaux d'un pyjama jetés sur le plancher. Un garde-manger presque vide. Quelques topinambours ratatinés sur la table, un cruchon d'eau et le dernier numéro de L'Action catholique qu'elle récupérait de Laurélie chaque jour. Une maison propre aux murs vierges. Pas de calendrier, pas d'images, pas de bondieuseries. Laurélie et Dézeline restent immobiles, réalisant qu'il faudra chercher les indices ailleurs. Delbert Lagrange est retourné chez lui.

Dans le rang Watford, des curieux accourent. Le drame les dépasse. Une femme pleure, un bébé dans les bras.

Thomas Boily fait le tour de la maison à la recherche de traces qui pourraient lui ouvrir une piste. Rien. Dans l'échancrure d'un bouquet de sapins, Catiche hoquette, la tête de Barbotte appuyée contre sa jambe. À quelques pas de là, Réginald Boily déglutit. La douleur lui entrave la gorge.

3

Aldéric Vallée, le curé, et Médée Lévesque, le maire et juge de paix, arrivent une heure après la découverte du corps. Les deux hommes sortent de la brinquebalante Packard de Léonidas Lapierre, le seul taxi de Saint-Benjamin, s'avancent d'un pas hésitant et font un signe de croix. Le maire soulève la couverte et la laisse retomber aussitôt en secouant vigoureusement la tête, incapable de prononcer un seul mot. Le drame le dépasse. Le prêtre enlève son chapeau, s'essuie le crâne du revers de la manche de sa soutane décatie et jette un long regard tout autour. Barbotte gronde de déplaisir. Les lèvres de Léonidas, une intarissable pie, bougent à toute vitesse, mais pas un son ne sort de sa bouche. Il est sidéré. Laurélie Lagrange observe le maire au-dessus de ses lunettes. Elle n'a jamais aimé cet homme qui a noué une étrange complicité avec son mari. Elle ne lui fait pas confiance.

— Quand t'es venu la voir avant-hier, tout était normal ? demande Laurélie Lagrange à Médée Lévesque.

La voix de Laurélie est étranglée, rompue par l'émotion, teintée de soupçons. Le maire regimbe. Il se sent montré du doigt, accusé.

— J'ai juste fait ma job. Y a pas d'faveur pour personne dans la paroisse. Tout l'monde doit payer ses taxes.

Laurélie se mord la lèvre et retient ses reproches. Le curé reste à l'écart, le visage fermé. Ses mains tremblent. Ses yeux scrutent la scène du drame sans pouvoir s'en détacher.

16

Comme s'il était à la recherche d'une explication. Comment réagira l'évêché face à un tel scandale? Machinalement, il tire le goupillon du bénitier et asperge la couverture en marmonnant en latin d'incompréhensibles prières. Dézeline Veilleux ne l'a jamais vu aussi nerveux, lui qui est toujours froid, calme et parfois intimidant. Lui qui impose son autorité sans jamais faire le moindre compromis, qui n'est jamais pris au dépourvu, quelle que soit la situation. Mais il faut le comprendre, une femme morte, nue dans un puits, ce n'est pas véniel.

Le soleil gravit quelques échelons et promet une journée d'été chaude et humide. Des cigales le confirment de façon stridente. Dans le rang Watford, élevant la tête au-dessus des branchages, des dizaines de badauds cherchent à comprendre ce qui est arrivé.

— Y a quequ'un qui a vu queque chose? demande le maire.

Rien, aucun témoin. Personne n'a vu Rachel pendant la soirée. Elle a quitté les Lagrange autour de trois heures. Comme d'habitude. Puis, rien. Dézeline croit avoir entendu du bruit après la chute du jour, mais c'étaient probablement des bêtes sauvages ou le camion d'Odias Bergeron, le commerçant d'animaux.

— Catiche était pas avec elle hier soir?

— Non, fait Dézeline. J'l'ai emmené avec moé pour faire des commissions dans l'après-midi pis j'cré qu'après, y a écouté Trefflé jouer du violon, mais y est r'venu ben vite à cause de la pluie.

Dans le bosquet où il se cachait souvent pour épier Rachel Brennan, Catiche observe la scène, les yeux rougis par les larmes.

— Catiche, viens ici, lui ordonne le curé.

Il s'approche en sautillant. On dirait une carpe sortie de l'eau tellement il se tortille de frayeur. Une grande loque brinquebalante, une libellule soulevée par le vent, Barbotte boitillant sur ses talons.

— As-tu vu quelque chose? lui demande le curé.

Pris de panique, l'arriéré hurle, long beuglement à donner des frissons. Dézeline lui prend la main.

— Catiche, je ne veux pas te faire de mal, reprend le prêtre, d'une voix plus douce. Je veux juste savoir si t'as vu ou entendu quelque chose.

La voix de Catiche est étranglée par les sanglots. Il n'ose pas lever les yeux vers le curé, comme s'il en avait peur. Sa mère doit le retenir fermement pour l'empêcher de s'enfuir. Des mots s'étouffent dans sa gorge.

— Nambours! Nambours! marmonne-t-il en lançant des œillades au curé.

— Que c'é qu'y baragouine? fait le maire.

Catiche arrache sa main de celle de sa mère et se sauve en hurlant, le chien à ses trousses, emportant peur et douleur dans le bosquet.

— C'est ben évident, dit le maire, qu'a s'est j'tée elle-même dans l'puits. On savait tous qu'a l'était dérangée. Faut pas s'surprendre qu'a finisse comme ça.

Laurélie Lagrange en a assez entendu. Elle explose.

— Ben voyons donc, elle était moins dérangée que toi, Médée Lévesque. Ça fait dix ans qu'a travaille pour moi et jamais, au grand jamais, elle s'est conduite comme une dérangée. Elle aurait pu t'en montrer pas mal. Arrête de dire des niaiseries!

La sortie de Laurélie jette un froid sur le groupe. De retour, son mari, grand ami du maire et du curé, regarde le bout de ses bottes, embarrassé. Le curé ne dit mot. Médée Lévesque se cabre. Il a hâte d'en finir. Petit homme hargneux, une tignasse de cheveux ramenés sur la tête pour dissimuler une calvitie envahissante, la peau grêlée par la variole, il porte de grosses lunettes. Une touffe de poils noirs s'échappe du col de sa chemise. Il est maire depuis deux ans, personne d'autre n'ayant voulu du poste.

— Si a s'est pas j'tée dans le puits toute seule, peux-tu m'dire qui c'est qui l'a poussée?

18

Laurélie Lagrange ne répond pas. Elle a des doutes, des soupçons, mais aucune preuve.

— Si quequ'un l'a poussée dans l'puits, spécule Médée Lévesque, ça peut juste être le fou.

Dézeline Veilleux lève vivement la tête et la voix tremblante de rage, s'avance vers les deux hommes.

— Ça va faire, hurle-t-elle, piquée au vif par l'insinuation du maire. Y a rien à voir avec ça. Arrête de dire des niaiseries, espèce de sans-génie! Les derniers qui sont entrés dans la maison de Rachel, c'est toé pis monsieur l'curé. Jamais, au grand jamais, Rachel a laissé Catiche passer l'pas d'la porte. Pas une verrâse de fois!

La déclaration de Dézeline cloue le bec aux deux hommes. Tout à coup, on n'entend plus que la mélodie engageante d'une fauvette jaune qui virevolte comme un papillon dans le pommier tout proche. Le maire se tourne vers le curé.

— Que c'est qu'on fait?

Les yeux du prêtre vont du puits au chemin sans arrêt, comme s'il était pressé de partir.

— On se mettra pas à blâmer tout le monde. C'est ton devoir de juge de paix de conclure que c'est un accident.

— J'appelle le coroner?

Le curé ne répond pas. Le coroner? Pourquoi ne pas régler cela entre eux? Fermer le dossier au plus vite. Éviter que le drame n'entache inutilement la réputation de «sa» paroisse. Un accident malheureux, voilà tout.

— Ben oui, l'coroner, lance Laurélie, comme si c'était une évidence.

Elle branle la tête, exaspérée. Un accident? Elle n'y croit pas et n'y croira jamais. Et pourquoi Barbotte boite-t-il? Le meurtrier de Rachel a-t-il aussi blessé le chien pour l'éloigner? Le maire se pince le lobe de l'oreille, visiblement agacé.

— Avez-vous r'gardé dans la maison?

— Oui, fait Laurélie. Il y a rien d'anormal.

Le maire se satisfait de cette réponse sèche. Pourquoi pousser plus loin l'enquête?

— Ça vaut pas la peine d'appeler la police, le coroner, ça s'ra ben assez. C'est évident qu'a s'est garrochée dans l'puits, répète Médée Lévesque comme pour s'en convaincre.

Le curé fait quelques pas, jette un coup d'œil nerveux en direction du puits et revient vers le maire et Réginald Boily.

— Sortez le corps du puits, roulez-le dans la couverture et emportez-le dans la maison. Léonidas, tu vas l'apporter aux autorités civiles pour qu'elles fassent une autopsie. Et si le coroner conclut à l'accident, comme je le pense, je lui demanderai de nous renvoyer le cadavre et on décidera ensuite où on l'enterre. Mais le plus vite sera le mieux.

— M'en vas pas l'apporter flambante nue comme ça! Tordieu, mettez-y d'la guénille! se lamente Léonidas.

Le prêtre repartira à pied. Il a l'habitude des longues marches, et il a hâte de quitter les lieux. Il se retire pendant que Réginald, son père et le maire sortent le corps de Rachel Brennan du puits et le transportent dans la maison. Dézeline a récupéré ses vêtements et se dépêche d'habiller la dépouille. La longue crinière de la morte pend comme la queue du cheval après la pluie. Une fois le corps retiré, un seau de bois flotte à la surface du puits.

— M'en vas garder le siau, dit le maire, comme preuve qu'a s'est neillée en voulant prendre de l'eau.

Le curé l'approuve.

— Ce ne serait pas une mauvaise idée de remplir ce puits dès que possible, recommande le prêtre. Ça éviterait que des enfants viennent s'y noyer.

4

Deux mois plus tôt

Retournant d'un pas rapide au presbytère, Aldéric Vallée peut difficilement retenir ses larmes. Il repense aux yeux désespérés de Gilles Bolduc qui vient de perdre sa femme et leur premier enfant. Un accouchement cauchemardesque. Il a trop attendu avant d'appeler le médecin. La sage-femme n'a rien pu y faire. Le curé non plus, impuissant. Les oreilles lui bourdonnent encore des hurlements de douleur de Jeannine Bolduc. Du sang partout. Un enfant mort-né. Flasque. Dès les premières contractions, Gilles a fait venir le curé. Étonné, Aldéric Vallée a hésité. Pourquoi lui plutôt que le médecin? Un acte de foi tout à l'honneur de Gilles Bolduc. Mais aujourd'hui, sa foi l'a trahi.

Il arrive à Aldéric Vallée d'en vouloir à ce Dieu tout-puissant. Pourquoi se montre-t-il parfois si cruel? Comment convaincre ses ouailles que ce Dieu est infiniment bon après une telle boucherie? En rentrant, il ira tout droit dans l'église, s'agenouillera devant l'autel et priera de toutes ses forces, jusqu'à l'épuisement.

Quand il est arrivé à Saint-Benjamin, après une première cure à Saint-Éphrem-de-Tring, en Beauce, il s'était donné comme objectif de renforcer la pratique religieuse de ses fidèles, mais plus encore, de suivre l'exemple du curé Labelle et d'ouvrir de nouveaux rangs, de défricher, de faire de Saint-Benjamin la paroisse la plus progressiste de Dorchester. Il serait le seul maître à bord, celui en qui on aurait aveuglément confiance. Le prêtre tout-puissant qui écarte tous les dangers. Après avoir mis en place la colonisation, deux ou trois ans suffiraient, il serait promu à une cure prestigieuse, en reconnaissance de son œuvre. Aujourd'hui, il déchante. Comme son Dieu, Aldéric Vallée n'est pas infaillible.

Grand, nez aquilin, cheveux courts coupés en brosse, des yeux sévères, des épaules de défricheur, il est craint. Il a horreur des conversations oiseuses et va directement au but. Il s'emporte quand l'assistance à la messe fléchit. Il connaît tous ses paroissiens et n'hésite pas à admonester ceux qui s'absentent le dimanche sans raison valable. Mais aucune intempérie ne l'empêche de visiter un malade. Il n'hésite jamais à voler au secours d'un fidèle en difficulté. La semaine dernière, il a ordonné au marchand général d'apporter un cent de farine à une famille démunie. Il veille sur tout son monde.

Aldéric Vallée a un appétit de cheval. Il aime particulièrement la viande de porc. Il en mange deux fois par jour, souvent trois. Parfois, il enduit ses rôties du matin d'une bonne couche de graisse de lard. Dans la petite étable derrière le presbytère, il garde toujours deux cochons, en plus d'un cheval et de quelques poules. Quand ses réserves de porc baissent, il fait boucherie avec l'aide de Delbert Lagrange, qui s'empresse aussitôt de remplacer l'animal par un plus jeune, gratuitement. Pour le récompenser, le curé lui donne le sang du cochon, le boudin étant la seule partie de la bête qu'il n'aime pas.

Ambitieux, Aldéric Vallée ne lésine pas sur les moyens pour impressionner l'évêché. Il sait débusquer les vocations parmi les enfants les plus intelligents de la paroisse. Comme bien d'autres curés, il tient une comptabilité rigoureuse du nombre d'hosties distribuées, de confessions entendues et de lampions brûlés. L'an dernier, il a distribué 7 972 communions. Si cette damnée Rachel Brennan avait communié tous les dimanches, il aurait franchi la barre des 8 000.

Il gère les finances de la Fabrique avec rigueur et quand la quête dominicale ne correspond pas à ses attentes, le curé fait appel à Delbert Lagrange, son plus généreux donateur, le seul à qui il pardonne les nombreuses absences à la messe du dimanche. Il a aussi remercié à sa façon le marchand général pour ses multiples contributions aux œuvres de l'église en lui permettant de vendre des marchandises à la sauvette après la grand-messe dominicale.

Partisan peu discret de Maurice Duplessis et de l'Union nationale, Aldéric Vallée est en deuil depuis qu'Adélard Godbout a ravi le pouvoir à son bien-aimé premier ministre. Il regrette que les ambitieux programmes de voirie et de colonisation de Duplessis aient été mis au rancart au profit d'une économie de guerre qui ne rapporte rien aux campagnes de la province de Québec.

« Les Canadiens français sont en train de perdre leur âme dans ces damnées usines plutôt que de défricher et de cultiver les bonnes terres de nos paroisses. »

Dès les premiers sermons de leur nouveau curé, les paroissiens ont été étonnés de l'entendre pourfendre le gouvernement libéral. Le curé précédent fuyait la politique comme on s'éloigne en courant d'une mouffette.

« Regardez nos ponts. Celui de la rivière Cumberland est fait de planches disjointes qui tremblent sous le poids des camions. Une honte ! »

Les vieux libéraux de la paroisse regimbent. Mais le curé n'en démord pas. Souvent, il va jusqu'à citer la propagande de l'Union nationale.

« Les gouvernements libéraux ont été trop occupés à vendre nos richesses naturelles aux capitalistes étrangers et à s'enrichir personnellement au mépris de la colonisation. »

Chaque jour en été, le curé visite un rang, s'informe des projets des cultivateurs, les incite à faire de l'abattis, à défricher, à agrandir leur terre. « Ayez de l'ambition, doublez vos troupeaux de vaches, faisons de Saint-Benjamin un modèle pour la province de Québec. Quand monsieur Duplessis reprendra le pouvoir l'an prochain, il s'occupera bien de vous. »

Tous les soirs, avant que le jour s'enlise derrière le presbytère, Aldéric Vallée va marcher d'un bon pas pendant une heure, parfois plus. Un trajet différent chaque soirée. Souvent, les enfants vont à sa rencontre, espérant obtenir l'une des paparmanes qu'il a toujours dans les poches de sa soutane.

5

1942

Une brume dense fouille les replis du terrain. Une pluie rageuse a creusé des rigoles dans le rang Watford. Elle a gonflé les ventres-de-bœuf, rempli les flaques, exhumé de gros cailloux. Plus tôt, au retour de l'école, les enfants sautaient à cloche-pied, s'aspergeant de boue et d'eau sale.

Ryan O'Farrel marche lentement en direction de la maison de son ami Fidélin Vachon. Il vient de compléter sa journée de travail au chantier de la Brown Corporation, à un mille de là. À 27 ans, le plus jeune contremaître de l'histoire de la compagnie, voué à un avenir prometteur, n'est pas complètement heureux. Grand, cheveux ébène, teint bronzé, des yeux bleus envoûtants, «il pourrait être acteur de cinéma», a dit un jour sa tante Hermine. Ryan O'Farrell étouffe dans cet univers trop petit. Il rêve de faire le tour du monde depuis qu'il a fait ses études universitaires. Juché sur la clôture de perches, un tyran tritri le houspille, prêt à le chasser comme il évince les intrus de son territoire, fussent-ils des oiseaux trois fois plus gros que lui. En passant devant la maison de Rachel Brennan, Ryan s'arrête. Qui est cette femme à la chevelure spectaculaire accroupie dans son jardin, bêche en main? À son insu, il l'observe. Vigoureusement, elle retourne la terre, la secoue et la laisse retomber dans le potager. Un chien gronde.

— Tranquille, Barbotte.

Mais la bête frétille d'envie d'aller rencontrer le visiteur pour s'en faire un ami, ou le chasser, selon le commandement que lui donnera sa maîtresse.

— Bonjour, lui lance Ryan O'Farrell.

Rachel Brennan se relève, regarde cet homme qu'elle n'a jamais vu, roule des yeux de colère, pousse son chien devant elle et rentre à toute vitesse dans la maison. «Étrange femme, pense Ryan, mais quelle allure!» Déjà, elle le fascine et l'intrigue.

Le lendemain, Ryan s'arrête de nouveau devant la maison de Rachel. Armé de son plus beau sourire, il s'approche d'elle. Le chien vient à sa rencontre. Elle le rappelle aussitôt, récupère une fourche et, en pointant les longues dents dans sa direction, lui fait comprendre que son sourire n'a aucune prise sur elle.

— Ne te fâche pas. Je ne te veux aucun mal.

Rachel Brennan ne baisse ni les yeux ni la fourche. L'homme est beau. Elle n'en a jamais vu de semblable. Plus séduisant encore que Fidélin Vachon qui l'a toujours ignorée. Elle ne s'est jamais amourachée d'un homme. À 27 ans, sa vie de «vieille fille» la comble.

— Je m'appelle Ryan O'Farrell.

Un petit battement des paupières trahit la curiosité de Rachel. O'Farrell? Elle a déjà entendu ce nom. Son père avait un ami au village qui portait le même patronyme. «Sûrement un Irlandais catholique comme moi. D'où sort-il?»

Mais Rachel Brennan recompose aussitôt son visage rébarbatif, fait un pas vers Ryan pour l'éloigner, attend qu'il reparte et retourne à son potager, en levant souvent les yeux vers la route pour s'assurer qu'il ne reviendra pas.

Ryan déambule lentement sans se retourner. Comment l'amadouer? Rendu chez Robertine Vachon, la mère de son ami Fidélin qui lui offre pension, il décrit sa rencontre avec cette femme fascinante.

— Une beauté, mais impossible de s'en approcher. J'ai pensé qu'elle allait m'enfourcher comme une vulgaire vailloche de foin.

— Elle s'appelle Rachel Brennan, mais tu perds ton temps, affirme Fidélin, elle est ben trop bizarre.

— Bizarre?

Fidélin hausse les épaules. Il retrousse la crigne de cheveux bruns qui lui tombent sur les yeux. Dans le rang Watford, Rachel Brennan fait l'unanimité. Étrange, mystérieuse, et pour plusieurs, sensuelle, aguichante. Une femme différente qui suscite bien des ragots, qui ne fréquente personne, mais à qui on prête tous les vices. «Une calvinsse de guidoune», éructe Médée Lévesque, le maire, même si elle n'a jamais rien fait pour mériter pareil surnom grossier.

Le lendemain soir, Ryan apporte deux bouteilles de Pepsi Cola. Encore une fois, le chien est aux aguets. Rachel Brennan, une main sur sa fourche, se renfrogne. «Encore lui! Quand comprendra-t-il qu'il perd son temps?» Lorsque Ryan lui tend une bouteille, elle la saisit et la lance de toutes ses forces dans la forêt. Il faudra davantage pour l'amadouer. Elle disparaît dans la maison.

— T'es chanceux d'être encore vivant, mon ami. Elle aurait pu t'assommer et même te tuer, se moque Fidélin.

— Me tuer? Quand même pas!

Fidélin lui raconte la visite d'un colporteur de Sainte-Rose-de-Watford qui avait bien amusé les voisins. Il avait tenté de convaincre Rachel d'acheter ses produits. Malgré son refus, il avait insisté. Hors d'elle-même, Rachel s'était emparée d'une fiole de parfum et l'avait envoyée à toute volée sur la voiture du colporteur, ratant la tête de l'intrus de quelques pouces. Apeuré, le cheval avait pris le mors aux dents avec son maître qui courait derrière en hurlant à pleins poumons. L'attelage s'était finalement renversé en éparpillant parfums, épices et médicaments dans le fossé. La dernière visite du marchand ambulant dans le rang Watford!

Ryan sourit. Il en faudra davantage pour le décourager. Il laisse passer quelques jours et revient à la charge. Rachel Brennan, horripilée, ne comprend pas qu'il s'entête ainsi.

— Qu'est-ce que tu veux?

La voix est enrouée de rage. Ryan recule d'un pas, ayant en mémoire le sort qu'elle avait réservé à ce pauvre colporteur.

— Juste te dire que je te trouve belle et que j'aimerais bien te parler.

Les yeux de Rachel se renfrognent. Les ailes de son nez papillonnent. Elle se retourne, visiblement décontenancée. Ryan croit déceler un soupçon de rose sur sa joue. A-t-il ébranlé ses défenses? Elle rentre dans la maison sans le regarder, laissant la fourche plantée dans le potager. Ryan attend quelques minutes, mais elle ne ressortira pas. Un sourire illumine son visage. Il pense avoir fait un premier pas.

Le lendemain, quand Barbotte aperçoit Ryan, elle ne fait rien pour le retenir.

— Gentil, Barbotte!

La bête rôde autour du visiteur, sautillant de plaisir, prête à se lier d'amitié immédiatement avec ce charmant garçon. Agenouillée dans son potager, Rachel ne remue même pas la tête. Quand il parvient à sa hauteur, elle se relève, deux tubercules de topinambour en main. Le visage revêche, elle en offre un à Ryan et lui indique de le mettre en terre.

— Bon, tu veux rire de moi. Tu penses qu'un contremaître de la Brown ne peut pas semer une patate?

— C'est pas une patate.

Ryan regarde le tubercule, le roule dans sa main et hausse les épaules.

— Qu'est-ce que c'est?

— Un topinambour.

Il éclate de rire. Elle se moque sûrement de lui. Il n'a jamais entendu ce mot. Mais l'origine du tubercule n'a pas d'importance. Rachel ne l'a pas repoussé, il sent son cœur s'envoler. Debout près de lui, elle l'observe avec curiosité. Un mince sourire fait frémir ses lèvres.

— Viens, Barbotte, c'est le temps de rentrer.

«Barbotte! Drôle de nom pour un chien. Décidément, cette femme ne fait rien comme tout le monde. À demain, ma belle.»

6

Journal de Ryan O'Farrell, Southampton, Angleterre, le 20 mai 1944

Notre régiment revient tout juste d'un exercice en mer. Encore une fois, la Manche était en furie. Je suis trempé, fourbu, inquiet. Il semblerait qu'une grande offensive se dessine, mais on ne nous dit rien, si ce n'est de nous tenir prêts. Mais à quoi ? Les Allemands ont beaucoup bombardé Southampton. J'imagine qu'une riposte se prépare. Où, quand, comment ? Je me sens comme le renard sur la piste d'une proie insaisissable.

Chère Rachel, la journée a été difficile. Ce matin, j'ai cru que mon cerveau se déréglerait. Un camarade que j'aimais beaucoup, un soldat de Saint-Léon-de-Standon, s'est accroché au plafond du dortoir. Je sentais bien son désarroi, mais je ne le croyais pas différent du mien, de celui de tous mes amis. Nous n'avons pas su déchiffrer sa peine, sa profonde angoisse. Sa peur. D'une tristesse infinie. Je pensais aux siens, à leur chagrin, au mal que je te causerais, ma douce Rachel, si ma vie s'arrêtait. Un aumônier lui a administré les derniers sacrements même s'il était mort depuis quelques heures. Il nous a ensuite longuement parlé, en paraboles, incapable de nous consoler. La prière est un bien médiocre remède contre la douleur.

Chère Rachel, mon journal a maintenant cent pages. Je t'y raconte tout ce que je ne peux pas écrire dans mes lettres. À mon retour, il te fera découvrir ce que j'ai vécu dans cette sale guerre sans t'inquiéter. Car tout ce qui touche à notre travail est censuré. On ne peut même pas mentionner le nom de l'endroit où on se trouve. La semaine dernière, l'une de mes lettres a été interceptée. Elle n'était pas «appropriée»! L'officier m'a forcé à éliminer plusieurs phrases, j'ai choisi de la brûler. Imagine-toi donc qu'ils ont peur des espions! Donc, je consigne tout dans ce journal en espérant qu'il ne tombera jamais aux mains de mes supérieurs. Je ne t'envoie que des lettres d'amour et des poèmes qui résistent à la censure.

Ce journal est ma bouée de sauvetage, mon lien avec toi. Dès que j'ai un moment libre, je t'y retrouve. Je prends beaucoup de plaisir à te raconter tout ce qui m'arrive. Je rêve du jour où on le lira ensemble, coulés dans les bras l'un de l'autre.

Mon amour
Au front bouffi de la rose
Sur l'écrasement limpide de la nuit
Dans les battures de septembre
Sur l'effort désespéré de l'aurore
À dessiner un matin
Sur la patience du lac esseulé
Dans la maison courbaturée
Sur sentier de rafales
Dans le pâle exode des flûtes nocturnes
Sur les glacis de décembre
Sur pâleur d'hommes
À vivre d'hiver
Je te devine
Belle et divine

7

Deux ans plus tôt

Rachel Brennan est désemparée. La permission de trois jours de son amoureux est terminée. Qu'il était beau dans son costume militaire! Le départ de Ryan O'Farrell la bouleverse, lui fait mal, une douleur qu'elle n'avait jamais ressentie, ni même soupçonnée. Alors que Réginald Boily conduit son bien-aimé à la gare, elle suit le robétaille des yeux. Quand il est avalé par les collines qui surplombent la rivière Cumberland, elle éclate en sanglots. Barbotte gronde sa déception. Pourquoi part-il? se demande-t-elle. Pourquoi aller jouer à la guerre dans des pays si éloignés? Elle sait bien qu'il s'est engagé il y a longtemps, mais elle comprend mal ses explications. L'honneur, la parole donnée, la patrie sont des notions qui la dépassent. Tous les muscles de son corps sont tendus, douloureux. Comment vivre sans lui? Mettre en veilleuse un si grand amour? Se contenter de quelques lettres? Et si Ryan était tué à la guerre, s'il ne revenait jamais? Si le conflit persistait? Elle s'en veut. Pourquoi ne pas l'avoir retenu? Lui avoir barré la route, l'avoir emprisonné dans la cabane à sucre abandonnée de Thomas Boily. Il aurait pu s'y cacher en attendant la fin des hostilités. Mais comment aurait-elle pu l'empêcher de partir? Elle ne trouve jamais les bons mots pour exprimer les sentiments qui l'asphyxient. Si seulement elle pouvait parler aussi facilement que Ryan, expliquer clairement ses pensées, mettre des adjectifs sur ses envies, ses craintes, ses peines. Parler, écrire comme lui, il est si instruit! Lui dire que pour la première fois, la veille, elle s'est abandonnée complètement à un plaisir si intense, si violent, qu'elle en a oublié toutes ses peurs, ses vagues remords, ses lointaines notions de péché. Plus rien n'avait d'importance que leurs deux corps imbriqués dans un vif plaisir, le vertige, un orgasme par secousses.

Depuis que Ryan est dans sa vie, ses tortionnaires se sont faits discrets. Finies les visites inopinées sous prétexte de lui soutirer de l'argent. Ryan parti, reviendront-ils la hanter? Deux jours plus tard, les inquiétudes de Rachel se concrétisent. Le curé cogne à sa porte. Sa visite paroissiale! Barbotte ronchonne quand il entre dans la maison. Il sent sûrement toute l'aversion de sa maîtresse pour ce prêtre envahissant qui lui tiendra encore le même discours et répétera les mêmes menaces.

— Mon enfant, si tu ne te confesses pas, ne communies pas et ne viens pas à la messe, je devrai prendre les grands moyens.

Quels grands moyens? Rachel l'ignore. Elle ne veut pas en discuter pour ne pas avoir à mentir. Elle refuse d'aller à l'église. Comme elle n'a pas de banc dans la nef ou le jubé, elle serait forcée de rester debout à l'arrière avec les loqueteux. Être la cible de tous les regards, l'objet de tous les ragots? Non, elle paiera sa dîme pour avoir la paix, rien de plus.

Quand il est arrivé à Saint-Benjamin, il y a cinq ans, Aldéric Vallée l'a d'abord ignorée. Avant lui, le vieux curé Ledoux ne s'était jamais préoccupé de Rachel Brennan même si elle oubliait de payer sa dîme. Mais depuis trois ans, Aldéric Vallée a entrepris de la convertir. Aujourd'hui, il reprend là où il avait laissé avant que Ryan O'Farrell vienne s'interposer entre lui et Rachel.

Quand il lui rend visite, Rachel se renfrogne. Sa façon de la regarder l'agace. De drôles de pensées lui traversent l'esprit. Suffirait-il d'un geste complaisant de sa part pour qu'il laisse tomber la soutane? Mais elle se rassure, Laurélie et Dézeline ont les mêmes réactions en présence du prêtre.

— Qu'est-ce que t'as fait des images de la Vierge et du calendrier de la bonne sainte Anne que je t'ai donnés l'automne passé?

Rachel détourne la tête. Doit-elle lui dire que Barbotte les a mâchonnés et qu'elle les a finalement brûlés? Le prêtre va et vient dans la petite maison. Le chien le suit des yeux, prêt à gronder si sa maîtresse lui en donne le signal. Et à bondir si elle le lui ordonne.

Au début, Aldéric Vallée proposait de la confesser et de la faire communier à la maison, comme il le fait pour les grands malades qui ne peuvent pas se rendre à l'église. Sans succès. Quand elle s'agenouillait près de lui, elle n'avait aucun péché à confesser. Quand il lui offrait la communion, elle refusait d'ouvrir la bouche. Aldéric Vallée a changé de tactique, passant aux menaces. De l'enfer éternel jusqu'à l'expulsion de la paroisse! L'an dernier, avant l'arrivée de Ryan O'Farrell, il lui a suggéré de faire ses Pâques et de «repartir à zéro». Elle a refusé.

Le curé tire son bréviaire de sa poche et commence à en faire la lecture. Sidérée, Rachel songe à sortir de la maison avec Barbotte.

— Mon enfant, agenouille-toi et récite des «Je vous salue, Marie».

Rachel s'exécute, mais pas un mot ne franchit ses lèvres. Le curé s'impatiente. Au bout d'une demi-heure, il comprend qu'il n'aura pas raison d'elle. Avant de partir, il étend ses mains au-dessus de la tête de la pécheresse pour «chasser le démon». Il récite une courte prière, les yeux fermés.

— Tu dois encore un dollar pour la dîme.

Rachel fronce les sourcils. Elle est certaine d'avoir payé sa dîme au complet. Mais, pour avoir la paix, elle se lève, va dans son tiroir et lui remet un dollar. Le curé se dirige vers la porte, mais s'arrête dans l'encadrement.

— T'es-tu dérangée avec l'Irlandais?

Rachel n'est pas certaine de bien comprendre. S'est-elle dérangée? Elle sait que coucher avec un homme sans être mariée est inacceptable, mais un péché? L'un des sept péchés capitaux? Elle ne se souvient plus de la liste du petit catéchisme. «L'Irlandais!» Elle a senti plein de mépris dans la voix du curé, comme si être irlandais était une tare. Elle préfère ne pas donner de réponse.

— Il a couché dans ton lit? tonne-t-il.

Rachel se contente de hausser les épaules comme si elle ne savait pas de quoi il parle.

Le curé claque la porte. Il a été très contrarié quand il a appris que Rachel Brennan fréquentait un Irlandais, même catholique. «Un étranger, c'est un étranger, a-t-il déclaré au magasin général, et ils ne sont pas mariés.»

— Y paraît qu'y couche dans sa maison à toutes les soirs, a laissé tomber Télesphore Raté, le marchand.

Au-delà de fréquentations indécentes, la présence d'un homme, surtout d'un étranger, dans la vie de Rachel Brennan, agace le prêtre. Il revient sur ses pas et ouvre la porte sans frapper. Barbotte jappe.

— Coucher avec un homme en dehors du mariage, c'est péché mortel, le plus grave de tous. C'est inacceptable. Tu iras tout droit en enfer.

Le curé fait une pause, ravale sa salive et change de ton.

— Il est parti pour de bon?

— À la guerre, murmure Rachel.

«J'espère que les Allemands lui régleront son compte», pense le curé. Avant de refermer la porte, il sert un dernier avertissement à Rachel:

— Rappelle-toi de ce que je t'ai dit, mon enfant. Si je ne te vois pas à la messe dimanche, je prendrai les grands moyens.

Rachel est soulagée qu'il soit enfin parti. Mais quelques heures plus tard, Barbotte gronde encore. Le retour du curé? Elle ne peut pas le croire. Par la fenêtre et malgré l'obscurité, elle a juste le temps de percevoir le bruissement des feuilles. Elle sort en vitesse, fourche en main. Barbotte aboie de tous ses poumons.

— Catiche?

Aucune réponse. À cette heure tardive, Catiche est sûrement endormi. D'ailleurs, elle l'a déjà prévenu de ne jamais rôder autour de sa maison à la tombée de la nuit. Réginald Boily qui cherche son chien? Un animal sauvage? Elle met du temps à trouver le sommeil. Barre sur la porte, rideaux tirés, Barbotte au pied du lit, l'inquiétude la ronge. Pourquoi Ryan l'a-t-il abandonnée? Pourquoi ne pas lui avoir expliqué clairement ses craintes? Pourquoi ne pas lui avoir avoué qu'elle se sentait menacée? Qu'elle avait le pressentiment qu'on lui voulait du mal? Le regard et l'attitude de certains hommes ne trompent pas. Comme si l'arrivée de Ryan dans sa vie devait ouvrir la porte à tous les autres. Pourquoi ne pas lui avoir dit qu'elle a peur du curé, du maire, de Delbert Lagrange et de son affreux ami? Un certain Odias Bergeron, louche commerçant d'animaux de Saint-Prosper à qui on impute tant de méfaits.

8

Journal de Ryan O'Farrell, Southampton, Angleterre, le 25 mai 1944

Ma très chère Rachel. Comment vas-tu? Moi, j'ai le mal de toi, je voudrais rentrer. Mon sommeil est constamment perturbé, surtout qu'on ne dort que le jour, dans le bruit, l'humidité et la saleté. Hier, les Allemands ont survolé nos baraques. Sorte d'avertissement avant les bombes. Tu ne seras pas fière de moi, mais de plus en plus souvent, j'ai peur. Je n'arrête pas de trembler en entendant les sirènes qui déchirent la nuit, en participant à des séances d'entraînement pour apprendre à tuer l'ennemi, à donner et à se prodiguer les premiers soins en cas de blessure. Sommes-nous dans l'antichambre de la mort? Quelles sont nos chances de survie? Personne, ici, ne veut nous répondre. «Un bon soldat ne pose pas de questions.»

Ce matin, au déjeuner, j'ai entendu Jean-Claude Lapointe raconter qu'on se prépare à débarquer en France, en Pas-de-Calais, paraît-il, pour surprendre les Allemands. Mais il y a tellement de rumeurs. On en devient fous. Chaque nuit, ils nous font sortir en mer en prévision du grand jour, un exercice dont on revient trempés, gelés jusqu'aux os, sans résultat apparent. Pourquoi me suis-je laissé entraîner dans ce marécage? Fallait-il que je sois naïf pour croire que la guerre serait une aventure excitante de quelques semaines? Je le reconnais aujourd'hui, j'avais une vision romantique de la guerre. Le héros qui met l'ennemi en déroute. Acclamé par les foules en délire massées le long du défilé de la victoire. Les villageois reconnaissants, bouquets de fleurs en main. Que de fadaises, de désillusion! J'ai tellement hâte d'en finir. Ce besoin pressant de retrouver la chaleur de ton corps.

Chère Rachel, quand aurai-je des nouvelles de toi? Une lettre, un baume sur mon cœur inquiet. J'imagine que le printemps te donne des ailes. Heureuse de ne plus être confinée dans cet hiver désespérant. As-tu récolté de l'ail des bois? J'espère qu'il ne t'en restera plus quand je reviendrai. Je déteste l'ail des bois. Je te soupçonne d'en manger pour m'éloigner de toi! Quelle haleine! À en perdre l'équilibre. Comment Barbotte peut-il endurer pareil supplice!

Et tes topinambours? J'imagine que tu rêves de plonger les tubercules dans ton jardin, si tu ne l'as pas déjà fait? Recouvert de l'épaisse couche de fumier que Thomas Boily t'a donné, ton potager aura un rendement supérieur. Encore plus de topinambours! La plus grande récolte de la province de Québec! Toi, la reine des topinambours, en as-tu mangé tout l'hiver? Tu en avais combien de sacs dans la cave? As-tu attrapé des lièvres? Des perdrix, pour relever le goût des affreux topinambours? Je ne comprends toujours pas pourquoi tu raffoles autant de ce légume. D'où vient cette passion? Tu ne me l'as jamais expliqué. T'es la seule à Saint-Benjamin à cultiver cette fausse patate! Moi, je préfère les choux de Siam qu'on avait subtilisés dans le jardin de Dézeline.

Quant à moi, douce Rachel, les topinambours me rappelleront, jusqu'à la fin de mes jours, la fois où tu m'as forcé à en manger un alors que je tentais désespérément de te séduire. Un goût affreux de terre et d'artichaut, qui m'a entrebâillé la porte de ton cœur même si j'ai dû faire preuve d'une longue patience avant que tu ne l'ouvres complètement.

Comment va Catiche? Te suit-il toujours à la trace? Parfois, j'ai l'impression qu'il est moins idiot qu'on veut bien le laisser croire. Que son cerveau emmagasine plein d'informations, mais qu'il n'arrive pas à les décoder, et encore moins à exprimer sa pensée. C'est comme si tout bloquait au fond de sa gorge. Je trouve cela tellement injuste qu'on se moque de lui. Même s'il accueille les railleries avec le sourire, il me semble qu'il comprend assez pour en souffrir. Qu'en penses-tu?

Je t'aime, ma belle Rachel. Je vais dormir avec toi, nichant mon nez dans ton cou, absorbant la chaleur de ton corps jusqu'à ce que la maudite sirène nous convie à un autre exercice nocturne. Et en attendant, comme je le fais si souvent, je revivrai en pensée nos premiers moments. Tu te souviens? Les topinambours? Barbotte en amour avec moi bien avant toi? La bouteille de Pepsi Cola?

Je t'aime. Je t'aime. Je t'aime.

Ryan

9

Septembre 1921

Des hommes sont rassemblés devant la Banque Provinciale de Saint-Malachie. De bruyants éclats de rire ponctuent leur discussion. Qu'est-ce qui les réjouit autant ? La nouvelle loi sur les boissons alcooliques, adoptée par le gouvernement libéral du premier ministre Louis-Alexandre Taschereau ? Une loi qui abolit la prohibition pour de bon dans la province de Québec alors qu'elle reste en vigueur partout en Amérique du Nord.

Ryan O'Farrell, un joli sac bleu accroché au dos, ne les entend pas. Il marche lentement, perdu dans ses craintes. Cette première journée d'école l'inquiète.

— Arrête de t'en faire, lui a dit sa mère, c'est tante Monique qui est ta maîtresse. Et en plus, tu connais déjà tes lettres et tes chiffres.

Monique Gagnon a enseigné à Ryan pendant sept ans. Une institutrice exceptionnelle, sévère, mais juste, qui avait horreur de la médiocrité. Même s'il dépassait tous les autres élèves de deux têtes, Monique Gagnon n'a fait aucun passe-droit à son neveu. Si elle fermait parfois les yeux sur les lacunes de ses élèves moins doués, elle exigeait de Ryan l'excellence, rien de moins. Des dictées sans faute et des compositions originales, sinon elle lui remettait sa copie annotée de « Tu manques d'imagination ». Pour le punir, elle exigeait trois synonymes chacun pour remplacer les mots trop communs comme beau, chaud et froid, entre autres. En quatrième année, elle lui fit cadeau d'un dictionnaire dans lequel il devait trouver cinq mots nouveaux chaque semaine et les incorporer dans sa composition hebdomadaire.

Aux pressions de son institutrice s'ajoutaient celles de sa mère qui avait une ambition démesurée pour Ryan. Il deviendrait médecin ou avocat. Au pire, notaire ou dentiste! Patrick O'Farrell ne s'en mêlait pas même si, secrètement, il souhaitait que son fils le remplace derrière le comptoir de son magasin général.

En huitième année, Ryan se retrouva au Collège de Lévis, dont il fut l'un des plus brillants étudiants. Premier de classe, passionné de théâtre et de lecture, rébarbatif à toutes activités sportives. À l'université Laval, il sortit armé d'un diplôme de la Faculté des lettres, mais l'enseignement ne l'intéressait pas. Il songea à soumettre le manuscrit d'un roman à un éditeur de Québec, mais y renonça. Pas assez achevé à son goût.

La mort de son père le bouleversa. Pour rester près de sa mère, il accepta la proposition de la Brown Corporation, trop heureuse de mettre la main sur un jeune contremaître bardé de diplômes, bilingue et débrouillard. Avec un salaire deux fois plus élevé que dans l'enseignement.

10

*Journal de Ryan O'Farrell, Bernières-sur-Mer, France,
6 juin 1944*

Mon amour, c'est par miracle que je peux te retrouver
dans mon journal. Après toutes ces séances d'entraînement,
me voilà à Bernières-sur-Mer, en France. Notre régiment de
la Chaudière a été intégré dans une division d'infanterie
canadienne, commandée par le lieutenant-colonel
Paul Mathieu, en prévision de la grande opération
du débarquement en Normandie. Avant de quitter
Southampton, on nous a remis deux boîtes de rations
d'urgence et du chocolat, assez pour survivre pendant
48 heures. On a aussi reçu 200 francs, l'équivalent de
cinq piastres à utiliser en territoire français. Rien de très
rassurant, crois-moi, nous savions tous que l'aventure
serait périlleuse.

Pendant la traversée, je tenais serrés ma ceinture de
sauvetage, mon journal et un crayon de plomb enfouis dans
une pochette imperméable. La Manche était déchaînée,
comme si elle voulait nous décourager de naviguer
vers la France. Des vagues de presque huit pieds nous
submergeaient. Allais-je tout droit à l'abattoir? Sur le
bateau, je me concentrais très fort pour ne penser qu'à toi,
accompagné par les battements répétitifs mais inspirants
du Boléro de Ravel, ce long crescendo qui montait dans
la baraque avant notre départ. Magnifique! Un jour, je te

le ferai entendre. Quand notre barge de débarquement a accosté, la porte s'est ouverte sur une plage de cadavres, ceux de mes camarades. Des centaines, pris en souricière et abattus sauvagement par les Allemands en mettant le pied sur la côte normande. Nous avons été accueillis de la même façon. La mitraille venait de partout. Sifflement de balles qui me rendait sourd. Explosions, obus, je n'ai jamais rien vécu d'aussi effrayant. Une fois sur la plage, à peine pouvais-je entendre les ordres de mes supérieurs. J'ai mis quelques instants avant de comprendre la stratégie. On avançait à sauts de grenouilles, de mille pieds à la fois, pour ensuite nous enfoncer dans le sable et laisser passer une autre vague de nos camarades. Parfois, on se retrouvait dans les cratères creusés par les obus. Ainsi enlisé, je te suppliais de me sauver. J'ai hurlé ton nom à m'en faire mal aux poumons. Cris perdus dans la canonnade allemande et la mitraille de nos avions. Tu m'as permis de survivre, la seule étincelle d'espoir dans ces moments de pure folie. Après quelques minutes, les grenouilles que nous étions sortaient de leur trou de sable et recommençaient à sauter par-dessus leurs camarades pour pousser la ligne de front toujours un peu plus loin. Les balles soulevaient des nuages de sable. J'étouffais. Nos bateaux pilonnaient les Allemands. Leur artillerie crachait l'enfer. Mon ouïe n'était plus que bourdonnement. Le cauchemar. Mon ami Nicholas Bolduc a été atteint à la tête, la cervelle explosée, les yeux exorbités. Du sang, des ventres éviscérés, des regards fous, traînées de lambeaux de bras, de jambes, la douleur fusait de partout. Tous ces soldats en pleurs qu'on ne pouvait ni consoler ni soigner. Une exhalaison de viande grillée, d'excréments, d'urine, de vomi, une odeur de fin du monde. La mort puait partout. À vous arracher l'estomac et le cœur. Je pleurais ma peur, mes regrets et ma rage. Parfois, je me pinçais pour être bien certain d'être toujours vivant. Mon corps tremblait comme les fleurs de topinambours dans la bourrasque. Pourquoi suis-je ici? J'ai eu des moments d'égarement à chercher ta main, ton corps, tes lèvres. Quand les réflexes de survie n'occupaient plus mes pensées, quand je frôlais le désespoir, c'est toujours toi qui revenais m'habiter, me posséder, me repêcher, me forcer à vivre.

À la fin de la journée, notre régiment de vaillants Canadiens français, à qui on avait demandé d'affronter les premiers les tirs allemands, avait franchi la plus grande distance. Pourquoi nous, plutôt que les Américains ou les Britanniques? Je ne sais pas.

Ce soir, le vent souffle doucement de la mer. Nous tentons de faire le vide sur les événements des dernières heures et sur ce qui nous attend. Autour de moi, les gars fument en silence, les yeux fixés au ciel avec, en arrière-plan, le ronchonnement des canons. J'en profite pour retrouver mon journal, pour me faire plaisir, pour être avec toi, en espérant que tu en hérites si l'impensable devait arriver. Ce journal, c'est mon baume, ma façon de te retrouver dans ma bulle du bout du monde.

Je donnerais tout pour être près de toi, loin de la guerre, dans le calme du rang Watford, à renchausser tes topinambours, à courir avec Barbotte, à écouter meugler les vaches et hennir les chevaux de Thomas Boily. À surveiller le geai bleu que Catiche tente désespérément d'apprivoiser. A-t-il réussi?

Ma chère Rachel, si tu savais comme j'ai besoin de toi ce soir. Je voudrais que tu tiennes ma main qui tremble et que tu ralentisses mon cœur secoué par tant d'horreurs.

Je rêve de rentrer chez toi et de te retrouver comme après notre première séparation quand la Brown m'avait envoyé à Sainte-Aurélie pour une éternité!

Je t'aime tant.

Ryan

11

Rachel Brennan attend Ryan O'Farrell avec impatience. La Brown Corporation a expédié son amoureux à Sainte-Aurélie pour superviser des travaux d'abattage. Dix longues journées d'absence. Elle surveille la route, tend l'oreille au moindre bruit de pas. Barbotte est à l'affût, le nez dans l'ouverture au bas de la porte. Rachel pense à ces retrouvailles depuis son réveil. Jamais n'a-t-elle été habitée par des sentiments semblables. Son corps lui envoie de drôles de sensations, nouvelles, intrigantes. Frémissements d'anticipation. Est-elle en amour? Elle n'ose pas se le demander, la réponse lui fait trop peur.

Au début, la question ne lui effleurait même pas l'esprit. Quand elle a finalement ouvert la porte de son cœur à Ryan O'Farrell et accepté de le voir régulièrement, elle en a fait un jeu, assorti d'une condition : défense d'entrer dans la maison. Dès qu'elle entendait Barbotte japper de joie, elle savait que Ryan arrivait. Le chien s'écrasait dans l'herbe au bord du rang Watford vers quatre heures tous les jours, une heure avant le retour de Ryan. Rachel sortait alors de la maison et prétendait vaquer à de fausses occupations pour ne pas lui donner l'impression qu'elle l'attendait. Mais dès que le chien jappait, son cœur s'emballait. Une bouffée de chaleur incontrôlable la submergeait. Une sensation de bien-être et de joie assaisonnée de craintes. Dans quel sentier pentu s'engageait-elle? Pourquoi ne pas reculer avant qu'il ne soit trop tard? Pourquoi menacer d'hypothéquer la vie qu'elle avait choisie et à laquelle elle tenait? Affranchie, solitaire. Aucun compte à rendre, aucun compromis à s'imposer. Pourquoi ouvrir la porte à un étranger qui menaçait de bouleverser cette belle vie?

Chaque soir, Ryan s'arrêtait quelques instants. Il taquinait Barbotte et Rachel avant d'aller souper avec Fidélin et Robertine. D'autres soirs, Rachel l'invitait à souper sur les marches de la galerie, repas de truites qu'elle avait pêchées ou de poulet que Laurélie lui avait donné, toujours assorti de topinambours apprêtés de plusieurs façons, souvent en une épaisse purée que Ryan avalait d'un coup pour ne pas en retenir le goût.

Un soir de pluie diluvienne, elle l'avait finalement laissé entrer. Elle lui avait prêté un grand manteau d'hiver et fait une attisée pour sécher ses vêtements. Ryan n'était reparti que vers dix heures, une fois la pluie écoulée et après une longue discussion qui s'était terminée par une déclaration d'amour. «Je n'aurais jamais pensé te dire cela si vite, mais je suis convaincu d'être très en amour avec toi. Ça ne sert à rien d'attendre pour te le dire. Je pense à toi tout le temps et j'ai toujours tellement hâte de te revoir.» Rachel avait baissé les yeux en rougissant de tout son sang. Aucune parole n'était venue à ses lèvres. Aucun mot pour identifier ce sentiment qui la foudroyait. Ryan s'était approché, avait posé sa main sous son menton, relevé sa tête et lui avait soufflé un baiser sur le front. Rachel avait voulu le toucher, mais il avait retenu son geste. «Ne dis rien, penses-y comme il faut, avait suggéré Ryan. Mais je te dois aussi la vérité. Avant de te connaître, je me suis engagé dans l'armée. Je dois partir bientôt pour l'entraînement et ensuite me rendre en Angleterre. Mais je suis pas mal certain que la guerre finira avant que je parte.»

— Barbotte!

La voix résonne, toute proche. Elle tire Rachel de sa rêverie. Le chien saute de joie. Elle s'empresse de lui ouvrir. Il bondit sur Ryan et vient bien près de le renverser. Sur le pas de la porte, Rachel, attendrie, est trop heureuse de le retrouver, bouquet de fleurs en main.

— Comment vas-tu? Je t'ai apporté des marguerites que j'ai volées dans le champ de madame Wintle. Elle m'a vu, mais n'a rien dit. Elle avait un de ces petits sourires complices au coin des lèvres!

À court de mots, Rachel s'empare des fleurs et invite Ryan et Barbotte à l'intérieur. Il lui ouvre les bras, elle s'y blottit immédiatement. Les vêtements de son amoureux fleurent bon le sapin. Il lui caresse le dos, passe sa main dans ses cheveux et l'embrasse longuement.

— Ce soir, je dors ici, annonce Ryan.

Rachel a un léger geste de recul, un soupçon d'inquiétude dans les yeux. Où dormira-t-il? Sur le plancher avec Barbotte? Dans son lit? Elle n'ose pas l'imaginer. Elle n'en est pas rendue là. Sentant son malaise, Ryan la cajole, lui bécote le cou. Le chien sautille de jalousie.

— Juste une petite place à côté de toi?

Rachel force un sourire et cherche des mots, n'importe lesquels, mais comme elle n'a pas encore apprivoisé l'idée, elle n'en trouve aucun.

— Qu'est-ce qu'on mange? demande Ryan pour alléger l'atmosphère.

Rachel lui montre deux perdrix qu'elle a attrapées plus tôt dans la journée et une poignée de topinambours.

— Toi et tes topinambours!

Rachel déplume les deux oiseaux, les évide et les fait cuire dans le fourneau après les avoir badigeonnés d'un mélange de sauge et de thym.

— Viens marcher avec moi, dit-elle, ce sera prêt dans une heure.

Précédés par Barbotte, ils s'enfoncent dans la forêt et avancent lentement, main dans la main, tout à leur bonheur. À quelques reprises, Ryan la retient, l'embrasse en lui massant le dos du bout de ses doigts. Rachel sent des frissons courir sur tout son corps. Mais elle n'arrive pas à s'abandonner complètement à son plaisir. Un vague pressentiment l'en empêche.

— Pourquoi tu vas à la guerre?

Le visage de Ryan O'Farrell s'assombrit. Il devine l'inquiétude et l'appréhension dans la voix de Rachel. Pourquoi lui faire de la peine? Voilà une décision prise bien avant de la connaître. Traverser l'Atlantique, quitter pour un temps sa vie routinière, voir l'Europe. Il en rêve depuis toujours, mais c'était avant Rachel. Depuis qu'il est en amour, il hésite. Mais comment expliquer à l'armée qu'il a pris la mauvaise décision? Qu'il est devenu follement amoureux et qu'il ne veut plus partir! Il a signé, s'est engagé. S'il renonce, on le poursuivra, l'arrêtera et l'emprisonnera. Les dirigeants militaires n'ont pas de pitié pour les amoureux, encore moins pour les déserteurs.

— Tu pourrais te cacher. J'irais te voir tous les jours.

Se cacher comme tant d'autres? Ryan y a songé, mais l'idée d'être perçu comme un traître lui répugne. Il a donné sa parole, il ne la reniera pas.

— Ça ne durera pas longtemps. La guerre est presque finie. Pas plus tard qu'hier, le journal écrivait que les Allemands sont en déroute en plusieurs endroits. Je traverserai peut-être même pas de l'autre côté.

Rachel lui sourit, mi-rassurée.

— Tu veux toujours m'épouser dès que je serai revenu?

— Oui.

Les perdrix sont délicieuses.

Il se fait tard. Barbotte s'est endormi sur son lit de poches de jute. Ryan éteint la bougie et enserre Rachel dans ses bras. Ses mains caressent son ventre, ses seins. Il masse doucement ses épaules et glisse ses doigts dans la chevelure de sa bien-aimée. Le corps tendu, le souffle saccadé, Rachel hésite entre le repousser et s'abandonner. Ryan passe ses mains sous son chandail, le retire et entraîne son amoureuse dans le lit.

— Non, murmure-t-elle. Pas tout de suite.

Il s'arrête, l'embrasse et s'étend près d'elle.

— Quand tu seras prête. Peut-être que t'es pas encore assez en amour avec moi?

— Je le suis, mais j'ai tellement peur.

— De quoi?

Peur qu'il parte et ne revienne jamais. Peur de ne pas être à la hauteur d'un homme qui a fréquenté l'université, qui rêve du vaste monde, qui écrit magnifiquement avec des mots dont elle ne comprend pas toujours la signification.

— C'est la faute de ma maîtresse d'école, ma tante Monique, sourit Ryan, mais ça ne devrait pas t'inquiéter. Ton intelligence est différente. Peu de femmes auraient fait les choix que t'as faits, peu auraient été capables d'organiser leur vie comme tu l'as fait. C'est cette force de caractère qui m'impressionne, qui m'attire vers toi et qui fait que je t'aime follement.

Éveillé par la conversation, Barbotte les observe, comme s'il avait compris que le moment est précieux et qu'il doit respecter l'intimité de ses maîtres. Rachel se lève, récupère un pyjama dans la commode et l'enfile.

— Non, tu vas pas dormir en pyjama!

Elle se contente de sourire, l'embrasse et se colle contre lui, le dos tourné.

— Bonne nuit.

— Je t'aime.

— Moi aussi, murmure Rachel. Bonne nuit, Barbotte!

— Bonne nuit, Barbotte.

Dehors, la lune blanchit les grands arbres échevelés. Les aboiements d'un chien viennent mourir contre la maison. Barbotte relève une oreille, la laisse retomber et s'endort.

12

Le corps de Rachel Brennan a été placé dans un cercueil rudimentaire. La dépouille repose maintenant dans la grange de la Fabrique. Le curé insiste pour qu'on l'enterre au plus tôt, odeurs nauséabondes obligent. Depuis quelques jours, une vague de chaleur inusitée étouffe les hommes et les bêtes, emprisonne la puanteur.

La mort de Rachel Brennan a ébranlé les villageois. Même s'ils la connaissaient peu, chacun avait sa théorie sur cette femme pas comme les autres. «Une dérangée», disait-on souvent, parce qu'elle passait beaucoup de temps avec Catiche. Mais depuis qu'elle avait laissé entrer un homme dans sa maison sans l'avoir d'abord épousé, les ragots l'avaient reléguée dans les bas-fonds de la communauté.

— Une guidoune qui se cachait loin du village pour faire ses cochonneries, a éructé Léonidas Lapierre. J'vous dis que j'en ai des indulgences pour avoir charrié sa carcasse chez le coroner! M'a devoir désinfecter mon char au caustique, sacrament!

Dans le rang Watford, cette belle femme, qui marchait comme un soldat en revenant à la maison après son travail chez Laurélie, affolait même les catholiques les plus fervents. Depuis le départ de Ryan, les hommes l'épiaient de loin, à l'insu de leur femme, espérant secrètement prendre la place du soldat. Fidèle et patiente, Rachel s'était juré d'attendre Ryan aussi longtemps que Pénélope avait attendu Ulysse. Vingt ans, s'il le fallait.

Quand elle venait au village pour acheter des provisions, deux ou trois fois par année, le silence tombait dès qu'elle entrait dans le magasin. Les habitués retenaient leur souffle, les yeux rivés sur cette «créature pas comme les nôtres.» Rachel les ignorait, faisait le plein de farine, de levure et de tissu dont elle avait besoin pour confectionner ses vêtements. Elle payait sans jamais adresser la parole à Télesphore Raté. Bavard comme un roselin, le marchand devenait soudainement muet. Il faut dire qu'il avait eu sa leçon. Quand elle était venue au magasin pour la première fois, Télesphore, fanfaron, avait tourné autour d'elle, cherchant à l'impressionner.

— C'est du beau linge qui vient du Vieux Monde, lui avait-il expliqué en palpant le tissu.

— Vous parlez à travers vot' chapeau, avait-elle répliqué sèchement, d'une voix forte que tous les habitués du magasin avaient entendue.

Télesphore avait été la risée de ses amis pendant des semaines. Adieu la forfanterie, il n'avait plus jamais tenté d'impressionner Rachel Brennan.

Aujourd'hui, les paroissiens attendent avec impatience le sermon du curé. Ils ont besoin d'être rassurés. Le cadavre nu d'une femme dans un puits invite à toutes les spéculations. Un événement affolant qui alimente la méfiance, la peur. Un vent d'inquiétude souffle sur le village. À en faire oublier ce tableau en mille teintes de vert que l'été a peint dans les érables et les peupliers qui entourent l'église de leurs bras feuillus. Même les senteurs emmêlées de terre faisandée, de fenaison et de crottin de cheval ne détournent pas l'attention des fidèles rassemblés sur le perron.

Quand le curé monte en chaire, il a l'air fatigué. Le colosse à la démarche habituellement précipitée semble porter un fardeau sur ses épaules. Il a plus de rides au coin des yeux et une grande lassitude inscrite dans les traits de son visage. Comme s'il n'avait pas dormi depuis longtemps. Ses gestes sont incertains. Est-ce que la mort de Rachel Brennan l'affecte à ce point? Se sent-il coupable de n'avoir jamais réussi à la convertir? De ne pas lui avoir ouvert les portes du ciel? Quel piètre missionnaire fait-il? Depuis dix ans, cette paroissienne n'a jamais mis les pieds dans l'église, ne s'est jamais confessée et n'a jamais communié. Pourtant, il a tout tenté, de l'approche douce à la menace. Une tache sur son parcours ?

Quand il est arrivé à Saint-Benjamin, Aldéric Vallée voulait n'y rester que deux ou trois ans avant d'aboutir dans une plus grosse paroisse. Mais le cardinal semble l'ignorer. Aigri, le curé a réduit ses attentes. Il sait que son style parfois robuste, ses nombreux démêlés avec les dirigeants municipaux et ses lettres belliqueuses au gouvernement de la province ne plaisent pas à l'évêché. Monseigneur Villeneuve voudrait qu'il consacre plus de temps aux choses de l'église et moins à la voirie et à la colonisation. Aldéric Vallée craint maintenant de terminer sa carrière à Saint-Benjamin.

Le prêtre déplie un bout de papier, ajuste son lorgnon et jette un regard ennuyé sur l'assemblée des fidèles.

— J'ai en main le rapport du coroner sur la mort de Rachel Brennan.

Il fait une pause, mouille ses lèvres de sa langue et résume le document.

— Le coroner conclut à une mort accidentelle par noyade. Je propose qu'on l'enterre dans le coin profane du cimetière. J'ai demandé au bedeau de creuser une fosse, d'y faire une épitaphe en bois et d'écrire son nom dessus. J'ai téléphoné à mon confrère de Saint-Odilon-de-Cranbourne. Il m'a dit qu'elle avait une sœur à Québec. Elle viendra s'occuper des affaires de la morte et nous fermerons le dossier. Comme elle se conduisait en païenne, il n'y aura pas de cérémonie à l'église. On l'enterrera cet après-midi.

Rien de plus. L'assemblée, emprisonnée dans un profond silence, ne réagit pas immédiatement. Les yeux fixent le vide. Puis, petit à petit, les paroissiens commencent à remuer. Triste, Laurélie Lagrange branle discrètement la tête. Dézeline essuie une larme en pensant à Catiche. Mais pour tous les autres, le verdict est un soulagement. Il permettra d'effacer rapidement le souvenir de Rachel Brennan, cette tache sur la réputation de Saint-Benjamin. Un embarras pour la paroisse.

Comment regretter une femme qui préférait fréquenter un idiot comme Catiche Veilleux plutôt que l'église? Celle qui menaçait la vertu des hommes, jeunes et vieux. Le curé bafouille ensuite un court sermon et précipite la cérémonie. *Ite missa est.*

Après la dernière bénédiction, une fois la surprise absorbée, les paroissiens donnent l'impression d'être restés sur leur appétit. Comme s'ils avaient souhaité un dénouement qui aurait avalisé toutes les suppositions, les insinuations, les ragots. Une conclusion qui leur aurait donné raison de l'avoir jugée et condamnée sans procès. Qui aurait effacé les odeurs fétides. Mort accidentelle! Voilà un verdict un peu court. Qui ne confirme pas la mauvaise réputation de Rachel Brennan. Mort accidentelle! Ne méritait-elle pas une mort plus atroce? Devront-ils vivre avec leurs doutes? Comme personne n'a jamais été témoin d'une beuverie, d'une orgie ou de la moindre incartade, devront-ils s'engoncer dans leurs préjugés et conclure qu'elle est morte comme elle a vécu? Une femme seule dans un rang ne peut pas faire autrement que de se déranger et d'ouvrir sa porte au premier venu capable d'égayer sa solitude.

— À l'avait un cavalier y a deux ans, rappelle Léonidas. Ben souvent y rentrait dans la maison avec elle. Charche c'qu'y pouvaient ben faire?

Après la messe, le maire rejoint le curé dans la sacristie. La relation entre les deux hommes n'est pas très bonne. Le prêtre cache mal son mépris pour ce maire sans envergure à la moralité douteuse. Qui n'accuse qu'un seul péché, celui d'avoir des mauvaises pensées.

Avant l'élection, un fort vent d'opposition a balayé le village, mais personne d'autre ne voulait le poste. «Médée Lévesque a-t-il assez de jugement pour diriger Saint-Benjamin?» se demandait-on, en rappelant les grosses taches qui souillaient son passé. Était-il responsable du suicide d'une jeune fille, enceinte à 14 ans? Les parents de celle-ci qui l'avaient engagée chez Médée pendant que sa femme était à l'hôpital n'avaient jamais appelé la police, préférant quitter la paroisse un an plus tard.

— J'peux voir le rapport du coroner? demande le maire. Après toute, le juge de paix, c'est moé.

Le curé lève sur lui des yeux sévères.

— C'est à moi que le rapport est adressé.

Le maire est frustré. Il voudrait avoir la preuve définitive de l'accident. Pourquoi le curé refuse-t-il de la lui montrer? Pourquoi est-il si difficile d'établir une relation normale avec cet homme? Pourquoi le traite-t-il toujours comme un moins que rien?

— Comme ça, on ferme le dossier? interroge le maire, une pointe de dérision dans la voix.

Le curé le regarde froidement au-dessus de son lorgnon.

— Tu proposes autre chose?

— Non. Juste pour être ben sûr qu'on fait la bonne affaire. Est-ce qu'on devrait pas attendre sa sœur pour l'enterrer?

Le curé le dévisage, un éclair de mépris dans les yeux.

— Ça changerait quoi? Ça fait déjà quatre jours qu'elle est morte, ça commence à sentir dans la grange.

Le maire l'approuve de petits gestes saccadés de la tête. Comme le curé, il souhaite en finir au plus tôt. Laisser passer quelques semaines et s'approprier la maison de Rachel Brennan, en lieu de paiement de taxes à la municipalité. S'il manœuvre habilement, il pourra y installer son neveu.

— Elle doit beaucoup d'argent?

— Pas mal, répond le maire en se donnant un air mystérieux.

— Au moins, confesse le curé, elle a toujours payé sa dîme, même si j'ai dû souvent la forcer à le faire.

Les deux hommes se retrouvent au cimetière en fin d'après-midi. Un enterrement discret. Une brise paresseuse souffle une chaleur humide. Le bedeau, ruisselant de sueur, a creusé la tombe et fabriqué une épitaphe avec deux planches de pin. Quand Laurélie Lagrange et Robertine Vachon s'approchent, le curé et le maire cachent mal leur malaise. Ils avaient espéré en finir rapidement, certains que personne ne voudrait rendre un dernier hommage à cette femme de mauvaise vie. Robertine et Laurélie examinent longuement les deux hommes, les yeux gorgés de reproches. Le curé se dépêche de mettre fin à la cérémonie et repart aussitôt, le maire dans sa foulée. Ils évitent de croiser le regard lugubre de Laurélie. Les deux femmes se recueillent quelques instants, se signent et retrouvent Delbert Lagrange, assis dans son robétaille, à l'entrée du cimetière.

13

Le ciel crache des trombes de pluie. Mouillures dégoulinantes. Rachel file chez les Lagrange au pas de course. Ses seins rebondissent sous la chemise collée à sa peau. Delbert Lagrange la suit des yeux.

— Où est Laurélie ? demande-t-elle sans le regarder.

— Dans son lit. Malade. J'peux faire queque chose pour toé ?

Le ton est chargé de sous-entendus. Rachel ne lui répond pas. La pluie a cessé, elle espère que Delbert profitera de l'embellie pour quitter la maison et vaquer à ses travaux.

— Tu dois t'ennuyer toute seule comme ça ?

— Non.

Devant l'insistance de l'autre, Rachel sort de la cuisine et monte à l'étage s'enquérir de la santé de son amie. Le claquement sec de la porte la rassure. Delbert est enfin sorti. Quand elle repartira en après-midi, elle aura droit à un clin d'œil répugnant. Auparavant, Laurélie l'aura mise en garde contre son propre mari.

— Il y a longtemps que je ne lui fais plus confiance. Fais-y attention. Même si je lui en parle, il ne m'écoutera pas et si j'insiste, il me battra.

— Pourquoi vous l'endurez ?

Laurélie baisse les yeux, humiliée.

— C'est mon mari. J'espère pour toi que Ryan ne sera jamais comme lui.

— J'espère surtout qu'il reviendra de la guerre.

— Fais confiance à la vie. Je sais que ça t'impressionne pas, mais je dis une dizaine de chapelet pour lui à tous les soirs.

Rachel sourit et pose doucement sa main sur celle de Laurélie. Une semaine après le départ de Ryan, elle ne peut pas se faire à l'idée qu'elle ne le verra plus. «Patience!» lui conseille Laurélie.

Patience, un mot qu'elle ne connaît pas, qu'elle devra apprivoiser. Une patience assaisonnée d'appréhensions. Même si Ryan aime jouer les matamores qui n'ont peur de rien, l'ennemi sera redoutable. Aussi longtemps qu'il s'entraînait à Valcartier, il n'y avait rien à craindre, mais une fois rendu dans le «Vieux Monde,» comme dit Laurélie, qui sait? Ne plus jamais le revoir? Cette idée la bouleverse. De réaliser que ce grand amour pourrait être éphémère la désole. Elle s'empresse de chasser ces pensées négatives et tire de la commode le tissu que Ryan lui a donné en cadeau. Elle s'en fera une robe qu'elle ne portera pas, mais elle le lui a promis. Soudainement, la porte de la maison s'ouvre. Le chien se précipite.

— Non, Barbotte, reviens.

Médée Lévesque, le maire, entre comme la bourrasque qui s'invite par la fenêtre grande ouverte. Lui! Elle ne l'avait pas vu depuis le début de sa relation avec Ryan. Rachel devine qu'il profite du départ de son amoureux pour recommencer à la harceler. Que veut-il cette fois? Pourquoi ne pas frapper à la porte comme tout le monde, pourquoi de telles effronteries? De quel droit peut-il entrer chez elle comme s'il était le maître des lieux? Ses bottes maculées de boue laissent des traces de saleté sur le plancher que Rachel vient de nettoyer. Même Barbotte doit subir le supplice de la guenille quand il revient d'une randonnée sous la pluie.

— As-tu de quoi payer tes taxes?

Surprise, Rachel ne comprend pas. N'a-t-elle pas déjà payé ses taxes? Doit-on payer plus qu'une fois l'an? Laurélie lui a pourtant dit que cinq dollars suffisaient amplement pour une aussi petite maison.

— J'les ai payées.

— Non, y a rien dans les livres d'la paroisse.

Où sont passées les cinq piastres qu'elle lui a données la dernière fois? Elle préfère ne pas engager la conversation. Que ce soit le curé ou le maire, elle évite le dialogue pour les inciter à repartir le plus rapidement possible. Elle a horreur des tête-à-tête qui s'éternisent. Médée Lévesque s'approche de la table, soulève la nappe, fouille dans le tiroir de sa commode et s'empare des deux dollars qui s'y trouvent. Rachel est médusée. Jamais dans le passé n'est-il allé aussi loin. Le maire met l'argent dans sa poche, se tourne vers elle et la détaille comme si elle était un animal d'exposition.

— Ton p'tit soldat est parti? Y devait pas t'aimer beaucoup pour décider d'aller s'faire tuer par les calvinsses d'Allemands plutôt que d'rester avec toé.

La remarque gratuite du maire la blesse profondément. Non, son petit soldat ne l'a pas abandonnée. Rachel voudrait lui dire qu'il n'a rien compris, qu'ils vont se marier à son retour, mais à quoi bon? Tout ce qu'elle aurait envie de faire, c'est de le pousser dehors à grands coups de pied au cul.

— Mais y paraît qu'y a ben des hommes qui t'font d'l'œil, t'auras pas le temps d't'ennuyer.

Rachel sent un frisson de colère lui parcourir le corps. N'est-ce pas le même homme qui profite de toutes les tribunes pour ternir sa réputation? Une autre parole désobligeante et elle explosera.

— Salut, ma belle, pis merci pour les deux piastres.

Avant de franchir la porte, Médée Lévesque revient sur ses pas. Rachel recule un peu, hérissée, les poings serrés. Brusquement, le maire lui écrase le sein du bout de son index et s'en retourne en riant bêtement. Stupéfaite, Rachel ne réagit pas. Barbotte gronde de déplaisir. Médée Lévesque ne referme même pas la porte derrière lui.

Combien de temps pourra-t-elle endurer cela? Car il reviendra, et souvent, maintenant que Ryan est parti. Pour l'instant, les taxes sont un faux-fuyant. À peine cache-t-il ses véritables intentions. Jusqu'où ira-t-il? Pourquoi ne lui a-t-elle pas rabattu la main quand il l'a touchée? Son absence de réaction l'encouragera à récidiver sous n'importe quel prétexte. Mais la prochaine fois, elle sera sur ses gardes et au moindre geste déplacé, elle se défendra. Quant à son argent, elle l'enfouira dans un coffre en étain dans la cave. Mais plus que l'argent, c'est l'attitude inconvenante du maire qui la tracasse. Comme pour Delbert Lagrange, elle connaît sa réputation et les rumeurs à son sujet. Il est tout sauf un modèle de vertu.

Médée Lévesque est arrivé à Saint Benjamin avec sa famille au tournant du siècle. Son père était bûcheron, parti huit mois par année. Sa mère a élevé seule onze enfants, qu'elle a retirés de l'école très tôt pour les «engager» dès que leurs bras étaient assez forts pour remplir les différentes tâches qu'on leur confiait. Adulte, Médée Lévesque s'est marié à une voisine qui a multiplié les fausses couches, mais ne lui a jamais donné d'enfants. «Une sainte femme», disent ceux qui la connaissent bien et qui s'étonnent qu'elle ne l'ait jamais quitté. Peu de temps après son mariage, Médée a été arrêté pour commerce de bagosse. Mais c'est la triste histoire de cette jeune fille, pendue dans sa grange, après avoir découvert qu'elle était enceinte, qui a attisé les soupçons. Pourquoi avait-elle choisi de se pendre dans la grange de Médée? Pour signaler qu'il était le père de l'enfant à naître? À ce jour, aucune réponse satisfaisante n'a été donnée. «J'vas quand même pas m'mettre à barrer les portes de ma grange, a dit Médée à l'époque. C'est clair qu'a l'était dérangée.» L'affaire n'est pas allée plus loin. Le curé a refusé que la jeune fille soit enterrée dans le cimetière. «Elle s'est enlevé la vie et celle de l'enfant qu'elle portait. Une vraie catholique n'aurait jamais fait cela.» Au désespoir, les parents l'ont inhumée dans la forêt.

Rachel met la barre à la porte et tire le rideau. La pluie tambourine sur le toit. Une nuit cendreuse tombe sur le rang Watford trituré de mille rigoles. Demain, elle racontera à Laurélie l'épisode des deux dollars volés et du doigt sur le sein. Que peut-elle faire? Rachel n'a pas d'attentes spécifiques.

Delbert Lagrange, le maire, le curé et le commerçant de Saint-Prosper sont de connivence, elle en est convaincue. La parole de Laurélie ne pèsera pas lourd contre celle de l'un de ces quatre hommes, mais elle saura trouver les mots et les conseils pour la rassurer.

Pour le reste, Rachel se défendra toute seule. Elle en est pleinement capable. Rien de plus facile que d'administrer une bonne raclée à ce petit maire dégoûtant et d'envoyer à tous le message qu'elle ne s'offrira pas au premier venu. Qu'il tente de lui écraser le sein encore une fois! Qu'il s'avise de vouloir abuser d'elle. Jamais elle ne se donnera à cet homme, ni à aucun autre que Ryan. Dorénavant, sa porte sera toujours barrée, même en plein jour. Il devra frapper avant d'entrer. Elle caresse Barbotte et se met au lit, son couteau de chasse sous l'oreiller.

14

Catiche Veilleux est inconsolable. Petit, fin de la vingtaine ; on lui en donnerait la moitié. Cheveux noirs équarris grossièrement par sa mère adoptive, ses yeux voilés de cils biscornus cherchent toujours où se poser. Sa grande bouche s'ouvre sur deux rangées de chicots inégaux et jaunis. Catiche est né avec une cervelle de souris qui lui donne juste assez d'informations pour reconnaître les gens, les aimer ou les fuir, manger quand il a faim, faire de menus travaux et s'adonner à ses deux passions, les oiseaux et le violon.

Le soir, quand Trefflé-à-Théodule Nadeau, un veuf, sort sur le perron de sa maison et joue des reels, Catiche s'approche discrètement. Il se cache dans un fourré tout près et se recueille sans bouger, tétanisé par le son de l'instrument. Aussi longtemps que Trefflé jouera, il ne bougera pas. Le reel de l'oiseau moqueur lui tire des larmes. Prévenu par ses voisins, Trefflé sait que Catiche accourt dès les premières mesures. Pourquoi ne se joint-il pas à lui sur le perron pour profiter davantage du concert, comme le font plusieurs habitants du rang Watford ?

— Viens t'assir dans la balancine, lui a suggéré Trefflé quand il l'a croisé avec Dézeline. M'en vas faire sûr que parsonne rille de toé.

Catiche a secoué la tête pour marquer son refus.

Quant aux oiseaux, Catiche les apprivoise, les nourrit, les cajole, s'en fait des dizaines d'amis qui volent vers lui dès qu'il sort de la maison. Toutes sortes d'oiseaux : des mésanges bien sûr, les plus effrontées qui lui dérobent les graines jusque dans la bouche, mais aussi des merles, des tourterelles, un geai bleu, une sittelle à poitrine rousse encore hésitante et une corneille insolente qui le houspille quand il n'a rien à lui offrir.

Mais aujourd'hui, Catiche ignore les oiseaux. Désespérés, ils piaillent comme des amis trompés. L'arriéré rôde autour de la maison de Rachel, verrouillée, une planche clouée en travers de la porte. Barbotte partage sa peine, grimpe aux rebords des fenêtres et gratte contre le mur, espérant attirer l'attention de sa maîtresse. Mais même si la porte était ouverte, Catiche laisserait Barbotte aller seul dans la maison. Il n'y entrerait pas, il n'en a pas le droit.

Quelle était sa relation avec Rachel? A-t-on raison de le soupçonner? À n'en pas douter, elle comptait beaucoup pour lui. Tout l'amour emmagasiné dans son faible cerveau était pour elle. Rachel, c'était la douceur, l'amie. Il n'avait pas été habitué à de telles attentions. Ses parents adoptifs l'ont toujours bien traité, mais sans lui témoigner d'affection. Parti dans les chantiers huit mois par année, Alcide Veilleux a laissé à Dézeline le soin de l'élever. Au départ, elle s'est dit qu'il remplacerait les enfants qu'elle ne pouvait pas avoir, mais rapidement, elle s'est désillusionnée. Catiche était un arriéré. Plus tard, quand elle a réalisé à quel point il aimait Rachel Brennan, Dézeline s'en est voulu de ne pas avoir fait plus d'efforts pour améliorer le quotidien de son fils adoptif en lui prodiguant plus d'amour et de tendresse.

Rachel le traitait comme un ami, lui souriait quand il faisait manger un oiseau dans sa main, l'emmenait à la pêche et à la chasse. Souvent, il allait puiser son eau dans le puits, sarclait son jardin ou cordait son bois près de la porte. Parfois, elle glissait un topinambour dans la poche de son manteau. Une galette ou un sucre à la crème. Elle était la seule à ne pas se moquer de lui, la seule à le considérer comme un être humain et non pas comme une bête hirsute, incapable de parler correctement, la risée de tous.

Dézeline et Alcide Veilleux l'ont adopté à l'âge de deux ans quand la sœur d'Alcide est morte en couches. Dézeline a tenté de l'envoyer à l'école du rang. La maîtresse a accepté malgré les déficiences de Catiche. Rapidement, elle a déchanté. Catiche était devenu une distraction pour les autres élèves. Lucienne Pépin était prête à persister, mais le curé a exigé qu'elle le renvoie. «Les fous ne vont pas à l'école. Dans la province de Québec, les fous, on les envoie à Saint-Michel Archange.» Il aurait pu ajouter: «Ou on les cantonne loin dans la marge de la société.» Quand Catiche allait au village, non seulement on se moquait de lui, mais il était la cible de méchanceté, de cruauté. Un jour, un grand niais a tordu le cou d'un oiseau qu'il venait de capturer, sachant que Catiche en aurait le cœur brisé. Parfois, on lui versait de la mélasse sur la tête ou on l'obligeait à fumer des cigarettes qui l'étouffaient. Personne, jamais personne ne se portait à sa défense. Avec le temps, il a cessé d'aller au village. Quand Rachel est devenue sa voisine, plus personne d'autre ne l'a intéressé.

Souvent, il se perchait dans un arbre pour la surveiller. Rachel savait qu'il l'épiait, mais elle ne l'en a jamais découragé. Quand elle était dans sa maison, parfois, Catiche la regardait par la fenêtre. Dès qu'elle l'apercevait, Rachel l'invitait gentiment à ne pas écornifler et à rentrer chez lui.

À son arrivée dans le rang Watford, elle s'est d'abord méfiée de cet être étrange. Un jour qu'il la suivait, elle l'a distancé, s'est cachée et lorsqu'il est passé près d'elle, elle l'a attrapé et lui a appliqué une solide prise de cou. Catiche, mou comme de la guenille, ne s'est pas défendu, n'a pas résisté. Rachel a aussitôt relâché sa prise. Catiche pleurait comme un bébé. Petit à petit, elle l'a accepté autour d'elle, lui donnant l'attention qu'il ne recevait pas ailleurs.

— Moé, ça m'surprendrait pas que Catiche connaisse la vérité, dit Thomas Boily à sa femme. Y était toujours autour d'elle ou grimpé dans un arbre pour la guetter. S'y dormait pas déjà, y a probablement vu c'qui est arrivé.

Thomas fait une pause. Il songe à raconter à sa femme qu'il a déjà surpris Réginald, son fils aîné, à épier Rachel Brennan, mais il y renonce pour ne pas l'inquiéter, convaincu que la curiosité était la seule motivation de Réginald.

— C'est sûrement pas Catiche qui l'a j'tée dans l'puits, renchérit sa femme.

— Impossible, plaide mollement Thomas. À moins que quequ'un l'eille forcé à la tuer.

Marie-Laure Boily secoue vigoureusement la tête. Comme Dézeline Veilleux, elle ne peut pas y croire. C'est tellement contraire à la nature de Catiche. L'intimidation à son endroit a souvent été le fait de garçons beaucoup plus jeunes et plus petits que lui. Elle se souvient encore de ce jour où Réginald, de sept ou huit ans son cadet, s'en était pris à Catiche. Après avoir été bousculé, il s'était mis à pleurer. Marie-Laure avait réprimandé son propre fils.

— On peut même pas s'chicaner avec Catiche, dit-elle. Y se défend pas, même contre les enfants, y aime mieux s'sauver que d'se battre. Y a aucune notion de malice !

15

Laurélie Lagrange a un frisson dans le dos en lisant son journal. En guise de représailles contre des partisans, les Allemands ont exterminé presque toute la population du village d'Oradour-sur-Glane, près de Limoges en France. Les hommes fusillés, les femmes et les enfants brûlés vifs dans l'église. Bilan cauchemardesque de 642 morts.

Laurélie pose L'Action catholique sur la table, se lève et va à la fenêtre. Elle tire une paparmane de sa poche et la glisse dans sa bouche, son péché mignon! Malgré l'âge, elle est encore belle femme. Grande, chignon châtain, de beaux yeux gris fer, elle fixe la maison de Rachel Brennan, tourmentée. Que s'est-il passé? Un accident? Impossible. La Rachel Brennan qu'elle a appris à connaître et à aimer depuis dix ans ne serait pas tombée toute nue dans un puits. Quelqu'un l'y a jetée. Catiche? Voilà une hypothèse invraisemblable. Elle voudrait bien avoir la même certitude au sujet de son mari. Depuis la mort de Rachel, plein de questions embarrassantes lui viennent à l'esprit. Combien de fois l'a-t-elle surpris les yeux fixés sur la servante? Ou tapi dans la grange, la surveillant par l'entrebâillement de la porte quand Rachel sarclait le potager?

Depuis longtemps, Laurélie ne fait plus confiance à son mari. Trop de mensonges. Peu de temps après son mariage, elle a compris qu'elle avait fait une erreur, qu'elle n'aurait jamais dû abandonner l'enseignement pour l'épouser, victime de ses paroles mielleuses, de son charme. Laurélie n'a pas mis longtemps à réaliser que sous le masque se cachait un être fourbe.

La naissance de leur seule fille n'y a rien changé. Aujourd'hui, elle a un profond mépris pour ce mari hypocrite qui passe trop de temps avec le commerçant retors de Saint-Prosper ; pour cet époux distant qui s'est acoquiné avec le curé pour s'acheter une respectabilité qu'il n'aurait pas autrement.

Se rendait-il chez Rachel le soir, quand il allait «jeter un coup d'œil» aux animaux et qu'il n'en revenait qu'une heure ou deux plus tard ? Lui aurait-elle ouvert sa porte ? Laurélie ne peut pas y croire. Devrait-elle interroger son mari qui revient de l'étable ? Il lui a si souvent menti. Il le fera encore.

— J'me demande ben c'qui a pu arriver, s'interroge Laurélie.

— Peut-être ben que Catiche la suivait trop pis qu'a s'en est tannée. A y a probablement ordonné de sacrer son camp, soumet Delbert, pis Catiche s'est vengé.

Laurélie s'impatiente. Elle tourne le dos à son mari.

— T'as l'air de chercher un coupable ? laisse-t-elle tomber froidement.

Delbert Lagrange la dévisage et ravale un juron. Il n'a plus aucun égard pour cette femme acariâtre qui passe ses journées à la fenêtre comme si elle attendait le preux gentilhomme qui viendra l'extirper de sa misère. Depuis longtemps, cette belle Laurélie qui faisait l'envie de ses amis ne l'attire plus. Son plaisir est ailleurs. Il se dépêche de changer la conversation.

— Penses-tu qu'on d'vrait avertir Ryan O'Farrell ? Le maître de poste sait où envoyer les lettres des soldats.

Laurélie n'est pas certaine que cette tâche leur revient. Ces derniers temps, Rachel ne recevait plus de lettres de son amoureux. Elle en était très malheureuse. Ryan avait-il décidé de mettre fin à la relation ? Était-il blessé gravement et n'avait-il aucun moyen de l'en informer ? Deux ans plus tard, Laurélie ne comprend toujours pas pourquoi Ryan est parti. Pourquoi n'a-t-il pas imité son ami Fidélin Vachon qui a échappé à la guerre ? Pourquoi disparaître après avoir ainsi changé la vie de Rachel Brennan ?

Elle se souvient encore des premiers chapitres de ce roman. Quand Rachel arrivait le matin, son visage était illuminé d'un grand sourire. Rapidement, Laurélie a compris que son engagée était en amour. Elle irradiait de bonheur. Laurélie ne l'avait jamais vue dans un tel état. Mais après le départ de Ryan, Rachel est devenue taciturne. Laurélie l'a souvent rassurée, mais elle réalisait bien qu'elle n'était plus la même. Rachel passait de longs moments à la fenêtre, dans l'espoir de voir surgir Ryan au bout du rang Watford comme aux premiers jours de leurs fréquentations.

— Dézeline m'a dit que la sœur de Rachel arrivera ces jours-ci. Attendons d'voir. Pis Fidélin Vachon qui a travaillé avec Ryan pour la Brown pis qu'y était ben ami avec lui revient demain des chantiers. On verra ce qu'ils en diront.

Delbert Lagrange l'approuve d'un petit geste de la tête. Il sort de la maison et se dirige vers l'étable. Laurélie le suit des yeux. Après trente ans de mariage, il y a longtemps qu'elle n'attend plus rien de lui, qu'il ne l'attire plus. Le beau garçon de sa jeunesse s'est empâté, le pas est plus lourd, les cheveux grisonnants, la moustache hirsute, la peau burinée par trop de soleil, les yeux renfoncés dans les orbites, même son sourire irrésistible s'est fané.

Laurélie a un mauvais pressentiment au cœur. Ou est-ce plutôt toute une vie de mensonges et de déceptions que la mort de Rachel Brennan exacerbe? Combien de temps restera-t-elle claquemurée dans cette maison étouffante? Pourquoi ne pas écouter sa fille et quitter ce mari qu'elle n'a jamais vraiment aimé? Déguerpir avant que la justice le rattrape pour le vol des animaux ou, l'impensable, pour le meurtre de Rachel Brennan.

16

Fin septembre, le soleil badigeonne les érables d'ocre, d'orange et de carmin. Le sol est déjà jonché d'un tapis de feuilles emportées par les grands vents de la veille.

Le temps est venu d'effectuer les derniers travaux de l'automne. Thomas Boily termine ses labours. Les cordeaux des chevaux enroulés autour de la taille, les deux mains tenant fermement les manchons de la charrue, il trace de beaux sillons mouchetés de roches de toutes grosseurs.

Quand Rachel sort de la maison, elle salue Thomas d'un geste furtif de la main. Elle aperçoit Catiche, perché dans l'arbre, une poignée de graines offertes à une sittelle qui tarde à se laisser apprivoiser.

— Tu viens, Catiche?

Il ne se fait pas prier. Sautillant de joie comme un gamin, il retourne à la maison, baragouine quelques mots que seule sa mère peut comprendre. Dézeline sort quand même sur la galerie et salue Rachel de la main, façon de lui dire qu'elle sait que son fils passera une bonne partie de la journée avec elle.

Barbotte sur les talons, Rachel et Catiche s'enfoncent dans la forêt, les bras chargés de planches, de clous et de quelques outils. Ils franchissent d'abord un sous-bois dense avant de s'engouffrer dans un épais fourré de sapins. Un mille plus loin, ils aboutissent dans une petite clairière baignée par un étang dans lequel se mirent les érables en feu. Sous le couvert d'un gros pin surplombant un rocher, Rachel a planté la structure d'une cabane rustique. Elle y travaille depuis six mois, espérant secrètement que Ryan reviendra et pourra s'y cacher pour échapper à la guerre.

Avec l'aide de Catiche, elle finit d'assembler la cabane, y perce une fenêtre qui ouvre sur la clairière et construit un toit en pente qu'elle recouvrira de restants de tôle qu'elle a volés dans la grange de Delbert.

Vers midi, alors que le soleil pointe haut dans un ciel barbouillé de quelques nuages cotonneux, elle déballe un pique-nique et invite Catiche à s'asseoir près d'elle. Ils dévorent quignons de pain beurré, topinambours et les deux pommes que Catiche tire de la poche de son pantalon trop grand pour lui.

— Tu les as pris où, ces pommes-là? le taquine-t-elle, sachant très bien qu'elles proviennent des réserves qu'il a constituées plus tôt au pied du pommier des Vachon.

— Pommes, pommes, Tiche, pommes…Tine, Tine.

— Robertine t'a dit que tu pouvais en prendre autant que tu voulais?

Catiche fait oui de la tête.

— Tu lui as dit merci?

— Ci, ci!

Des pommes qu'il écrase en petits morceaux, ses mauvaises dents l'empêchant de les croquer. Catiche n'a jamais été aussi heureux. Il mange à pleine bouche, échappe des miettes de pain qu'il rattrape avec sa langue ou qu'il lance à Barbotte. Son visage est illuminé. Toute cette attention le comble. Une volupté qui lui réchauffe le cœur et le corps. L'impression d'être la personne la plus importante au monde. Le plaisir de se retrouver avec Rachel qu'il aime encore plus que sa mère adoptive.

Attendrie, Rachel l'observe. Elle ne peut refouler son mépris à l'endroit des gens du village qui se moquent de lui. Elle connaît les limites de Catiche et l'accepte tel qu'il est. Pourquoi le traiter de fou? Pourquoi ne pas l'intégrer dans la communauté, lui faire une place à la mesure de ses aptitudes?

Pourquoi toujours s'en moquer, ces rires gras d'attardés dont on pourrait croire qu'ils sont encore plus arriérés que lui?

Après le repas, Catiche court dans le sous-bois avec Barbotte en poussant de petits cris. Il se cache du chien, imite son aboiement, le surprend au détour d'un gros érable. Barbotte est fou de joie. Rachel les observe, grand sourire aux lèvres. Elle pense à Ryan. Son visage se rembrunit. Il est si loin. Il lui manque tellement. Après leur mariage, elle lui proposera de faire un voyage de noces dans sa cabane. Trois ou quatre jours à s'aimer, à dévaler les sentiers avec Barbotte et à se nourrir de perdrix et de topinambours. Ryan se moquera d'elle. Ne lui a-t-il pas promis une lune de miel dans une grande ville?

— Viens m'aider, Catiche, on va finir le toit.

L'autre grimpe aussitôt dans l'arbre, mais un bruit de branches cassées attire leur attention. Barbotte jappe de tous ses poumons. Un gros ours s'approche lentement, hume l'air, s'arrête et les dévisage avec curiosité.

— Silence, Barbotte.

Catiche tremble de peur, collé contre Rachel.

— Ne bougeons pas, ne l'énervons pas, il finira bien par s'en aller.

L'ours flaire les environs, pousse une branche de sa patte, cherche de la nourriture, mais n'en trouve pas. Il bat en retraite, se retourne pour observer les visiteurs une dernière fois et disparaît.

— Passe-moi le marteau, Catiche. On va finir le toit et rentrer à la maison.

Catiche hésite, ses yeux balaient les environs, redoutant que la bête revienne. Ils retournent à la maison, encore sonnés par la rencontre avec le gros animal. Même Barbotte est moins enjoué. Malgré tout, Rachel est satisfaite. Elle a maintenant ce pied-à-terre, ce refuge qui la soustraira aux méchancetés de visiteurs indésirables. Et s'il le faut, elle enfouira une petite boîte en étain sous le plancher de la cabane pour y cacher son argent. Là, le maire ne pourra jamais le trouver. Et elle demandera à Laurélie où elle pourrait se procurer une carabine.

Quand elle revient à la maison, elle constate que Thomas Boily a fini sa journée. Pipe en bouche, accoudé sur la clôture, il est fier de son travail. En apercevant Rachel, il lui sourit et guide son attelage vers l'étable, laissant derrière lui une belle bande de labour. Devrait-elle le prévenir qu'elle s'est installée sur ses terres? Que dira-t-il lorsqu'il verra la cabane? La détruira-t-il? Elle fait confiance à Thomas Boily, le seul homme qui la regarde dans les yeux et ne la considère pas comme une moins que rien. Elle peut compter sur lui et sur Réginald, son fils aîné, qui est toujours plein d'attentions à son endroit.

L'odeur de la terre fraîchement remuée embaume le rang Watford. Réginald Boily ramène le troupeau de vaches à l'étable pour la traite de fin de journée. Le soleil décline rapidement, comme pour se cacher du froid qui mord les hommes et les bêtes. Ce soir, pour la première fois, les vaches passeront la nuit à l'intérieur. Des lumières embrasent les fenêtres. L'obscurité avale le rang Watford.

17

Si ce n'était de ce désordre de longs cheveux bruns, on pourrait refuser de croire que Maeve Brennan est la sœur aînée de Rachel. Petite, d'allure frêle, de beaux yeux inquisiteurs, elle est nerveuse, elle parle beaucoup, ses bras battant la mesure comme les ailes du grand héron qui s'extirpe de la dame de la rivière Cumberland. Tout le contraire de sa sœur. Laurélie Lagrange a de la difficulté à la suivre.

— Elle travaillait pour vous depuis qu'elle est venue vivre à Saint-Benjamin ? lui demande Maeve.

— Oui.

Dès son arrivée, Laurélie Lagrange, malade, a engagé Rachel pour s'occuper du quotidien. Trois piastres par semaine en plus de nourriture qu'elle lui refilait à l'insu de son mari.

— On la connaissait un peu parce que mon mari avait commercé avec votre père pis elle venait souvent avec lui. Quand elle est arrivée, on y a vendu la maison de ma sœur de l'autre côté de la rue.

— Elle vivait toute seule ?

— Oui, répond Laurélie Lagrange.

La question la surprend. Comment se fait-il que Maeve ignore tout de la vie de sa sœur ?

— Seule avec Barbotte, un chien bâtard qu'elle a trouvé sur le pas de sa porte un matin de pluie.

Quand leurs parents sont morts, dix ans auparavant, les deux sœurs ont vendu la ferme et la maison. Maeve s'est retrouvée à Québec, abandonnant sa cadette à son sort. Mais pouvait-elle faire autrement? Maeve et Rachel ne se parlaient que rarement. À la mort de leur mère, peu de temps après celle de leur père, Maeve s'est occupée de tout, Rachel passant ses journées dans l'étable.

— On s'est jamais parlé depuis dix ans, dit piteusement la jeune femme.

Rachel Brennan, explique sa sœur, était une fille sauvage qui fuyait les gens. Elle a refusé d'aller à l'école après sa cinquième année, préférant travailler à la ferme avec son père qu'elle vénérait. Chaque jour, sa mère la forçait à lire, à écrire, à multiplier et à diviser, mais n'eût été l'encouragement paternel, elle aurait brûlé cahiers et crayons. Été comme hiver, elle passait beaucoup de temps à l'extérieur à vivre sa vie comme elle l'entendait, plus heureuse avec les animaux qu'avec les humains. Sa mère a tenté de la récupérer, de l'envoyer au couvent, sans succès.

— On était tellement différentes, soupire Maeve.

Autant Maeve n'en avait que pour ses poupées, ses cahiers d'école et sa collection d'images, autant Rachel était le tomboy de son père, trop heureuse de rassembler les vaches, de nourrir les chevaux, de recueillir le sang du cochon fraîchement égorgé ou de s'amuser à observer les gigotements d'une poule qu'elle venait d'étêter.

— Est-ce qu'elle avait des amis? s'enquiert Maeve.

Laurélie hausse les épaules.

— Pas vraiment, sauf Catiche, l'arriéré à Dézeline.

— Catiche?

— Oui, y reste de l'autre bord d'la route avec des parents adoptifs. T'apprendras rien de lui. Il sait pas parler. Il y a rien à comprendre de son charabia. C'est un fou, un gesteux, mais il aimait ben gros ta sœur. Il la suivait partout.

— Son seul ami?

— C'est lui qui s'occupe du chien depuis qu'elle est morte.

Rachel, raconte Laurélie, ne fréquentait personne. Elle cultivait un potager, chassait et pêchait, et fabriquait ses propres vêtements. Elle achetait le nécessaire et payait taxes et dîme avec les quelques dollars que Laurélie lui donnait chaque semaine. Maeve ne s'étonne pas. Ce portrait correspond tout à fait au souvenir qu'elle a gardé de sa sœur.

— Pis, y a deux ans, elle s'est finalement laissé amadouer par Ryan O'Farrell, un gars ben instruit qui travaillait pour la Brown à Cumberland Mills.

— Ryan O'Farrell? Un Irlandais comme moi et Rachel?

— Oui, un Irlandais, mais un bon, un catholique comme nous autres. Mais il est parti.

Maeve retient une moue d'agacement. «Un bon, un catholique comme nous autres»! Mais les explications de Laurélie renforcent le sentiment de culpabilité qui l'habite depuis la mort de sa sœur. Après avoir appris la nouvelle de sa tante, Maeve s'est écrasée sur une chaise, le souffle court, incapable de dire un mot, comme si on venait de la punir, de l'assommer pour avoir négligé sa sœur pendant toutes ces années.

— Parti?

Laurélie branle la tête pour indiquer qu'elle n'a jamais été d'accord avec le départ de Ryan.

— Oui, à la guerre. J'ai jamais compris pourquoi. Quelle idée d'aller s'faire tuer pour aider les Anglais? J'pense qu'il venait de Saint-Malachie. Personne le connaissait hormis Fidélin Vachon qui travaillait avec lui dans les chantiers d'la Brown et qui était très ami avec.

— Et Rachel l'aimait?

Laurélie sourit.

— Ç'a été long, mais j'ai fini par saisir qu'elle était en amour. Ça l'avait tellement changée. Les rares fois où je les ai vus ensemble, elle était comme une petite fille autour de lui.

Maeve s'attendrit en pensant au bonheur de sa sœur. Elle ne parvient pas à l'imaginer. De nouveaux remords l'envahissent. Comment a-t-elle pu agir de la sorte? Abandonner sa propre sœur. Certes, elle n'a pas cessé de penser à elle, mais n'a jamais fait le moindre effort pour la retrouver.

— Il est où, ce Fidélin?

— Il revient tous les vendredis soirs des chantiers de la Brown. Il reste pas bien loin, la troisième maison en descendant vers la rivière. C'est un bon gars. Toutes les filles en sont folles, mais lui, il est pas pressé.

— J'irai l'voir demain.

Maeve se lève, va à la fenêtre et examine longuement la maison de sa sœur. Murs et toit en bardeaux. Deux petites fenêtres, une cheminée, une galerie de trois marches devant la porte. Comment pouvait-elle vivre aussi à l'étroit?

— Elle vous semblait heureuse?

— Quand elle est arrivée, elle souriait jamais et elle parlait pas beaucoup, mais elle avait pas l'air malheureuse. La maison était abandonnée depuis deux ans, mais Rachel l'a rafistolée, repeinturée et elle a même fait un jardin.

Plus tard, raconte Laurélie, sa relation avec Ryan O'Farrell l'a transformée.

— Elle était très en amour. J'ai beau me r'tourner les sens, je peux toujours pas comprendre pourquoi Ryan est parti. Après, c'était plus la même femme. Elle était triste et elle parlait presque pus. J'me demande des fois si ç'a pas fini mal. Elle m'a dit qu'elle avait pas reçu une seule lettre dans les trois derniers mois avant sa mort.

— Le monde devait placoter?

Ryan et Rachel étaient très discrets, se rappelle Laurélie. Mais il venait la voir tous les soirs. Placotages? Oui, comme il y en a partout. Quelle sorte de racontars? Laurélie refuse d'entrer dans le détail des ragots qui rabaissaient Rachel au rang de vaurienne, de femme facile, de putain. «Pourquoi faire de la peine à Maeve? pense Laurélie. À quoi bon? Elle est morte. Et de toute façon, c'était faux.»

Maeve se surprend à envier Rachel, à jalouser ce grand amour qu'elle n'a pas encore trouvé à 29 ans. À admirer le courage de sa sœur qui a quitté Saint-Odilon pour réorganiser sa vie sans l'aide de personne. Contrairement à Rachel, Maeve a pu compter sur sa cousine qui l'a accueillie, dorlotée et qui lui a déniché un travail de vendeuse au Syndicat de Québec.

— Savez-vous si des gens prennent du monde en pension à Saint-Benjamin ? Je pourrais rester dans la maison de ma sœur, mais, vous allez rire de moi, ça me fait un peu peur.

— Non, non, j'te comprends. Tu peux rester ici tout l'temps qu'il faudra. J'ai juste une fille à Québec et elle vient pas bien souvent. J'vais t'installer dans la chambre à côté d'la nôtre, tu seras bien.

— Merci, je vous dédommagerai.

— Non, non, c'est pas nécessaire. J'dois bien ça à Rachel.

— Quelqu'un est allé dans la maison depuis que Rachel est morte ?

— Oui, moi, Dézeline et Thomas Boily, mais on a pas regardé partout.

— J'irai demain.

Maeve fait une pause et revient vers Laurélie.

— Vous pensez vraiment que c'est un accident, qu'elle est tombée dans le puits sans que personne la pousse ?

Mal à l'aise, Laurélie lui fait part de ses soupçons. Quelqu'un l'a jetée dans le puits. Qui ? Catiche ? Ce maire retors qui voulait ses taxes ? Son propre mari ? Le commerçant de Saint-Prosper ? Tous ces hommes qui auraient vendu leur âme pour se retrouver au lit avec cette sauvageonne ?

— Le curé a dit que c'était un accident, avance Laurélie d'une voix atone.

— Vous ne le croyez pas ?

— Non.

Après une longue pause, elle relève la tête vers Maeve.

— Quand on l'a retrouvée morte, elle était toute nue dans l'puits. Ç'a aucun bon sens. Pis Barbotte boitait. Quequ'un l'a battu pour l'éloigner, j'en mettrais ma main au feu.

— Toute nue ?

Le visage de Maeve s'assombrit. Comment a-t-on pu conclure aussi rapidement à un accident? Que s'est-il vraiment passé? Laurélie hausse les épaules de dépit. Elle monte le volume de la radio. Le premier ministre de l'Angleterre, Winston Churchill, a visité les plages du débarquement ce matin.

— Si c'était pas de cette damnée guerre, maugrée Laurélie, Ryan s'rait jamais parti et Rachel s'rait encore vivante.

18

Journal de Ryan O'Farrell, juin 1944

Aujourd'hui, j'ai tué un homme. Pour la première fois de ma vie. Avant, je tirais à l'aveuglette sans savoir si mes coups touchaient la cible. Mais aujourd'hui, j'ai tué un homme, de sang-froid.

Ma chère Rachel, pour mieux comprendre ce qui est arrivé, tu dois d'abord réaliser que je n'ai jamais été aussi mal en point, brisé, physiquement et mentalement. Depuis une semaine, nous tentons de libérer l'aéroport de Carpiquet, à Caen, en France. Les batailles sont féroces même s'il y a parfois de ces moments qui vous réchauffent le cœur. Ce matin, au lever du soleil, des Français se sont étonnés de nous entendre parler leur langue: «D'où venez-vous? Du Canada? On parle français au Canada?» On a bien rigolé. Derrière nous, des soldats de l'Ontario, je crois, chantaient une chanson que mon père fredonnait à l'occasion: «The bells are ringing for me and my gal.» Le souvenir de papa, mort d'une longue maladie qui lui arrachait les poumons, m'a tiré une larme. Tu dois comprendre qu'on est à fleur de peau, qu'on vit dans une crainte perpétuelle de voir surgir les Allemands, mitraillette en main, ce qui s'est produit hier. Et ce que je vais te raconter, ma chère Rachel, n'est pas joli. Je n'en suis pas fier, mais dans ce cas, j'essaie de me convaincre que la guerre justifie tout, même la violence inutile, le laid, *l'horreur. Je n'arrive plus à voir clair dans ces sentiments glaireux.*

De quel triste épisode s'agit-il? Hier, notre commandant nous a confié une mission. Nous sommes partis en éclaireurs pour nous assurer que la voie n'était pas infestée d'Allemands. Le temps était radieux et la campagne française, somptueuse. Au détour d'une route de terre, un petit village se dissimulait sous ses toits de tuiles, à l'abri de son clocher. Soudainement, nous avons surpris trois soldats ennemis. L'un d'eux a saisi son arme pour tirer, mais je l'ai abattu sans hésiter. Un tout jeune soldat aux boucles blondes. Un gamin de 16 ou 17 ans. Les deux autres ont aussitôt placé leurs mains derrière la tête pour se rendre. Mais, ayant encore en mémoire le carnage de nos amis lors du débarquement sur la plage de Normandie, nous avons ignoré les conventions internationales sur les prisonniers de guerre. Nous les avons assommés, étripés, éborgnés avant de pendre les cadavres sanguinolents à un arbre. Froidement, sans réfléchir, sans hésiter. Faire payer à ces maudits salauds toutes les horreurs des derniers jours. Après, nous sommes restés immobiles de longues minutes, sans parler. Muets d'étonnement. La terreur dans les yeux. Les deux cadavres tournaient lentement sur eux-mêmes, poussés par le vent. On les a décrochés, on a jeté un peu de terre sur le sang et les tripes, essuyé nos mains dans l'herbe et on est repartis. Pourquoi en sommes-nous rendus là? Pourquoi se vautrer ainsi dans l'horreur? Je ne saurais te dire. Quand tu liras ce chapitre de mon journal, essaie de me comprendre et non de me juger.

Depuis qu'ils ont été surpris par le débarquement, les SS mènent des contre-attaques brutales contre nous. Ils ont tué des dizaines et des dizaines de mes camarades sans leur laisser le temps de se rendre. Quand nous nous déplaçons, nous devons toujours avoir des yeux tout le tour de la tête. Les Allemands surgissent de partout comme des bêtes enragées et se fondent dans la nuit comme des fantômes. Comme nous, ils sont excédés par la guerre. Comme nous, ils portent les mêmes vêtements depuis des semaines. *Comme nous, ils sont crasseux, puants, émaciés. Comme nous, ils ont hâte d'en finir. La vie d'autrui n'a plus aucune importance.*

Mon amour, j'ai longtemps hésité à relater ces incidents dans mon journal. Mais j'ai promis de ne rien te cacher. Si jamais je devais me retrouver devant un tribunal martial, ces quelques lignes t'aideront à comprendre. Parce que si ces événements arrivaient aux oreilles de mes supérieurs, j'aboutirais non seulement devant le tribunal militaire, mais en prison pour le reste de ma vie.

Que je voudrais donc me replonger dans la quiétude du rang Watford. Je donnerais tout pour faire une promenade en forêt avec toi. M'attendrir quand tu retiens les branches qui menacent de me fouetter le visage ou que tu me signales les arbres morts qui me feront trébucher. Que de délicatesse! Moi qui travaille dans la forêt depuis deux ans, je pourrais très bien te guider, te protéger de ces branches sournoises. Mais que tu le fasses pour moi est un témoignage éloquent, la preuve irréfutable que tu m'aimes autant que je t'aime. Ici, ce ne sont pas les arbres morts, mais trop souvent les cadavres de nos frères qu'on doit enjamber.

Chère Rachel, je trouve tout ce carnage bien inutile. Que fais-je ici, loin de toi? Pourquoi ne pas avoir imité Fidélin? Pourquoi me suis-je engagé dans cette sale guerre? Pourquoi ne pas m'être inspiré de l'Eire de mes ancêtres, l'unique dominion de l'Empire britannique qui est resté neutre pendant ce conflit? Il est trop tard pour poser ces questions. Je n'ai plus qu'à me rendre à bon port, sain et sauf, pour te retrouver.

Mon amour, tu me manques tellement. Je t'imagine à la pêche, en promenade dans la forêt avec Barbotte, heureuse de ce printemps libérateur. Pense à moi très fort, je n'ai jamais eu autant besoin de toi qu'en ce moment. Je t'aime de tout mon être, de toutes mes forces, pour toujours.

Ryan

19

Maeve Brennan a mal dormi. Habituée aux bruits de la ville, elle n'arrive pas à se faire au calme de la nuit rurale, rompu parfois par un cri d'animal ou les fanfaronnades du vent. De longs moments à ressasser des souvenirs, à chasser les remords, à maudire le destin. Et il ne faut pas compter sur le matin pour récupérer le sommeil perdu. Dans le rang Watford, une douzaine de coqs sonnent le réveil, dès qu'un demi-jour rougeoie. De ferme en ferme, ils se défient, haussent le ton, hurlent leur indignation à ces paresseux qui traînent encore au lit. Maeve a beau enfouir sa tête sous l'oreiller, rien à faire, le tintamarre la réveille complètement. Elle se lève, attirée par l'odeur qui monte de la cuisine.

— Bien dormi ?

Laurélie est déjà à ses fourneaux. Elle jette une noix de beurre dans la poêle, des œufs et du jambon, un déjeuner comme Maeve n'en a pas avalé depuis longtemps. Delbert Lagrange n'est pas encore revenu de l'étable.

— Après déjeuner, je vais voir la maison. J'sais bien pas ce que j'en ferai. Vous m'avez bien dit que Rachel avait payé ses taxes au complet ?

— Oui, mais j'serais pas surprise que l'maire veuille la vendre pour les taxes. Il raconte partout qu'elle doit une vingtaine de piastres à la municipalité de Saint-Benjamin.

— Vous pensez que c'est vrai ?

79

Laurélie penche la tête.

— C'est un ben drôle de maire qu'on a en ce moment. J'suis bien sûre que Rachel a payé ses taxes, mais connaissant Médée Lévesque, il lui a probablement pas donné de reçu. Ça s'ra sa parole contre la tienne.

Maeve s'indigne.

— Je vais fouiller dans les affaires de Rachel. Je trouverai bien les reçus, sinon je le laisserai pas faire.

— Méfie-toi de lui, c'est un homme sans scrupule qui est bien capable d'avoir volé l'argent de ta sœur. Surtout, crois pas ce qu'il dit, c'est un menteur d'la pire espèce.

Après le déjeuner, la jeune femme se dirige vers la maison. Le chat de Thomas Boily vient au-devant d'elle, se déhanche langoureusement et s'en retourne. Un attelage cahote dans le rang Watford. Quand Maeve emprunte le court sentier qui conduit à la maison de sa sœur, elle est accueillie bruyamment par Barbotte qui se calme aussitôt, comme s'il devinait que la visiteuse fait partie de la famille. Maeve lui flatte le cou, la bête la remercie, la queue comme un moulin à vent. Elle arrache la planche qui barre la porte et s'arrête. Un bruit dans le bosquet la fait sursauter. Un homme se sauve au pas de course. «Probablement l'idiot, pense Maeve, j'oublie son drôle de nom.»

Elle referme la porte derrière elle et met la barre pour calmer l'inquiétude qui vient de la gagner. La maison de sa sœur est presque vide. Rien qui ne dévoile les secrets profonds de Rachel. Le lit a été refait et le pyjama, plié sous l'oreiller. Sur la table, le trillium s'est fané, les topinambours commencent à se ratatiner. Maeve les examine. Elle sourit tristement en pensant à son père qui en cultivait dans son jardin.

Près du poêle, une petite commode attire son attention. Dans le tiroir, elle découvre deux romans et une grande enveloppe. Elle l'ouvre lentement et en tire un cahier, des dessins de chiens pas très réussis, des poèmes et des lettres. Maeve déplie la première, s'étonne que certains passages aient été raturés et la lit.

Mon amour, me voilà enfin arrivé. Tu te souviens, lors de ma permission, dans ce costume militaire qui te faisait rire, je t'ai montré l'endroit sur la carte du monde. J'y suis. ████████████████████████████████

██

██

Une seule fois nous a-t-on permis de prendre une douche. J'ai horreur du bateau à la merci des vagues, du vent et de la tempête. Pas une journée de répit. Que ce roulis désespérant et cette mer sans horizon. Et des soldats malades qui restituent sans arrêt.

Ici nous sommes bien logés et bien nourris. Je n'ai pas cessé de penser à toi. Tu occupes toutes mes heures, tout le temps. ████████████████████████████

██

████████████ *Tu m'as promis qu'on se marierait, n'oublie pas. J'y tiens. Je veux envoyer à tous le signal que la plus merveilleuse femme de la terre est maintenant mienne. Je sais que t'as horreur du curé de Saint-Benjamin, mais on ira voir celui de Beauceville ou de Saint-Prosper. Et il faudra que tu m'expliques sérieusement pourquoi le curé de Saint-Benjamin te visite aussi souvent. N'a-t-il jamais compris que sa religion ne t'intéresse pas? Veut-il seulement collecter sa dîme? Fidélin m'a raconté qu'il était radin et arrogant. T'a-t-il déjà importunée?*

Tu me disais que t'as mauvaise réputation à Saint-Benjamin. Que les gens pensent que t'es une ivrogne ou une putain. D'où cela vient-il? Je sais que tu t'en fous, mais moi, je trouve cela agaçant, injuste. La femme que j'aime et que je connais très bien ne correspond pas du tout à ce qu'on dit d'elle.

Qui sont ces imbéciles pour juger les autres? Illettrés pour la plupart, sans envergure, ils n'ont que la médisance pour s'exprimer. Parce que tu ne vis pas comme eux, ils s'imaginent aussitôt que t'es une vaurienne. Laisse-les placoter, bande d'abrutis!

Est-ce que ce maire répugnant te harcèle encore pour que tu paies tes taxes? M'as-tu bien dit que tu lui avais déjà donné de l'argent? Exige toujours un reçu, sinon tu ne pourras jamais prouver que t'as payé. Il t'en demandera toujours un peu plus. Je hais ce petit maire suffisant. Je voudrais tant lui tordre le cou. À mon retour, il aura droit à ma façon de penser et je te promets que je ne ménagerai pas mes mots.

Pour ce qui est de ta sœur aînée, je suis d'accord que ce serait une bonne idée de la revoir, de rétablir avec elle des liens normaux. Je comprends que tu en as très envie, mais que tu ne sais pas comment t'y prendre. Je t'aiderai. On ira la voir ensemble et je suis certain qu'au bout de quelques minutes, vous serez dans les bras l'une de l'autre, les meilleures amies du monde.

Es-tu allée pêcher à ta dame secrète de la rivière Cumberland, derrière le gros sapin où tu caches ton petit banc? Je n'en reviens pas encore, madame est trop paresseuse pour pêcher debout! As-tu eu l'impression que quelqu'un te suivait, t'épiait quand Catiche n'était pas là? Emmène-le toujours, il est inoffensif, mais sa seule présence pourrait décourager un imbécile de te faire du mal.

Je voudrais tant être là et t'accompagner partout. Je brûle d'envie de rentrer, de te serrer fort dans mes bras, de démêler tes longs cheveux, d'enfouir mes mains sous ton chandail. De caresser tes seins, les sentir se rebeller au bout de mes doigts, te mordiller le cou, te déshabiller lentement malgré tes protestations, te posséder, épuiser la volupté de nos deux corps. Dormir au chaud de toi. Et m'esclaffer en te retrouvant le matin dans ton pyjama, ce maudit pyjama que t'enfiles tout de suite après l'amour. Ton grand éclat de rire pour te moquer de moi qui voudrais tant que tu dormes nue à mes côtés.

Ma chère Rachel, je sais, tu me l'as répété cent fois, que tu n'aimes pas écrire, que tu ne veux pas te rendre au bureau de poste. Demande à Catiche d'y aller pour toi. Tu sais qu'il t'adore et qu'il se ferait couper les deux bras plutôt que de te contrarier. Mais de grâce, écris-moi, même si ce n'est qu'un mot ou deux pour me dire que tu penses *à moi, ce sera le plus beau cadeau de ma vie de soldat. Moi, je passe tous mes temps libres à griffonner dans mon journal et à lire. T'ai-je expliqué que j'ai très envie d'écrire un roman sur notre belle histoire? Je songe à l'intituler Le Puits, comme le tien.*

Je t'aime tellement. À bientôt, mon amour.

Ryan

Maeve pose la lettre sur ses genoux, essuie une larme et reste longtemps immobile, dépassée par la tragédie. Au bout de quelques minutes, elle se lève et va à la fenêtre. Un tressaillement la secoue. Catiche Veilleux est assis dans le gros érable et observe la maison, deux oiseaux perchés sur son épaule. Maeve en éprouve un malaise. Elle retourne à la table, ouvre une autre lettre et la lit.

Cher Ryan

Tout va bien. L'hiver est enfin fini. J'ai hâte que tu reviennes. Moi aussi, je m'ennuie à mourir. Je pense à toi tout le temps. Même Barbotte est triste. Il t'attend à la porte à tous les soirs. Oui, je veux me marier avec toi et je vais te confier un secret, j'aimerais qu'on aille vivre ailleurs qu'à Saint-Benjamin, mais pas en ville. Quand tu reviendras, je te dirai ce qui me ferait vraiment plaisir. Je vais me coucher. Je continuerai ma lettre demain. Même si je n'aime pas écrire…

Maeve éclate en sanglots. Toute l'ampleur du drame vient de la frapper. Plein d'idées flottent dans sa tête. Aurait-elle dû faire plus d'efforts pour amadouer sa sœur? Elle y a pensé souvent depuis dix ans, mais chaque fois, elle s'est convaincue que Rachel refuserait de la voir et n'avait pas besoin d'elle.

En essuyant ses larmes, elle enfouit les autres lettres dans la poche de sa robe et ouvre le cahier. Dans les premières pages, des esquisses de chiens, Barbotte sans doute. Dans les pages suivantes, des «je t'aime» que Rachel a recopiés dans dix pleines pages, un pour chaque jour d'absence de Ryan, se dit Maeve. Elle remet le cahier et les dessins dans leur enveloppe, se promettant de donner le tout à Ryan quand elle le rencontrera.

En se levant pour partir, elle aperçoit une trappe dans le plancher. Elle la tire par l'anneau et avise un petit escalier qui conduit à la cave. Elle ne voit rien dans l'obscurité, revient sur ses pas, trouve une chandelle et l'allume. Un traîneau, du bois de chauffage en quantité, un sac de topinambours, un cent de farine à peine entamé, des pots de confitures aux fraises et aux framboises, des marinades et un gallon de mélasse. En retrait, un coffre en pin. Hésitante, Maeve l'ouvre et y retrouve des vêtements de confection modeste. Des pantalons, un manteau d'hiver, des bas, quelques chemises, rien de très recherché. «Elle s'habillait comme papa», pense Maeve, émue. En remontant, elle aperçoit une canne à pêche rudimentaire. Une branche d'érable, un fil et un hameçon de fabrication artisanale. Elle s'en empare, sort de la maison et fait signe à Catiche, toujours juché dans son arbre, de s'approcher. Il hésite longuement, regarde tout autour, les yeux perdus dans les orbites. Il repousse doucement un merle qui s'était posé sur sa jambe et descend de son perchoir avec l'agilité d'un chat. Barbotte le suit de près. Maeve lui tend la canne à pêcher. Catiche met du temps avant d'allonger la main, la saisir et se sauver en émettant de drôles de sons.

Avant de retourner chez les Lagrange, Maeve s'approche du puits, examine la margelle cassée et se penche prudemment au-dessus du trou. L'eau glauque l'empêche d'en voir le fond. Elle trouve un caillou, le lance dans le puits et réalise qu'il n'est pas très profond. Comment sa sœur a-t-elle pu s'y noyer? Si seulement Catiche et Barbotte pouvaient parler.

20

La santé des parents de Maeve et Rachel Brennan a commencé à péricliter au même moment. Fulmina Brennan toussait sans arrêt, Clive, son mari, crachait le sang. Conséquence d'une série de rhumes, de pneumonies et de bronchites mal soignés. En janvier 1934, dans le froid et la colère d'une autre tempête de neige, Fulmina a été retrouvée morte dans son lit. «Les poumons», a conclu le docteur Lecours. Trois mois plus tard, Clive Brennan s'est éteint, étouffé par ses expectorations.

Clive Brennan et Fulmina Proteau s'étaient rencontrés sur les bancs de la petite école du rang six de Saint-Odilon-de-Cranbourne. Irlandaise catholique, la famille de Clive Brennan était implantée à Saint-Odilon depuis deux générations.

Clive et Fulmina auraient aimé avoir une plus grosse famille, mais après Rachel et deux fausses couches, plus rien. L'éducation des deux filles a mis à mal le couple Brennan. Élevées comme si elles étaient étrangères l'une à l'autre, deux enfants aux goûts, aux habitudes et aux caractères dissemblables. Fulmina n'en avait que pour Maeve, l'aînée surdouée à qui tout réussissait. Première de classe, pieuse et toujours empressée d'aider sa mère. Clive Brennan surprotégeait Rachel et la soustrayait aux desseins de sa femme qui voulait la faire instruire comme sa sœur. Rachel détestait l'école, l'église et les travaux de la maison. Petit à petit, le fossé s'est creusé et après le départ de leurs parents, les deux filles n'avaient plus grand-chose en commun.

Maeve s'occupa de tout, Rachel passant le plus clair de son temps dans l'étable à pleurer la mort de son père bien-aimé. Renfrognée, isolée, elle refusait de répondre aux questions de sa sœur. Maeve a tenté de l'intimider : «Je vais te faire enfermer avec les fous si tu changes pas.» Rachel la dévisageait, le regard lugubre, menaçant. Maeve savait que sa cadette n'était pas folle, loin de là, mais comment déchiqueter le voile qui l'enveloppait, abattre le mur qui les séparait? Comment la ramener à la vie? Une fois la terre et la maison vendues, Maeve lui annonça qu'elle allait vivre à Québec où elle retrouverait sa cousine. Mais que faire de Rachel, ce boulet attaché à son pied? À 17 ans, sa sœur pouvait-elle voler de ses propres ailes? Désemparée depuis la mort de son père, Rachel n'attendait rien de personne, mais Maeve ne pouvait quand même pas l'abandonner au bord de la route. L'offrir aux parents, aux voisins comme servante? Ces grosses familles avaient déjà trop de bouches à nourrir.

Quand elle revint de chez le notaire, Maeve montra une liasse d'argent à sa sœur. Rachel tendit la main, les yeux plantés dans ceux de Maeve, durs, froids. Sur la table de la cuisine, l'aînée divisa la somme en deux et lui remit sa part. Rachel enfouit l'argent sous sa robe et disparut dans la grange.

Longtemps après la tombée du jour, Maeve entendit sa sœur rentrer dans la maison. Elle songea à la retrouver pour avoir une vraie conversation avec sa cadette, sans élever la voix, sans menaces ni reproches. Mais que lui dire? Quels arguments? Comment l'aider à réorganiser le reste de sa vie? Elle laissa retomber sa tête sur l'oreiller et compta sur la nuit pour l'inspirer. Au déjeuner, elle parlerait à sa sœur.

Rachel attendit que Maeve soit endormie avant de remplir un gros sac de jute de vêtements et d'autres objets. Elle mit une dizaine de topinambours dans ses poches et griffonna un mot à l'intention de sa sœur. «M'en vas vivre à Saint-Benjamin.»

«À Saint-Benjamin!» s'étonna Maeve le lendemain matin. Puis, elle se souvint que son père y emmenait souvent Rachel et qu'il y faisait des affaires avec un certain Delbert Lagrange. D'ailleurs, ce dernier avait même proposé d'engager Rachel pour aider sa femme malade. Soulagée de constater que sa cadette avait déjà planifié la prochaine étape, Maeve ne put refouler tous ses remords. Aurait-elle dû au moins la rejoindre et lui dire qu'elle pourrait toujours compter sur elle, que si la vie devenait insupportable à Saint-Benjamin, elle serait la bienvenue à Québec? Qu'elle pourrait jouer auprès de sa jeune sœur le rôle de son père? Maeve y renonça. C'était au-delà de ses forces. Elle ne se sentait pas capable de faire de telles promesses qu'elle renierait plus tard. La reverrait-elle un jour? Elle se dit qu'elle n'y pouvait rien. Elle eut un sourire mélancolique en constatant que le sac de topinambours qui se trouvait sur la table la veille avait disparu. «Elle et ses topinambours, c'est si méchant!»

Le grand-père de Rachel et de Maeve soutenait que les topinambours avaient des pouvoirs de guérison et qu'ils avaient bien meilleur goût que les damnées patates dont on le gavait dans son Irlande natale. Si on les cueillait après la première gelée, les topinambours seraient encore plus sucrés.

Quant à Rachel, le petit sac de topinambours lui permettrait de tenir le coup jusqu'à son arrivée à Saint-Benjamin et avec un peu de chance, elle planterait deux ou trois tubercules près d'une maison qu'elle espérait acheter avec la somme d'argent que sa sœur lui avait remise. Vivre à Saint-Benjamin n'était pas la solution idéale. Après la mort de ses parents, elle aurait aimé persuader son aînée de garder la maison et la ferme, d'y rester avec elle. Elle se serait occupée de tous les travaux, de la traite des vaches aux labours, sans oublier le travail en forêt. Mais comment l'aborder, comment la convaincre? Elles n'avaient jamais eu une vraie discussion. Sans compter que Maeve avait dit et répété qu'elle voulait vivre à Québec où Rachel n'avait aucune envie d'aller. Elle se persuada que sa sœur ne lèverait pas le petit doigt pour lui venir en aide.

Rachel Brennan entreprit un périple de huit milles jusqu'à ce rang au nom irlandais où son père l'avait emmenée à quelques reprises. Une fois rendue, elle espérait que la petite maison en face de celle des Lagrange serait encore à vendre et qu'elle pourrait s'y installer, loin de Saint-Odilon-de-Cranbourne et de ces gens qui ne manquaient pas de la juger ou de lui faire un mauvais parti. Et avec un peu de chance, les Lagrange seraient toujours à la recherche d'une servante.

Elle attendit la tombée de la nuit et emprunta la route de terre qui la conduirait à destination. Quelques lampes vacillaient aux fenêtres, mais bientôt, seuls les fantômes des maisons se découpaient dans l'obscurité. La noirceur ne lui faisait pas peur, elle en avait l'habitude. Fin avril, le temps était frais, mais agréable pour la marche. Elle comptait franchir la distance au cours de la nuit avec sa cruche d'eau et ses topinambours pour subsister.

Soudainement, elle entendit le bruit d'un camion. Elle se précipita dans un boisé et s'y cacha. Quand les phares du véhicule percèrent l'obscurité, elle s'enfonça encore un peu plus dans le sous-bois. Le camion pétarada puis s'immobilisa un peu plus loin. Un gros homme en descendit et observa les environs. De sa cachette, Rachel n'arrivait pas à bien le distinguer. Elle eut l'impression qu'il cherchait quelque chose. Elle crut reconnaître le gros commerçant d'animaux de Saint-Prosper qui avait déjà visité son père, mais elle n'en fut pas certaine. L'homme urina contre un arbre, rota bruyamment et remonta dans son camion. Rachel attendit que le bruit du véhicule se soit complètement dissipé avant de reprendre sa route.

Elle traversa le village de Saint-Benjamin avant le lever du soleil, heureuse de ne rencontrer personne. Elle chercha la rivière Cumberland, emprunta le chemin qui la longeait jusqu'au rang Watford et se retrouva à la porte des Lagrange avant les premiers cocoricos des coqs du canton.

Pantois, Delbert Lagrange écarquilla de grands yeux et détailla Rachel de la tête aux pieds.

— T'es pas venue avec ton père?

— Non, il est mort.

Laurélie Lagrange arriva aussitôt et offrit à la jeune femme d'entrer et de déjeuner. Quand Rachel mit une liasse d'argent sur la table et proposa d'acheter la maison voisine, Laurélie eut un geste de recul.

— T'es pas un peu jeune pour te mettre en maison?

88

— J'ai 17 ans, je sais ce que je fais.

Le ton de la visiteuse ne manquait pas d'assurance. Laurélie réfléchit un instant et lui proposa de l'engager pour vaquer au quotidien.

— Ça fait des mois que j'suis malade et que j'traîne la savate, une servante va m'aider à r'prendre le dessus.

En moins d'une heure, Rachel Brennan avait acheté une maison et s'était trouvé un emploi. Laurélie lui donna un sac de patates, un pain, un cruchon de lait et du lard pour subsister quelques jours.

21

Fidélin Vachon est un bel homme. Sourire mutin, il a de grands yeux bruns encore bouffis de sommeil, les cheveux châtains en bataille et une barbe de trois ou quatre jours. Dans le village, il fait rêver toutes les filles, mais à 27 ans, Fidélin n'est pas pressé, même si sa mère lui répète souvent qu'il restera vieux garçon. Il est étonné de trouver une belle inconnue sur le pas de sa porte aussi tôt le matin.

— Bonjour! dit Maeve, je cherche Fidélin Vachon.

Surpris, le jeune homme se demande un instant s'il n'hallucine pas. Pourquoi le cherche-t-elle? Il la détaille le plus discrètement possible. Sa tignasse de cheveux ébouriffés évoque une vague ressemblance. Une cousine oubliée? Qui est-ce?

— C'est moi, entrez.

Robertine Vachon, la mère de Fidélin, un gros pain en main, s'approche de la visiteuse.

— Laissez-moi deviner, vous êtes la grande sœur de Rachel?

— Oui.

Fidélin écarquille les yeux. Il ignorait que Rachel avait une sœur. Mais les cheveux ne trompent pas. Malhabile, il ne sait pas trop comment l'exprimer.

— Pour une surprise, c'en est toute une. La grande sœur? Faut dire que Rachel était pas jasante.

90

Maeve reprend les explications qu'elle a déjà données à Laurélie au sujet de sa sœur. Avec désarroi, elle comprend que Rachel n'a jamais parlé d'elle. Robertine l'invite à la table et lui sert un thé.

— On sait toujours pas ce qui est arrivé ? demande Fidélin.

— Non, déplore Maeve. Les autorités du village ont décidé que c'était un accident.

— Tu y crois pas ? interroge Robertine.

Maeve Brennan ne souscrit plus à cette hypothèse, surtout depuis qu'elle a lu les lettres. Pourquoi sa sœur se serait-elle suicidée ? Une théorie qui ne tient pas. Quant à l'accident, comment une femme aussi forte serait-elle tombée dans un puits si peu profond sans pouvoir en ressortir facilement ?

— C'est des maudites bonnes questions, opine Fidélin. Pis, je sais que Ryan l'aimait ben gros. Y ont même parlé de se marier.

Maeve le confirme à la lumière des lettres qu'elle a découvertes dans la maison de sa sœur.

— Quelqu'un a écrit à Ryan pour lui annoncer la nouvelle ?

— Pas à ma connaissance, fait Maeve. Vous le connaissiez bien, Ryan O'Farrell ?

Le regard de Fidélin s'assombrit. Avant de s'enrôler, Ryan était son meilleur ami. Ils s'étaient rencontrés dans un chantier de la Brown Corporation à Saint-Malachie. Les deux jeunes hommes avaient été engagés comme contremaîtres, «le très instruit Ryan» et Fidélin qui avait complété sa neuvième année. Au bout de quelques semaines, ils étaient devenus inséparables malgré leurs différences. Fidélin était épris de liberté et de grands espaces, la forêt était son royaume. Ryan rêvait de découvrir le monde. Le samedi, ils allaient souvent boire une bière dans un des hôtels de la région, ignorant ces jeunes femmes qui les dévoraient des yeux à la recherche d'un bon parti. Quand il a appris la mort de Rachel Brennan, Fidélin s'est promis de retourner jusqu'à la dernière pierre pour connaître la vérité.

— Ryan, c'est une bolle. Il a fini son université. Il parle anglais et français. Il lit tout le temps et écrit des pleines pages d'histoires et de poèmes. Il aime la musique, pas des rigodons, mais des affaires classiques. C'est un gars très instruit. Même s'il est un peu vieux pour retourner à l'école, il a toujours dit qu'un jour, il recommencerait son université pour devenir avocat.

Maeve n'est pas surprise. Les lettres qu'il a expédiées à sa sœur témoignent de la culture de Ryan O'Farrell.

— Comment il a rencontré Rachel?

Fidélin esquisse un petit sourire et raconte à Maeve les fréquentations d'abord rocambolesques puis assidues et passionnées. Les réticences excessives de Rachel au tout début. La longue patience de Ryan, puis l'amour fou. Pourtant, rien ne les rapprochait. Ils étaient si différents, une amante de liberté, de solitude; un amoureux de livres, de musique et de grandes villes.

— On faisait chantier pour la Brown, pas loin d'ici. Maman l'avait pris en pension. Un soir, en revenant à la maison, il a vu Rachel. Tout de suite, il a voulu la connaître. J'ai eu beau lui expliquer qu'il perdait son temps, qu'elle ne parlait à personne, qu'elle était, pis je veux pas te faire de peine en disant cela, un peu sauvage, y tenait absolument à la rencontrer. Elle a bien failli le tuer une ou deux fois.

— Comment ça? demande Maeve, étonnée.

Fidélin ne peut retenir un grand éclat de rire.

— Un soir, elle lui a garroché une grosse roche. Au début, quand il arrivait, elle avait toujours une fourche en main.

Robertine s'esclaffe. Les fréquentations de Ryan et Rachel ont beaucoup amusé et intrigué les habitants du rang Watford. La description de Robertine et de Fidélin correspond en tous points à la Rachel que Maeve a connue plus jeune.

— C'était tout un numéro, dit Robertine.

— Et pourquoi il est parti à la guerre? s'enquiert Maeve.

Fidélin secoue la tête d'incompréhension.

— Il avait pas besoin d'y aller. Les boss de la Brown avaient assez de contacts pour nous empêcher de nous enrôler. Ils tenaient absolument à nous garder. J'ai accepté de rester, je voulais pas faire la guerre.

— Et Ryan?

Ryan O'Farrell avait décidé dès le début des hostilités qu'il s'engagerait. Il rêvait de voir l'Europe, même démolie par les Allemands. Il a toujours voulu voyager. La Chine, le Sahara, l'Irlande de ses ancêtres. Déjà, il s'était rendu à New York et à Boston. Fidélin sourit.

— Il avait promis à Rachel de l'emmener à Québec et à Montréal, même si elle lui répétait qu'elle avait peur des grandes villes.

— Peur?

— Je sais pas si peur est le bon mot. Mais c'était pas une sorteuse! Elle était heureuse dans le rang Watford. Juste d'aller au village la dérangeait.

La voix de Fidélin s'effiloche. Il se mord les lèvres. La mort de Rachel Brennan ravive en lui des sentiments qu'il a souvent refoulés. Combien de fois a-t-il été jaloux de cette passion qui avait transformé son ami? Combien de fois s'est-il surpris à rêver d'une Rachel qui lui ferait vivre un aussi grand amour? Après une longue pause, il se tourne vers Maeve.

— As-tu été voir dans la maison de Rachel?

— Oui.

Maeve lui raconte les lettres, les poèmes, le cahier et les dessins. Fidélin branle la tête de dépit. Comment un tel drame a-t-il pu se produire? La logique aurait voulu que Ryan meure à la guerre, mais contre toute attente, son amoureuse se serait noyée dans un puits? Fidélin en appelle à sa mère.

— Au village, est-ce qu'on croit que c'est un accident?

Robertine hausse les épaules.

— Le curé pis l'maire étaient toujours après elle pour qu'a l'aille à l'église ou qu'a paie ses taxes. Delbert Lagrange la lâchait pas des yeux. Catiche la suivait comme un chien battu. J'accuse personne, mais laisse-moé t'dire que ça m'étonnerait pas que c'monde-là aille pas la conscience tranquille.

— L'un d'eux pourrait avoir tué ma sœur?

— J'ai pas de preuves, mais j'sus certaine que c'est pas un accident.

— Laurélie aussi pense que quelqu'un l'a tuée, fait Maeve.

Fidélin se lève, va à la fenêtre et allume une cigarette. Il jette un autre coup d'œil furtif à Maeve.

— J'voulais m'en occuper avant, mais j'ai été trop pris par la Brown. Mais là, j'suis en congé pour l'été, si t'as besoin d'aide, compte sur moi, je dois bien ça à Ryan.

— Je veux aller voir le curé et le maire demain. Tu peux venir avec moi?

— Oui, avec plaisir.

— Madame Vachon, vous connaissez bien Catiche? Ce matin quand je suis allée à la maison, il était caché dans les petits arbres et après, il a grimpé dans l'érable, les yeux fixés sur la maison, des oiseaux partout sur lui. Il m'a fait une bien drôle d'impression.

— Y est pas dangereux. C'est un arriéré. On est tous habitués à lui. Y ferait pas d'mal à une sauterelle. Mais c'est vrai qu'y aimait beaucoup Rachel. Quand a l'chassait pas, y la suivait sans arrêt.

— Il me rend mal à l'aise.

— Faut pas, renchérit Fidélin, il y a rien d'impossible dans la vie, mais je serais bien surpris d'apprendre qu'il a poussé Rachel dans l'puits. Y aurait fallu qu'il l'assomme d'abord, elle était dix fois plus forte que lui.

Maeve se lève, croise les yeux de Fidélin, mais ne voit pas le regard doux qu'il pose sur elle. La jeune femme salue le fils et la mère. Avant de refermer la porte, elle se retourne vers lui.

— C'est juste de la curiosité de femme, mais Ryan, il ressemblait à quoi?

Avant que son fils n'ait le temps d'ouvrir la bouche, Robertine prend la parole, un pétillement dans les yeux.

— Un mausus de beau grand gars, les cheveux noirs comme une corneille, des yeux francs, bleus comme l'eau du Lac à Busque, un mausus de beau gars!

Fidélin sourit, un sourire chargé d'amertume.

— Ryan pis Rachel ensemble, c'était un maudit beau couple! Dépareillé!

Il raccompagne Maeve jusqu'à la route.

— Dis-moi donc une chose. Ils ont pas touché à Barbotte, j'espère?

— Ça me surprendrait pas, il boite un peu et Laurélie m'a dit que c'était depuis la mort de ma sœur. Mais sais-tu pourquoi elle a baptisé son chien Barbotte?

Fidélin éclate de rire. Quand elle allait pêcher, Barbotte sautait dans la mare de vase et attrapait des barbottes. Elle a commencé par l'appeler Barbotteux puis finalement, Barbotte.

De retour chez les Lagrange, Maeve salue Laurélie et file dans la chambre. Elle saisit l'enveloppe de lettres qu'elle a cachée sous le matelas et en retrouve une de Ryan qui lui a donné des frissons la veille. Jamais n'aurait-elle cru sa sœur capable d'une passion comme celle qu'elle a vécue avec son amoureux le dernier soir avant son départ. Cette Rachel timorée, indomptée, solitaire avait apprivoisé l'amour bien mieux qu'elle. Avec une intensité, un abandon, une ingéniosité que Maeve ne soupçonnait même pas.

«*Quand tes mains glissent le long de mes jambes, quand ta longue chevelure se déverse sur ma poitrine en mille caresses, quand ta bouche, goulûment, lape mon cou et que tes dents mordillent le lobe de mes oreilles, tout mon corps s'enflamme. Il tressaille, gémit son bonheur. Quand ta main contourne mon sexe, que le bout de tes doigts l'effleure, le titille, pendant que ta bouche envahit la mienne, je sens l'explosion toute proche. Quand tu t'enfonces en moi, tous mes sens s'embrasent. Mes jambes sont engourdies. Un grand frisson annonce l'ivresse. Incapable d'endiguer mon plaisir. Nos deux corps s'effondrent. Mais dès que ton souffle reprend son rythme, pas encore rassasiée, tu roules sous moi, entrouvres mes jambes et ravives ma passion alanguie. En gémissant, tu m'attires au plus profond de toi. Tes hanches tanguent, tes jambes étranglent les miennes comme si elles voulaient les empêcher de partir. Je me déverse en toi. Tu cries, hurles. Nos plaisirs s'emmêlent. Je voudrais que ce moment dure toujours.*

Larmes aux yeux, Maeve pose la lettre sur la table, perdue dans sa réflexion, émoustillée. Vivra-t-elle un jour une si grande passion?

22

Aldéric Vallée est agenouillé dans son potager. Ses plants de patates, de topinambours et de carottes sont envahis par les mauvaises herbes. Normalement, le bedeau lui vient en aide, mais depuis deux semaines, il a mal au dos. «Espèce de feluette», se prend à penser le prêtre. Quand il entend des pas derrière lui, il se relève, se masse les reins et jette un rapide coup d'œil à ses deux visiteurs.

— Fidélin, il y a longtemps qu'on t'a vu. T'étais dans les chantiers?

Le ton est persifleur. Fidélin comprend que ses trop nombreuses absences à la messe irritent le curé.

— Oui. Je vous présente Maeve Brennan, la sœur de Rachel.

Distant, le curé la salue d'un mouvement sec de la tête, évite de croiser son regard et se tourne vers son potager. Du bout de son pied, il recouvre les tubercules qu'il vient de déposer dans la terre.

— C'est des drôles de patates que vous plantez là, dit Fidélin.

Le curé le dévisage froidement, il n'entend pas à rire.

— Tu devrais t'intéresser un peu plus à la terre de tes parents plutôt que de perdre ton temps dans le bois avec la compagnie des Anglais. C'est impardonnable de laisser une aussi bonne terre à l'abandon. T'as pas honte?

Fidélin a déjà entendu ce refrain, mais il évite de dire au curé que le métier de cultivateur n'a aucun intérêt pour lui. Les pieds dans le fumier matin et soir, esclave de la traite des vaches sept jours par semaine, des revenus faméliques, non merci. Pas pour lui.

Aldéric Vallée jette une pelletée de terre sur sa plantation et, d'un geste brusque de la main, invite Maeve et Fidélin à le suivre. Le prêtre trottine comme s'il voulait semer ses visiteurs. Une odeur de moisi flotte dans le presbytère. Maeve en a un haut-le-cœur.

— C'est au sujet de ma sœur, dit-elle. Je voudrais savoir ce qui est vraiment arrivé. J'peux pas croire qu'elle s'est bêtement noyée.

Les lèvres du curé dessinent un rictus contrarié. Pour lui, ce dossier est classé, fermé. Un malheureux accident. Dans sa tête, la visite de Maeve Brennan ne peut avoir pour seul but que d'entériner le verdict et de clore l'affaire. Pas de remettre en question la conclusion.

— C'est la décision du coroner, réplique-t-il, sans conviction. Il l'a examinée puis il nous a renvoyé le corps qu'on a enterré dans le coin du cimetière, sous le gros peuplier. Le bedeau a même fait une épitaphe pour elle.

Le ton est condescendant. «Quelle magnanimité!» pense Maeve. Elle est agacée par ce prêtre qui n'a pas cru bon de lui offrir ses condoléances. Aucune empathie. Il ne semble pas avoir de temps pour discuter d'un événement aussi important.

— Ça vous surprend pas, reprend Fidélin, qu'elle se soit noyée dans un si petit puits?

Le curé hausse les épaules. Il bourre sa pipe, cherche des allumettes dans le tiroir de son bureau, en craque une et lance une grosse bouffée de fumée. Cette fois, il regarde Maeve droit dans les yeux.

— Votre sœur, insinue-t-il comme un reproche, c'était une bizarre de femme. Savez-vous qu'en dix ans à Saint-Benjamin, elle n'a jamais mis les pieds dans l'église et c'est pas parce que j'ai pas essayé de la... convertir, reprend-il après une brève hésitation.

— Et pourquoi pensez-vous qu'elle s'est jetée, tête première et toute nue, dans un puits?

Le curé hausse de nouveau les épaules. Il n'a pas d'explication. Il est visiblement agacé. On dirait qu'il veut éviter cette conversation ou y mettre fin le plus rapidement possible. Fidélin se rappelle les paroles de sa mère. «C'est un méchant scandale pour la paroisse pis toute une claque dans la face pour le curé.»

— Personne n'a rien vu, personne n'a rien entendu. La première nouvelle que j'en ai eue, c'est par Réginald Boily quand il est venu me chercher.

— Pensez-vous, demande Maeve, que Catiche pourrait avoir fait ça?

Le curé branle vivement la tête.

— Catiche a l'air bouleversé par ce qui est arrivé, intervient Fidélin.

— Tout est possible, répond le prêtre. Mais Catiche, c'est un arriéré sans malice, tranche-t-il, en se levant pour indiquer que l'entretien est terminé.

— Et le maire? glisse Maeve.

— Quoi, le maire? s'indigne le prêtre, de plus en plus impatient.

Fidélin lui fait part des rumeurs, de la mauvaise réputation de Médée Lévesque et de ses visites fréquentes à Rachel.

— Elle ne payait pas ses taxes, il faisait son devoir. Vous n'allez quand même pas commencer à soupçonner tout le monde. Ni le maire, ni Catiche n'ont quoi que ce soit à se reprocher. Je vous répète que c'était un accident.

— Ma sœur payait ses taxes, dit Maeve. J'en ai la preuve. Se pourrait-il que le maire ait gardé l'argent pour lui?

Le curé est en équilibre de plus en plus précaire. Protéger le maire? Pourquoi le ferait-il? Il a le plus profond mépris pour cet homme. Mais l'important, pour l'instant, c'est de clore l'affaire le plus hermétiquement possible pour ne pas entacher davantage la réputation de «sa» paroisse.

— Vous perdez votre temps, mais si vous voulez en avoir le cœur net, allez lui demander.

Le curé leur tourne le dos. Fidélin entraîne Maeve hors du presbytère. Elle est bouleversée par l'attitude du prêtre. Sa froideur, sa brusquerie et son manque de compassion la désarçonnent.

— Il est souvent comme ça. C'est pas nouveau. Depuis son arrivée, il répète qu'il fera de Saint-Benjamin la paroisse la plus progressiste de la province de Québec. Mais ce scandale va lui nuire. C'est certain qu'il voudra l'enterrer le plus vite possible.

Maeve plisse les lèvres, frustrée.

— Viens, lui propose Fidélin, on va voir le maire.

— Je veux aller au cimetière avant.

À l'abri de l'église, le petit cimetière a fait le plein de morts. Les épitaphes empiètent les unes sur les autres comme si elles voulaient se réconforter mutuellement. Sur la tombe de Joseph-à-Damase Boily, le bouquet de lilas est fané. Un oriole de Baltimore a suspendu son nid au faîte du peuplier qui surplombe le coin profane, là où Maeve et Fidélin retrouvent l'emplacement de Rachel. Quelques pelletées de terre ont été jetées négligemment sur la fosse. Maeve se penche, redresse l'épitaphe et se signe. Fidélin en fait autant. Ils restent un long moment silencieux, cherchant des réponses à leurs questions, dépassés par une mort aussi soudaine qu'inexplicable. Les larmes aux yeux, Maeve n'arrive pas à se déculpabiliser. Y parviendra-t-elle jamais? Elle voudrait reculer dans le temps au lendemain de la mort de son père, renouer avec Rachel, partager avec elle petits et gros secrets, modestes et grands bonheurs, créer cette belle complicité qui aurait dû lier les deux sœurs.

— Avant de repartir, je vais m'assurer de lui faire faire une belle épitaphe.

Faisant appel à sa mémoire, Maeve marmonne un «Je vous salue, Marie». Il y a tellement longtemps qu'elle n'a pas prié. Fidélin joint sa voix à la sienne dans le «Sainte-Marie, mère de Dieu». La jeune femme éclate de nouveau en sanglots. Mal à l'aise, il lui touche le bras en signe de compassion.

La maison de Médée Lévesque est située à un jet de pierre du cimetière. Fidélin la prévient, le maire est d'humeur massacrante en temps normal, et encore plus aujourd'hui.

— Pourquoi? fait Maeve.

— Une histoire de vols d'animaux. Ça vient de recommencer. Depuis trois ou quatre ans, il y a des dizaines d'animaux qui ont disparu dans la paroisse. Tout le monde soupçonne Delbert Lagrange, l'ami du maire et du curé, mais personne peut le prouver. Il y en a même qui se demandent si Médée Lévesque est pas le complice de Delbert.

— Delbert Lagrange? fait Maeve étonnée. C'est vrai qu'il a pas l'air honnête. Sa femme est fine, mais lui, il m'inspire tellement pas confiance.

Delbert Lagrange est un homme influent qui a contribué à l'élection de Médée Lévesque et qui renfloue les coffres de la Fabrique chaque fois que le curé le sollicite. D'où tient-il cette richesse? Sûrement pas de sa modeste ferme. Du trafic d'animaux volés? De connivence avec le commerçant de Saint-Prosper? Ils sont nombreux à le croire.

— Donc, dit Maeve, le maire et le curé le protègent?

— On dirait bien.

Médée Lévesque est pressé. Le dossier de Rachel Brennan ne l'intéresse plus. Affaire classée. Le curé l'a confirmé. Aussitôt que Fidélin lui présente Maeve Brennan, le maire, le doigt pointé vers elle, la semonce :

— Ta sœur a jamais payé ses taxes, dix ans d'arriérages, ça fait que la maison, penses-y même pas, le conseil va la vendre pour les taxes.

Déjà ébranlée par le curé, Maeve n'entend pas s'en laisser imposer par ce «petit maire suffisant», comme l'a écrit Ryan dans une lettre à sa sœur.

— Vous allez pas un peu vite? lui lance-t-elle, d'une voix ferme.

— Vous avez d'l'argent pour payer, madame?

— Non, mais je sais qu'elle vous a déjà donné de l'argent, j'en ai la preuve.

Les yeux du maire s'arrondissent.

— Quelle preuve?

— Un calepin avec des dates, fait Maeve, mystérieuse.

— Vous allez m'dire qu'a savait écrire, ironise le maire, méprisant.

Maeve se mord la lèvre inférieure. Décidément, cet homme l'horripile. Quel goujat!

— Oui, et chaque fois qu'elle vous a donné de l'argent, elle l'a écrit devant témoin.

Maeve joue bien son jeu. Elle veut voir jusqu'où il ira. Le maire grimace, pris par surprise. Et si ce témoin était Laurélie Lagrange, la femme de son ami Delbert? Elle aimait beaucoup Rachel et l'a souvent aidée et conseillée.

— A m'a jamais donné une cenne noire, fait-il plus mollement.

— C'est faux, riposte Maeve, et avisez-vous pas de toucher à la maison.

Les deux mains dans les poches, frondeur, Fidélin dévisage le maire. À l'évidence, il ment. Combien d'argent a-t-il extorqué à Rachel? Combien lui en a-t-elle donné pour s'en débarrasser?

— Puis, je trouve que vous avez conclu un peu trop vite à l'accident. Vous et le curé, vous avez l'air très pressés de fermer le dossier.

Le maire se retourne vivement.

— A s'est j'tée dans l'puits, c'est aussi simple que ça. A devait être encore saoule après avoir jeunessé toute la nuit.

Maeve et Fidélin s'insurgent.

— Arrêtez de répéter ces niaiseries-là. Elle ne buvait pas, on sait tous ça. Et non seulement elle faisait pas la fête, mais elle parlait très rarement au monde.

Le maire ne désarme pas.

— Pis l'Irlandais qui a passé l'été avec elle y a deux ans?

Le ton est méprisant. Maeve sent la colère hérisser son corps. «L'Irlandais! Comme si c'était une race inférieure!»

— L'Irlandais qui a passé l'été avec elle, dit Fidélin, c'est mon ami Ryan O'Farrell. C'est un gars honnête qui a plus d'instruction que tout le village de Saint-Benjamin réuni. Il a promis à Rachel de la marier après la guerre. Il est tombé en amour avec elle. Ça se peut, non?

— Vous cherchez quoi au juste?

Maeve et Fidélin font une pause.

— On veut savoir qui l'a poussée dans le puits, tranche Maeve, durement. Pourquoi il y a pas une vraie enquête? Pas par un petit juge de paix pourri comme vous, mais par la police.

Le maire s'avance vers elle, blanc de rage. Fidélin s'interpose rapidement.

— Personne l'a poussée dans l'puits. Le coroner a dit qu'a s'était neillée, point final.

Fidélin regarde le maire droit dans les yeux. Il veut en avoir le cœur net.

— Aux dernières nouvelles, vous êtes toujours le juge de paix de la paroisse? Montrez-nous le rapport du coroner, vous l'avez sûrement?

Médée Lévesque est embarrassé. En tant que juge de paix, il devrait avoir reçu copie du rapport. Devrait-il s'humilier devant les deux visiteurs et admettre qu'il ne l'a pas?

— Des fois, l'coroner l'envoie au curé, y avez-vous demandé?

— Non, mais on vient de le rencontrer et il nous a pas montré le rapport.

Le maire hausse les épaules comme s'il n'y pouvait rien. Maeve est de plus en plus convaincue que les deux hommes tronquent la vérité. Retourner voir le curé? Pas maintenant, l'expérience a été trop douloureuse.

— Vous êtes souvent allés la voir, vous et le curé? demande Fidélin.

— J'voulais juste qu'a paie ses calvinsses de taxes, j'ai fait ma job, c'est toutte.

— C'était seulement pour les taxes? Pourtant, elle les payait, rétorque Maeve.

Médée Lévesque s'avance vers eux, la lèvre tremblante, les poings fermés. Il crache un jet jaune de jus de pipe à leurs pieds.

— Sortez d'ma maison tout de suite. J'accepterai jamais qu'on m'accuse d'un crime que j'ai pas commis.

Maeve et Fidélin ne bougent pas. Ils observent le maire sans rien ajouter. Il a l'air empêtré, embêté, de la bave aux coins de la bouche. Maeve déteste cet homme. Il pue le mensonge et l'hypocrisie.

— Merci, monsieur le maire, on reviendra vous voir dès qu'on aura trouvé des preuves.

Maeve et Fidélin sortent de la maison sans refermer la porte derrière eux. De la fenêtre de la cuisine, Médée Lévesque les suit des yeux; un mauvais rictus déforme sa bouche.

23

La lune se découpe au bout du rang Watford. Les arbres jaillissent de l'ombre comme s'ils cherchaient à rejoindre la nuit. Rien ne bruisse que la cascade lointaine de la rivière Cumberland. Le bruit d'un camion tire Rachel Brennan d'un demi-sommeil. Elle se relève dans son lit, agacée d'être ainsi dérangée, elle qui comptait sur une longue nuit pour effacer la fatigue de la journée. Récolter trois gros sacs de topinambours n'est pas une mince affaire. Et il en reste encore autant dans la terre, sinon plus. Sans oublier carottes, oignons et betteraves. Des provisions pour l'hiver. Ryan serait fier d'elle.

Soudainement, les vaches de Thomas Boily commencent à meugler. Rachel s'en étonne. Elle tend le cou à la fenêtre. Barbotte gronde. Un autre vol d'animaux? Elle est de plus en plus certaine que Delbert Lagrange en est l'auteur avec la complicité d'Odias Bergeron, le gros commerçant de Saint-Prosper. À quelques reprises, elle a vu de nouvelles bêtes dans la grange de Delbert. Aussitôt arrivées, aussitôt reparties. Des moutons, des cochons et même des vaches. D'où venaient-ils? Devrait-elle le dire à Laurélie? Risquer que Delbert l'apprenne et lui fasse payer ses indiscrétions? Elle choisit de se taire, comme toujours. Elle ne veut pas être mêlée à ces embrouilles. Sans compter le danger de perdre son emploi. La générosité de Laurélie, souvent à l'insu de son mari, permet à Rachel d'avoir assez d'argent pour satisfaire tous ses besoins et pour payer taxes et dîme.

Le bruit du camion s'est éloigné. Rachel s'en réjouit, quand des coups secs sont frappés à la porte. Barbotte se précipite. Qui peut bien l'importuner à pareille heure? Elle se lève, enfile pantalon et chandail et cherche ses allumettes pour la bougie. Les coups d'épaules et de poings se font plus insistants, mais, grâce à la barre, la porte résiste aux assauts du visiteur.

— Ouvre la porte, j'ai à te parler.

Rachel reconnaît la voix du maire. Tout son corps se crispe. Refuser de lui ouvrir? Espérer qu'il perde patience et s'en retourne? Médée Lévesque se fait insistant, tapant de plus en plus fort dans la porte. Rachel se résigne à lui ouvrir. Furieux, il se précipite vers la commode à la recherche d'argent. Il n'en trouvera pas, elle a pris soin de bien cacher les quelques piastres qu'elle a reçues de Laurélie en fin d'après-midi. Le maire bougonne.

— Tu me dois deux piastres, lui lance-t-il, la voix pâteuse, puant l'alcool.

Rachel le dévisage, mais comme d'habitude, ne dit rien. Médée s'approche et quand il veut poser la main sur son sein, elle le repousse vivement. Le maire va choir sur le plancher, se cognant la tête contre la table. Barbotte saute aussitôt sur lui et le mord à la jambe.

— Non, Barbotte. Tranquille!

Médée Lévesque se relève, furieux. Il chasse le chien d'un coup de pied. Barbotte hurle de douleur. Les traits de Rachel se durcissent. Elle veut se pencher pour rassurer sa bête, mais le maire fonce sur elle. Elle ne recule pas d'un pouce, lui saisit le bras, le tord de toutes ses forces et le pousse hors de la maison, rudement. Engourdi par la boisson, Médée Lévesque vole par-dessus les trois marches de l'escalier et plonge face première dans le gravier. Rachel ferme la porte et remet la barre.

Le visage tuméfié, le maire se relève péniblement, essuie la terre sur ses pantalons, examine la morsure du chien sur sa jambe et fait un pas vers la porte. Mais il s'arrête aussitôt. La vigueur avec laquelle Rachel l'a soulevé, l'a transporté à bout de bras et l'a envoyé voler comme une vulgaire boule de neige lui fait comprendre qu'il a intérêt à ne pas se mesurer à elle. Il trouvera un autre moyen. «T'as pas fini avec moé, calvinsse de guidoune!»

Rachel est soulagée. Apaisement temporaire. Il reviendra, elle n'en a aucun doute. Son argent est bien caché, il ne le trouvera jamais, mais il n'abandonnera pas aussi longtemps que sa vengeance ou ses désirs ne seront pas assouvis. Demain, elle parlera à Laurélie. Lui demandera conseil. A-t-elle bien fait d'envoyer paître le maire? Quels sont ses recours? Laurélie pourrait-elle intercéder en sa faveur? Delbert Lagrange et Médée Lévesque sont tellement proches.

Elle se penche pour examiner Barbotte. Le chien bat de la queue pour signaler son bonheur. Il n'est pas blessé sérieusement. Étonnant quand même, pense Rachel, qu'il ait mordu le maire. Jamais auparavant Barbotte n'a fait preuve d'une telle agressivité. Devant le danger, il bat souvent en retraite. Quand le tonnerre gronde, il se réfugie aussitôt sous le lit de sa maîtresse. «Il a probablement senti toute la haine que j'ai pour cet affreux personnage.» Rachel s'en réjouit, cet animal qu'elle a toujours considéré comme un compagnon inoffensif peut aussi la protéger à l'occasion.

Les vaches de Thomas Boily ont recommencé à meugler. Un chien jappe. Barbotte a les oreilles dressées. Rachel jette un coup d'œil par la fenêtre. La lune joue à cache-cache derrière les nuages. Elle ne voit rien, éteint la bougie et se met au lit, mais le sommeil tarde à venir. Depuis quelque temps, l'idée de vendre la maison et de retourner à Saint-Odilon lui effleure l'esprit. Racheter la ferme de son père. Y vivre heureuse. Elle en parlera à Ryan quand il reviendra. Si seulement il était à ses côtés. Elle lui en veut de l'avoir ainsi abandonnée.

24

Journal de Ryan O'Farrell, Caen, le 7 juillet 1944

Mon amour, aujourd'hui, j'ai un bandage autour de la main. Rien de grave, des éclats de roches. Je viens de revivre l'enfer. Le deuxième depuis mon arrivée en Europe. Au cours des derniers jours, nous tentions de reprendre l'aéroport de Carpiquet, près de Caen. Les Allemands ont défendu férocement cet endroit stratégique. C'est fait, nous les avons délogés, mais à quel prix. Des dizaines de mes amis du régiment de la Chaudière sont morts. Encore une fois, la bataille a été sanglante. Les barbares allemands ont massacré les nôtres. Nous avons répliqué tout aussi férocement. À la fin de l'affrontement, la mort gisait autour de nous. Partout, des soldats mutilés, défigurés, boue et sang emmêlés. Des corps déchiquetés, tournés vers le ciel, comme s'ils remerciaient Dieu de les avoir soustraits à ce déluge de feu. Dans la nuit noire qui avalait la vie, il ne restait plus que des effluves de soufre, de poudre, l'âcreté du sang et la puanteur des chevaux éventrés.

Pendant plus de vingt minutes qui m'ont semblé une éternité, Rosaire Caron, gravement blessé, a hurlé sa douleur, caché dans un bosquet. J'ai tenté de ramper avec Égide Gilbert, les ongles dans l'herbe, pour le secourir, mais les rafales allemandes nous repoussaient chaque fois. Finalement, la plainte de Rosaire s'est éteinte en même temps que la mitraille. Nous avons tous compris.

Un grand silence est tombé sur nous. Le calme renaissait. Les douleurs, une à une, s'estompaient. Égide a prié. J'ai pleuré. Plus tard, quand les brancardiers ont emporté Rosaire, j'ai détourné les yeux.

Je remercie le ciel d'être encore vivant, mais à frôler la mort sans arrêt, elle en vient à ne plus m'effrayer. Fataliste? Je ne pourrais pas te dire. Je la vois rôder, venimeuse et funeste. Son odeur empoisonne l'air. Parfois, je l'entends siffler à mes oreilles, d'autres fois, elle scintille sur les baïonnettes allemandes. Compagne invisible, j'accepte sa présence, soutiens son regard cafardeux, la défie. Même si elle est plus forte que moi, la mort ne me fait plus peur. Parce que tu es là pour me protéger, je me sens immunisé contre cette maudite. Ma chère Rachel, elle devra nous prendre tous les deux, à la même heure, au même endroit, dans les bras l'un de l'autre. Je ne la laisserai jamais me séparer de toi.

Est-ce l'extrême fatigue qui me pousse à réagir ainsi? L'épuisement total? Quand j'ai une heure de repos, mon corps s'y refuse, parcouru de tensions qui l'électrocutent, qui déclenchent ces cognements dans ma tête, mes yeux et mes jambes. J'ai l'impression d'avoir perdu le contrôle de mon être. Depuis notre départ de Southampton, je n'ai pas eu une seule nuit de sommeil. Toujours sur le qui-vive, un écheveau d'émotions exacerbées, un fardeau de fatigue dans mes bagages, un goût de sang dans la bouche, les yeux rougis qui évitent ceux de mes camarades accablés de peine et de douleurs.

Ce matin, ma chère Rachel, je t'en veux un peu. Un soldat vient de livrer le courrier et j'aurais tout donné pour avoir une lettre de toi. Je l'ai suivi des yeux pendant la distribution. Quand il est arrivé près de moi, il a haussé les épaules pour partager ma déception. Une lettre de toi, un baume qui m'aurait soulagé de tant de douleurs. Je n'ai pas de raisons de croire que t'as renoncé à moi, ton amour, comme le mien, est indestructible. Mais un mot de toi, un mot seulement, chère Rachel, qui m'aiderait à continuer à survivre dans cet enfer. Toucher le papier sur lequel tu t'es penchée. Retrouver ton odeur, celle de la maison, de Barbotte.

Aurais-je dû rester bien peinard à Saint-Benjamin, ne pas m'enrôler? Combien de fois me suis-je interrogé? Pourquoi n'ai-je pas eu la sagesse de mon ami Fidélin? Il est trop tard maintenant. Que ça finisse! Dès lors que la guerre sera gagnée, je te retrouverai. Jamais plus je ne te quitterai. Jamais plus je ne vivrai un instant sans toi.

En attendant, mon esprit vagabonde vers toi. La nuit dernière, il m'a emmené à la dame de la rivière Cumberland où tu vas toujours pêcher. On n'a rien attrapé, trop occupés à s'aimer. Tu me manques tellement. Je crains parfois que cette maudite guerre me laisse meurtri, abîmé, dans ma tête et dans mon corps, mais je sais que je pourrai compter sur toi. Tu seras là pour panser mes blessures. Ton amour me guérira, me sauvera. Je t'aime tant. Ce poème, pour toi...

Quelques lampées de feux rouges
Balbutient dans les quenouilles maigres
La longue plainte du crépuscule
À refaire la nuit
Quenouilles apeurées à morsure d'automne
Le jour noirci dans les sentiers d'oiseaux
La lune par les créneaux de la nuit
S'éprend d'un parfum d'avoine

25

Trois personnes attendent la malle devant la maison de Fortunat Lambert qui abrite le bureau de poste de Saint-Benjamin. Quand le maître de poste revient de la gare avec son sac de courrier et de journaux, Maeve et Fidélin le suivent à l'intérieur. Ils ont des questions à lui poser. Comment se fait-il que Rachel n'ait pas reçu de lettres de Ryan dans les trois derniers mois? Maeve en a retrouvé une bonne trentaine, mais aucune récente. Pourquoi Ryan aurait-il cessé d'écrire? Où sont passées les autres? Rachel a-t-elle écrit à Ryan?

Fortunat Lambert, le maître de poste, n'est pas bavard. Il ouvre de grands yeux étonnés quand Maeve lui demande si sa sœur a reçu des lettres de l'étranger dans les trois derniers mois. Perplexe, il fait mine de fouiller dans des sacs de courrier, avant de hausser les épaules, impuissant.

— J'ai rien pour elle.

Maeve s'impatiente.

— Ce n'est pas ce que je vous demande. Dans les trois mois avant sa mort, est-ce qu'elle a reçu des lettres? Est-ce que ma sœur est venue poster des lettres?

Fortunat hésite encore. Sa mémoire lui joue des tours, mais Maeve et Fidélin ont des doutes. Il se donne des airs faussement naïfs, «un parfait niaiseux», pense Maeve.

— Elle venait rarement au village, dit Fidélin en élevant la voix, et elle était très reconnaissable. Vous l'avez vue ou pas?

Petit homme, une tête de marmotte, rares cheveux grisonnants, craintif, le maître de poste recule d'un pas, intimidé. Il doit son poste à l'intervention du curé, le maire avait un autre candidat en tête, un beau-frère qui n'avait plus la santé ou la volonté d'exploiter sa ferme.

— Y a longtemps, a faisait faire ses commissions par l'fou à Dézeline. On la voyait pas souvent. A l'allait au magasin à Télesphore, mais a l'a jamais mis les pieds dans mon bureau d'poste, jamais. Quand a r'cevait d'la malle, j'la donnais à Laurélie Lagrange pour qui a travaillait. À ma connaissance, a l'a pas reçu d'lettres avec un timbre du Vieux Monde dans les trois derniers mois. Sinon, j'les aurais données à Laurélie.

— Catiche vous a jamais remis une lettre de la part de Rachel?

— Oui, mais y a ben longtemps, pis Catiche vient presque pus au village. Le monde rille trop de lui. Avant les fêtes, c'est Laurélie qui a apporté la lettre.

— Qu'avez-vous fait du reste du courrier pour Rachel Brennan?

Le maître de poste a un geste d'impatience.

— J'viens de vous dire que j'ai tout donné à Laurélie Lagrange.

— Vous vous souvenez pas d'autres lettres venant d'Europe que vous pourriez avoir remises à quelqu'un d'autre par erreur?

Le maître de poste pince les lèvres.

— J'fais pas d'erreurs comme ça. Vous êtes sûrs qu'y est pas mort, son soldat?

Fidélin ne le sait pas. L'idée lui a effleuré l'esprit. La mère de Ryan O'Farrell habite Saint-Malachie. Sans être en rupture de ban avec elle, Ryan la fréquentait peu. Leur relation s'était détériorée depuis la mort de son père. Quand il l'a vue la dernière fois, elle a tout fait pour le décourager de s'enrôler. Comment le fils d'une Canadienne française et d'un Irlandais catholique pouvait-il voler au secours de l'Angleterre? Malgré cela, si le soldat Ryan O'Farrell doit mourir sur le champ de bataille, sa mère en sera la première informée.

112

— Je vais appeler sa mère ce soir, dit Fidélin en sortant du bureau de poste.

— Tu vas lui dire pour Rachel?

— Non, je crois pas qu'elle était au courant.

— Tu penses que le maître de poste dit la vérité?

— J'ai des doutes, réplique Fidélin, il a l'air tellement hypocrite. Viens, on va aller interroger Catiche. Peut-être qu'on pourra le faire parler un peu.

Maeve et Fidélin, assis côte à côte dans le robétaille qui tressaute sur la route caillouteuse, observent la nature sans la voir. Dans le rang Watford, Thomas Boily passe la herse sur ses labours, soulevant derrière lui un voile de poussière. Une bande de goglus en équilibre précaire dans les quenouilles jouent la grande mélodie de l'été. De temps à autre, les épaules de Maeve et de Fidélin se touchent, une sensation que Fidélin ne déteste pas.

— T'as un chum à Québec? demande-t-il.

La question à brûle-pourpoint surprend Maeve.

— J'en avais un, mais je l'ai laissé. Un imbécile!

Fidélin sourit.

— Et toi? Madame Lagrange m'a dit que toutes les filles du village te couraient après.

Fidélin éclate de rire.

— Elle exagère un peu. J'ai personne. Je travaille trop, j'ai pas le temps de m'occuper d'une femme. Mais il faudra bien qu'un jour, je me décide.

— T'as quelqu'un en vue?

Fidélin hésite un instant.

— Pas vraiment.

La réponse ambiguë n'allume pas davantage la curiosité de Maeve. Ébranlée, perturbée par la mort de sa sœur, elle n'a pas la tête à de nouvelles amours, même si elle trouve un certain charme à Fidélin. De toute façon, elle n'a pas l'intention de s'attarder à Saint-Benjamin. Dès qu'elle en aura le cœur net au sujet de sa sœur, elle repartira.

Dézeline Veilleux les accueille avec joie, heureuse de rencontrer Maeve Brennan dont tout le monde parle dans le voisinage. Mais son visage se crispe quand ils lui proposent d'interroger Catiche.

— Y est tellement dérangé par la mort de Rachel. Y hurle la nuitte pis y en a perdu l'appétit.

La semaine passée quand Trefflé a sorti son violon, Dézeline l'a invité à se rendre au concert. Il a refusé. Elle a ouvert toute grande la fenêtre pour laisser couler la musique. Catiche s'est renfrogné dans le coin de sa chambre, ses grosses larmes coulent dans le poil soyeux de Barbotte.

— Promettez-moi de pas trop l'bousculer. Y est dehors avec le chien, j'vas l'chercher.

Quand Catiche entre dans la maison, il observe les deux visiteurs et se réfugie aussitôt contre sa mère. Elle le prend dans ses bras, l'embrasse sur le front et essaie de lui expliquer pourquoi ils sont là.

— Tu vois, Maeve, c'est la sœur de Rachel. Pis tu connais Fidélin, y t'a donné des pommes l'automne passé.

— Chel tie…

— Oui, Rachel est partie pis Maeve voudrait savoir si t'as vu queque chose. Elle pis Fidélin, y aimeraient t'parler.

— Nambours… nambours !

— Qu'est-ce qu'il dit ? demande Fidélin à Dézeline.

— Y répète ça depuis la mort de Rachel. J'comprends pas de quoi y parle. Y a jamais marmonné ces mots-là avant. J'comprends pas.

— Nambours ? reprend Maeve.

Catiche s'agite, son visage se défait, la bave lui coule de la bouche. Il crie de plus en plus fort.

— Nambours, nambours…

Quand il se met à pleurer, Dézeline leur fait signe de ne pas insister. Ils n'en tireront rien. Seul le temps lui permettra de retrouver un semblant de vie normale. Si, la première fois qu'elle l'a vu, Maeve s'en est méfiée, aujourd'hui Catiche lui

114

inspire de la commisération. Elle est convaincue comme tous les autres qu'il n'a pas tué sa sœur.

— Y s'est couché d'bonne heure ce soir-là, précise Dézeline, comme à tous les soirs. Avant la mort de Rachel, y dormait dur, y s'réveillait jamais. C'matin-là, y l'a trouvée dans le puits vers neuf heures. Tous les jours y sortait quand Rachel partait travailler chez les Lagrange. A lui laissait Barbotte pis souvent a lui donnait une sucrerie.

Maeve ébauche un sourire mélancolique. Que Rachel ait fait preuve de tant de générosité à l'endroit d'un arriéré comme Catiche lui réchauffe le cœur. Un éclairage nouveau sur cette sœur qu'elle n'a pas pris le temps de bien connaître. En partant, Maeve et Fidélin font promettre à Dézeline de leur raconter tout ce qu'elle pourra tirer de Catiche.

— Tu viens souper à la maison, propose Fidélin. Depuis que mon père est mort, ma mère s'ennuie. Elle sera contente d'avoir de la compagnie.

Maeve accepte l'invitation avec empressement.

— Laisse-moi d'abord prévenir madame Lagrange.

En rentrant, Fidélin doit patienter longtemps avant d'obtenir la communication avec la mère de Ryan O'Farrell. Elle est froide, distante, pas très portée sur les épanchements. La dernière lettre qu'elle a reçue de son fils remonte à il y a un mois. Très peu de détails. Il lui écrivait simplement que tout allait bien. Depuis, aucune nouvelle de Ryan ou de l'armée.

— Un mois, fait Maeve, surprise. Je suis ben sûre qu'il est toujours vivant.

Comment expliquer qu'une lettre se soit rendue à Saint-Malachie, mais aucune à Saint-Benjamin? Fidélin branle vivement la tête. Il a un mauvais pressentiment. Où sont passées les lettres de Ryan? Quelqu'un les aurait-il interceptées? Et pourquoi?

— Maintenant que ça a l'air qu'il est en vie, est-ce qu'on doit lui écrire pour lui dire que Rachel est morte?

Fidélin hésite. Pourquoi ne pas attendre la fin de la guerre? Le ménager un peu. Ce matin encore, les journaux titraient que le dénouement était proche.

— Oui, mais ça peut durer encore des mois, objecte Maeve, et ça peut prendre pas mal de temps avant qu'il soit libéré complètement par l'armée.

Fidélin lui donne raison. Ryan doit connaître la vérité. Il sera bouleversé, défait, brisé. Mais si la guerre doit se prolonger, Ryan lui en voudra d'avoir attendu aussi longtemps avant de lui annoncer la mort de sa bien-aimée. Demain, ils écriront à Ryan O'Farrell.

— De toute façon, ajoute Fidélin, il paraît que ça prend un mois et plus avant que la lettre arrive de l'autre côté. Et peut-être plus longtemps s'il est au front comme je le pense.

26

Après le repas, Fidélin reconduit Maeve chez les Lagrange. La soirée est belle. Pleine lune et chape d'étoiles. Concerts de grenouilles et sifflements stridents des grillons. Un chien hurle. Barbotte? Non, depuis la mort de Rachel, on ne l'entend plus. Il dort dans le lit de Catiche.

— Ma mère était contente de te voir, dit Fidélin.

Maeve force un sourire. «Et toi?» songe-t-elle à lui demander. Souvent, pendant le repas, elle a surpris son regard posé sur elle. Le célibataire endurci serait-il en train de mollir? Simple attirance physique? Encore ébranlée par la fin abrupte de sa relation avec Édouard Fecteau, qu'elle n'a jamais vraiment aimé, Maeve se méfie des amourettes sans lendemain. De ce Fidélin un peu trop enjôleur à son goût. Mais sa tête et son cœur sont ailleurs. Fidélin n'y a pas accès. Le chagrin causé par la mort de Rachel occulte tous les autres sentiments.

— C'est une maudite belle soirée, dit Fidélin pour meubler la conversation.

Maeve l'approuve d'un petit coup de tête. Elle s'écarte un peu, chaque fois que leurs bras se touchent au hasard des aspérités de la route.

— Te voilà rendue.

Une chandelle sautille à la fenêtre des Lagrange. Derrière l'étable, un cheval renâcle. Fidélin effleure l'épaule de Maeve, la salue et tourne aussitôt sur ses talons, comme s'il était pressé de rentrer. Il se surprend de cette attirance si soudaine. Pourquoi son cœur court-il à toute vitesse ? Devrait-il se méfier de cette Maeve, différente, vive, intelligente ? Le jeune homme s'éloigne, le pas léger comme celui d'un gamin, s'immobilise et se tourne vers elle.

— Je viens te chercher demain pour retourner voir le curé, lui lance-t-il à la sauvette.

Fidélin disparaît dans l'obscurité. À l'intérieur, Maeve se retrouve face à face avec Delbert Lagrange.

— Bonne nuit, monsieur Lagrange.

Elle le contourne et entre rapidement dans sa chambre. Cet homme lui déplaît. Leur conversation, la veille, l'a déstabilisée. Sa façon de la regarder, de l'interroger sur ses amours. Ses blagues souvent à double sens l'ont rendue inconfortable. Un voleur d'animaux en plus ! Rien pour la rassurer.

Elle met du temps à s'endormir, son esprit vagabondant entre Rachel et Fidélin. Comment sa sœur a-t-elle pu survivre dans ce rang de tous les commérages, de toutes les indiscrétions et de tous les désirs inassouvis ? Toujours surveillée, épiée. En arrivait-elle à tous les ignorer ? Comment quelqu'un d'intelligent comme Fidélin trouve-t-il son compte dans ce petit village ? N'a-t-il donc aucune ambition ? Se contentera-t-il de finir ses jours à l'emploi de la Brown ? Elle n'arrive pas à comprendre les choix de sa sœur, de Fidélin, des hommes et des femmes de son âge qui préfèrent ces petits patelins à l'animation des grandes villes.

Incapable de dormir, elle se relève et fouille dans l'enveloppe de Rachel à la recherche d'une autre lettre qui l'a émue. Elle rêve du jour où un Ryan lui écrira une missive aussi passionnée.

Ma très chère Rachel. Je me demande parfois si notre amour survivra à l'éloignement. Un amour si soudain, si puissant, presque violent. Est-il fragile pour autant ? A-t-il eu assez de temps pour s'enraciner ? Dix mois, c'est si court. De mon côté, dix mois ont suffi pour ancrer cet amour au plus profond de moi. Quand je revois ce petit

118

sourire au fond de tes yeux, je sais que notre amour est aussi solidement amarré dans ton cœur. Un amour que le temps ne dissoudra jamais. Qui fera l'envie de tous ceux qui nous côtoieront. Je t'aimerai encore plus dans dix ans, vingt ans, cent ans, si je pouvais vivre aussi longtemps! Oui, notre amour survivra. L'éloignement l'étançonnera, le renforcera. Ma chère Rachel, je ferai de toi la femme la plus heureuse du monde. Tu n'auras pas assez de mille vies pour épuiser mon amour. Je ne te quitterai plus jamais, je te le promets. Je t'aime tant.

Ryan

Le sommeil de Maeve est mouvementé. Quand Fidélin vient la chercher le lendemain, il a son plus beau sourire. Attentionné, il descend du robétaille, lui tend la main et l'aide à grimper sur le siège. Tant de galanterie la surprend.

— T'as bien dormi?

— Oui, ment-elle.

Quand Maeve lui fait part de son malaise vis-à-vis de Delbert Lagrange, Fidélin n'est pas surpris. Les Lagrange ont toujours été de bons voisins même si les relations étaient peu fréquentes et dépassaient rarement les «Bonjour, comment ça va?» Mais depuis qu'on soupçonne Delbert Lagrange des vols d'animaux survenus ces dernières années, Robertine Vachon l'évite tant qu'elle peut. Même son amitié avec Laurélie, longtemps sa voisine préférée, s'est effilochée.

— Je me fais donc pas des idées?

— Non.

Fidélin saisit les cordeaux et donne le signal du départ à la vieille jument. Maeve s'assoit au bout du siège pour amoindrir les contrecoups de la mauvaise route et pour éviter que son épaule heurte celle de Fidélin. Elle l'observe parfois à la dérobée et le trouve beau. À moins que ce soit les lettres d'amour de Ryan qui l'aient attendrie. Elle rêve d'une passion comme celle de sa sœur. Aimer autant, sans contrainte, sans réserve, être aimée follement, aller au bout de l'amour, en épuiser toutes les ressources.

Au presbytère, le curé les accueille plus chaleureusement que la première fois.

— On aimerait voir le rapport du coroner, demande Maeve. Quel était son nom déjà?

Le curé se retourne vivement et file vers son bureau.

— Aubry, je crois, marmonne-t-il en fouillant dans un tiroir.

Maeve et Fidélin suivent les gestes du prêtre. Au bout de quelques instants, il hausse les épaules d'impuissance.

— Je ne peux pas le trouver. Ma servante passe son temps à déplacer mes papiers. Cherche si elle ne l'a pas égaré ou jeté par erreur.

Maeve et Fidélin se regardent, incrédules. Comment peut-on perdre un tel document? Quelques jours seulement après l'avoir reçu?

— Vous êtes bien certain que vous en aviez une copie? demande Fidélin.

L'idée que le curé aurait eu intérêt à dissimuler le rapport lui effleure l'esprit. Quelque chose dans l'attitude d'Aldéric Vallée l'intrigue. Il a toujours été direct, jamais de faux-fuyants, mais là, il est évasif.

— Il ne faut jamais douter de la parole d'un prêtre, mon cher Fidélin.

Maeve n'aime pas ce ton doucereux. A-t-il vraiment égaré un rapport aussi important ou l'aurait-il plutôt fait disparaître? Jusqu'où irait-il pour protéger l'image de sa paroisse?

— Écoutez, reprend le prêtre, ma servante est allée voir sa sœur malade à Beauceville, dès qu'elle reviendra, je lui demanderai où elle l'a mis. Mais c'est rien de très excitant, un quart de page seulement pour dire que c'était un accident.

Avant de quitter le presbytère, Fidélin se tourne vers le curé.

— Quand vous le trouverez, dit-il, faites-nous signe. Promis? Ce serait la moindre des choses que la sœur de la victime lise le rapport du coroner.

120

— Promis. Allez.

— J'ai une mauvaise impression, et j'ai une meilleure idée, dit Maeve une fois à l'extérieur du presbytère.

— C'est un curé ambitieux. Il a dit au magasin qu'il sera évêque un jour et peut-être cardinal. Alors, si on conclut au simple accident, l'honneur de la paroisse et le sien sont saufs, mais si c'est un meurtre, sa réputation en prendra un coup. T'as parlé d'une meilleure idée, laquelle?

— Je vais aller à Québec s'il le faut et trouver ce coroner Aubry. Et si je le retrouve pas, j'ai une amie qui travaille au département de la justice du Parlement. Elle se fera un plaisir de le trouver pour moi.

— C'est une très bonne idée. Tu veux que j'aille avec toi?

Maeve hésite un instant.

— Oui, si tu veux.

Fidélin dissimule un sourire.

— Pour tout de suite, reprend-elle, j'ai une faveur à te demander.

— Je t'écoute, dit Fidélin, intrigué.

— Dans une de ses lettres, Ryan parle d'une dame secrète sur la rivière Cumberland où Rachel allait pêcher. Il lui demande aussi si elle a fini de bâtir sa cabane dans le bois. Il raconte qu'elle pêchait assise sur un petit banc qu'elle cachait dans un gros sapin en repartant. Il doit y avoir des tonnes de maringouins, mais je voudrais y aller.

— Ça devrait être assez facile à retrouver, dit Fidélin. Et pour les maringouins, ma mère a sa recette. Il me semble que c'est un mélange de vase et d'oignons.

— Dans le visage? s'écrie Maeve.

Fidélin éclate de rire. Maeve aussi. Douce distraction qui leur fait oublier un instant la raison de leur démarche. Ils remontent dans le robétaille et repartent vers le rang Watford.

— Pour ce qui est de la cabane, je n'ai aucune idée, mais elle doit pas être très loin. Catiche et même Barbotte pourraient nous y conduire.

Le bruit d'un camion les force à se ranger sur l'accotement de la route. Dans le véhicule d'Odias Bergeron, deux veaux sont attachés au montant de la boîte.

— Probablement deux veaux volés, s'indigne Fidélin en se protégeant de la poussière soulevée par le véhicule.

— Pourquoi tu dis ça?

— Parce que tout le monde est convaincu que c'est lui et Delbert Lagrange qui volent les animaux. Pas seulement à Saint-Benjamin, mais dans tous les villages autour. C'est rare qu'on le voit en plein jour. D'habitude, il se promène la nuit. La police a jamais réussi à l'arrêter.

En reprenant la route, l'attelage saute sur un gros caillou. Maeve s'accroche rapidement à Fidélin pour retrouver son équilibre. Il lui prend la main, mais la retire aussitôt.

27

— Quand tu vas r'trouver ta Rachel chérie, demande Valmond Cloutier, qu'est-ce que tu vas lui faire ? Raconte-nous ça en détail.

Ryan se contente de sourire et lève la main comme pour indiquer qu'il garde ça pour lui. Depuis une heure, cinq soldats du régiment de la Chaudière sont regroupés autour de Ryan O'Farrell dans une baraque improvisée, humide et noire de crasse. La pluie cingle le toit, le vent flagelle l'Union Jack, qu'un commandant anglais a planté devant le bâtiment. En sursis avant une nouvelle mission, les soldats consacrent leur temps à jouer aux cartes et à parler de celles qui les attendent «de l'autre bord.» Quatre Beaucerons, Valmond, Euchariste Gilbert, Martin Boulet, Simon Fecteau et Ryan, que ses copains ont surnommé le «faux Beauceron» parce qu'il provient de Dorchester, le comté voisin. Sans compter qu'un «vrai Beauceron» ne peut pas être irlandais !

— Vous saurez que sans les Irlandais, les Écossais et les Anglais, la Beauce n'existerait pas, plaisante Ryan. Pensez-y bien, Sainte-Rose-de-Watford, Saint-Odilon-de-Cranbourne, Frampton, Standon, Jersey Mill, Cumberland, Tring, Adstock, combien de villages de la Beauce et de Dorchester ont été fondés par les étrangers, comme vous dites !

Les taquineries ne sont jamais méchantes. Après les atrocités des derniers jours, les soldats ne sont que trop heureux de se détendre, de badiner, sans jamais dépasser les bornes.

— Alors, Ryan, répète Valmond, raconte-nous.

— Vous avez assez d'imagination pour savoir ce que je vais faire, se moque Ryan. Qu'est-ce qu'on fait avec la plus belle femme du monde? La même chose que vous avec vos blondes, j'en suis certain. Je leur ai écrit assez de lettres d'amour en votre nom. Les miennes ne sont pas très différentes.

Souvent, Ryan accepte cette tâche pour le compte de ses camarades analphabètes, en embellissant souvent, exagérant parfois les sentiments de ses amis.

Martin Boulet baisse les yeux. Sa blonde à lui l'a quitté quand elle a su qu'il s'enrôlait. Ils avaient parlé de mariage, mais elle choisira plutôt le gros Létourneau, le lâche qui est allé se cacher dans le bois pour échapper à la guerre.

— T'es certain, taquine Valmond, qu'elle t'aimera encore quand tu reviendras?

— Absolument, affirme Ryan, je n'ai aucun doute.

— Fais attention, relance Simon Fecteau, des fois, les femmes veulent comparer. Si a l'a jamais eu d'autres hommes que toé, a pourrait ben t'faire manger d'l'avoine!

— Me faire manger quoi?

— D' l'avoine, te faire cocu, quoi! C'est ta première blonde?

— Non, fait Ryan en grimaçant.

La première fille qu'il a fréquentée, sur l'insistance de sa mère, était une voisine de bonne famille. Une timorée trop bien élevée que cette Annette Rouillard qu'il a vue tous les dimanches pendant huit mois sans jamais réussir à lui prendre la main, encore moins à l'embrasser. Sa mère n'était jamais loin et leurs rencontres se déroulaient toujours en après-midi, jamais en soirée.

— Tu lui avais fait tout un effet, ricane Valmond.

Ryan le reconnaît, mais pouvait-il faire autrement?

— Si je vous dis ce qu'il est advenu d'elle, vous allez vous moquer de moi pour le restant de la guerre?

— Non, non, promis!

124

Ryan fait une pause, hausse les épaules et laisse tomber mollement :

— Elle est rentrée chez les sœurs.

Bruyant éclat de rire de ses compagnons qui s'en tapent sur les cuisses. Ryan ne s'en offusque pas. Cet épisode de sa vie a été d'un ennui total, mais il ne peut pas le gommer. À ranger au chapitre de l'expérience.

— T'as pas peur que ta Rachel en fasse autant ?

Non, sa Rachel ne deviendra pas religieuse. Elle est tout le contraire d'Annette. La religion ne l'intéresse pas. Elle ira à l'église le temps d'un mariage ou d'un baptême, mais rien de plus.

— Je l'épouserai en rentrant et on s'installera chez elle pour commencer. Et tout de suite après, je vais acheter la ferme de ses parents à Saint-Odilon-de-Cranbourne. Je sais que Rachel en rêve depuis qu'elle l'a quittée. Elle ne l'a jamais dit clairement, mais chaque fois qu'elle en parle, ses yeux s'allument. Je lui en ferai la surprise. J'ai tellement hâte de voir sa réaction.

Ryan fait une pause comme pour savourer ce grand bonheur par anticipation. La nostalgie adoucit les traits de ses camarades.

— Moi, je continuerai à travailler pour la Brown, mais sans trop m'éloigner. Elle aura sa ferme, son potager et ses animaux. Nous aurons des enfants, des petits Irlandais qui s'appelleront Molly, Aileen, Brady et pourquoi pas, Ryan et Rachel comme leurs parents.

Les autres ne rient plus. Ils écoutent Ryan exprimer avec la facilité qui est la sienne ce qu'ils ressentent au plus profond d'eux-mêmes. Leurs espoirs, leurs projets, la vie qu'ils souhaitent avoir à leur retour. La maison, les enfants, le bonheur d'être avec les siens. Rien de très compliqué. Un peu en retrait, Euchariste Gilbert essuie furtivement une larme. Dehors, le vent se déchaîne. Au loin, la Manche, rageuse, bat la plage.

28

Thomas Boily arrive chez Delbert en même temps que Rachel, avec une soupe que Marie-Laure a préparée pour son amie Laurélie, encore malade, alitée depuis trois jours. Odias Bergeron est déjà sur place : il rend souvent visite à son ami Delbert. Thomas est étonné d'entendre ce dernier ordonner à Rachel :

— Quand t'auras fini ta besogne dans la maison, viens me r'trouver dans la grange, j'ai d' l'ouvrage pour toé.

Rachel est surprise. Ne travaille-t-elle pas que pour Laurélie, en vertu de l'entente conclue lors de son embauche ? C'est la première fois que Delbert la sollicite ainsi. Que va-t-il lui demander ? Elle croise le regard lubrique d'Odias Bergeron. Vêtements dépenaillés, barbe non rasée, les yeux chassieux, le gros homme au cou de bœuf, aux bajoues débordantes, est toujours sale. Sans se faire le moindrement discret, il la détaille longuement. Puis, il crache son mégot de cigarette et remonte dans son véhicule. Rachel le trouve dégoûtant. Une vache meugle dans la boîte de son camion. «Probablement volée», pense-t-elle en retournant dans la maison.

— Amuse-toi ben, mon Delbert! C'est une christ de belle jument! rigole Odias avant de mettre son moteur en marche, en gloussant comme un dindon, ces oiseaux insignifiants qu'élève Odilon Boucher, des volatiles tellement laids qu'il en est devenu la risée de la paroisse: «Dilon la dinde!»

Thomas Boily hésite à s'en mêler. Les paroles et les regards des deux comparses le dégoûtent, mais Odias a la réputation de devenir violent à la plus petite remarque. Il s'en retourne sans saluer les deux hommes.

— Salut, Odias. Tu r'viendras, l'invite Delbert.

Rachel est inquiète. La remarque du commerçant lui fait deviner les intentions de Delbert. Devrait-elle informer Laurélie en rentrant dans la maison ? Elle n'ose pas la réveiller. Plus tard, elle lui demandera si les conditions ont changé, si elle devra dorénavant se plier aux exigences de son mari.

Dans la grange, les pires soupçons de Rachel se confirment. Elle se retrouve nez à nez avec Delbert. Il fait mine d'aller à gauche, mais oblique à droite, lui bloquant le passage. Voilà ce qu'il lui veut. Elle l'avertit d'un regard furibond : il peut toujours courir !

Delbert ne se laisse pas démonter par la froideur de l'engagée. Il exécute quelques pas de danse comme s'il voulait entraîner Rachel dans son jeu. Elle recule d'un pas, regarde tout autour, aperçoit une fourche qu'elle s'empressera d'attraper si Delbert va trop loin. Il la détaille avec envie. Elle n'est pas dupe.

— Je veux que tu r'cordes le bois le long du mur.

Rachel grimace. Ne devait-elle pas s'en tenir aux seuls travaux de la maison et au potager ? Delbert a-t-il décidé d'ajouter à ses tâches pour mieux lui tourner autour, lui sauter dessus dès qu'elle aura le dos tourné ? En passant près d'elle, il laisse traîner sa main le long de la hanche de Rachel. Elle en a un haut-le-cœur. Il rit bêtement en sortant de la grange. Enfin débarrassée !

Encore une fois, devrait-elle tout raconter à Laurélie ? Si oui, comment réagira Delbert ? Il n'écoutera pas sa femme et si elle insiste, il la frappera. Vaudrait-il mieux taire l'incident ?

Ce n'est pas la première fois que Delbert tente de la séduire. À quelques reprises, il l'a coincée dans l'escalier ou dans une chambre, mais sans jamais aller plus loin. Chaque fois que Laurélie sort de la maison et que Rachel se retrouve seule avec Delbert, elle est sur ses gardes. Elle le sent qui l'épie sans arrêt. Dorénavant, elle refusera d'aller dans la grange à moins que Laurélie ne l'y accompagne. Parce qu'un jour, il dépassera les bornes.

Elle a encore en mémoire cette scène révoltante qui l'avait bouleversée. Peu de temps après son arrivée, Laurélie l'avait envoyée chercher des œufs dans le poulailler. Elle avait surpris Delbert, pantalon baissé, se soulageant avec un veau. Quand il s'était retourné, il avait ri nerveusement, puis, d'un coup de tête, l'avait invitée à le rejoindre. Elle s'était sauvée en courant. Elle n'en a jamais parlé à Laurélie.

Si ce n'était des quelques dollars qu'elle touche chaque semaine et de son amitié pour Laurélie, Rachel aurait depuis longtemps quitté cette maison. Mais où aller? Où trouver un autre emploi? Quand Ryan sera revenu de la guerre et une fois mariée, elle pourra s'en remettre à lui, mais en attendant, elle a besoin des quelques piastres que lui donne Laurélie.

Quand elle finit son travail, Rachel s'empare de la fourche et la dissimule derrière la corde de bois. Qui sait? Elle pourrait avoir un jour à s'en servir.

29

Rien n'arrête le curé de Saint-Benjamin. Même pas ce temps pluvieux, froid, annonciateur de l'hiver. Coiffé d'une tuque de laine, gros manteau et mitaines, il cogne à la porte de Rachel Brennan, après une rencontre frustrante avec Alyre Bolduc qu'il a encore tenté d'attirer dans le giron de l'Union nationale.

« Les premiers ministres libéraux Parent, Gouin et Taschereau nous ont fait honte, s'est lamenté le curé. Ils ont donné notre butin aux étrangers. Je comprends pas que des gens supposément intelligents votent libéral. »

Alyre a ravalé son irritation. Seule la présence de sa femme et de ses onze enfants l'a empêché de clouer le bec de ce prêtre arrogant.

Quand Rachel refuse de lui ouvrir sa porte, le curé s'emporte et élève la voix.

— Laisse-moi rentrer !

Peine perdue, Rachel ne bouge pas.

— Quand il reviendra, ton étranger, tu vas devoir l'épouser aussitôt ou mettre fin à ta relation avec lui.

« Étranger ? Mais de qui parle-t-il ? » se demande-t-elle. Tant les Brennan que les O'Farrell habitent Dorchester depuis trois générations. Leurs parents sont nés ici. Le curé cogne de nouveau à la porte, plus fort cette fois.

— Tu m'entends ?

Rachel refuse de lui répondre. Où veut-il en venir? Elle a promis à Ryan de l'épouser dès qu'il reviendra de l'Europe.

— Ouvre la porte!

Le visage contorsionné, le doigt pointé, Rachel interdit à Barbotte de même remuer la queue. Elle veut laisser croire au prêtre qu'elle est déjà dans son lit et qu'elle se prépare à dormir. Mais la voix du prêtre tonne de nouveau.

— Je te préviens! Dès que tu seras mariée, tu devras avoir des enfants. T'es déjà très en retard. À ton âge, tu devrais en avoir une bonne demi-douzaine.

Le vent mugit. Aldéric Vallée souffle sur ses mitaines. Il donne deux grands coups de pied dans la porte. La barre résiste. Rachel songe à lui dire qu'elle est malade, mais y renonce.

— Pourquoi le maire est-il encore venu te voir? Pour les taxes? Et tes autres visiteurs, que cherchent-ils auprès de toi?

Rachel sursaute. Décidément, ce curé a une très mauvaise opinion d'elle. Pour qui la prend-il? Une dévergondée? La tenancière d'un bordel? Pourtant, elle ne boit pas, ne fume pas et à l'exception de Ryan, n'a aucun intérêt pour les hommes. Lui répondre? L'envoyer paître? Rachel choisit une autre fois de demeurer silencieuse. Elle songe à éteindre la bougie pour lui faire comprendre qu'il perd son temps.

Le curé ravale sa frustration. Combien d'autres hommes accueille-t-elle sous son toit? Que se passe-t-il entre Rachel Brennan et le maire? Au magasin, quand on lui a remis sous le nez ses trop fréquentes visites dans le rang Watford, le maire a rappelé avec ce sourire méchant et plein de sous-entendus que «notre bon curé rend lui aussi visite à la belle Irlandaise!» Comment peut-on lui reprocher de vouloir sauver l'âme de Rachel Brennan et de lui ouvrir les portes du ciel?

— On raconte au village que t'as sorti le maire de ta maison à grands coups de pied, c'est vrai?

Rachel caresse la tête de Barbotte, souffle la bougie et se glisse dans son lit. Mais deux coups sont de nouveau frappés à la porte. «Il ne partira donc jamais!»

— À bien y penser, gronde le curé, tu devrais vendre ta maison, paqueter tes affaires et quitter la paroisse. Tu es un mauvais exemple. Une pécheresse comme Marie-Madeleine. De grâce, va-t'en, et le plus vite sera le mieux.

Rachel se mord les lèvres. De quel droit ce prêtre peut-il lui ordonner de quitter sa maison ? Même s'il lance le village à ses trousses, elle ne partira pas.

— Dors, Barbotte.

Elle est soulagée quand elle entend enfin les bottes du prêtre battre le gravier de la route.

30

À *Ryan O'Farrell, soldat du Régiment de la Chaudière*

Bonjour Ryan,

Je suis ton ami Fidélin Vachon et je t'écris en compagnie de Maeve Brennan, la sœur de Rachel. Je ne sais pas trop par où commencer cette lettre qui te fera beaucoup de peine. J'ai une très mauvaise nouvelle à t'annoncer. Il y a deux semaines, on a retrouvé Rachel noyée dans le puits derrière sa maison. Nous sommes tous bouleversés par ce drame.

Nous avons d'abord pensé ne rien te dire avant ton retour de la guerre, mais nous avons changé d'idée, convaincus que tu devais connaître la vérité. Et comme Rachel n'a reçu aucune lettre de toi depuis trois mois, Maeve se demandait si tu n'avais pas été blessé gravement. J'ai parlé à ta mère, mais elle ne semblait pas inquiète.

Que s'est-il passé? Personne ne le sait. Il n'y a pas de témoin. Catiche a découvert le corps de Rachel, mais tu le sais, Catiche ne s'exprime pas clairement. «Nambours» est le seul mot qu'il répète sans arrêt en pleurant et en gesticulant. C'est lui qui s'occupe de Barbotte. Ils rôdent tous les deux autour de la maison et du puits comme des âmes en peine. Une vraie pitié! Le drame a ébranlé la paroisse, mais surtout le rang Watford.

Un coroner de Québec aurait conclu à une mort accidentelle, mais le curé ne trouve plus le rapport, sa servante l'aurait égaré. Pourquoi le coroner a-t-il envoyé le rapport au curé plutôt qu'au maire et juge de paix? Impossible de le savoir. Aucune nouvelle de la police. J'imagine qu'il n'y a pas d'enquête quand il s'agit d'un accident. Toute cette histoire est tellement mystérieuse. Maeve est arrivée de Québec quatre jours après la mort de Rachel et depuis, nous remuons ciel et terre pour découvrir la vérité. Pour tout te dire, nous ne croyons pas que c'est un accident. C'est louche. Le curé n'a qu'une idée en tête : étouffer le scandale au plus vite pour sauver l'honneur de sa paroisse. Le maire, un être détestable, soutient qu'il n'a jamais intimidé Rachel et que le conseil va vendre sa maison pour taxes impayées. Sois bien certain que nous ne le laisserons pas faire.

Nous poursuivons nos recherches. Nos soupçons portent sur le maire et même Catiche, mais ça, c'est dur à croire. Maeve a une très mauvaise impression de Delbert Lagrange. Depuis longtemps, on le croit responsable de vols d'animaux avec la complicité d'Odias Bergeron, un affreux commerçant qui rôde dans le rang depuis un bout de temps. Maman n'aime pas Delbert, mais ça n'en fait pas un coupable pour autant. Si tu veux partager des informations avec nous, si le cœur t'en dit, n'hésite pas à m'écrire. Je passe l'été avec ma mère, la Brown Corporation n'a rien d'intéressant pour moi avant l'automne. Maeve souhaiterait vivement te rencontrer. L'aide que t'as offerte à Rachel pour favoriser la réconciliation l'a beaucoup touchée.

Maeve a fait le tour de la maison. Elle a trouvé dans une enveloppe un cahier d'école, des dessins, des poèmes et des lettres que tu lui as envoyés et une autre lettre qu'elle était en train de t'écrire, mais qu'elle n'a jamais terminée. Maeve a tout conservé. Ah, j'oubliais, dans les dernières pages du cahier, Rachel a recopié «je t'aime» des centaines de fois, j'imagine qu'elle en recopiait un chaque jour depuis ton départ.

Cette semaine, nous nous proposons de relancer le coroner et d'obtenir son rapport si le curé ne le retrouve pas. Nous ne savons pas quels seront tes projets après la guerre, mais si tu décides de revenir à Saint-Benjamin, ma mère et moi serons toujours très heureux de t'accueillir. Tu pourras rester chez nous aussi longtemps que tu le voudras.

Cher Ryan, nous sommes désolés et partageons ta peine. Bon courage et fais très attention à toi. Cette guerre épouvantable finira bien un jour.

Maeve Brennan et ton ami, Fidélin Vachon.

31

Cette guerre épouvantable tire-t-elle vraiment à sa fin? Robertine le souhaite. Ce matin, *L'Action catholique* titre «On a tenté d'assassiner Hitler.» Un officier allemand a fait sauter une bombe dans la «tanière du loup.» Plusieurs militaires ont été tués, mais le Führer a été épargné. Trois jours plus tôt, le maréchal Erwin Rommel a été gravement blessé par un chasseur bombardier des alliés. Dans le Pacifique, le cabinet japonais a démissionné. Le début de la fin?

Robertine dépose le journal sur la table de la cuisine et sort de la maison. Grand chapeau de paille sur la tête, des boucles de cheveux argentés cherchant à s'en échapper, elle se désole de la triste allure de son potager. Depuis une semaine, juillet brûle la campagne, assèche les champs et les cours d'eau. Le ruisseau de la beurrerie n'est plus qu'un chaînon de petites dames d'eau glauque sur lesquelles bourdonnent des armées d'insectes.

— Vous avez besoin d'un coup de main? lui lance Fidélin qui revient avec Maeve d'une randonnée à la dame de Rachel.

— Non, ça va, j'finis d'mettre de l'insectin sus les pétaques pis j'arrive. Mais tantôt, si t'as rien à faire, tu m'aideras à arroser l'jardin. Y meurt de soif. Ça sent la tempête, mais ça me surprendrait pas qu'a passe encore tout drette.

— Promis. Est-ce que Maeve peut pensionner chez nous pour un bout de temps?

135

Robertine est surprise, mais elle n'hésite pas un instant. Ses enfants partis, il ne lui reste que Fidélin, souvent absent au gré des chantiers de la Brown. La maison est bien grande.

— Ben oui, pas d'problème.

— On est allés à la dame dont parlait Ryan dans une lettre qu'il a envoyée à ma sœur, explique Maeve. Devinez qui pêchait à la dame, assis sur le banc de Rachel?

— Qui?

— Delbert Lagrange lui-même!

— Mon doux Jésus! blêmit Robertine.

En approchant de la dame, Maeve et Fidélin ont entendu un craquement. Bruit de petites branches écrasées. Un animal? Près du gros sapin, ils ont écarté les branches à la recherche du petit banc de Rachel. Introuvable. En dégageant un passage près du conifère, Maeve a aperçu Delbert Lagrange en train de pêcher, bien assis sur un banc. Elle a retenu Fidélin par le bras. Médusés, ils en sont venus à la conclusion qu'il s'agissait assurément du banc de Rachel.

— Mon doux Jésus, répète Robertine, ébranlée, comme si l'idée de vivre près d'un meurtrier venait de la frapper de plein fouet. Y faudra plus qu'un p'tit banc de bois pour prouver qu'y l'a tuée, mais c'est troublant.

— Je gagerais qu'il se cachait derrière les sapins pour l'observer quand elle pêchait. Cet homme-là me rend tellement mal à l'aise, dit Maeve. Je serais pas du tout surprise qu'il ait tué ma sœur.

— Pourquoi il aurait fait ça? demande Fidélin.

Maeve ne peut que spéculer. Rachel a peut-être refusé ses avances ou menacé de le dénoncer. Elle avait probablement des informations privilégiées au sujet des animaux volés. Robertine sort à peine de son hébétude.

— C'est un homme bizarre, ben bizarre. Je l'crois pas capable d'avoir tué Rachel, mais j'l'ai jamais aimé.

— Viens, dit Fidélin, on va aller chercher tes effets personnels chez les Lagrange.

En les voyant arriver, Delbert Lagrange sort aussitôt de la maison par la porte arrière. Maeve donne quelques explications à Laurélie qui ne semble pas étonnée de la voir partir. De retour chez Robertine, la jeune femme s'installe dans la chambre des filles, voisine de celle de Fidélin, proprette avec un grand lit, une chaise et un bureau sur lequel s'enlacent deux poupées de chiffon. Avant de dormir, elle fouille dans les lettres de Ryan à la recherche d'un poème qui l'a émue.

Rachel

Parce que je t'ai connue

Et que tu m'as emmené

Sur un parfum de lilas

Aux pays de lumière

Parce que tu es fragile jonquille

Que j'ai cueillie par matin de soleil

Parce que tu as tissé l'élan de mes bras

Au marbre laiteux de ta chair

Je mure le temps éphémère

Dans nos caresses

Et conserve l'aurore

Entre jour et nuit

À peine endormie, Maeve est réveillée par un violent orage. La pluie mitraille la maison. Les éclairs découvrent le paysage, on dirait le jour. Rageur, le tonnerre roule sa colère dans le rang Watford. Effrayée, Maeve se redresse dans son lit. Elle entend Robertine fermer une fenêtre. Un nouveau coup de tonnerre ébranle la maison. La petite statue de la Vierge tombe de son socle. Maeve se lève et jette un coup d'œil dans la chambre de Fidélin.

— Ça va? lui demande-t-il. T'as peur?

— Je peux rester avec toi?

— Viens, dit-il.

Maeve s'enroule dans sa couverture et s'étend au pied du lit de Fidélin, déçu de ne pas la voir se glisser près de lui.

La tempête crache de gros bouillons de pluie. Les derniers éclairs se distillent dans le ciel en fumerolles nébuleuses. Le tonnerre maugrée au loin. Maeve n'ose pas retourner dans son lit. Le lendemain matin, elle est réveillée par la bonne odeur qui monte de la cuisine. Les derniers ruissellements de la tempête se perdent dans des rigoles improvisées. Le débit de la rivière Cumberland a doublé. Le potager de Robertine est gorgé d'eau, les plants de salade éclaboussés de terre. Maeve se relève et constate qu'elle a dormi au pied du lit de Fidélin qui lui sourit.

— Pas trop raquée?

— Un peu, répond-elle en se frictionnant le bas du dos.

— Viens, on va manger, dit Fidélin.

Maeve retourne dans sa chambre sur la pointe des pieds pour ne pas éveiller de soupçons. Elle attend que Fidélin soit rendu dans la cuisine avant de le rejoindre.

— Vous avez ben dormi? taquine Robertine. T'as pas eu peur d'la tempête, Maeve?

— Un peu, susurre-t-elle d'une petite voix. Il tonnait tellement fort. J'ai finalement passé la nuit au pied du lit de Fidélin. C'était pas très confortable.

Fidélin ne dit rien, un sourire béat accroché au visage. Robertine ne croit pas un mot du récit de Maeve. Elle se mord les lèvres et choisit de ravaler ses reproches même si elle réprouve le péché mortel que son fils devra confesser. Mais Robertine est ambivalente. À 27 ans, il est temps que Fidélin s'engage plus sérieusement dans la vie. Qu'il harnache sa nonchalance, qu'il s'attaque à de nouvelles responsabilités, qu'il devienne enfin un homme. Robertine l'a beaucoup trop dorloté, surtout depuis la mort de son père. Elle le regrette. Le moment est venu de plonger, comme les canetons affolés quand maman cane s'éloigne sur le lac-à-Busque. Mais en suivant les règles. Des fréquentations sérieuses, la publication des bans à l'église et le mariage. D'ici là, l'abstinence. Elle leur sert de grosses crêpes noyées dans le sirop d'érable, des œufs et du jambon.

— T'as l'air déprimée, Maeve.

— J'arrête pas de penser à ce qu'on a probablement fait à Rachel.

Depuis la mort de sa sœur, Maeve est hantée par ces images de Delbert ou du maire agressant sa sœur. Ce tableau horrible qui brouille son esprit. Des images qui accentuent sa culpabilité. Elle se reproche de ne pas être revenue à la charge et de ne pas avoir tenté de rétablir une relation normale.

Deux coups retentissent à la porte.

— Entrez, crie Fidélin.

Thomas Boily avance timidement la tête dans l'encadrement. Il examine Maeve Brennan qu'il n'a jamais vue. Robertine s'empresse de la lui présenter.

— Bonjour, mademoiselle. J'veux pas vous déranger, mais j'me demandais si vous avez pas entendu un truck la nuit passée.

— Non, dit Fidélin, pas moi. Le tonnerre m'a réveillé, mais pas un truck. Toi, maman?

— Non. Pourquoi tu veux savoir ça?

L'air découragé, Thomas Boily roule sa casquette entre ses doigts.

— Y m'manque une vache à matin.

— Une vache! s'écrie Fidélin. Sûrement Delbert Lagrange pis le bandit de Saint-Prosper.

Robertine se lève, va remplir sa tasse de café et une deuxième pour le visiteur. Elle revient à la table.

— Viens t'asseoir.

Maeve est dépassée par les événements. Dans quel marécage est-elle tombée?

— Vous voulez dire qu'ils auraient profité de l'orage pour voler la vache?

Thomas Boily a cherché sa bête partout. Au départ, il a soupçonné la foudre. Mais dans un tel cas, il aurait facilement retrouvé l'animal mort.

— J'te dis qu'il faut avoir du front tout le tour de la tête pour voler une vache en pleine tempête électrique, s'indigne Fidélin. Vous pensez que c'est Delbert?

— Y a rien à l'épreuve de Delbert Lagrange, répond Thomas. Le monde est ben sûr que c'est lui qui vole les animaux pis qui les r'vend au commerçant de Saint-Prosper.

— Quel maudit bandit! s'exclame Maeve.

Rien n'est prouvé, mais ce n'est pas la première fois qu'on soupçonne Delbert. Est-ce normal qu'il passe ses nuits dehors? Surtout quand la tempête fait rage? Depuis quelques années, tellement d'animaux ont disparu.

— Qu'est-ce que vous allez faire? demande Fidélin.

— J'vas demander au juge de paix d'en parler à la police, mais ça donne jamais rien.

— Je comprends pas que la paroisse endure un juge de paix comme Médée Lévesque, observe Maeve.

— Médée Lévesque, laisse tomber Robertine, la voix gorgée de dépit, c'est aussi pire que Delbert Lagrange, sinon pire. On est ben mal amanchés.

— Avez-vous demandé à Delbert?

— Sa femme m'a dit qu'y était déjà parti dans l'bois.

— Pourquoi la police s'en occupe pas? s'enquiert Maeve.

— Si y a pas de témoins, c'est ben dur à prouver, regrette Thomas. C'est pour ça que j'fais le tour des voisins à matin. Mais personne a eu connaissance de rien.

Jusqu'à maintenant, aucun coupable n'a été arrêté et d'autres animaux disparaissent non seulement à Saint-Benjamin, mais dans les villages voisins. À Sainte-Aurélie, ils ont même déjoué un gros chien qu'un cultivateur avait acheté pour protéger son troupeau. Au matin, il a retrouvé son chien raide mort, trois veaux en moins.

Maeve branle la tête, incrédule. Si elle hésitait encore la veille, ce matin, sa décision est prise. Avant de soupçonner tous ces gens, elle ira voir le coroner pour en avoir le cœur net. Malgré les réserves de Robertine, elle est convaincue que le curé ment. Comment perdre un rapport aussi important sinon pour se protéger ou protéger le maire et Delbert Lagrange?

— Normalement, raisonne Fidélin, si le coroner a conclu au meurtre, la police devrait enquêter et à ma connaissance, il y a pas d'enquête. Mais t'as raison, vaut mieux en avoir le cœur net.

— Aussi longtemps que je n'aurai pas vu le rapport du coroner, je ne serai pas satisfaite. Il y a trop d'indices qui laissent croire que ce n'était pas un accident.

Fidélin promet de l'aider, tant qu'il le faudra. Son regard attendri n'échappe pas à Robertine. Thomas Boily les salue et en chemin, s'arrête de nouveau devant la ferme de Delbert Lagrange. Il examine son troupeau de vaches, mais constate à regret que la sienne n'en fait pas partie.

32

Ta sœur était rien qu'une putin pis une maudite guidoune. Une moins que rien pis a méritè de mourir. On avait honte d'avoir une femme comme elle dans not beau vilage. Tout l'monde veut que vous partirer ben vite si vous vouler pas un autre malheur.

Maeve retourne dans ses mains cette lettre anonyme bourrée de fautes qu'elle vient de trouver dans une enveloppe clouée à la porte de la maison de Rachel. Elle la tend à Fidélin. Il la lit rapidement, la relit et ne peut y croire.

— Bande d'imbéciles, laisse-les pas te faire peur.

Maeve n'est pas rassurée. Cette lettre l'inquiète. Simple intimidation? L'auteur de ce torchon ira-t-il plus loin? Jusqu'où? Jamais on ne l'a menacée de la sorte.

— S'ils ont jeté ma sœur dans un puits, ils sont bien capables d'en faire autant avec moi.

— Ils n'oseront jamais.

Fidélin fait quelques pas et parcourt de nouveau la courte missive pour essayer d'y trouver des indices. Une lettre, même remplie de fautes, provient sûrement d'une personne qui sait écrire, et elles ne sont pas nombreuses dans la paroisse.

— Ça prouve une chose en tout cas. Nos démarches les embêtent. Il y a un coupable dans le village qui a très peur qu'on découvre la vérité.

— Qui a écrit ça?

142

Fidélin réfléchit. Maeve essaie d'y voir clair.

— Ça peut pas être Catiche, il ne sait pas écrire, raisonne Fidélin.

Les soupçons de Maeve portent sur le maire et Delbert Lagrange. Ils ont juste assez d'instruction pour rédiger ce genre de lettres dégoûtantes. Ce message anonyme, le rapport que le curé a perdu, voilà autant de raisons de retrouver le coroner Aubry.

— J'aimerais bien savoir qui est venu laisser ça en pleine tempête? Cette lettre et la vache disparue, qui d'autre que Delbert Lagrange et le commerçant de Saint-Prosper qui ravaudent dans les rangs, aux petites heures?

Maeve et Fidélin entrent prudemment dans la demeure, craignant une autre mauvaise surprise. Mais à l'intérieur, rien n'a été déplacé. Maeve continue l'inspection minutieuse qu'elle a commencée la veille. Fidélin en fera autant dans la cave et après, il vérifiera les ravalements de la maison.

Maeve fouille à nouveau dans la commode de Rachel. Sur la tablette la plus basse, derrière une pile de vêtements, elle découvre deux autres romans. Des photographies s'en échappent. Maeve se penche, les récupère et les examine longuement. Une photo de son père et de Rachel alors qu'elle avait environ dix ans. Déjà, sa sœur, le regard provocateur, exhibait cette chevelure abondante. L'autre cliché la surprend. Elle et Rachel à la même époque. Une photo qui avait disparu de l'album familial. Maeve se souvient que leur mère avait obligé ses deux filles à se faire photographier ensemble. Rachel avait d'abord refusé. Sa mère l'avait menacée, son père l'avait suppliée. La mine renfrognée, Rachel avait finalement accepté. À la mort de ses parents, Rachel a donc décollé la photo de l'album sans consulter son aînée. Pourquoi l'a-t-elle gardée? Un souvenir qui pérenniserait sa famille? Qui lui rappellerait ses parents? Maeve sent son cœur remonter dans sa gorge. Des images lui reviennent en tête. Le matin des funérailles de son père. Quand elle surprenait le regard de Rachel qui l'observait à la dérobée comme si elle avait voulu établir la communication. La détresse au fond de ses yeux après la mort de son paternel adoré. Souhaitait-elle au plus profond de son être se rattacher à sa sœur? Maeve n'a-t-elle rien compris? Pourquoi n'a-t-elle pas tenté de soulever le masque de Rachel et de rassurer sa cadette désespérée, brisée par la douleur? De la prendre dans ses bras, plutôt que de l'ignorer et de chercher à s'en éloigner? Se pardonnera-t-elle jamais de l'avoir abandonnée bêtement, comme on abandonne un chien en déménageant? Pourquoi était-elle si pressée de rentrer à Québec après s'être convaincue qu'elle ne pouvait rien pour sa cadette? Elle glisse les deux photos dans la poche de sa robe.

— Fidélin, t'as trouvé quelque chose?

— Non, toi?

— Rien, sauf deux portraits.

— De qui?

— De papa, de Rachel et de moi.

Au son de sa voix, Fidélin comprend aussitôt que la découverte a ébranlé Maeve. Il la rejoint, regarde les photos et lui met la main sur le bras

— Pleure comme il faut, ça fait du bien.

Les photos, la lettre anonyme, Maeve Brennan est bouleversée. Non, elle ne laissera pas la peur l'emporter. Plus que jamais, elle veut aller au bout de l'affaire.

— Garde la lettre, lui conseille Fidélin, ça sera utile s'il y a une enquête. Mais en attendant, viens avec moi, il y a quelque chose qui m'intrigue.

Maeve le suit dans la cave. Fidélin lui montre une planche du plafond qui ne tient que par un clou pas complètement enfoncé.

— Ça ressemble à une cachette secrète. Tu veux que je vérifie?

— Oui.

Fidélin arrache la planche et fouille des deux côtés avec sa main.

— Il y a quelque chose? demande Maeve.

144

— Oui, on dirait une boîte en tôle.

Fidélin s'en empare et la tend à Maeve, perplexe. Elle soulève le couvercle et y retrouve onze piastres et une photo d'un homme qu'elle ne connaît pas.

— C'est Ryan? devine-t-elle en montrant la photo à Fidélin.

— Ryan dans son costume militaire. C'est bien lui.

Maeve détaille longuement la photo et la glisse dans sa poche avec les deux autres. Elle récupère l'argent et propose à Fidélin d'en remettre la moitié à sa mère pour son hospitalité.

— Non, non, c'est à toi.

— En tout cas, conclut Maeve en revenant à l'étage, je n'ai plus aucun doute que ma sœur a été assassinée. Je peux pas croire que le coroner n'a rien découvert. Il faut absolument qu'on lui parle.

Fidélin met son index devant sa bouche.

— Trefflé-à-Théodule va jouer du violon. On va voir si Catiche ira au concert. Viens, cachons-nous pour ne pas l'intimider.

Le violon court sur l'archet sans trouver la mélodie. Trefflé se réchauffe, ont l'habitude de dire les voisins. Fidélin avait raison. Pour la première fois depuis la mort de Rachel, Catiche sort de la maison, sans Barbotte, et, nerveux, s'approche en suivant un sentier en bordure de la forêt. Dissimulé derrière la remise de Trefflé, il ne quittera pas sa cachette avant la fin du concert. Maeve esquisse un sourire. Qui aurait cru que la musique pouvait envoûter Catiche?

— Il est peut-être pas aussi niaiseux qu'on le pense?

Fidélin l'approuve. La musique a souvent un effet magique non seulement sur les hommes, mais parfois même sur les animaux. Demandez à Thomas Boily. Quand Trefflé joue, sa jument s'approche de la clôture et fixe intensément le violoneux. Simple curiosité? Souvent, l'animal reste immobile pendant de longues minutes, absorbé par les reels de Trefflé. L'ouïe des chevaux est beaucoup plus sensible que celle des humains.

33

Journal de Ryan O'Farrell, Caen, le 12 juillet 1944

Ma très chère Rachel. Tu vas te moquer, mais je n'ai jamais été aussi heureux de t'annoncer une mauvaise nouvelle. Ma guerre est finie. Je quitte l'infirmerie. J'ai été blessé ce matin en patrouillant dans les environs de Caen. Une embuscade allemande. Des soldats sortis de je ne sais où se sont mis à tirer sur nous. Des rafales de balles qui ont fait voler en éclats les fenêtres et le toit de pierres d'une maison derrière laquelle on s'était abrités. Rapidement, nous les avons maîtrisés, mais un fragment de tuile m'a déchiré la cuisse. Une plaie assez profonde qu'un camarade a aussitôt garrottée. De retour au camp, le médecin m'a soigné, mais il m'a dit que je ne pourrai pas marcher normalement avant deux mois. Il est cependant convaincu qu'il n'y aura pas de conséquences malheureuses à long terme et que la guérison devrait être complète. Le commandant suggère de laisser un peu de temps à la blessure pour cicatriser avant de me rapatrier au Canada, dans deux ou trois semaines. Le plus tôt sera le mieux! Je n'ai pas de remords, je crois avoir bien servi mon pays et m'être imposé des sacrifices qu'on n'a jamais exigés d'autres soldats. Tous ceux qui comme moi sont allés au front et qui ont vécu l'horreur du débarquement en Normandie devraient être reconnus éternellement par leurs pairs.

Malgré ma blessure, la bonne nouvelle, c'est que je rentre te retrouver. Je pensais t'envoyer une lettre pour te l'annoncer, mais, compte tenu de tous les délais, je la devancerai probablement! Et je ne veux pas que tu t'inquiètes pour moi.

Je n'aurais jamais cru me réjouir autant d'une profonde entaille à la cuisse! Quand le bateau partira, je serai le premier à y monter et le premier à en descendre. J'arriverai sûrement à l'improviste. Je me rendrai à la gare et me ferai conduire chez toi. J'espère que Barbotte n'en fera pas une syncope! Si je le peux, je téléphonerai à la mère de Fidélin pour qu'elle te prévienne.

J'ai tellement hâte de te retrouver, de passer tout mon temps avec toi. Je me réjouis à l'avance de quitter cette baraque de fortune où courent les rats et pullulent les poux. Ces dortoirs improvisés où les soldats ronflent, pètent et grognent à longueur de nuit. Je meurs d'envie de sortir de ma crasse, de me laver, d'échapper à ma puanteur.

Le commandant m'a suggéré un long repos. Il a même promis d'intervenir auprès de la Brown s'il le faut. Tu veux qu'on se marie immédiatement? Dès que je pourrai marcher normalement? Pourquoi attendre davantage? Si le curé de Saint-Benjamin refuse, on ira voir celui de mon village. Il est irlandais comme toi et moi. On lui fera croire qu'on souhaite être mariés par un prêtre irlandais étant donné nos racines. Il acceptera, même si les curés exigent habituellement que la femme se marie dans son village d'origine. Tu pourras rencontrer ma mère. Je t'en ai déjà parlé, tu ne seras pas surprise de te retrouver en présence d'une femme aigrie par le temps, abandonnée de tous par sa propre faute, après la mort de papa.

Et si ça ne fonctionne pas, on ira à Saint-Odilon-de-Cranbourne, chez toi. Au-delà de ces considérations, la seule chose importante est de consacrer notre union. Madame Rachel O'Farrell! Tu trouves que ça sonne bien? Un joli titre de chanson, n'est-ce pas? Ou de roman! Madame Rachel O'Farrell, la future mère de nos merveilleux enfants. Tu veux des garçons ou des filles?

Moi, je préfère des garçons, j'aurais trop peur que les filles te ressemblent, qu'elles aient ton caractère... Ha ha... Tu me trouves drôle!!! Non. Bon, on aura autant de filles que de garçons qui ressembleront autant à leur mère qu'à leur père. Et Barbotte les suivra partout, les protégera.

Ma chère Rachel, tu me manques tellement. Je ne sais trop dans quel état je te retrouverai. Si seulement tu m'avais écrit un mot ou deux. Parfois, je doute, mais de très courts instants. Notre si grand amour a résisté à toutes les intempéries. Je me console en me disant que les lettres font s'ennuyer les soldats, mes camarades en témoignent. Gilles Brochu de Saint-Victor a relu 46 fois la seule lettre que son amoureuse lui a fait parvenir! Martin Latulipe de Saint-Honoré-de-Shenley a pleuré pendant une semaine après avoir lu la lettre de sa mère. Elle lui annonçait que sa fiancée s'était mariée à son cousin. Moi, je ne crains rien de semblable. Traite-moi de présomptueux si tu le veux, mais rien ne me fera croire que t'as renoncé à notre amour. Voilà pourquoi la seule chose importante, c'est de te retrouver, de t'épouser et de t'aimer follement jusqu'à la fin de mes jours. Je t'aime, je t'aime.

À très très bientôt, mon grand amour.

Ryan

34

— Viens, sors du lit, paresseux!

Rachel est déjà debout. Elle empoigne Ryan par les pieds et le tire vigoureusement du lit. Il a juste le temps de poser les mains sur le plancher pour ne pas s'y cogner le nez.

— Où est-ce qu'on va de si bonne heure?

Barbotte sautille près de la porte, désireux de foncer dans la nature. Ryan enfile ses vêtements, s'approche de Rachel qui ne se méfie pas et l'entoure de ses bras. Il l'embrasse dans le cou, passe sa main sur ses seins, tente de lui retirer son chandail et de la ramener au lit.

— J'ai une grande question à te poser.

— Non, viens, plus tard. Je t'emmène dans le bois.

Le printemps frissonne sur la rosée. Dentelures argentées aux doigts des sapins. Barbotte fonce éperdument dans le mort-bois, jappe de plaisir, revient vers le couple, repart aussitôt, «fou comme un balai», pense Ryan.

— Attention à la branche, dit Rachel.

L'œil vif, elle lui montre les sentiers de lièvres, là où elle tendra ses collets à l'automne. Elle examine les premières pousses de champignons et les framboisiers sauvages qui émergent à travers les monceaux de roches. La fadeur des feuilles moisies exhale du sol. À la dame secrète de la rivière Cumberland, Rachel récupère son petit banc sous le sapin. Elle retrouve la canne à pêche rustique qu'elle a laissée sous le même sapin la veille, appâte l'hameçon avec un morceau de pain et attrape aussitôt deux truites de belle taille et une troisième, menue, qu'elle rejette à l'eau.

— Tu m'impressionnes, s'exclame Ryan.

Rachel tire un couteau de sa poche, étête les deux poissons, les éviscère et allume un feu de brindilles. Elle embroche les deux truites avec de petites branches d'érable qu'elle tient au-dessus du feu.

— Notre déjeuner, ricane-t-elle.

— Des truites pour déjeuner ?

Rachel se contente de sourire. Barbotte se pourlèche les babines. Le soleil pétille sur la rivière. La journée sera belle. Thomas Boily s'est promis de semer ses patates et ses choux de Siam. «Il faut profiter de la lune», a-t-il dit à Rachel.

Ryan se rapproche et l'attire dans ses bras. Immobiles un long moment, sans parler, profitant de la chaleur l'un de l'autre. Quand les poissons sont cuits, Rachel les retire du feu et en tend un à Ryan.

— Délicieux, on devrait venir à la pêche plus souvent, dit-il.

Rachel se contente de sourire. Elle voudrait lui dire de ne pas partir, de ne pas la quitter, mais ces mots sont figés au fond de sa gorge. Ils s'étendent près de la rivière, le nez de Barbotte collé sur le flanc de Ryan. Le vent frais les cajole. Une taupe furète autour des restes des truites, les renifle et, dédaigneuse, va son chemin.

— Le maire n'est pas revenu te voir ?

— Non.

— J'ai horreur de ce maire insignifiant. L'an dernier, la Brown m'a mandaté pour négocier avec lui, pour acheter les droits de coupe sur des terrains qui appartiennent à la paroisse. Je lui ai fait accepter tout ce que je voulais. Ses arguments étaient mal ficelés. Il n'a jamais fait la moindre contre-proposition. Il s'est empressé d'empocher le chèque de la compagnie. Si vite que je me demandais s'il n'avait pas décidé de garder l'argent pour lui.

— Laurélie m'a souvent dit d'y faire attention.

— Ne le laisse plus jamais entrer dans ta maison.

Ryan passe ses mains sous le chandail de Rachel et effleure son dos du bout de ses doigts. Il la sent frissonner.

— Pas ici, t'es fou!

— T'es gênée devant Barbotte?

Rachel éclate de rire.

— Mais avant, j'ai une question très importante à te poser.

Rachel relève la tête.

— Je te le demande officiellement, veux-tu m'épouser?

Rachel ouvre de grands yeux ébahis. Enfin, la vraie grande demande! Finis les allusions, les semblants de propositions. Elle s'esclaffe. Elle fait basculer Ryan sous elle et l'embrasse. Ils roulent sur le tapis de feuilles sèches. Barbotte les observe, couché tout près, le nez entre les pattes, brûlant d'envie de se joindre aux célébrations. Un couple de geais bleus les houspille bruyamment.

35

Maeve et Fidélin marchent lentement en direction de l'Assemblée législative. Le bureau du coroner Aubry est tout près, a expliqué son amie Régine Côté à Maeve. Une pluie fine lustre les feuilles des grands arbres qui veillent sur le parlement. Coincés dans un embouteillage comme Fidélin n'en a encore jamais vu, les automobilistes klaxonnent sans arrêt. Des chevaux hennissent. Le chauffeur d'un camion hurle son impatience. Fidélin est ahuri.

— Comment les gens font pour vivre dans ce vacarme?

Maeve se contente de sourire. Après ces quelques jours passés dans la quiétude du rang Watford, l'animation de la ville lui rappelle son quotidien des dix dernières années. Quel brouhaha! Elle se surprend à vouloir retourner à Saint-Benjamin.

— C'est ici, regarde, son nom est écrit sur la porte.

La jolie maison ancestrale, ensevelie sous le feuillage d'un grand chêne, a été transformée en bureau où sont regroupés des professionnels : coroners, huissiers, avocats.

Le coroner Marcel Aubry est bougon, pressé. Râblé, il a une immense tignasse noire et tellement de poils sur les bras et dans le cou qu'on dirait un animal préhistorique. Sans compter des sourcils échevelés comme des vailloches de foin. Il fume un cigare malodorant. Marcel Aubry est intimidant. Il s'étonne de la requête de Maeve et de Fidélin.

— J'ai envoyé un rapport complet au curé de Saint-Benjamin. Il devait le remettre à la police provinciale.

Maeve et Fidélin se regardent un moment, surpris. Le refiler à la police? Alors, pourquoi le curé dit-il qu'il l'a perdu?

— Pourquoi à la police? demande Fidélin.

— Vous n'avez pas lu le rapport?

Il lui raconte que le curé l'a égaré et qu'ils n'ont pu le voir. «Un accident regrettable», a-t-il plaidé du haut de la chaire. La sœur de Maeve a été enterrée sans plus de considérations.

— Quoi!

Le coroner n'en croit pas ses oreilles. Il se lève, ouvre le tiroir d'un classeur, fait défiler les dossiers du bout de ses doigts et en tire un, en vérifiant bien le nom.

— Il s'agit bien de Rachel Brennan, 27 ans, du rang Watford à Saint-Benjamin?

— Oui!

Marcel Aubry dépose le rapport sur son bureau, se cale dans sa chaise et passe la main dans ses cheveux. Quel embrouillamini! Après un instant de réflexion, il le tend à Maeve. Elle le lit avec appréhension.

Rachel Brennan est morte à Saint-Benjamin, comté de Dorchester, le ou vers le 15 mai 1944. Résultat de l'autopsie: au moins deux signes de violence, un premier derrière la tête avec un objet contondant ou un solide coup de poing, et l'autre, au bas du ventre. L'autopsie a révélé que ses poumons étaient pleins d'eau. Nous avons retrouvé des traces évidentes d'efforts respiratoires traduits par de petites hémorragies en surface des poumons et des plèvres. L'estomac contenait à peu près 12 oz d'aliments à être digérés, dont un curieux légume que je n'ai pas réussi à identifier. Conclusion: la mort est survenue en asphyxie due à l'immersion dans l'eau après un coup derrière la tête.

Signés: Robert Simard, médecin légiste.

Marcel Aubry, coroner.

Maeve tend le texte à Fidélin et lève les yeux vers lui.

— C'est clair qu'on l'a tuée!

Marcel Aubry fronce les sourcils pour marquer un doute.

— Aurait-elle pu s'infliger elle-même une telle blessure? Ce n'est pas impossible. Techniquement, elle aurait pu le faire, mais ce serait plutôt inusité. Et si elle l'a fait elle-même, elle n'aurait probablement pas réussi à se rendre jusqu'au puits. Voilà pourquoi j'ai recommandé au curé de confier le tout à la police.

— Pourquoi le curé et pas le juge de paix?

Marcel Aubry hausse les épaules.

— Dans la majorité des villages de la province, il y a juste le curé qui sait lire et qui sait quoi faire d'un rapport comme celui-là. Mais votre curé est très ambitieux et très fier de sa paroisse. Il est probable qu'il ait interprété mon rapport en fermant les yeux sur la conclusion évidente. Et comme chez vous en plus, le juge de paix, qui est aussi maire, n'est pas quelqu'un de très fiable, j'ai pas pris de chance, je l'ai envoyé au curé. J'aurais dû lui téléphoner pour m'assurer qu'il l'avait bien reçu et bien compris, mais j'ai été débordé ces derniers temps.

Maeve grimace. Voilà qui ajoute à sa douleur, assortie d'un doute encore plus grand. Pourquoi tant de violence à l'endroit de sa sœur? Qui lui en voulait à ce point?

— Votre sœur était mariée? demande le coroner.

— Non.

— Elle avait un homme dans sa vie?

— Oui, mais il était parti à la guerre depuis deux ans. Pourquoi vous voulez savoir ça?

Le coroner examine le rapport et lève vers Maeve des yeux pétris de regrets.

— Votre sœur avait des meurtrissures au bas du ventre. Ça pourrait être le résultat d'une tentative de viol, mais je ne peux pas le démontrer clairement.

— Quoi? tonne Maeve. Elle a été violée, en plus?

154

— Ça, je ne le sais pas, répond le coroner. Y a-t-il eu agression sexuelle ? Tout semble l'indiquer, mais je n'ai pas retrouvé de traces de sperme qui pourraient le prouver hors de tout doute. Il faudra interroger le coupable quand la police l'arrêtera.

Maeve baisse la tête, submergée par la douleur et de nouveaux remords. Si seulement elle s'était mieux occupée de sa sœur.

— Dites-moi, reprend le coroner, pourquoi avez-vous attendu si longtemps avant d'agir ?

Maeve se cache le visage dans les mains. Des larmes coulent entre ses doigts. Fidélin vient à sa rescousse. Il décrit toutes leurs démarches entreprises depuis la mort de Rachel. Le curé qui du haut de la chaire confirme l'accident, le maire qui ne sait rien. La lettre anonyme les a convaincus qu'un meurtrier se terrait quelque part et qu'il était temps de contacter les autorités.

— Qu'est-ce qu'on fait ? demande Maeve, la voix blanche.

— Je comptais sur le curé pour remettre le rapport à la police provinciale, dit Marcel Aubry. Je crois comprendre qu'il ne l'a pas fait. Pour quelles raisons ? Les prêtres cherchent toujours à étouffer les scandales. Dès aujourd'hui, je vais faire parvenir une copie du rapport à la police provinciale de Sainte-Germaine.

Le coroner se lève pour indiquer que la rencontre est terminée.

— Merci, dit Maeve.

— Je ne fais que mon travail, madame. Bonne chance et bon courage.

Maeve et Fidélin quittent le bureau du coroner et se retrouvent rue Saint-Jean. La pluie a cessé, le soleil les revigore. Arrivés par le train du matin, ils n'ont pas prévu retourner à Saint-Benjamin avant le lendemain. Et quand Maeve propose de repartir immédiatement et de brandir ces nouvelles informations sous le nez du curé et du maire, Fidélin l'invite à la patience.

— Prenons le temps de bien réfléchir à la prochaine étape. Je propose qu'on aille rencontrer le détective de la police provinciale à Sainte-Germaine dès qu'il pourra nous recevoir, pour voir ce qu'il fera du rapport du coroner.

Après quelques secondes d'hésitation, Maeve l'approuve. Elle a besoin d'un peu de temps pour digérer la nouvelle. Ils rentreront demain.

— Fais-moi découvrir les coins de Québec que tu aimes, suggère Fidélin. Marchons un peu pour oublier ce triste drame. Ça nous fera du bien.

Ils déambulent longtemps dans les rues de la capitale, évoquant tous les scénarios probables.

— Ce sont toutes des bonnes hypothèses, résume Fidélin. Nous, on aura pas de réponse, mais la police en trouvera, espérons-le.

— J'imagine, dit Maeve, que la police ouvrira une enquête dès qu'elle recevra le rapport du coroner.

— Oui, mais pour en être certain, je te répète qu'on devrait aller voir le détective et lui dire tout ce qu'on sait.

— T'as raison.

À l'heure du souper, ils se retrouvent dans un petit restaurant avant de revenir à l'appartement de Maeve.

— Je ne repartirai pas de Saint-Benjamin avant d'en avoir le cœur net, promet Maeve. Ils devront me passer sur le corps pour m'empêcher de découvrir la vérité.

Songeur, Fidélin regarde au loin.

— Tu vas repartir?

Maeve fait oui de la tête. Elle flaire l'inquiétude de Fidélin. Depuis quelques jours, elle a bien compris qu'elle ne le laissait pas indifférent. Elle l'aime bien aussi. Il est attentionné, doux, prévenant, mais son cœur ne s'emballe pas. Trop lacéré par la mort de Rachel.

— Toi, demande Maeve, tu vas passer le reste de ta vie à Saint-Benjamin?

Fidélin décèle un peu de mépris dans le ton de Maeve. Comme si elle lui reprochait de se contenter de peu. Fidélin

156

n'envisage pas sa vie ailleurs qu'à Saint-Benjamin. Le travail en forêt, le grand air, la nature, la liberté, sa mère, comment pourrait-il vivre heureux en ville? Ce qu'il a vu à Québec aujourd'hui ne l'a pas encouragé à s'y installer. Même si son ami Ryan O'Farrell lui a souvent fait miroiter les attraits des villes, Fidélin préfère toujours la vie paisible du rang Watford.

— Je le sais pas, répond Fidélin. Pour l'instant, j'aime beaucoup la vie que j'ai. Tu ne pourrais pas vivre dans un petit village?

Maeve se contente de branler la tête. Depuis son départ de Saint-Odilon-de-Cranbourne, elle n'a jamais songé à y revenir. Vivre à Saint-Benjamin, dans ce village qui a tué sa sœur, elle peut difficilement l'imaginer. Quitter Québec? Se retrouver dans un petit patelin à la merci des ragots, des jugements et des bassesses de ceux qui ont trempé dans le meurtre de Rachel? Elle ne peut pas l'imaginer.

Couché sur un sofa trop petit, Fidélin cherche le sommeil. Les bruits de la ville viennent se perdre contre l'édifice à logements où habite Maeve. Il repense à leur conversation. À l'évidence, elle n'est pas en amour avec lui. Il le regrette et essaie de se consoler. Un amour passager, un coup de cœur soudain qui va vite se dissiper? Tout est arrivé si vite.

36

« Il y a deux semaines, on a retrouvé Rachel noyée dans le puits derrière sa maison. »

Ryan O'Farrell ne veut pas le croire. Il est en état de choc. La lettre tremble au bout de ses doigts. Il revérifie l'adresse, le cachet. Enveloppe froissée par quatre semaines de traversée. Il doit se rendre à l'évidence, brutale, cruelle, Rachel est morte. Noyée dans ce minuscule puits ? Dans la grande dame de la rivière Cumberland, passe encore, mais dans ce puits ? D'un coup, sa blessure est plus douloureuse. Tout son corps lui fait mal. La douleur irradie. Cinq fois, il lit la lettre de Maeve et de Fidélin, refusant de croire l'horrible nouvelle. Étanchant ses larmes du revers de la main. Pourtant, c'est lui qui était menacé de mort, pas Rachel. Il a échappé à toutes les embuscades allemandes, mais voilà que sa bien-aimée se noie dans le fond d'un puits à peine assez large pour y laisser descendre un seau.

La lettre est arrivée quelques heures seulement avant son départ. Déjà tous ses biens sont rassemblés dans deux gros sacs au pied de son lit dans la baraque. Ce matin, des soldats envieux lui souhaitaient bonne chance et se réjouissaient du grand amour qui l'attendait à son retour. Ryan leur a si souvent parlé de sa Rachel ! Demain, le bateau le ramènera au Canada, long périple de deux semaines qu'il entrevoit maintenant comme une épreuve insurmontable. À quoi bon rentrer ? s'est-il d'abord demandé. Pour se tremper dans la scène du drame ? Souffrir encore plus en retrouvant la maison, Barbotte et Catiche? Subir les regards faussement compatissants des voisins hypocrites qui étaient scandalisés chaque fois qu'il passait la nuit avec elle? Dormir dans une maison vide, un lit abandonné? Pourquoi ne pas renoncer, gommer cet épisode de sa vie à tout jamais et repartir de zéro ailleurs?

Mais ce sentiment disparaît aussitôt. Quelques phrases de la lettre le convainquent de retourner à Saint-Benjamin le plus tôt possible : un coroner de Québec aurait conclu à une mort accidentelle, mais le curé ne trouvait plus son rapport, sa servante l'aurait égaré. Maeve et Fidélin se donnaient donc pour mission de trouver ce rapport, en allant à Québec rencontrer le coroner.

Ryan est convaincu que rien ne laissait présager un tel dénouement. Rachel n'avait aucune raison de s'enlever la vie. À l'évidence, quelqu'un l'a tuée. Tant de gens la méprisaient. Tant de ragots circulaient à son sujet. Il lui doit bien de retrouver le coupable et de rétablir sa réputation. Il saura comment faire parler Catiche. Ryan est certain que l'arriéré a la clef du mystère. Il était si souvent dans le sillage de Rachel. Avec l'aide de Dézeline, il réussira à tirer quelques mots de Catiche. Que signifie ce «nambours» qu'il répète sans arrêt? Amour? Toujours? Et si le coupable était le maire? Delbert Lagrange? Comment les débusquer? Où trouver les preuves si la police n'enquête même pas? Pour l'instant, une seule pensée l'habite : rentrer pour venger Rachel.

Un autre détail d'autant plus douloureux s'impose à lui. Il n'a reçu aucune lettre de sa bien-aimée depuis trois mois. Y a-t-il un lien avec sa mort? Elle écrivait régulièrement, quoique moins souvent que lui. Les lettres se sont-elles perdues? Quelqu'un les a-t-il interceptées? Pourquoi? Et le rapport du coroner? Où est-il passé? Au diable vauvert? Tant de questions sans réponse. Tant de frustrations, de douleurs.

Ryan O'Farrell se promet de ne pas repartir de Saint-Benjamin avant d'avoir fait toute la lumière sur le meurtre de sa bien-aimée, d'en connaître tous les détails.

Ce matin, quand Onézime Poulin s'est approché de lui, lettre en main, Ryan a senti une bouffée de chaleur envahir

159

son corps. À quelques jours de retrouver sa bien-aimée, voilà qu'une lettre arrivait enfin, présage aux doux moments qui l'attendaient. Alors qu'un infirmier soignait sa jambe et préparait un pansement pour la longue traversée, il l'a vite décachetée. Ryan ne pouvait y croire. Elle avait écrit! In extremis! En quelques secondes, il avait parcouru la lettre, la reposant rapidement, le souffle coupé, les yeux pleins de larmes.

— Une mauvaise nouvelle? avait hasardé l'infirmier.

Ryan avait fait oui de la tête, lu et relu la missive, l'avait enfouie dans sa poche et était retourné à la baraque, en s'appuyant sur des béquilles. Il avait passé le reste de la journée écrasé dans son lit, torturé de chagrin, à examiner tous les scénarios plausibles, à débusquer un coupable, à l'imaginer suspendu à la potence, déterminé à faire éclater la vérité.

Maeve a fait le tour de la maison. Elle a trouvé dans une enveloppe un cahier d'école, des dessins, des poèmes et des lettres que tu lui as envoyés et une autre lettre qu'elle était en train de t'écrire, mais qu'elle n'a jamais terminée. Maeve a tout conservé. Ah, j'oubliais, dans les dernières pages du cahier, Rachel a recopié «je t'aime» des centaines de fois, j'imagine qu'elle en recopiait un chaque jour depuis ton départ.

Ce paragraphe de la lettre de Maeve et de Fidélin, Ryan le connaît maintenant par cœur. Il le repasse sans cesse dans sa tête. Un «je t'aime» par jour. Un si grand amour, gaspillé pour une guerre inutile, immonde. Un si grand amour! Pourra-t-il jamais en vivre un autre? Ryan O'Farrell éclate en sanglots. Autour de lui, ses camarades ont baissé la tête, désemparés. Comment réconforter celui qui avait l'habitude de les consoler? Le plus fort d'entre eux, celui qui avait toujours le bon mot, l'explication rassurante, le phare dans la tempête. Ils fument en silence, tête baissée. L'un d'entre eux égrène son chapelet.

37

Les hirondelles bicolores planent au-dessus de la grange de Thomas Boily, plongent derrière la haie de merisiers et remontent vers le ciel. Le souffle du vent bouscule les longues quenouilles le long du rang Watford et retrousse les plumes d'un pinson mécontent. Le vacarme d'un véhicule le fait fuir.

Rachel Brennan tourne la tête. Un petit camion de la Brown Corporation traîne sa chape de poussière dans le chemin. Lorsqu'il ralentit et s'engage dans l'entrée de la maison, elle a un geste de recul. Elle ouvre de grands yeux en voyant Ryan descendre du véhicule. D'abord apeuré, Barbotte saute de joie quand il le reconnaît.

— T'as acheté un truck? s'étonne Rachel.

Ryan se dépêche de la rassurer. Le patron de la Brown Corporation lui a confié le camion pour la fin de semaine, à la condition qu'il se rende à Saint-Georges pour récupérer des pièces d'équipement.

— J'y vais demain et tu viens avec moi.

— À Saint-Georges?

— Oui, madame, dans la grande ville.

— Pis Barbotte?

Ryan se moque d'elle. Quelle excuse dérisoire! Catiche sera trop heureux de s'occuper du chien pendant leur absence. Comme il le fait chaque jour quand elle va travailler chez les Lagrange.

— On partira après le déjeuner, je vais faire mes commissions et ensuite on ira dîner au restaurant. Après, je t'emmène magasiner. T'achèteras une robe à ton goût, je te l'offre.

— Une robe!

Rachel n'ose pas lui dire qu'elle n'en a pas porté depuis la petite école et qu'elle n'a plus envie d'en revêtir maintenant. Ce voyage à Saint-Georges la tracasse. Elle y est allée une fois avec son père et le va-et-vient constant l'avait déconcertée. Tous ces étrangers qui l'observaient. Même les vitrines de magasin ne l'attiraient pas. Quel soulagement lorsqu'ils étaient revenus dans la quiétude du rang six de Saint-Odilon-de-Cranbourne.

— Qu'est-ce qu'on mange pour souper? demande Ryan.

— Perdrix et topinambours.

Ryan sourit. Va pour la perdrix, mais les topinambours…

— Dis-moi pas que t'as attrapé la perdrix que Catiche essaie d'apprivoiser.

— Non, mais laisse-moi te dire que ça va y prendre du temps. Une perdrix, c'est ben sauvage. Elle s'approche de lui, elle mange les graines qu'il lui lance, mais elle se sauve tout de suite après.

Le lendemain, Rachel confie Barbotte à Catiche en expliquant à Dézeline qu'ils reviendront en fin d'après-midi. Retenu solidement, le chien les suit des yeux, frustré, couinant, tentant désespérément d'échapper à Catiche. Le camion disparaît dans le rang Watford.

Le soleil embrase la campagne. Rachel a baissé la vitre et coupe le vent avec sa main. Le bonheur. De temps à autre, Ryan zigzague pour lui faire peur ou accélère au dos des côtes pour lui faire descendre le cœur dans les talons. Rachel rit aux éclats. Ryan ne l'a jamais entendue rire de la sorte. Avant d'arriver à Saint-Simon-les-Mines, il stationne le camion en bordure de la route et invite Rachel à en sortir. Elle ne comprend pas. Ryan la rejoint. Il la prend dans ses bras et l'embrasse longuement, passant une main dans sa longue chevelure, laissant glisser l'autre jusqu'à la naissance de ses fesses.

162

— Je t'aime. Allez, monte, on repart.

Cette parenthèse allume un grand sourire dans le visage de Rachel. Elle est ravie par les attentions de Ryan, les petits gestes inattendus, son imagination, sa faculté de la surprendre, de ne jamais se répéter, de trouver mille façons de lui témoigner son amour.

— Je t'aime.

À Saint-Georges, Ryan récupère une chenille de tracteur et file ensuite vers la deuxième avenue. Il stationne son camion près du Café Royal et prend la main de Rachel. À l'intérieur, les clients tournent la tête sur le passage de cette grande femme à la chevelure abondante. Ryan en est fier. Quant à lui, il devra se contenter du sourire engageant de la serveuse.

— Qu'est-ce que vous voulez manger?

Rachel hausse les épaules. Ryan propose du poulet rôti et des frites.

— Je pense que la *waitress* te trouve de son goût! constate-t-elle en riant.

— Et toi? T'as pas vu comment les hommes te regardaient?

Rachel rougit. Les regards des hommes la laissent indifférente, sauf quand ils sont insistants comme ceux de Delbert Lagrange et surtout d'Odias Bergeron. Ryan s'amuse de la voir manger avec ses doigts, qu'elle lèche pour ne rien perdre du repas. Au dessert, ils optent pour de la crème glacée. Dans un cornet, exige Rachel, en souvenir de celui que son père lui avait offert après sa première communion.

Au magasin Papillon, Rachel convainc Ryan d'oublier la robe et de lui acheter une belle paire de bottes qui lui rendront l'hiver moins pénible. Comme la première fois, Rachel est heureuse de quitter Saint-Georges.

Au retour, Ryan arrête de nouveau le camion en bordure d'un champ. Il y entraîne Rachel à l'abri d'un bouquet de sapins, s'allonge avec elle sur un tapis de feuilles sèches.

— Ici? T'es fou!

— Je ne suis pas fou, je t'aime!

38

Quelque part en mer, le 20 juillet 1944

Mon amour,

Depuis deux jours, le bateau me ramène au Canada. Calé au fond d'une cabine puante, la jambe endolorie, je n'arrive pas à m'inquiéter du roulis ininterrompu, du vent qui nous souffle des trombes d'eau au visage chaque fois que nous sortons sur le pont, ou de ces sous-marins allemands qui menacent de nous harponner. Plus rien ne me touche. La nouvelle de ta mort a éteint tous mes feux. Il fait tellement froid dans mes os et dans mon cœur. J'ai songé à me jeter à l'eau, à en finir, puisque la vie sans toi n'a plus aucun sens. Un court instant seulement. J'ai choisi de vivre pour te venger. Je ne retrouverai pas la paix aussi longtemps que ton assassin ne pendra pas au bout d'une corde. Avant de quitter l'Europe, j'ai jeté ce journal à la poubelle pour l'en retirer aussitôt. Ce journal me permettra de rester près de toi pour toujours.

Mon grand amour, où es-tu? À quoi ressemble l'au-delà? Si seulement je croyais en Dieu, je pourrais prier, Lui demander d'adoucir ma douleur. S'Il existe et que tu L'as rencontré, demande-Lui de te permettre de m'envoyer un signal. J'aimerais tant savoir que tu es heureuse même sans moi. Que tes ennuis se sont enfin dissipés. Que le paradis existe et que tous les anges du ciel s'émerveillent devant ta beauté.

L'idée de retourner à Saint-Benjamin, d'ouvrir la porte de ta maison, de revoir Barbotte et Catiche me terrifie. Comment les consoler? Comment calmer mon cœur qui voudra sortir de ma poitrine? Tout me rappellera ton absence, exacerbera le vide, le terrible vide. Mais je veux retrouver ton ombre, les parfums qui en transsudent. Suivre les traces de tes pas. Deviner ton visage sur le liséré des feuilles de topinambours, chercher ta main dans la toison de Barbotte.

Chère Rachel, je ne me pardonnerai jamais de t'avoir abandonnée. Je le regretterai jusqu'à la fin de mes jours.

Je t'aime tant

39

Les habitués du magasin général de Saint-Benjamin, comme tous les Canadiens français, se réjouissent. Paris est libéré. La première page de *L'Action catholique* montre le général de Gaulle triomphant sur les Champs-Élysées. «Paris outragé! Paris brisé! Paris martyrisé! Mais Paris libéré!» scande le général devant une foule survoltée. Cependant, la victoire est assombrie, les Allemands ont massacré 124 habitants du village de Maillé, en Indre-et-Loire, en représailles contre le sabotage de leurs installations et l'aide que la population a apportée à un pilote canadien dont l'avion s'était écrasé près de ce patelin.

Au magasin, on ne parle plus de la guerre, mais seulement de la mort de Rachel. Plus personne ne croit qu'elle s'est noyée accidentellement. Les démarches de Maeve et de Fidélin ont d'abord intrigué, puis agacé et finalement convaincu les citoyens que la mort de la jeune femme n'était pas aussi fortuite que voulait le faire croire le curé. Quand on a appris que Maeve et Fidélin s'étaient rendus à Québec pour obtenir le rapport que le curé avait perdu, le doute s'est installé définitivement dans la tête des gens. Plusieurs d'entre eux parlent encore de la sortie spectaculaire de Fidélin au magasin général.

— Est-ce qu'il y a quelqu'un d'assez naïf dans ce village pour croire qu'on peut perdre un rapport comme celui-là? Pourquoi ne peut-on pas voir ce maudit rapport? Qui veut-

166

on protéger? Qui a commis le meurtre? Qui se retrouvera sur l'échafaud? Comment se fait-il que la police provinciale n'enquête pas encore?

Un silence glacial a enveloppé les habitués du magasin. Tant de questions déconcertantes. Tant d'interrogations auxquelles le maire n'a pas de réponse, si ce n'est de répéter que le coroner a conclu à une mort accidentelle. Mais même le maire, qui n'a pas réussi à voir le rapport, commence à douter.

— Je l'sais pas, allez d'mander au curé, se fâche-t-il.

Le prêtre est déconcerté. Le drame l'a bouleversé. Une souillure sur son parcours que l'évêché ne manquera pas de relever. L'impression que tout ce qu'il a bâti depuis son arrivée vient de s'écrouler? On ne le voit presque plus au magasin général. «Je me sens comme un père de famille qui a perdu un enfant parce qu'il s'en est pas bien occupé», a-t-il confié au président de la commission scolaire, Boudin Veilleux.

La dizaine d'hommes rassemblés dans le magasin ont leur théorie sur le drame. C'est Eudore Boucher qui l'a proposée. Et qui mieux que lui, le seul qui lit «les gazettes» tous les jours.

— Moé, je l'sais pourquoi y est aussi sonné! Y a sûrement appris l'nom du coupable dans l'confessionnal? Y doit vivre avec ce terrible secret, explique Eudore. Y a même pas le droit de l'dire à la police.

Ses interlocuteurs l'approuvent de petits coups de tête.

— Tordieu, c'est ben vrai, reconnaît Léonidas Lapierre, l'curé a pas l'droit de trahir le secret d'la confession.

— Mais son travail, ajoute Eudore, c'est d'convaincre l'assassin d'avouer son crime pis s'y veut pas, le curé peut refuser de lui donner l'absolution, mais y a pas l'droit de répéter à personne c'qu'y entend dans son confessionnal.

Les propos d'Eudore expliquent tout. Le secret du confessionnal. Le prêtre doit vivre avec ces confidences, ne jamais les dévoiler, se contenter de prier pour le meurtrier.

— Y peut même pas dire à une femme que son mari court la galipote! précise Léonidas. Mais ça s'pourrait ben que ce soueille un étranger qui se confesse pas par icitte.

La conversation tourne à vide, le temps de bourrer les pipes et de réfléchir. Qui aurait pu commettre un tel délit? Le maire? Delbert Lagrange? Odias Bergeron? La nuit dernière, trois moutons ont disparu dans le pâturage d'Ephrem Labonté. Le voleur d'animaux et le meurtrier de Rachel seraient-ils une seule et même personne? Le maire? Il s'emporte quand on lui demande pourquoi il visitait Rachel si souvent. Les taxes? Était-ce la seule raison de ses nombreuses randonnées dans le rang Watford? Personne n'est prêt à lui donner l'absolution.

— Si on pognait Médée, on f'rait une pierre deux coups, dit Télesphore Raté. On fermerait ce dossier puant pis on s'débarrasserait d'un maire incompétent.

— J'ai pour mon dire qu'on perd beaucoup trop de temps avec c't'affaire-là, renchérit Léonidas, pis que la Brennan, a l'a eu c'qu'a méritait.

Que méritait-elle? Léonidas hausse les épaules. Depuis l'admonestation de Fidélin au magasin, le vent tourne et beaucoup moins de paroissiens croient que Rachel Brennan était une femme de petite vertu. La sortie de Marie-Laure Boily sur le perron de l'église a largement contribué à dissoudre cette mauvaise réputation.

— Tout ça, c'est des inventions de vieux mâles en chaleur pis de maquereaux qui ont rien de mieux à faire que de r'luquer les femmes des autres! a-t-elle lancé d'une voix furieuse.

Rachel Brennan était-elle une «dévargondée», une alcoolique, une putain?

— Si a l'était si fine que ça, s'interroge Léonidas, toujours en verve, pourquoi on l'aurait tuée? Si c'est pas un homme qui faisait des cochonneries avec elle, qui d'autre aurait voulu la tuer?

— Je sais pas si a s'dérangeait, laisse tomber le marchand, mais l'fait qu'a l'était pas catholique pis qu'a faisait pas sa religion, c'est ben pire que d'être dévargondée. Moé, j'irais jusqu'à prétendre que l'Bon Dieu l'a punie.

Télesphore fait quelques pas derrière son comptoir, enfonce le tabac dans le fourneau de sa pipe et d'un air mystérieux, fait part d'une confidence qu'on lui aurait faite quelques jours plus tôt.

— Répétez pas ça à personne, mais on pense que ça pourrait être Catiche, le fou à Dézeline, qui a tué la Brennan.

Un silence opaque tombe sur le groupe d'hommes. Catiche? Pourquoi aurait-il fait cela? En est-il seulement capable?

— Ça s'pourrait certain, y la suivait partout, raconte Léonidas, petit homme bavard au teint crayeux. J'ai pour mon dire que si quequ'un l'a tuée, ça peut pas être personne d'autre que lui.

Incapable de se défendre, Catiche ferait un bouc émissaire idéal. Mais, dans le rang Watford, ce n'est pas Catiche qu'on soupçonne. Personne ne le croit capable d'avoir eu un tel égarement. Non, petit à petit, un consensus se dégage autour de Delbert Lagrange, ce faux chrétien qui donne à l'église sans compter pour acheter l'appui du curé et le respect des paroissiens, mais dont le quotidien est farci de petits et de gros larcins. Que fait-il toutes les nuits à ravauder dans la paroisse? Est-il le voleur d'animaux qui les revend ensuite à ce commerçant véreux de Saint-Prosper? Robertine Vachon soutient qu'elle a entendu un camion, tard, la nuit où les moutons d'Ephrem Labonté ont disparu.

Delbert Lagrange connaissait bien les habitudes de Rachel Brennan. L'a-t-il surprise dans son sommeil? À l'évidence, elle l'attirait, sinon comment expliquer qu'il l'épiait sans arrêt? A-t-elle refusé ses avances?

Humiliée, Laurélie Lagrange, sa femme, ne sort plus depuis la mort de son engagée. Même pour aller à la messe. Elle se sent coupable de ne pas avoir mieux protégé Rachel. Souvent, elle a senti son désarroi. Chaque fois qu'elle reprochait à son mari de la reluquer, il se moquait d'elle ou la traitait de vieille jalouse. Depuis la mort de Rachel, elle a interrogé son mari sans ménagement à deux reprises. Pour toute réponse, elle a eu droit à une violente taloche au visage.

40

Prudent Gagnon sourcille quand on cogne à sa porte. Les dossiers s'empilent sur son bureau et il a demandé qu'on ne le dérange pas. En entrant, Maeve et Fidélin ont vraiment l'impression d'arriver au mauvais moment. L'accueil est glacial.

— Que puis-je faire pour vous?

Petit, cheveux jamais coiffés, vêtu négligemment, Prudent Gagnon n'est pas très intimidant. «Il n'a vraiment pas l'air d'un policier», pense Maeve. Tous ceux qui s'y sont frottés récemment confirmeront l'impression. Prudent a ralenti. Sa persévérance légendaire, ses questions souvent anodines, mais pertinentes, sa perspicacité ne sont plus les armes menaçantes de ses débuts.

— C'est au sujet de ma sœur trouvée morte dans un puits à Saint-Benjamin...

Maeve n'a pas le temps de compléter sa phrase. Prudent Gagnon lui fait comprendre que cet incident banal ne l'intéresse pas.

— Le maire m'a dit que c'était un accident, qu'elle s'est noyée parce qu'elle était saoule et qu'il n'y a pas lieu d'enquêter là-dessus.

Maeve se tourne vers Fidélin, décontenancée. Il vient aussitôt à son secours.

— Ce n'est pas vrai. Pour en avoir le cœur net, on est allés à Québec, on a parlé au coroner Aubry qui nous a dit que le scénario le plus probable est qu'elle a été frappée violemment derrière la tête et jetée toute nue dans le puits à côté de sa maison.

— Quoi?

— ... et qu'elle aurait peut-être été violée.

— Vous êtes certains de cela? C'est grave en pas pour rire.

— Le coroner a envoyé le rapport au curé de Saint-Benjamin, qui devait vous le remettre, mais il prétend qu'il l'a perdu. Il a même raconté en chaire pendant la grand-messe que le coroner avait conclu à un accident. Nous, on sait maintenant que quelqu'un l'a tuée. Le coroner Aubry nous a dit qu'il vous enverrait une copie du rapport directement.

Le policier se frotte les yeux, se lève et sort de son bureau.

— Attendez-moi ici, je vérifie si on l'a reçu. Je comprends vraiment pas qu'il m'a pas envoyé un rapport tout de suite après, ou pourquoi il m'a pas téléphoné si c'était pas un accident.

Quand Prudent Gagnon revient dans son bureau, il allume une cigarette et parcourt le document.

— Vous avez raison. Il y a une note du coroner. Il a oublié de me l'envoyer. Il s'est fié au curé, certain qu'il m'appellerait dès qu'il l'aurait reçu.

Le policier fait une pause et regarde ses deux interlocuteurs.

— Vous avez des soupçons?

Fidélin mentionne aussitôt le maire et Delbert Lagrange.

— Y a des gens qui pensent que ça pourrait être Catiche Veilleux, mais nous, on n'y croit pas. Il a l'intelligence d'un lapin et la force physique d'un enfant de cinq ans. Vous le connaissez?

Le policier fait oui de la tête.

— Je me demande, reprend Maeve, comment il se fait que le curé a bêtement égaré le rapport. Vous allez lui parler?

Le policier fait une longue pause.

— Dans un petit village, il faut toujours voir le curé en premier. Il sait tout ce qui se passe.

— Il venait très souvent achaler ma sœur pour la forcer à payer sa dîme et la convaincre d'aller à la messe.

— Ah oui? s'étonne Prudent Gagnon. Et il a réussi?

— Aller à la messe, non, fait Maeve, gênée. Mais elle lui a peut-être déjà parlé des hommes qui l'achalaient?

Un meurtre! Voilà le genre d'enquête qui plaît au policier. Qui l'éloignera de tous ces menus larcins, chicanes de clôtures et autres petits ou grands malheurs qui meublent son quotidien. Sa dernière mission importante remonte à six ans. L'assassinat d'une jeune femme par sa sœur, qui avait une relation secrète avec son mari. Depuis, les enquêtes qu'il a menées n'ont pas toujours permis de faire condamner des criminels, dont un présumé meurtrier. Voilà une bonne occasion de renflouer son image.

— Est-ce que ça pourrait être le maire? interroge Fidélin.

— Il y a déjà eu des plaintes contre lui, des plaintes qui ont été retirées par la suite, mais qui auraient pu l'envoyer en prison et même sur l'échafaud, si la preuve avait été faite.

— Lui aussi, il venait souvent voir ma sœur sous prétexte de la forcer à payer ses taxes. Mais je sais qu'elle les a payées, je l'ai vu dans une lettre qu'elle a reçue de son amoureux parti à la guerre. Le maire nous a dit qu'il vendrait la maison pour les taxes. On n'a pas l'intention de le laisser faire.

— Comptez sur moi pour l'en empêcher, au moins jusqu'à la fin de l'enquête.

— Delbert Lagrange, vous le connaissez? demande Fidélin.

Le policier hoche la tête de dépit.

— Il est fait du même bois que le maire. Ratoureux, hypocrite, fielleux. Je dois aller le voir pour les vols d'animaux des dernières semaines. Lui pis le gros commerçant de Saint-Prosper marchent main dans la main. Mais ils sont fins comme des renards. On ne les voit jamais. Ils se déplacent la nuit et Odias Bergeron va de village en village, et il n'hésite pas à s'emparer d'une bête par-ci, par-là. Je suis certain qu'il a volé des dizaines d'animaux dans le comté, avec des complices comme Delbert Lagrange. Et le plus souvent, il les revend aux abattoirs de Québec. Ni vu ni connu.

Maeve et Fidélin n'en croient pas leurs oreilles.

— L'autre problème qu'on a avec Delbert Lagrange, c'est qu'il est riche et chaque fois que votre curé a besoin d'argent, il l'appelle. C'est lui qui vient de payer au complet les travaux de rénovation de la sacristie. Pas loin de 200 piastres.

— Vous avez l'air de dire, ajoute Fidélin, que ce sera impossible de trouver le coupable?

Le policier se rebiffe. Comment peut-on mettre son talent en doute? L'enquête ne sera pas facile, il aura affaire à des suspects très coriaces, mais il en viendra à bout.

— Je ne dis pas que ça sera impossible. Tu sauras, mon jeune, que j'ai jamais reculé devant une enquête compliquée. Tout ce que j'essaie de vous faire comprendre, c'est qu'il aurait été préférable de commencer le travail tout de suite après la noyade. On est déjà très en retard. Les suspects ont eu le temps de préparer leur défense et d'effacer toutes les traces. Votre sœur a été enterrée à Saint-Benjamin?

— Oui, pourquoi?

— Je vais parler au coroner, mais s'il le faut j'exigerai qu'elle soit exhumée.

Maeve ne veut pas imaginer la scène. La vue du cadavre de Rachel serait trop douloureuse. Mais si l'opération permet de démasquer le coupable plus facilement, pourquoi pas? Le policier se lève pour indiquer que l'entretien est terminé.

— Tout ce que je vous demande, c'est d'ouvrir vos yeux et vos oreilles, et de m'appeler si vous découvrez quelque chose d'important. J'irai voir le curé et le maire demain.

— Justement, se rappelle Maeve, j'ai trouvé cette lettre anonyme épinglée à la porte de la maison de Rachel.

Prudent Gagnon l'examine, il a un froncement de sourcils et dépose la lettre sur son bureau.

— Je la garde, ça pourrait être utile. Mais surtout, c'est un signal que le coupable ne reculera devant rien pour vous faire taire.

Le policier se tourne vers Maeve.

— Vous ne restez pas toute seule dans la maison de votre sœur ?

— Non, chez la mère de Fidélin.

— Ça vaut mieux et soyez prudents, tous les deux. Delbert Lagrange et Odias Bergeron sont dangereux. Je ne dis pas qu'ils sont coupables, mais faites-leur bien attention. Et le maire n'est pas le plus scrupuleux des hommes.

— Merci, dit Maeve. Tenez-nous au courant.

— Promis. J'arrêterai vous voir après avoir parlé au maire et au curé, et j'en profiterai pour avoir une conversation avec votre voisin, Delbert. Puis, j'aimerais faire le tour de la maison, à l'intérieur et à l'extérieur, et voir toutes les lettres et les affaires personnelles de votre sœur. J'inspecterai le puits et les environs. Assurez-vous qu'on ne touche à rien.

41

Le vent à grandes bourrasques gifle la campagne. Prélude à l'hiver, un lièvre pris en chasse par Barbotte a déjà revêtu sa tenue pâlichonne. Le potager de Rachel est dénudé, les derniers topinambours, carottes, concombres, oignons et betteraves entreposés depuis longtemps dans la cave.

Un long hiver en vue. L'ennui, comme le suif qui coule le long de la bougie. Même si la neige et le froid ne lui font pas peur, Rachel Brennan préfère de loin les trois autres saisons.

Soudainement, une ombre se profile à la fenêtre. Elle n'est pas certaine d'avoir bien vu. Son imagination lui joue-t-elle des tours? Quelqu'un l'observe-t-il à la dérobée? Barbotte gronde, dresse les oreilles. Un signe qui ne trompe pas. Doit-elle sortir, aller vérifier? Elle approche la lampe de la fenêtre. Le chien aboie. Le vent hurle. Aurait-il soufflé des feuilles, d'où l'illusion d'une présence humaine? Réginald Boily est la dernière personne qu'elle a vue, à la tombée du jour, lorsqu'il ramenait le troupeau de moutons à la bergerie. Elle a eu droit à un grand sourire de ce jeune homme timide, toujours prêt à lui rendre service et qui a d'ailleurs promis de lui apporter du fumier pour son potager. Mais ce n'est sûrement pas lui à cette heure tardive. Il viendra demain.

— Tranquille, Barbotte!

Le chien renifle le filet d'air qui s'infiltre sous la porte, que Rachel n'a pas encore calfeutrée en prévision de l'hiver. Elle ne distingue rien. S'est-elle trompée? Elle le souhaite.

175

Elle n'a jamais eu peur au cours de toutes ces années de solitude, mais depuis quelque temps, elle se surprend à tirer les rideaux, à mettre la barre à la porte bien avant que la noirceur tombe. A-t-elle raison de redoubler de prudence ? Elle craint particulièrement Delbert Lagrange. Depuis l'épisode de la grange, elle s'assure de ne jamais se retrouver seule avec lui. Elle se méfie tout autant d'Odias Bergeron. Même s'il habite le village voisin, elle s'inquiète de le voir rôder si souvent dans les environs au beau milieu de la nuit. Le maire ? Elle emploiera de nouveau la force s'il le faut. Reste le curé. Parfois, elle songe à fréquenter l'église juste pour lui faire plaisir et éliminer ses raisons de la visiter si souvent.

Rachel tire le rideau, remet la lampe sur la table et retourne au fourneau où cuisent deux miches de pain. Sa provision pour la semaine. Barbotte l'observe en espérant qu'elle lui jettera un morceau.

— T'as senti quelque chose, Barbotte ? Un animal, peut-être ?

Le chien se contente de battre de la queue. Rachel se rassure en se rappelant que le cheval de Thomas Boily avait brisé la clôture et s'était retrouvé sous sa fenêtre à la tombée du jour, l'été passé. Elle en avait presque fait une syncope. Serait-il de retour ? Par un froid pareil ? Peu probable. Elle n'ose pas sortir. Elle souffle la bougie et s'étend dans son lit, ses pensées toutes consacrées à Ryan, mais souvent entrecoupées de visions furtives rôdant autour de sa maison. Incapable de dormir, elle se lève, rallume la bougie et récupère dans la commode le dernier poème qu'elle a reçu de son amoureux.

Quand se fane un été

Et que le temps

Du bout des lèvres

Me parle de toi

Quand l'automne fait ripaille

Quand les feuilles à rousses guipures

Meurent dans le sillage de la bourrasque

Quand le vent gèle les larmes

Et esquisse les hivers

Je t'invente

Belle et toujours

Rachel sourit, presse le poème contre son sein et se perd dans sa rêverie. Barbotte dort déjà.

42

Midi. Les cloches de l'église de Saint-Benjamin sonnent. *Angelus Dómini nuntiávit Maríae*, «L'Ange du Seigneur annonça à Marie». Le curé tire le long cordon en maugréant. «Cet incapable de bedeau, toujours malade.»

— Bonjour, monsieur le curé.

Le prêtre se retourne vivement. Quand il aperçoit le policier, il comprend immédiatement les raisons de sa visite. La mort de Rachel Brennan, quoi d'autre? La thèse de l'accident aura fait long feu.

— Vous venez sûrement pour les animaux volés?

Prudent Gagnon regarde le curé, intrigué. Que sait-il sur les vols d'animaux? Pourrait-il l'aider à enfin élucider ces larcins qui le tarabustent depuis si longtemps?

— Plus tard, probablement. J'ai quelques questions à poser à Delbert Lagrange. Mais si vous avez des informations fraîches à me donner, je serais très heureux de les entendre.

— Vous perdez votre temps, réplique le curé. Delbert n'a rien à voir là-dedans. C'est rien d'autre que des placotages de jaloux.

Prudent Gagnon n'est pas étonné de l'intervention vigoureuse du curé en faveur de Delbert Lagrange, mais il ne se laisse pas démonter.

— Peut-être, mais cette fois, il y a des témoins.

Le curé grimace. Des témoins ? Quels témoins ? Le policier refuse de lui en dire davantage, sous prétexte de ne pas nuire à son enquête. A-t-il vraiment des témoins ? Prudent Gagnon aime bien mentir à l'occasion pour déstabiliser son interlocuteur.

— Delbert, c'est un bon catholique. Sans lui, l'église et la Fabrique de Saint-Benjamin seraient en faillite.

Le policier sourit à l'insu du prêtre. Il avait prévu cette explication.

— Ça lui donne pas la permission d'enfreindre la loi.

— Je serai toujours prêt à témoigner de sa bonne conduite.

En se grattant le bout du nez, Prudent Gagnon laisse tomber mollement, comme si ce n'était pas important :

— On pense que Delbert a été mêlé à la mort de Rachel Brennan.

Le curé bondit.

— Répétez pas ça nulle part, on va rire de vous.

Prudent Gagnon mord sa lèvre inférieure, agacé par l'attitude du prêtre.

— Vous avez lu le rapport du coroner comme moi, monsieur le curé. Vous savez qu'elle a été assommée avant de se retrouver dans le puits. Et probablement violée.

— Je n'avais pas cette dernière information.

Le curé est ébranlé, la gorge serrée. En aucun endroit dans le rapport du coroner, ne parle-t-on de viol. Si confirmée, cette information rendra le meurtre encore plus dégoûtant. Jamais l'évêque ne lui pardonnera tel scandale.

— Le coroner suggère la possibilité qu'elle ait été assommée, mais il se pourrait bien qu'elle se soit blessée en tombant, avance le prêtre.

— Qu'elle se soit blessée en tombant, qu'elle se soit relevée et, toute nue, qu'elle se soit jetée dans le puits ? Vous parlez pas sérieusement, monsieur le curé ?

Aldéric Vallée est de plus en plus agité. Le policier ne lâche pas prise. Comme son chat avec les mulots qui ont envahi sa cour, Prudent Gagnon prend plaisir à torturer sa proie.

— Pourquoi avez-vous dit à vos paroissiens que c'était un accident?

Le curé va et vient sur le perron de l'église, les mains enfoncées dans les poches de sa soutane.

— Je ne voulais pas penser à autre chose qu'à un accident. Un meurtre à Saint-Benjamin, c'est impensable, à moins qu'un étranger soit passé par là et l'ait tuée.

— Pourtant, le rapport du coroner est clair.

— Je l'ai sûrement mal compris. Je l'ai lu très vite.

Le prêtre a mal interprété le rapport ou il a refusé d'accepter sa conclusion, trop pressé de clore une affaire qui aurait sali à tout jamais la réputation de la paroisse. Et la sienne.

— Vous vouliez enterrer l'affaire?

— Non, juste protéger les miens.

La conduite du curé ne surprend pas outre mesure l'enquêteur. Dans toutes les paroisses de la province, les prêtres s'efforcent de démontrer à l'évêché que leur cure est impeccablement menée et qu'ils sont mûrs pour une promotion. Aldéric Vallée ne fait pas exception. Mais une femme morte dans un puits, nue, violée, voilà une tache qui ternira son bilan pour le reste de sa vie.

— Selon vous, personne dans la paroisse n'avait une raison de s'en prendre à Rachel Brennan? demande l'enquêteur.

— Qu'est-ce que vous insinuez?

— Je n'insinue rien, je ne fais que mon travail. Si vous savez qui a tué Rachel Brennan, dites-le-moi et je vais aller arrêter le coupable immédiatement.

— Je n'en ai aucune idée et vous comprendrez que si je l'avais appris par la confession, je n'aurais pas le droit de vous le dire. Garder les secrets qu'on me confie est pour moi un devoir sacré.

— Vous laisseriez courir un assassin dans le village de Saint-Benjamin? Vous exposeriez vos paroissiens à un aussi grand danger?

— Le secret de la confession passe avant tout le reste, riposte le curé.

Prudent Gagnon fait mine de partir, mais revient vers le prêtre.

— Vous êtes allé dans le rang Watford, le soir de la mort de Rachel Brennan?

— Non.

— Mais vous y êtes allé souvent auparavant. On me dit qu'à l'occasion, vous rendiez visite à Rachel Brennan. Vous a-t-elle déjà fait part de ses craintes? A-t-elle déjà mentionné le nom d'hommes qui auraient pu la harceler?

Le curé fait mine de réfléchir en branlant la tête.

— Non, je ne pense pas. À part le maire qui voulait qu'elle paie ses taxes, je ne crois pas que personne d'autre la fréquentait. Il y a bien eu ce soldat étranger, mais il est parti à la guerre depuis deux ans.

— Le maire? Je m'en vais le voir dès maintenant.

Prudent Gagnon est frustré, mais il réalise qu'il ne tirera rien de plus du prêtre, à moins de lui soumettre de nouvelles informations.

— Donc, vous ne soupçonnez personne, réitère le policier en partant.

— J'aimerais bien vous aider, mon cher monsieur Gagnon, mais je n'en sais pas plus que vous.

Le ton est celui de quelqu'un qui ne sait rien et veut mettre fin à une conversation qui l'embête. Le policier se lève.

— Merci, monsieur le curé, je reviendrai vous voir parce qu'avec ces deux affaires, le meurtre et les animaux volés, j'imagine que je vais passer pas mal de temps dans votre belle paroisse.

Le curé ne relève pas la boutade du policier.

— Vous êtes toujours le bienvenu, lui répond-il sur le même ton.

Comme le curé, le maire devine immédiatement la raison de la visite du policier. Il n'est pas heureux de le voir débarquer chez lui. Un signe évident qu'il n'a pas su s'acquitter de son rôle de juge de paix.

— Vous croyez vraiment que c'est un accident? lui demande Prudent Gagnon.

— C'est c'que l'curé a dit. Y a le rapport, y doit savoir de quoi y parle.

Le maire l'invite à rentrer.

— Le curé n'a pas tout dit. Rachel Brennan a été assommée avant de se retrouver dans le puits.

Le maire n'en croit pas ses oreilles. Ces rumeurs qui courent depuis quelques jours étaient donc fondées. Il se laisse tomber lourdement dans sa chaise. Assommée?

— Vous êtes sûr de ça?

— Absolument. J'ai parlé au coroner et j'ai une copie de son rapport.

— Pourquoi l'curé nous a menti?

Le policier le regarde droit dans les yeux, en gonflant sa joue droite avec sa langue.

— Selon vous?

Le maire ouvre de grands yeux ahuris. Les mots lui manquent.

— J'pense que c'est lui qui est passé la voir le dernier, deux jours après moé. À moins que quequ'un d'autre soueille allé après.

— Vous y alliez souvent aussi?

— Juste pour faire mon travail de maire. Pour qu'a paye ses taxes.

— Il n'y a jamais rien eu entre vous deux? Il paraît que vous avez dit que c'était une courailleuse qui se dérangeait avec ben des hommes. C'est vrai?

Le maire bafouille. Il se défend.

— Je fais juste répéter les racontars sur Rachel Brennan. Tout l'monde disait que c'était une vaurienne. Y a un soldat étranger qui a resté avec elle pendant des mois, y a deux ans. Ç'a en dit long sus l'genre de femme qu'a l'était!

182

— Vous êtes pas retourné… en pleine nuit ?

— Pourquoi vous me demandez ça ?

— Des gens vous ont déjà vus ravauder la nuit, vous et Delbert Lagrange.

Le maire jure qu'il n'est pas sorti la veille de la mort de Rachel Brennan. Il avait une réunion du conseil. Quant à Delbert Lagrange, il n'a aucune idée de ses allées et venues, ce soir-là. Le policier se lève et va à la fenêtre. Il fait quelques observations anodines sur le potager du maire et revient vers lui.

— Vous ne croyez pas Delbert Lagrange capable de tuer quelqu'un ?

— Non. Même les animaux, j'sus ben sûr que c'est pas lui.

Pour l'instant, Prudent Gagnon n'a pas de temps à consacrer aux vols d'animaux, à moins qu'ils ne le conduisent à l'auteur du meurtre de Rachel Brennan.

— S'il y a un coupable, affirme le maire, c'est Catiche. Y la suivait partout comme un chien battu. Cherche, a l'a probablement fait étriver pis y s'est vengé.

Prudent Gagnon est surpris par la remarque du maire. Pourquoi veut-il faire de Catiche le bouc émissaire ? Qui veut-il protéger ? Si seulement il pouvait interroger l'idiot. Certes sa mère lui trouvera un alibi, tous les voisins témoigneront de son innocence, mais le doute subsistera, surtout s'il est alimenté par le maire de la paroisse.

— Je vous demanderais de ne toucher à rien dans et autour de la maison de Rachel Brennan, jusqu'à ce que l'enquête soit finie.

Le maire n'est pas d'accord.

— Comme a l'a pas payé ses taxes, la loi est claire, la maison appartient à la municipalité.

Prudent Gagnon l'arrête aussitôt.

— Pas avant que mon enquête soit finie. Vous m'avez bien compris ?

Le maire ronchonne et ne raccompagne pas le policier.

43

Il a neigé. Novembre déploie sa misère. Le mois le plus sombre de l'année. Le soleil n'est pas sitôt levé qu'il pirouette au-dessus de l'érablière de Thomas Boily. Rachel Brennan finit de renchausser sa maison avec la paille que Delbert Lagrange lui a donnée. Elle a bien failli refuser et faire appel à Thomas Boily comme l'an dernier. Le geste de Delbert était-il désintéressé? Rachel ne le croit pas. Veut-il s'attirer des faveurs? Quand comprendra-t-il qu'elle ne lui doit rien et qu'elle ne cédera jamais à ses avances si peu subtiles? Qu'il perd son temps à la suivre des yeux comme s'il traquait une bête sauvage? Elle sent de plus en plus l'impatience de Laurélie, qui n'est pas dupe des manèges de son mari. S'accrochera-t-elle à une vie aussi misérable encore longtemps? Rachel en doute et s'en inquiète. Où trouvera-t-elle un emploi si Laurélie s'en va? Barbotte, le museau enneigé, s'amuse à suivre une trace, s'arrête et gronde.

— Bonjour, Rachel.

Elle se détourne vivement, fourche en main. «Pas encore lui!», se dit-elle en apercevant le curé. Que veut-il encore? Quand comprendra-t-il qu'il perd son temps et qu'elle n'ira pas à l'église? Doit-elle lui expliquer la philosophie de son père? Mener une bonne vie suffit. Dieu n'en demande pas plus. «Tout le reste, disait-il, est bondieuseries inventées par des prêtres en mal d'attention et d'argent.» Pour faire plaisir à sa femme et sauver les apparences, son père allait à la messe

184

tous les dimanches, même s'il était convaincu de ne pas être un meilleur catholique pour autant. Devrait-elle en faire autant pour qu'Aldéric Vallée la laisse tranquille?

— Tu te prépares pour l'hiver? demande le prêtre.

Rachel s'étonne. Le ton est doux, rien de l'agressivité qui le caractérise d'habitude. Que se passe-t-il? Doit-elle se méfier?

— Je t'ai apporté un cadeau. Rentrons.

Nouvel étonnement de Rachel. Un cadeau? Un geste désintéressé? Comme la paille de Delbert? Le curé entre avec elle dans la maison, Barbotte, le nez dans sa soutane. Il le pousse du pied. Le chien gronde à nouveau.

— Non, Barbotte, tranquille.

Quand Rachel retire son manteau, le curé la suit des yeux.

— Je t'ai apporté une belle image de la Vierge. Si tu la pries à tous les jours, tu vas vite retrouver le droit chemin.

Il se lève, contourne Rachel, tire une punaise de sa poche et épingle la Vierge au mur, au-dessus de la commode. Il se recule, observe la mère de Jésus, satisfait de lui-même. Rachel regarde distraitement l'image qu'elle enfouira dans un tiroir dès qu'il sera reparti.

— T'aimes ça?

Le ton doucereux du curé l'agace. Mais elle n'est pas encore au bout de sa surprise.

— Fais-moi plaisir et prépare-moi une tasse de thé.

Cette fois, Rachel vient bien près de s'étouffer. À l'évidence, il a changé de stratégie. Il ne reculera devant rien pour la convaincre de «se convertir»!

— J'en ai pas, lui répond-elle.

Le curé masque sa déception.

— Tu sais, Rachel, le Bon Dieu, c'est tout ce qu'il y a d'important dans la vie. Il t'accompagne partout, tout le temps. Il veillera sur toi si tu lui ouvres la porte. Sinon, tu te retrouveras bien seule quand le malheur arrivera. Je prie

185

chaque soir pour le salut de ton âme. Promets-moi que tu vas y réfléchir très sérieusement et quand tu seras prête, je te confesserai et te donnerai la communion.

Rachel ne répond pas. Le curé est contrarié, mais il évite de le montrer. Il tente d'engager la conversation sur différents sujets avec elle, mais ses réponses ne dépassent jamais les oui ou non. Déçu que cette nouvelle approche ne donne pas de meilleurs résultats, le prêtre s'en retourne, mais avant de franchir la porte, il revient vers elle.

— Au revoir, et oublie pas de prier la Vierge Marie.

Rachel se dépêche de fermer la porte. Les questions se bousculent dans sa tête. Le temps est-il venu de faire un compromis? D'acheter la paix? Se confesser? Communier? Assister à la messe? Jouer le grand jeu de la bonne catholique! La Marie-Madeleine repentie! Elle ne peut pas s'y résigner.

44

Maeve et Fidélin se sont promis de ne rien négliger pour faire éclater la vérité. Si Maeve n'a toujours qu'une seule priorité, découvrir l'assassin de sa sœur, Fidélin lutte de toutes ses forces pour ne pas laisser filtrer ses sentiments à l'endroit de la jeune femme. Pour la première fois de sa vie, il est en amour. Il a déjà rencontré des filles, mais il n'a jamais ressenti une passion si subite et si intense. Il a déjà fait l'amour à une femme, mais à la sauvette, prenant son plaisir rapidement avant de disparaître dans la nuit. Tout est tellement différent avec Maeve. Quand il est avec elle, il voudrait la toucher, passer ses mains dans sa chevelure abondante, l'embrasser. Toujours être avec elle. Chaque soir, il rêve de la retrouver dans son lit.

Mais l'amour de Fidélin est assorti de craintes qui l'empêchent de déclarer ses sentiments à la jeune femme. Il se désole chaque fois qu'elle répète à la ronde qu'elle quittera Saint-Benjamin aussitôt l'enquête terminée. Et si elle tombait amoureuse de lui? Pourrait-il la suivre à Québec et y vivre heureux? Pourrait-il s'arracher à sa vie au grand air? Travailleur de la forêt, ravi de l'être, n'existant que pour la prochaine mission que lui confiera la Brown Corporation. En quittant Saint-Odilon-de-Cranbourne, lui a dit Maeve la veille, elle s'est juré de ne jamais revenir vivre dans un petit village. Pourrait-elle répudier cette promesse? En bout de piste, faire les concessions nécessaires pour rester auprès de lui? Mais à quoi bon se torturer ainsi? À part quelques frôlements d'épaules, une main posée furtivement sur son bras ou un sourire engageant, elle ne lui a donné aucun signal qu'elle pourrait être intéressée à lui.

Si Robertine voit d'un bon œil le béguin de son fils, elle multiplie les mises en garde. «Dérange-toé surtout pas avec elle, c'est péché mortel.» Sans compter l'œil des voisins qui ont déjà conclu que Maeve et Fidélin partageaient le même lit.

— T'es conscient que si Maeve tombait en famille, tu pourrais pas juste te sauver pis l'abandonner toute seule avec l'enfant?

Fidélin lui répète pour la centième fois qu'il ne s'est rien passé et que pour l'instant, la belle histoire d'amour est à sens unique. Rassurée, Robertine encourage son fils à la patience. Elle comprend son désarroi.

— Prends ton temps, répète-t-elle, j'ai vécu la même chose avec ton père. Au début, y m'attirait pas beaucoup, mais nous avons fini par nous rejoindre pis bâtir queque chose de solide.

Quand ça commence trop vite, explique Robertine, l'amour s'affadit, se dissout rapidement dans le quotidien. Avec son mari, elle a su éviter la routine et réussi à pimenter leur grand amour jusqu'à sa mort. Mais ce n'est pas toujours le cas. Combien de couples se brisent sur les premiers écueils?

— C'est toujours tranquille comme ça chez vous? demande Maeve à Fidélin qui vient de la rejoindre dans la balançoire.

Il va lui répondre quand une automobile traînant sa chape de poussière se découpe dans le rang Watford. Son étonnement redouble lorsque la voiture s'engage dans l'entrée de la maison. Un homme en descend qu'ils reconnaissent aussitôt. Maeve meurt d'envie de l'interroger.

— Bonjour, monsieur Gagnon, vous avez des nouvelles?

Le détective s'approche, leur tend la main et s'invite dans la balançoire.

— Je viens de voir le curé et le maire.

Le policier a l'air soucieux. Fidélin et Maeve attendent la suite avec impatience.

188

— La seule chose dont je suis certain, c'est que le maire et le curé en savent plus qu'ils veulent en dire. Mais tous les deux jurent dur comme fer qu'ils ne sont pas venus dans le rang Watford le soir de la mort de Rachel.

— Moi, je déteste les deux, dit Maeve.

Le policier l'observe de son air indéchiffrable.

— Le maire ment, comme toujours. Quant au curé, je crois qu'il sait qui est le meurtrier, mais qu'il l'a appris par la confession ou autrement et qu'il fera tout pour protéger sa paroisse du scandale…, ou pour protéger quelqu'un.

— Cacher un assassin? s'indigne Fidélin.

— Je sais que le maire et le curé s'aiment pas beaucoup. Je pense pas que le curé aiderait le maire, mais quand je mentionne le nom de Delbert Lagrange, le curé le défend comme un chien défend son os.

— Vous le soupçonnez aussi? demande Fidélin.

Le policier hausse les épaules. Qui sont les suspects? À l'évidence, le maire et Delbert sont au sommet de sa liste. Mais il lui faudra des preuves solides.

— Vous avez essayé de faire parler Catiche? s'enquiert Prudent Gagnon.

— Tout ce qu'il marmonne sans arrêt, c'est nambours, nambours.

— Nambours? répète le policier. Peut-être qu'il veut dire tambour, mais je vois pas le rapport.

Prudent Gagnon fait une pause, allume une cigarette et rejette un nuage de fumée.

— Advenant le pire, ils vont faire croire par tous les moyens que Catiche est le coupable.

— Quoi? s'écrie Fidélin, indigné.

— Le maire s'est pas gêné pour soulever l'hypothèse. Et s'il cherche un coupable, c'est pour se protéger ou protéger quelqu'un d'autre.

— Accuser Catiche, ce serait le comble de la lâcheté, laisse tomber Maeve, dépitée.

Le policier se lève et invite Maeve et Fidélin à l'accompagner à la maison de Rachel. Ils sont accueillis par Barbotte. Catiche décampe aussitôt. Prudent Gagnon le suit des yeux, incapable de croire que l'arriéré est un meurtrier. Le détective observe attentivement le puits, remue l'eau en surface avec une branche, tâte les barreaux cassés de la margelle et griffonne quelques mots dans un petit carnet. «À peine trois pieds d'eau!»

— Je sais que vous avez déjà vérifié à l'intérieur, mais je veux voir aussi.

Maeve lui raconte tout ce qu'elle a trouvé, l'état de la maison, et promet de lui remettre cahier, lettres, poèmes, photos et autres objets pertinents à l'enquête. Le policier la suit et examine tout. Il soulève la couverture sur le lit, passe sa main sur le drap et replace la couverture. Maeve s'en étonne. Que cherche-t-il?

— Tout, le moindre indice, un objet qui n'appartenait pas à votre sœur, une tache, un liquide séché sur les draps, tout pourrait m'être utile.

Le policier ressort de la maison, fait le tour du jardin, examine le sous-bois, revient vers le puits, mais ne trouve rien.

— Vous avez une hypothèse? demande Fidélin.

Le policier se gratte longuement l'oreille, allume une cigarette et regarde tout autour.

— La seule raison pour laquelle un homme aurait pu vouloir s'en prendre à elle, c'est pour coucher avec, dit le détective. Elle n'avait rien d'autre qui aurait pu attirer quelqu'un. Pas assez d'argent ou de biens pour intéresser un voleur. La vengeance pourrait être une hypothèse. Je vais l'explorer, mais comme elle parlait très peu à ses voisins, ça m'étonnerait. Non, j'ai l'impression que quelqu'un a essayé de s'amuser avec elle et qu'elle a résisté. L'homme, et il devait être costaud, l'a violentée, déshabillée de force et probablement assommée avant de se soulager. Il l'a peut-être frappée trop fort et, paniqué, l'a jetée dans le puits toute nue avant de se sauver.

Voilà une description terrifiante. Maeve ne veut pas imaginer la scène. L'hypothèse du policier lui donne des haut-le-cœur. Mais y en a-t-il une autre ? Se peut-il que ce genre de meurtre gratuit, odieux, sordide qui survient parfois dans les grandes villes américaines ou même à Montréal se soit déroulé à Saint-Benjamin ?

— J'ose espérer que ça s'est pas passé comme ça.

Au fond d'elle-même, elle est obligée d'admettre que le scénario du policier est le plus plausible. Mais qui est le coupable ? Peu de maires se déplacent pour prélever les taxes. Quant à Delbert Lagrange, Maeve est convaincue que c'est un homme sans scrupule, capable de tout pour arriver à ses fins.

Avant de partir, Prudent Gagnon récupère les objets de Maeve et promet de les lui redonner dès que l'enquête sera terminée.

— Au revoir, je m'en vais voir Dézeline juste pour m'assurer que Catiche n'est pas sorti de chez lui le soir de la mort de Rachel. Après, j'interrogerai tous les voisins.

45

Quand le train de la Quebec Central Railway entre en gare à Saint-Benjamin, Ryan O'Farrell a les traits tirés de celui qui n'a pas beaucoup dormi. Entre Saint-Georges et Saint-Benjamin, il a senti une vive émotion l'envahir. Plus il se rapprochait, plus la douleur irradiait. Son cœur déjà malmené s'est emballé. Revenir dans ces terres exacerbe le mal qui l'habite depuis la mort de Rachel.

La petite gare aurait bien besoin d'une lichette de peinture. Ses murs sont barbouillés de dessins d'enfants. Assis devant la porte, le chef de gare ne se lève même pas à l'arrivée du train. De longues cordes de bois sont empilées près de la voie ferrée. Les enclos d'animaux destinés aux abattoirs de Québec sont vides. Ryan O'Farrell est le seul à descendre du dernier wagon. Des enfants qui jouent à la guerre l'examinent avec curiosité.

— V'nez voir, un vrai soldat! crie un gamin.

S'appuyant sur une béquille, Ryan s'approche de Fidélin Vachon, lui serre la main et éclate en sanglots. Fidélin prend son ami par l'épaule, s'empare de son bagage de l'autre main et le conduit jusqu'à son robétaille. Attachée à la rambarde, la vieille jument tourne lentement la tête comme pour saluer le nouveau passager. Le vent fraîchement levé décoiffe les érables et soulève un nuage de poussière.

Ryan O'Farrell a choisi de rentrer à Saint-Benjamin plutôt que chez lui à Saint-Malachie. Il appellera sa mère plus tard. Il veut dormir dans la maison de Rachel, tenter de comprendre ce qui est arrivé et participer à l'enquête.

— Fatigué? demande Fidélin.

Ryan fait oui de la tête. Le voyage a été long. Dix jours en bateau et le pénible trajet en train de Montréal à Saint-Benjamin, en passant par la gare du Palais à Québec, sans compter la dizaine d'arrêts supplémentaires entre Québec et sa destination. Il s'est retrouvé coincé dans un wagon bruyant et forcé de faire la conversation à une vieille dame qui voulait tout savoir de la guerre. Sa blessure le fait moins souffrir, mais il ne peut pas encore s'appuyer complètement sur sa jambe gauche.

— Je te propose de dormir chez nous. Maman va bien s'occuper de toi. Et si demain tu veux toujours t'installer dans la maison de Rachel, je t'aiderai avec Maeve.

Ryan hoche légèrement la tête en guise d'assentiment. Dans le rang Langevin puis dans le rang Watford, les habitants regardent avec un mélange de curiosité et d'admiration ce soldat blessé. Pourquoi revient-il à Saint-Benjamin maintenant que sa bien-aimée est morte? Pour lui rendre un dernier hommage? Certains sont inquiets. Un soldat qui a fait la guerre pourrait-il s'avérer menaçant, surtout pour ceux qu'on soupçonne du meurtre de Rachel Brennan?

— Maman nous attend pour le souper. Je vais te présenter Maeve, la sœur de Rachel. Elle reste chez nous depuis qu'elle est arrivée de Montréal.

Ryan remarque l'éclair dans les yeux de son ami. Il accepte l'invitation, mais il veut d'abord voir la maison de Rachel, comme pour se convaincre une dernière fois qu'elle ne sera plus jamais là pour l'accueillir. Quand l'attelage s'arrête devant l'entrée, Barbotte s'immobilise comme une libellule au-dessus de la rivière Cumberland, avance une patte, reconnaît Ryan et saute de joie. Il vient près de le renverser. Ryan se penche et le flatte, les larmes aux yeux. Le chien lui lèche le visage.

Caché derrière un arbre, Catiche est très agité. Ryan se défait de l'animal tant bien que mal et s'en approche. Fidélin est étonné de constater que pour une fois, il ne se sauve pas.

L'émotion est trop forte. Catiche sautille en pleurant. On dirait que ses longs bras vont se détacher de son corps. Il cherche son souffle. Des bruits incongrus sortent de sa bouche. Ryan lui passe la main dans les cheveux, le serre dans ses bras, fouille dans sa poche et lui tend une lune de miel. Catiche est au bord de l'affolement. Barbotte vient bien près de subtiliser la friandise. Ému, Fidélin observe cette scène surréaliste.

Le chien et Catiche sur les talons, Ryan se penche au-dessus du puits avant d'entrer dans la maison. Il s'assoit sur le rebord du lit, tout à sa peine. Fidélin reste sur le pas de la porte, la tête baissée, les mains rentrées dans les manches trop longues de sa chemise. Ryan se lève, sort de la maison et se dirige vers Catiche qui s'est calmé.

— Qu'est-ce que tu sais? lui demande-t-il.

L'autre avance, recule, agite ses bras désarticulés, on dirait l'épouvantail à corneilles dans le jardin de Thomas Boily.

— Nambours, nambours…!

Ryan n'est pas certain de bien comprendre. Depuis qu'il le connaît, Catiche n'a jamais prononcé un mot au complet. Que des éclats de voix et parfois, des bouts de mots, des sons. Le plus souvent, un bredouillis indéchiffrable.

— Nambours?

Catiche court vers le potager, s'agenouille et montre un plant de topinambours.

— Les topinambours de Rachel?

Catiche fait oui de la tête avec une telle frénésie que Fidélin craint qu'il ne se blesse.

— Tu les veux, les topinambours? demande Ryan en accompagnant sa parole d'un geste. Tu peux les avoir, j'ai jamais aimé ça.

Mais Catiche refuse. Il pointe le doigt vers le rang Watford, très énervé, venant près de s'étouffer. À la fin, brisé, incapable de s'expliquer, il se sauve en pleurant très fort. Ryan et Fidélin se regardent sans comprendre.

— Elle adorait les topinambours et j'imagine qu'elle en donnait à Catiche.

Ryan examine le potager, ses rangs de carottes, d'oignons et même un petit carré de choux de Siam, qu'elle cultivait parce qu'ils étaient les préférés de son amoureux.

— Viens, dit Fidélin. T'as besoin de manger et de te reposer.

En apercevant Maeve, Ryan a un léger geste de recul. La chevelure ébouriffée de Maeve lui rappelle celle de Rachel. La jeune femme est plus petite que sa sœur, mais tout aussi jolie. Il lui serre la main sans la quitter des yeux. Il voudrait lui parler, lui faire comprendre qu'il est heureux de la rencontrer, mais les mots sont collés dans le fond de sa gorge. Maeve en est remuée. Elle s'explique mieux l'attirance de sa sœur pour ce beau soldat. Comment aurait-elle pu lui résister ? Même Rachel la sauvageonne n'avait aucune chance. Elle se désole qu'une si belle histoire ait pris fin aussi brutalement.

Quand la porte arrière s'ouvre et qu'il aperçoit Robertine, Ryan veut se lever pour la prendre dans ses bras, mais son effort le fait grimacer. Robertine s'en approche, se penche et le serre contre elle.

— Bon courage. On va tout faire pour t'aider. Tu peux rester icitte aussi longtemps que tu l'voudras.

Ryan l'embrasse sur la joue, refoulant ses larmes et l'envie de s'isoler pour laisser libre cours à sa peine.

— Tu veux que je r'fasse ton pansement ? Tu l'as depus combien d'temps ?

— Trois jours, je pense, mais c'est presque guéri. Dans une semaine ou deux, je vais marcher normalement.

Eau chaude, mercurochrome, Robertine sait faire. Elle a déjà soigné une blessure semblable de son défunt mari, un coup de hache dans le mollet. Maeve et Fidélin l'observent sans rien dire. Ryan O'Farrell est abattu. Il veut tout savoir, mais pas immédiatement. Comme s'il craignait que tous ces détails ajoutent à son mal. Quand il relève la tête, il surprend le regard de Fidélin posé tendrement sur Maeve. Il en ressent un vague agacement.

46

Saint-Benjamin

Mon grand amour. Où es-tu en ce moment? Je reviens de la maison. Tout y est désespérément vide. Terriblement triste. Je te sentais partout, mais chaque fois que je voulais te cueillir, mes mains battaient le vide. Je devinais ton sourire dans l'encadrement de la porte. Ton bonheur de me savoir enfin de retour. J'ai cherché ta main, la chaleur de ton corps. J'ai collé ton oreiller contre ma joue, retrouvé ton odeur. Pleuré.

Barbotte et Catiche m'ont bouleversé. Ils ont tant de peine. J'ai senti tout le désarroi, la fragilité de Catiche quand il s'est serré contre moi. Il a perdu la seule personne qui l'aimait vraiment. Barbotte n'en finit plus de flairer le sol, cherchant la trace de tes pas.

Fidélin, comme toujours, fait preuve d'une amitié à toute épreuve. Il voudrait me consoler, mais n'y arrive pas. Personne n'y parviendra.

J'ai rencontré Maeve. Elle m'a d'abord désarçonné. Je l'imaginais très différente. Elle l'est, mais, sous des dehors plus extravertis, elle te ressemble. Les cheveux bien sûr, mais comme toi, des yeux magnifiques, mouillés d'une peine immense.

Chère Rachel, depuis ton départ, de nouveaux sentiments bouillonnent en moi, la hargne, la colère et ce désir de vengeance qui m'horripile, des sentiments qui ne m'ont jamais habité auparavant, mais que je ne peux pas réprimer. Aussi longtemps que je ne t'aurai pas vengée, je ne trouverai pas la paix.

J'oubliais, ton potager déborde. Quelle heureuse surprise de retrouver un carré de choux de Siam au pied des majestueux topinambours! Tu as tenu promesse! Merci. Je t'aime tant.

47

La nouvelle du retour de Ryan O'Farrell fait le tour de la paroisse, comme le vent qui s'infiltre dans les interstices. Le brave soldat blessé revenu pour rendre hommage à sa bien-aimée disparue. À l'exception des habitants du rang Watford, peu de gens le connaissent. Ryan n'a que très rarement mis les pieds au village. Quelle était la véritable nature de sa relation avec Rachel Brennan ? Personne ne le savait vraiment, sauf Dézeline, les Boily et les Lagrange. Au magasin général, le toujours subtil Léonidas Lapierre avait rapidement tiré une conclusion. «Deux Irlandais venus d'en dehors. Ils auraient pu choisir un autre endroit pour faire leurs cochonneries!» Aujourd'hui, les gens ne souhaitent qu'une chose, qu'on enterre cette flaque fétide qui empeste la paroisse.

Mais l'enquête piétine, Prudent Gagnon n'a pas trouvé un seul témoin crédible. Que des suppositions. Marie-Laure Boily croit avoir vu le camion d'Odias Bergeron ce soir-là. Quant à elle, Dézeline pense qu'elle a aperçu Delbert Lagrange, mais n'en est pas certaine. Prudent Gagnon n'a pas renoncé à exhumer le corps de Rachel Brennan, mais si longtemps après sa mort, est-ce que l'exhumation révélerait de grands secrets ? Il devra d'abord en parler au coroner Aubry.

Quand il arrive au cimetière, Ryan balaie l'endroit du regard et ses yeux se posent rapidement sur le coin le plus éloigné, où s'élève la modeste épitaphe de Rachel Brennan. Il s'avance lentement entre les tombes, protégeant sa jambe blessée à l'aide d'une béquille. Maeve et Fidélin restent un peu en retrait. Ryan branle la tête, comme pour chasser son désarroi.

Ce matin, après le déjeuner, c'est Robertine qui s'est chargée de tout lui raconter, Maeve et Fidélin n'ayant pas le courage de le faire. Le corps nu dans le puits, le coup violent derrière la tête, la blessure au bas du ventre, certains détails que Maeve et Fidélin ne possédaient pas encore ou qu'ils ont choisi de taire lorsqu'ils ont écrit à Ryan. Quand Robertine a terminé son exposé, un silence lourd est tombé sur la cuisine. Les poings fermés si fort que ses veines saillaient, Ryan n'était plus animé que par un seul sentiment, l'envie de se venger.

Devant la tombe de Rachel, il se signe lentement, vieux réflexe de ses années au collège de Lévis. Il reste là sans bouger, de longues minutes, les épaules sautant au rythme de sa douleur. Fidélin se demande s'il devrait rejoindre son ami, le consoler. «Mieux vaut le laisser à sa peine», pense-t-il. Maeve refoule ses larmes. L'un des poèmes de Ryan lui revient à l'esprit.

Je reviendrai

Comme rose au printemps

Comme ruisseau égaré

Vers rivière

Je reviendrai

Célébrer les lilas de mai

Et comme un baume

Poser mes mains

Sur les feux de ta patience

Je reviendrai

Comme vent gracieux

Je saisirai ton ombre

Réinventerai mon rêve

Et enchâsserai tes yeux

Aux jardins de mes espoirs

199

Ryan O'Farrell revit les trop courts moments passés auprès de Rachel. Harponné par le grand amour, du genre qu'il avait toujours rejeté du revers de la main. En quelques mois seulement, sa vie avait été transformée. «Ça n'existe que dans les romans!» Mais il a dû se rendre à l'évidence, cette femme avait chambardé son existence. Pour le mieux! L'amour fou, la passion. L'envie de toujours être avec elle, de la retrouver, de parler de longues heures, de rire, de la toucher. De ne penser qu'à elle, au travail comme à la guerre. Repoussant le sommeil pour la retenir quelques instants de plus. Planifiant le reste de sa vie avec elle. Le visage décomposé, il revient vers Maeve et Fidélin.

— Connaissez-vous un endroit où je pourrais lui faire faire une belle épitaphe? Elle mérite mieux que ces deux planches clouées l'une à l'autre.

Maeve a eu la même idée. Ensemble, ils achèteront une épitaphe digne de Rachel Brennan et redonneront un peu de dignité à la sépulture.

— Venez, les invite Ryan, j'ai deux mots à dire au curé.

En quittant le cimetière, il se retourne quelques fois, meurtri. D'un geste de la main en direction de l'épitaphe, il salue Rachel. Mais il se promet de revenir souvent, sa bien-aimée ne sera jamais laissée à elle-même.

— Elle va te manquer, suggère maladroitement Fidélin.

— Elle vivra toujours en moi, pour l'éternité. Jamais je ne l'oublierai.

Le trio trouve le prêtre dans son potager. Quand Aldéric Vallée aperçoit Ryan O'Farrell, il devine immédiatement son identité. Pas besoin de présentation. Le soldat le dévisage durement et s'en approche.

— Je n'ai que quelques mots à vous dire. Ça prendra le temps et l'énergie qu'il faudra, mais je vais démasquer celui qui a tué Rachel Brennan et que vous protégez. Je me fous du secret de la confession. Il n'y a que les lâches pour invoquer un tel argument.

Ryan O'Farrell lui tourne aussitôt le dos et s'en retourne avec Maeve et Fidélin. Le prêtre, ébranlé par la bravade de son visiteur, s'essuie les mains sur sa soutane et les observe longuement. En s'éloignant, Ryan jette un coup d'œil au potager du prêtre. Quelque chose l'intrigue qu'il n'arrive pas à comprendre.

La visite de Ryan O'Farrell au maire est aussi brève. Quand Médée Lévesque lui ouvre la porte, il reconnaît aussitôt celui avec qui il a négocié la vente de terrains de la paroisse à la Brown Corporation, deux ans auparavant. Le soldat lui sert le même message qu'au curé, assorti cette fois d'un avertissement :

— Je sais que Rachel a payé ses taxes et j'ai bien l'intention de demander à la police d'enquêter, pour déterminer où l'argent est passé. Vous mentez quand vous racontez le contraire. Ne vous avisez surtout pas de toucher à sa maison.

Le maire bondit et s'avance vers le soldat. Ryan le repousse vivement. Fidélin s'interpose aussitôt entre les deux hommes.

— Jamais j'accepterai d'être accusé comme ça, surtout pas par un étranger. Sortez d'ma maison tout d'suite. J'ai rien à voir avec la mort de c'ta guidoune-là.

Ryan est furieux. Il veut se dégager et mettre la main au collet de ce maire qu'il déteste plus que tout. Fidélin l'entraîne hors de la maison et, avec l'aide de Maeve, s'efforce de le calmer.

48

Saint-Benjamin

Ma très chère Rachel,

Je reviens du cimetière avec Maeve et Fidélin. À l'évidence, on t'a enterrée à la va-vite dans le coin profane avec les impies. Quelle honte! Je hais ce curé et ce maire qui traitent les gens comme des animaux. Mais compte sur moi et Maeve. Nous achèterons une nouvelle épitaphe et nous donnerons dignité et beauté à ta demeure éternelle.

Chère Rachel, je suis incapable de décrire la douleur que j'ai ressentie quand je me suis agenouillé devant toi! Innommable! Mon corps tremblait. Mes mains voulaient plonger dans la terre brune. Te dégager, te prendre dans mes bras. Je te sentais si proche et si loin à la fois.

Et toutes ces questions qui ont jailli en moi. Pourquoi, pourquoi? Le destin? La méchanceté des hommes? «C'est Dieu qui l'a voulu», disait l'infirmier dans la baraque de Caen. Mais comment croire en un Dieu si cruel? Et si j'étais le seul responsable de ta mort? Ne t'ai-je pas abandonnée pour aller jouer à la guerre en Europe? J'ai tellement de regrets, de remords. Pourquoi ne suis-je pas resté pour te protéger? Pour détourner ces sinistres personnages qui font la loi dans le village? Certes, chère Rachel, tu étais forte, capable de te défendre, mais sous ta carapace, je devinais une femme vulnérable, qui ne savait pas repousser ses tourmenteurs. Ai-je raison? Pourquoi ne pas avoir écouté mon cœur? Ce grand amour avait besoin d'être dorloté, cajolé, assouvi! Pourquoi t'ai-je laissée seule, toi qui avais tant hésité, qui avais résisté si longtemps avant de te donner à moi complètement? Pourrai-je un jour me pardonner cette erreur?

Et tu sais quoi? J'ai envie de planter des topinambours sur ta tombe, plus profondément comme tu me l'as montré, pour qu'ils survivent à l'hiver. L'été prochain, du haut de leur tige, ils feront un pied de nez aux bien-pensants du village.

Je t'aime tant.

49

«Mystérieuse noyade à Saint-Benjamin», titre Le Soleil, près de trois mois après les faits. Les journaux locaux se sont aussi emparés de la nouvelle. «Prudent Gagnon chargé d'élucider le meurtre de Rachel Brennan», est allé jusqu'à écrire *L'Éclaireur* en première page. Comme si le journal savait de source sûre qu'il s'agissait d'un meurtre. Même le député a téléphoné à Aldéric Vallée. «Il est urgent de fermer ce dossier puant. Cette histoire-là nuit à la paroisse. Le gouvernement risque de couper nos subventions.»

Et comble de malheur, on lui a volé un cochon! Qui a osé? Voler le cochon d'un curé, peut-on aller plus bas? Quel païen a pu commettre un crime aussi ignoble? La pauvre bête est-elle prisonnière du commerçant de Saint-Prosper? Déjà égorgée et vidée de son sang? Comment cet impie a-t-il eu l'audace de subtiliser un cochon béni, propriété du Bon Dieu? Quelques paroissiens sont indignés. Mais d'autres s'en amusent. Le curé devra changer son menu! Moins de grillades, sans compter ce délicieux lard froid qu'il mange le soir avant d'aller dormir.

Chaque fois qu'un nouveau vol d'animaux est commis, les villageois pointent du doigt Delbert Lagrange et son présumé complice, Odias Bergeron. Qui d'autre a assez d'expérience pour subtiliser un cochon? Pas facile de voler un porc. Il tempête dès qu'on y touche. C'est son seul moyen de défense. Il peut alerter le village au grand complet! À moins que Delbert l'ait muselé, mais même muselé, il hurle comme si les cris lui sortaient par les pores de la peau.

— Ben voyons donc, s'indigne le curé au magasin général. Jamais Delbert Lagrange n'oserait voler mes animaux. Il est bien trop attaché à son église et à sa Fabrique.

«Son église, sa Fabrique!» Plusieurs paroissiens trouvent qu'il y va un peu fort, mais comme Delbert ne lésine jamais sur les billets du Dominion quand le curé lui en demande, c'est un peu son bien!

Convoqué par le curé, Prudent Gagnon est d'abord très sceptique. Enquêter sur le vol d'un cochon? Normalement, il refuserait, il a des cas beaucoup plus importants sur son bureau. Mais ce larcin l'intrigue. Que cache-t-il?

— Bonjour, monsieur le curé.

D'entrée de jeu, le prêtre cherche à disculper Delbert Lagrange. Sous prétexte de faciliter le travail du détective, de lui éviter de suivre des pistes qui ne le mèneront nulle part.

— Jamais il n'aurait osé voler mon cochon. Il y a bien des gens dans cette paroisse qui sont pauvres et qui ne dédaigneraient pas de se régaler d'un bon cochon.

— Vous soupçonnez quelqu'un en particulier?

Le curé se donne un air mystérieux, les yeux fixés sur la cour d'école où les enfants jouent à la tague-mégule sous la surveillance distraite de sœur Saint-Clément.

— Je serais pas surpris qu'Odias Bergeron soit le voleur. J'ai vu passer son camion à la brunante hier soir, en revenant de ma marche.

— Vous allez toujours faire des grandes marches à la tombée de la nuit?

— La marche, c'est bon pour la santé.

— On me dit que vous allez jusque dans le fond des rangs à la noirceur, et même en hiver?

Le curé a de petits tressaillements dans les yeux. Où le policier veut-il en venir?

— C'est la vérité.

À la tombée du jour, Aldéric Vallée marche pendant des heures, allant de-ci, de-là dans le village. Au début, les paroissiens s'en sont étonnés. Aujourd'hui, certains se demandent pourquoi il se rendait si souvent dans le rang Watford, situé à deux milles du village. Quatre milles, aller-retour, tout un exercice! Surtout en hiver par des routes mal ou pas déneigées.

— Vous y êtes allé le soir du meurtre de Rachel Brennan?

— Je vous ai déjà répondu. Je me suis pas rendu aussi loin. Il mouillait et je suis revenu au presbytère trempé.

Le policier fait mine de partir, mais s'arrête.

— Au fait, ajoute-t-il, il vous arrive de rencontrer Delbert Lagrange et Odias Bergeron dans vos longues marches nocturnes?

— Très rarement! Odias Bergeron n'est pas quelqu'un de très fréquentable. Si vous pouviez nous en débarrasser, on serait pas fâchés du tout.

Le policier l'approuve de petits coups de tête. Il fouille dans la poche de sa veste et en tire une feuille de papier.

— Avant de partir, je voudrais vous montrer quelque chose.

Le détective tend la note au prêtre.

— Vous qui connaissez bien vos paroissiens, vous reconnaissez cette écriture?

Le curé parcourt la lettre anonyme destinée à Maeve Brennan. Prudent Gagnon ne peut déchiffrer la moindre émotion sur le visage du prêtre, qui la lui remet aussitôt.

— Aucune idée. À part d'anciennes maîtresses d'école comme Laurélie Lagrange, la plupart du monde ne sait pas lire ni écrire.

— Sauf le maire et Delbert Lagrange.

— Vous les soupçonnez?

Prudent Gagnon hésite, ne répond pas à la question et salue le curé d'un petit geste de la main, un sourire énigmatique aux lèvres. Aldéric Vallée est contrarié.

50

Odias Bergeron fulmine. Il n'a pas digéré de se faire traiter une deuxième fois de «christ de voleur» par Victor Boulet, un cultivateur de Sainte-Rose-de-Watford. Et devant tous ces gens! Il aurait dû suivre sa première idée et ne pas se rendre à l'encan d'Exior Labrecque. Il n'achète jamais d'animaux de cette façon. Beaucoup trop dispendieux, mais il aime savoir où ces bêtes sont dispersées après la criée. Pour mieux les voler ensuite. Pour l'instant, il ravale sa colère. Son rival ne perd rien pour attendre. Il va payer cher son insulte.

À la tombée de la nuit, Odias s'approche de la ferme de Victor Boulet. Il stationne son camion en retrait, à l'abri d'un bouquet d'aulnes, et éteint le moteur. Il tend l'oreille. Une vache meugle. Une brise légère chatouille la tête des épis d'avoine dans le champ voisin. La lune jette un éclairage opalin sur l'étang où s'abreuve le troupeau. Odias fait quelques pas, s'approche de la clôture, la franchit et s'avance vers les vaches de Victor Boulet. Il tire un grand couteau de boucherie de sa poche et l'enfonce de toutes ses forces dans la gorge de l'une d'elles. «Ça t'apprendra, Victor Boulet, à traiter les autres de voleurs.» L'animal, les yeux exorbités, pisse le sang, vacille puis s'écrase de tout son poids. Odias ne se retourne même pas. Il est satisfait. Il est le plus fort, celui que personne n'ose défier. Une sensation d'invincibilité, qui l'élève au-dessus de la foule des bien-pensants. Lui, l'analphabète qui a réussi à force de bras, qui a fait le vide autour de lui pour n'avoir de comptes à rendre à personne, qui a maintenant dix mille piastres cachées sous le tas de fumier.

Il remonte dans son camion et décide de faire un détour par le rang Watford de Saint-Benjamin avant de rentrer chez lui. La route est déserte. Il ne croise jamais personne dans ses pérégrinations nocturnes. Arrivé sur la côte surplombant le rang Watford, il s'arrête, éteint phares et moteur et tourne les yeux vers la maison de Rachel Brennan. Une chandelle vacille à la fenêtre. Elle ne dort pas. Dans le rang Watford, elle est toujours la dernière à éteindre. Que fait-elle? Encore une fois, Odias songe à aller frapper à sa porte, à s'inviter chez elle. Cette femme l'attire. Et si la rumeur est vraie, elle est de bonne compagnie.

Odias sort de son camion, un mégot de cigarette ondulant entre ses lèvres, et fait quelques pas vers la maison de Rachel. Un chien hurle au loin. Il s'immobilise, regarde tout autour et reprend sa marche, en essayant de faire le moins de bruit possible. Il s'arrête, hésite et décide de revenir sur ses pas. Il écrase son mégot, urine contre la roue de son véhicule et observe de nouveau la maison. S'il s'approchait tout près de la fenêtre et l'épiait? Est-ce que son chien a l'odorat assez développé pour détecter sa présence? Et s'il frappait à sa porte, quelle excuse pourrait-il invoquer? Un animal sauvage qui rôde dans les environs? Elle ne le croira pas. Utiliser la force? Pourquoi pas? À qui se plaindra-t-elle? «Ce serait sa parole contre la mienne.» Le pissou de Médée Lévesque ne fera rien. Il n'osera jamais l'accuser. Et si elle le dénonçait auprès de la police?

Alors qu'Odias hésite, Rachel éteint la lumière. Trop tard, il est déçu. «À la prochaine, ma belle», se dit-il. Au même moment, les branches des arbres frémissent près de la maison de la jeune femme. Remuement dans le sous-bois. Un animal? Quelqu'un la surveillait-il de l'autre côté? Et si cette personne l'a vu s'approcher de la demeure de Rachel? Il tend l'oreille, tente de percevoir du bruit, un bruissement de branches, rien. Sûrement un animal. Mais Odias n'est pas rassuré. À l'avenir, il devra se montrer plus prudent. Il jette un coup d'œil au veau qui est dans la boîte de son camion depuis le matin. La bête est étendue de tout son long, la tête légèrement soulevée par la corde attachée aux montants de la boîte. Odias s'en approche, passe la main sur le corps du veau et réalise qu'il est mort, étranglé par sa propre négligence.

— Batinse de batinse!

Il remet son camion en marche, franchit quelques arpents, s'arrête sur le pont qui enjambe la rivière Cumberland et jette le cadavre dans l'eau. «Christ de charogne!»

51

Laurélie Lagrange est partie pour ne plus revenir. Profitant de l'absence de son mari, elle s'est fait conduire à la gare par Réginald Boily, en lui expliquant qu'elle allait passer quelques jours à Québec avec sa fille. Après des années d'hésitation, elle s'est enfin décidée. La note qu'elle a adressée à son époux ne laisse aucun doute.

«Je m'en vais. J'en ai assez de toi, je ne peux plus t'endurer. Depuis la mort de Rachel, mes amies Dézeline Veilleux et Marie-Laure Boily me dévisagent avec suspicion, quand ce n'est pas du dédain. C'est la goutte qui a fait déborder le vase. Je n'en peux plus de vivre avec un homme qui vole le bien des autres. J'en ai assez de ces regards accusateurs chaque fois que je sors de la maison. Je ne suis plus et ne serai jamais plus ta femme. Je l'ai été trop longtemps. Je te laisse mon jonc. Tu pourras le vendre comme tu vends tout ce que tu voles et empiler un peu plus d'argent dans ta cachette sous la grange. Si seulement elle pouvait passer au feu, et toi avec! Je pars et je ne te demande rien. J'emporte mes vêtements et mes livres que tu as si souvent menacé de brûler. J'avais déjà confié mon argent, celui de mes parents, je te ferai remarquer, à Émilie, notre fille. En fait, je devrais dire ma fille, car elle aussi te renie et ne veut plus jamais que tu tentes de la contacter.

La mort de Rachel a confirmé tous mes soupçons. Je ne t'accuse pas de l'avoir tuée, je n'en ai pas la preuve, mais il y a trop de doutes dans ma tête pour que je puisse continuer à vivre confortablement ici. Trop de fois, quand tu passais tes nuits dehors, je me suis demandé avec qui t'étais et ce que tu faisais. Je connais assez Rachel pour savoir qu'elle ne se serait jamais amusée avec un homme comme toi, qu'elle méprisait de toutes les fibres de son corps. As-tu essayé de t'imposer à elle? Je n'en serais pas du tout surprise. Si tu l'as tuée, je te souhaite de mourir sur l'échafaud.

Je m'en vais avec ma fille qui, depuis des mois, me supplie de ne plus endurer cette vie. Ne tente pas de venir me chercher, je refuserai et si t'insistes, Émilie appellera la police. Tu es un être dégoûtant, Delbert Lagrange, qui a plus d'attention pour ses animaux que pour sa femme. Je ne veux plus jamais te revoir. JAMAIS.

Laurélie Pouliot

Ébranlé, Delbert pose la lettre sur la table. Laurélie Pouliot! Elle renie même son nom. Il fait quelques pas dans la maison, ouvre la porte au chat et roule une cigarette. Que faire maintenant? La retrouver, lui demander pardon? Non, il ne pourra pas le faire avec sincérité et de toute façon, elle ne le croira pas. La forcer à revenir à Saint-Benjamin sans promesse de changement? Pourquoi? Pour sauver l'honneur, éviter la honte? Sa fille pourrait-elle vraiment appeler la police? Cet épisode l'embête. Il donnera des munitions à ceux qui le soupçonnent d'avoir été mêlé non seulement au vol des animaux, mais au meurtre de Rachel Brennan. En temps normal, le départ de sa femme ne l'aurait pas dérangé, au contraire, il en aurait été soulagé. Mais dans les circonstances, ce départ va lui causer bien des problèmes. Quelles raisons fournira-t-il à ceux qui lui poseront des questions? Il pourra toujours dire qu'elle est en visite chez sa fille à Québec, mais ces explications ne résisteront pas au temps. Et après? Dans quelques jours, les gens commenceront à jaser. Ce soir, il demandera l'avis de son ami Odias Bergeron, le commerçant de Saint-Prosper.

Comme s'il voulait s'assurer qu'il ne rêve pas, Delbert fait le tour de la maison, ouvre tiroirs et garde-robes, va de la cave au grenier, espérant un indice que le départ de sa femme est temporaire. Laurélie a emporté tous ses biens, sauf un chapelet déposé sur son oreiller, celui qu'ils avaient l'habitude de réciter ensemble avant que Delbert choisisse de passer ses soirées à rôder dans le canton.

Longtemps après la tombée de la nuit, Delbert Lagrange rejoint Odias Bergeron dans le rang D à l'angle du rang Watford. Inhabité, peu fréquenté, dans l'obscurité, personne ne s'y aventure. Surtout cette nuit. Pas une seule étoile ne perce l'encre du ciel. La lune a raté son rendez-vous. Les feuilles des bouleaux frémissent avant la pluie.

— Ma femme est partie.

Odias le regarde avec un mauvais sourire.

— Pour de bon?

— Oui.

Odias Bergeron se frotte le menton. Doit-il consoler son ami ou se réjouir pour lui? Quand sa femme est morte, il y a trois ans, il s'est senti soulagé. Enfin! Bon débarras! Odias ne partageait plus rien avec elle et ne voulait plus l'entendre rechigner sans arrêt. Elle n'avait que seize ans, il en avait 24, lorsqu'ils se sont mariés. Il ne l'avait jamais vraiment aimée, sauf pour la couchette dans les premières années. Elle lui a donné trois enfants. Les deux plus vieilles sont parties de la maison pour aller vivre au Connecticut avec leurs maris. Il a confié le plus jeune à sa sœur. Odias Bergeron, gros homme malpropre, de la bave aux coins des lèvres, l'œil lent et sournois, ne sait pas trop comment rassurer son ami.

— À l'a-ti toutte apporté avec elle?

— Oui.

— On aura plus d'temps pour faire nos affaires, conclut Odias en riant grassement.

Non seulement le soupçonne-t-on de faire son profit avec des animaux volés grâce à la complicité d'intermédiaires comme Delbert Lagrange, mais ceux qui ont négocié avec lui le décrivent comme un commerçant retors et cupide. Qui exploite la détresse de pères de famille nombreuse pour acheter à vil prix leurs animaux, qu'il revend dix fois plus cher.

— Attends un peu, suggère Odias, les femmes partent jamais pour ben longtemps. A va être complètement dépaysée à Québec. Tu sauras me l'dire, dans peu de temps a va s'mettre à genoux devant toé pour que tu la r'prennes.

Delbert ne partage pas l'optimisme de son ami. Le contenu et le ton de la lettre de Laurélie sont sans appel. La rupture est définitive. Et malgré la situation défavorable, Delbert souhaite, au plus profond de lui-même, ne jamais la revoir.

— En par cas, j'ai juste un conseil à t'donner, cours pas après elle. Ça vaut pas la peine. J'ai toujours trouvé que ta femme était une pimbêche pas ben d'adon.

Delbert se mord la lèvre inférieure, agacé par la remarque d'Odias. Doit-il défendre Laurélie ? Il préfère changer de sujet.

— T'as su pour le curé ? demande-t-il.

— Quoi ?

— Y s'est fait voler un cochon.

Odias éclate de rire. Voler un cochon au curé ! Faut le faire !

— Batinse, pourquoi t'as fait ça ?

Delbert, piqué au vif, lève des yeux coléreux vers Odias.

— C'est pas moé pis j'ai aucune idée de qui c'est qui a ben pu faire ça.

Odias lèche la bave au coin de ses lèvres et se nettoie le nez avec son index. Soudain, un sourire illumine son visage.

— Batinse, tu sais ce qu'on va faire ?

Delbert le regarde avec curiosité. Odias lui propose de donner au curé un cochon qu'il a « trouvé » la veille. Non seulement les paroissiens sauront que Delbert n'a pas volé l'animal, mais que dans un élan de générosité, il l'a même remplacé par un plus gros.

— Tu diras qu'tu l'as acheté. Comme tu fournis déjà pas mal pour l'église, tout l'monde te craira.

Delbert aime bien l'idée. Elle permettra d'alléger les soupçons qui pèsent sur lui au sujet de la mort de Rachel

Brennan et d'écarter à l'avance les spéculations que le départ de sa femme ne manquera pas d'attiser.

— Est-ce qu'au village on pense que la Brennan a été tuée par quequ'un d'la paroisse? demande Odias, le regard vaguement posé sur la roue de son camion.

— Ouais, ça placote ben gros.

La moue de Delbert s'accentue. Doit-il confier à son ami qu'il fait maintenant partie des présumés coupables?

— La femme de Thomas Boily prétend qu'a l'a vu ton truck dans l'rang c'soir-là.

Odias fait non de la tête et respire profondément.

— Y faisait trop noir pis y mouillait, a l'a rien vu.

Marie-Laure Boily s'est relevée ce soir-là autour de neuf heures pour boire une tisane, une migraine l'empêchant de dormir. Elle a entendu le bruit d'un camion qui s'est immobilisé pas très loin de la maison. Elle tient pour acquis que c'était celui d'Odias Bergeron. Qui d'autre? Dans l'obscurité, elle a cru apercevoir deux hommes, mais elle n'en est plus certaine. Une demi-heure plus tard, son fils Réginald est revenu du village et elle s'est endormie. Au matin, elle a suggéré à son mari de vérifier si aucun de ses animaux n'avait été volé. Quant à son fils, il a marmonné qu'il n'avait rien vu d'anormal.

— Y pourront rien prouver parce que j'ai rien fait à part la r'garder quand j'allais t'voir. Je te l'ai déjà dit, c'était une christ de belle jument, pis j'aurais pas r'chigné à l'accoupler.

Delbert a un sourire fade. Odias observe un long silence avant de reprendre la conversation.

— Pis, j'étais pas l'seul à la r'luquer. Tu t'rappelles d'la fois où on avait vu l'curé par la vitre.

— Sauf, réplique Delbert, que le curé c'est le curé pis qu'y allait la voir pour la convertir. Si on cherche des coupables, y a ben plus d'chances qu'la police s'tourne vers toé pis moé que vers le curé. Moé, j'me sus endormi ben saoul ce soir-là. Mais toé, c'est sûr que Prudent Gagnon va t'tomber dans les pattes avant longtemps.

Odias a un rire nerveux.

— Compte sur moé pour me débarrasser de Prudent
Gagnon. Un vrai niaiseux!

52

Un soir de novembre, un an plus tôt, Odias Bergeron et Delbert Lagrange s'étaient retrouvés dans le rang D longtemps après la chute du jour. La soirée était glaciale. La neige tombée le matin avait résisté au soleil. Aux portes de décembre, le sol était gelé, les animaux rentrés, les maisons renchaussées, les habitants du rang Watford se préparaient pour la longue hibernation. *L'Almanach du peuple* prédisait un hiver froid et neigeux.

— Batinse, on devrait aller se réchauffer chez la Brennan, propose Odias en se frottant les mains pour ranimer la circulation du sang.

Delbert relève vivement la tête. Combien de fois a-t-il songé à rendre visite à Rachel, sous toutes sortes de prétextes, mais ne l'a pas encore fait? Il hésite, craint sa réaction. Elle le méprise, il le sent bien. Jamais elle ne cédera à ses avances. Et s'il la prenait de force? Le pourrait-il? Il l'a souvent vue déplacer des meubles très lourds chez lui sans trop de difficulté. Mais Odias est très fort, à deux, ils y arriveraient.

— Tu penses vraiment que c'est une bonne idée?

Odias éclate d'un gros rire gras.

— J'sus sûr qu'a l'aimerait ben gros deux beaux hommes comme nous autres. A doit s'ennuyer à mourir. Batinse, viens.

Delbert hésite à le suivre, mais se laisse finalement convaincre. Ils marchent lentement en bordure du rang

Watford, prêts à disparaître dans le sous-bois si quelqu'un arrive à l'improviste. Mais tout est calme, figé par le froid. Des lumières faiblardes vacillent aux fenêtres de Dézeline et de Thomas Boily. Quand la maison de Rachel se profile dans l'obscurité, ils se réjouissent, elle n'a pas tiré le rideau.

— Si son chien saute sus nous autres, m'en vas l'crisser dehors à coups de pieds, promet Odias.

Delbert ralentit le pas, Odias le pousse dans le dos.

— R'gardons d'abord par la vitre pour voir c'qu'a fait.

Les deux hommes longent le mur de la maison jusqu'à la fenêtre. Odias tend le cou.

— Batinse! souffle-t-il.

Son visage s'est décomposé. Delbert cherche à comprendre.

— Qu'est-ce que t'as?

— Tu peux pas t'imaginer qui c'est qui est d'dans avec elle.

— Qui?

— Le curé.

— Quoi?

— Oui, ton curé en personne. Y est en soutane.

Delbert ne peut pas le croire. Il est estomaqué.

— Qu'est-ce qu'y font? Est-ce que la Brennan est dépoitraillée?

Le curé est debout dans la demeure pendant que Rachel s'est calée dans sa chaise, attendant patiemment qu'il s'en aille. Mais il a enlevé son manteau prétextant la chaleur et, depuis une demi-heure, il lui enseigne le catéchisme. Une question et réponse à la fois. «Où est Dieu? Dieu est partout».

— R'garde par toé-même.

Delbert s'approche de la fenêtre, se lève sur la pointe des pieds et risque un œil à l'intérieur de la maison. Le curé est toujours debout, catéchisme en main. Delbert ne voit pas Rachel, seulement le bout du nez de Barbotte. En s'écartant, il perd pied et s'accroche au rebord qui cède d'un coup sec. Barbotte jappe. Le prêtre se dirige rapidement à la fenêtre et cherche à distinguer une présence humaine ou animale. Odias et Delbert courent, accroupis, jusqu'au sous-bois, filent à toute vitesse sous le couvert des arbres et rejoignent la route un peu plus loin.

— T'attends quelqu'un ?

— Oui, ment Rachel pour se débarrasser du curé. Thomas Boily a dit qu'il m'enverrait quelques brassées de paille pour finir de renchausser ma maison. Ça doit être Réginald qui arrive.

Le curé enfile rapidement manteau et tuque, et quitte aussitôt Rachel sans plus de salutations. Il jette un coup d'œil autour de la maison. Aucun signe de paille fraîche. Il s'avance jusqu'à la route et aperçoit la silhouette de deux hommes qui courent à longues enjambées, comme s'ils se sauvaient après avoir commis un méfait. Est-ce le pourtour d'un camion qui se découpe plus loin ? «Odias Bergeron et Delbert Lagrange», se dit le curé. Pourquoi rôdaient-ils autour de la maison de Rachel ? Devrait-il retourner à l'intérieur et lui poser la question ? Les reçoit-elle régulièrement ? N'est-ce pas son devoir de protéger cette femme ? Si les deux hommes l'ont vu à l'intérieur, devrait-il s'assurer qu'ils ne propageront pas de fausses histoires ? Il ne s'inquiète pas outre mesure de Delbert. Il pourra lui expliquer facilement. Mais Odias Bergeron ? Un homme qui ne respecte rien, capable de tout ?

53

Ryan O'Farrell termine son déjeuner quand la radio de CHRC attire son attention. *Les Alliés viennent de libérer la Belgique.* Ryan s'en réjouit au nom de ses camarades, enfin délivrés de cet enfer. Et plus encore, ajoute CHRC, Winston Churchill, le premier ministre d'Angleterre, va venir à Québec rencontrer le président des États-Unis, Franklin Delano Roosevelt, pour discuter de l'après-guerre.

Ryan éteint la radio et sort de la maison. Une feuille de papier déposée sur le parvis, retenue par un caillou, l'intrigue.

Retourne chez vous l'étranger, on veut plus te voir la face dans la paroisse. On s'est enfin débarrassés de ta putain, si tu pars pas, on se débarrassera de toi aussi. Et un conseil d'ami, emmène la sœur de la guidoune avec toi parce qu'elle aussi on va s'en débarrasser. Pis attends pas l'hiver pour partir parce qu'on va t'enterrer dans un banc de neige pis donner ta charogne aux renards au printemps. T'as compris?

Ryan O'Farrell lit et relit la lettre, stupéfait par le ton, les mots choisis et la hargne qui en suintent. Elle est écrite avec beaucoup moins de fautes que celle que Maeve avait reçue. Sans doute pour brouiller les pistes. Qui est le cerveau derrière cette opération? Qui a osé utiliser des termes comme putain et guidoune? Pure intimidation, se dit Ryan. Jamais il n'y cédera. Au contraire, cette lettre ignoble renforcera sa volonté de trouver le ou les coupables du meurtre de Rachel.

— Ça donne rien de vouloir te venger avant de savoir exactement qui est le coupable, ou les coupables, comme tu dis, suggère Fidélin.

D'où vient le message haineux? Qui l'a écrit? Ryan le soumet à Maeve et à Fidélin, abasourdis tous les deux. Tant de méchanceté, d'acharnement.

— Faut le montrer à monsieur Gagnon, mais on dirait que c'est le même genre de papier et d'écriture que la première fois, avance Fidélin.

Les larmes aux yeux, Maeve branle la tête, dépassée par ce nouveau rebondissement. Ryan piétine d'impatience. Robertine s'en approche et passe son bras autour de son épaule.

— Viens t'asseoir avec Maeve pis Fidélin, j'vais vous préparer un bon déjeuner en attendant la police.

Quand Prudent Gagnon se pointe une heure plus tard, il a l'air timoré.

— Qu'est-ce qui vous tracasse comme ça? lui demande Maeve.

Le détective vient d'interroger Odias Bergeron, le commerçant d'animaux de Saint-Prosper. Rencontre éprouvante. Beaucoup plus que les deux précédentes alors que le commerçant avait refusé de donner des réponses claires sur les vols d'animaux. Cette fois, non seulement Odias n'a pas répondu aux questions de Prudent Gagnon, mais il l'a menacé :

— Tu scram de mon ch'min ou j't'écrase, batinse de varmine.

Faisant deux fois la taille du policier, Odias Bergeron a joué à fond la carte de l'intimidation, allant jusqu'à le bousculer pour se frayer un passage vers son camion.

— J'la connais même pas, ta guidoune, a-t-il lancé au policier avant de disparaître.

Prudent Gagnon n'a pas tenté de le retenir. Il pourrait l'arrêter pour intimidation et entrave au travail d'un policier, mais pour l'instant, il n'ira pas plus loin, ne précipitera rien.

220

Il a besoin de preuves, que ce soit pour les vols d'animaux ou le meurtre de Rachel. Mais comment convaincre une de ses victimes de porter plainte contre lui? Même s'ils sont nombreux à le soupçonner, personne n'ose le dénoncer. L'an dernier, quand Ovila Provençal l'a sommé sur le perron de l'église de lui rapporter ses deux moutons, Odias lui a asséné un solide coup de poing. Personne ne s'est porté à la défense de l'agressé, qui a préféré oublier l'incident. Odias Bergeron et quelques collaborateurs terrorisent le village de Saint-Prosper. Même le maire n'ose pas l'affronter.

— Mais un de ces jours, je vais le coincer, le maudit voleur, promet Prudent.

Robertine, Maeve, Ryan et Fidélin sont ahuris. Odias Bergeron règne sur son village comme un despote qui fait fi des lois et de la moindre règle de civilité. Comment quelqu'un peut-il se comporter ainsi sans que personne ne le dénonce?

— Vous pensez qu'y a été mêlé à ça? demande Robertine. Qu'y aurait pu avoir tué Rachel?

Le policier hausse les épaules. Il doit maintenant se dépêtrer avec une brochette de suspects. Ryan lui soumet sa théorie.

— Se pourrait-il que le maire, Delbert Lagrange et Odias Bergeron aient comploté ensemble pour faire disparaître Rachel?

Le policier a un petit geste d'assentiment. L'hypothèse n'est pas farfelue, elle lui a déjà effleuré l'esprit. Comment en seraient-ils arrivés là? Pourquoi? Le détective ne peut que spéculer.

— Chose certaine, Odias Bergeron est fort comme un cheval. Il aurait pas eu de misère à la tuer. Mais pourquoi l'aurait-il plongée toute nue dans le puits?

Branlements de tête unanimes. Pourquoi?

— J'ai reçu une lettre anonyme de menaces, précise Ryan O'Farrell en tendant la missive au policier.

Prudent Gagnon observe minutieusement le document.

— C'est la même écriture et le même style que la lettre que Maeve a reçue, plusieurs fautes en moins. Je suis certain, ajoute le policier, que ça vient de la même personne.

Il l'examine de nouveau, un éclair de surprise dans les yeux.

— Cette feuille de papier vient du même calepin que la lettre que Maeve a reçue. C'est écrit avec la même plume fontaine, la même couleur d'encre. Aucun doute, les deux sont l'œuvre d'une seule personne.

À l'invitation de Robertine, Prudent Gagnon s'assoit à la table et avale goulûment rôties, lard et œufs.

— Plus j'y réfléchis, plus je pense que t'as raison, Ryan. Ça m'étonnerait pas que plus d'une personne ait été impliquée, laisse tomber Prudent Gagnon.

Il fait une pause.

— Mais ils vont tous se protéger. Si seulement on avait un témoin, un seul. Marie-Laure Boily est même pas prête à jurer que c'était bien le camion d'Odias qu'elle a vu. Elle pense qu'il y avait deux hommes, mais il mouillait, elle ne peut pas le jurer.

En les quittant, le policier file tout droit chez Delbert Lagrange. Autre interrogatoire frustrant. Hypocrite, menteur, Delbert Lagrange joue l'innocent qui n'a rien vu, rien entendu et qui n'en revient pas qu'on ait tué une aussi bonne fille que Rachel Brennan. Son ami Odias Bergeron?

— C'est pas mon ami. On fait des affaires des fois, mais comme c'est l'seul commerçant d'animaux qui paie un bon prix, j'ai pas ben ben l'choix.

Le mensonge de Delbert n'échappe pas au policier. La réputation d'Odias Bergeron est documentée. Il est radin, tout le contraire du commerçant généreux, sauf avec le curé de Saint-Prosper.

— T'es sorti, le soir de la mort de Rachel Brennan?

Delbert se frotte le menton, feint de fouiller dans sa mémoire et cligne rapidement des yeux.

— J'ai une vache qui a vêlé ce soir-là. Ça été tout un aria. J'ai ben failli la perdre, alors vous comprendrez que j'avais la tête ailleurs.

Le policier est pantois, convaincu que Delbert ment effrontément.

— T'as des vaches qui vêlent si tard que ça? Elle est en retard pas pour rire. T'as encore le veau?

— Non, je l'ai vendu.

— À Odias?

L'autre hausse les épaules comme si ce détail n'était pas important.

— Odias, il vient souvent te voir?

— Non, rarement.

Delbert Lagrange ne perd jamais son sang-froid. Il a réponse à tout. Chaque parole est un mensonge. Prudent Gagnon regarde longuement son interlocuteur, incrédule, façon de lui dire qu'il sait qu'il ment et qu'il reviendra.

— J'ai besoin d'interroger madame Lagrange. Elle est dans la maison?

Le visage de Delbert se chiffonne. Le départ de sa femme le ronge, l'humilie.

— Non, a l'est partie à Québec. Ma fille est malade pis a l'est allée l'aider.

Prudent Gagnon prend congé de Delbert sans le saluer, arrache un brin de foin et le mâchonne. Il est frustré. Comment faire avancer l'enquête? Où trouver l'indice qui le mettra sur la piste du meurtrier? Son enquête ne progresse pas. Son supérieur s'impatiente. Les dossiers s'accumulent. Tôt ou tard, il va exiger des résultats.

54

Où va Catiche en courant ainsi à l'orée du bois? Ryan décide de le suivre. Où est Barbotte? Catiche s'immobilise près de la maison de Trefflé-à-Théodule Nadeau; Ryan comprend tout. Le violon va bientôt faire la fête.

Le soleil se faufile discrètement derrière la forêt en dessinant de grandes plaques d'ombre. Depuis une vingtaine de minutes, Trefflé va et vient sur la galerie comme s'il attendait un signal pour commencer à jouer. Il tend le cou au-dessus de la corde à linge, devine Catiche derrière les sapins, réchauffe l'archet et attaque le reel du pendu. Catiche se croise les bras, ferme les yeux, sa tête dodeline lentement, tout à son bonheur. Adieu les tracas, la peine, la cruauté. La musique coule en lui, légère comme le miel. Aucune phrase à tenter de déchiffrer, aucun mot qui l'agace sans que son cerveau le décode. Seulement le violon, au son vif, harmonieux, qui masque le bruit des bêtes, des hommes et des choses.

Ryan revient sur ses pas, ce genre de musique ne l'émeut pas. Il préfère Bach et Mozart. Il se moquait de Rachel quand elle lui demandait de se taire pendant que Trefflé torturait son violon. Une question surgit dans sa tête. Comment peut-on soupçonner Catiche d'avoir tué Rachel? Il est souvent téméraire de présumer du comportement humain, les êtres les plus inoffensifs se transforment parfois en monstres. Catiche aurait-il pu avoir une minute d'égarement? Assommer Rachel avec un rondin avant de la jeter dans le puits? Ryan ne peut pas l'imaginer.

Dehors, le vent s'ébroue. Polisson, il ébouriffe la tête des topinambours dans le potager. Dans la touffeur de la nuit noire, le cri d'un engoulevent. Ryan met du temps à se rendormir.

À peine assoupi, il sursaute dans son lit. Un bruit violent comme si une grosse roche était tombée sur le toit. «Je rêve?» Une branche cassée ou un oiseau égaré dans la nuit? Il tente de retrouver le sommeil, mais de nouveau, un objet dur heurte lourdement l'arrière de la maison. Ryan se lève, rallume la bougie moutonnée par les coulures de suif et s'approche de la fenêtre. L'obscurité est opaque, il ne voit rien. Veut-on lui faire peur? Doit-il sortir et vérifier si un imbécile cherche à l'intimider? Si seulement Barbotte était avec lui. Mais Catiche refuse de s'en séparer et même quand Ryan l'invite à rentrer, le chien préfère rester auprès de son nouveau maître.

Au bout de quelques minutes, il souffle sur la bougie et retrouve son lit. Il n'a pas aussitôt posé la tête sur l'oreiller qu'une roche fracasse la fenêtre et vient s'échoir près de la table. Cette fois, Ryan enfile rapidement chemise et pantalon, prend un couteau dans le tiroir, ouvre doucement la porte et sort de la maison sur la pointe des pieds, espérant surprendre son attaquant. Il fait quelques pas autour du potager, s'arrête, entend des bottes battre le gravier de la route, mais, même en étirant le cou, il ne voit personne. Poursuivre l'intrus? Il y songe un instant, mais y renonce. L'autre a beaucoup trop d'avance.

Il revient dans la maison, bouche sommairement la fenêtre brisée et tente de retrouver le sommeil, mais il n'y parviendra pas avant que le matin ne rougisse la ligne d'horizon. Des coups frappés à la porte le tireront de son lit, longtemps après le lever du soleil. Il s'empare d'un rondin et s'approche prudemment.

— Qui est là?

— C'est nous, Maeve et Fidélin.

Ryan ouvre la porte, rondin en main. Les deux visiteurs sont étonnés. Il leur raconte les événements de la nuit, les traits décomposés, le visage défait.

— T'as rien vu ?

— Je crois avoir entendu quelqu'un courir dans le rang, mais il faisait nuit noire.

Fidélin propose de faire le tour des voisins et de vérifier s'ils n'auraient pas observé quelque chose d'anormal. Le chien de Thomas Boily a jappé, se souvient Ryan, mais il jappe tout le temps.

— J'ai peur que ça va rempirer, observe Maeve, et qu'ils arrêteront pas aussi longtemps qu'on sera pas repartis.

— Pas avant de connaître la vérité, gronde Ryan d'une voix rageuse.

Fidélin fait quelques pas autour de la maison à la recherche d'indices. Il ne trouve rien, si ce n'est la roche lancée sur le toit. Un boulet de la grosseur d'un chou de Siam.

— Tu peux pas rester ici tout seul, c'est trop dangereux. À soir, tu couches chez nous.

— Non, ils seraient trop contents de m'avoir fait peur. Je ne bougerai pas. J'ai un fusil, je n'hésiterai pas à m'en servir s'ils reviennent. Je ne partirai pas avant que le ou les coupables aient été arrêtés, jugés et pendus. Et si la police n'y arrive pas, je m'en chargerai moi-même.

Ryan O'Farrell est frustré. L'enquête n'avance pas. Souvent, il a l'impression que Prudent Gagnon tourne en rond. À sa défense, le long délai entre la mort et le début de l'enquête n'a pas favorisé le détective. Autres questions qui le chicotent, pourquoi n'a-t-on pas prélevé d'empreintes digitales ? Le coroner a-t-il expédié son travail ? Devrait-on exhumer le corps de Rachel comme l'a évoqué Prudent Gagnon ? L'idée l'horripile.

55

Saint-Benjamin

Mon amour, je n'arrive pas à dormir. Par la fenêtre ouverte, je crois entendre le son de ta voix dans les rumeurs de la nuit. Était-ce toi qui bêchais le potager il y a quelques minutes? Toi qui puisais de l'eau dans le puits? J'ai l'impression que mon cerveau s'embrouille, qu'il veut te suivre dans l'au-delà. Je n'arrête pas de penser à toi, de pleurer ton absence, de te chercher partout.

Depuis que je dors dans ta maison, mon sommeil est agité, ponctué de rafales de mitraillettes, d'Allemands embusqués autour de ta demeure, d'images de ma bien-aimée violentée par des inconnus. Je me réveille en sueur, cherchant à deviner la vie dans le silence profond des ténèbres. Parfois, un chien aboie au loin, un chat miaule, une vache meugle, les voix nocturnes, rien de comparable aux nuits d'enfer que j'ai vécues en Normandie. Mais la tension est tout aussi grande. Comme en Europe, mon corps me fait mal, mais pour d'autres raisons. La colère, la peine et le désir de vengeance me détruisent tranquillement. Seule la condamnation d'un coupable me permettra peut-être de trouver la paix.

La nuit dernière, des imbéciles ont lancé des roches sur la maison pour m'intimider. La veille, j'ai trouvé une lettre anonyme sur le pas de ta porte. Lourde de menaces à mon endroit et de mots grossiers à ton sujet. Que je déteste ces minables assassins qui font la loi dans le village. Qui sont-ils ? Je suis maintenant certain qu'il y a plus d'un coupable. Le maire, Delbert Lagrange et Odias Bergeron auraient-ils été de connivence, pour abuser de toi et te tuer ensuite ? Quels sévices t'ont-ils fait subir ? Que sait le curé ? Le lâche se retranche derrière le secret du confessionnal, mais devant le tribunal, ce secret ne tiendra pas la route. J'espère qu'on l'accusera de complicité.

Scénario exagéré ? Je ne sais pas, mais ces pensées m'enragent. Je te promets que justice sera rendue et que je traquerai le ou les coupables, si la police n'arrive pas à le faire. Je te vengerai, ma chère Rachel. Alors seulement aurai-je un peu de répit. Alors seulement pourrai-je retrouver un semblant de vie normale.

Je t'aime

56

Ryan O'Farrell n'est pas au bout de ses peines. Le lendemain, au réveil, il a le vague sentiment qu'il a été visité de nouveau pendant la nuit. Il s'assoit dans son lit, regarde tout autour et ne voit rien d'anormal. Il tente de raviver ses rêves, mais n'étaient-ce que des chimères? A-t-il vraiment entendu du bruit? Et les voix près du chemin? Les a-t-il distinguées clairement? Après les roches lancées sur la maison la nuit précédente, il a l'impression qu'il devient paranoïaque et que son imagination lui joue des tours. Voulait-on lui faire peur encore une fois? Aurait-il dû se lever? Aller vérifier? À peine tiré d'un sommeil profond, il ne s'est même pas redressé dans son lit. Il a attendu quelques instants et s'est rendormi, emporté par une fatigue accumulée qu'il ne réussit pas à éliminer. Depuis la guerre, impossible d'avoir un sommeil réparateur et souvent, au matin, il est incapable de démêler rêve et réalité.

Il allume le poêle pour réchauffer un peu d'eau pour le thé et griller les rôties. Le soleil s'éclate à la fenêtre. Ryan est surpris d'avoir dormi si longtemps. Il a soudainement des remords. Et s'il avait vraiment entendu des voix? Il se lève, ouvre la porte pour aller pisser, mais il s'immobilise aussitôt, interdit. La margelle du puits a été enlevée. Le puits a disparu sous une couronne de terre. Quelqu'un l'a bouché au cours de la nuit! Il n'a donc pas rêvé. Près du puits ou de ce qu'il en reste, aucun signe d'activité. Il regarde tout autour, mais à l'exception de quelques touffes d'herbes écrasées, il ne trouve rien. Quel effronté s'est permis de remplir le puits sans lui demander son avis? Et pourquoi en pleine nuit? Ou était-ce au petit matin? Le maire ou le curé ont déjà évoqué quelques vagues dangers. «Si une femme s'y est noyée, un enfant le pourrait aussi». Ryan se promet de leur demander des explications tout de suite après le déjeuner, qu'il ira finalement prendre chez Robertine.

— Vous ne pouvez pas savoir ce qui est arrivé au cours de la nuit.

Robertine l'interroge du regard. Maeve et Fidélin ne sont pas encore descendus. Ils sont réveillés, mais, depuis une heure, ils placotent. Leurs discussions portent toujours sur la mort de Rachel, mais, petit à petit, ils débordent sur d'autres sujets, se découvrent des intérêts communs et ont plaisir à se retrouver. Maeve se surprend à trouver beaucoup de charme à Fidélin. Elle aime sa douceur, son intelligence. Est-elle en train d'en devenir amoureuse? Elle s'en défend, le refuse. Trop compliqué. Fidélin n'acceptera jamais de quitter Saint-Benjamin.

— Quoi donc? interroge Robertine.

— Quelqu'un est venu pendant la nuit et il a arraché la margelle du puits et l'a rempli de terre.

— Mon Dieu, pourquoi y ont fait ça? Maeve, Fidélin, v'nez vite, crie Robertine, y a du nouveau!

Ils accourent aussitôt, les cheveux en bataille. Le récit de Ryan les intrigue.

— Qui a fait ça? s'indigne Maeve. Probablement les mêmes que la nuit d'avant?

Ryan hausse les épaules. Qui? Pourquoi? Comment ont-ils réussi à transporter toute cette terre sans éveiller les soupçons? Pourquoi n'est-il pas allé vérifier quand il a cru entendre du bruit? Il s'en veut. Si seulement il avait pu surprendre le ou les coupables.

— J'ai pris une pilule pour dormir, il m'en restait de la guerre. Genre de pilule qui pourrait assommer un cheval. J'ai cru percevoir des bruits, mais je ne suis sûr de rien.

— J'serais pas étonnée pantoute, suggère Robertine, qu'Odias Bergeron eille parké son truck dans l'rang voisin pis que lui pis Delbert, avec peut-être deux ou trois autres, eillent charrié la terre dans des gros sacs pour faire le moins de vacarme possible.

— Ils ont décidé cela eux-mêmes ou à la demande du maire? lance Maeve.

Robertine hausse les épaules. Elle n'a que des doutes, pas de preuves. Mais toutes les hypothèses sont plausibles. Première étape, en informer le policier. Prudent Gagnon avait exigé qu'on ne touche à rien. Il voudra sûrement savoir qui a rempli le puits.

Après le déjeuner, Fidélin et Ryan se rendent au village et vont cogner à la porte du maire. Il est surpris de les voir arriver de si bonne heure. Encore plus étonné d'apprendre l'incident survenu pendant la nuit.

— C'est la première nouvelle que j'en ai.

Le maire jure qu'il n'a ordonné à personne de boucher le puits. Sourcilleux, Médée Lévesque n'accepte pas qu'on le soupçonne encore une fois. Sans preuve. Uniquement sur des présomptions, comme si ses erreurs passées le prédisposaient à commettre des crimes. Il chasse les visiteurs.

— Pour qui vous prenez-vous, gang de morveux, pour accuser tout l'monde comme vous l'faites?

— Justement, on vous connaît bien, rétorque Ryan. On sait de quoi vous êtes capable. Tout ce que vous voulez, c'est de voler le bien des autres.

— Quand l'enquête s'ra finie, j'm'occuperai de la maison, rage le maire en crachant aux pieds des deux visiteurs.

— Ne vous avisez jamais d'y toucher, l'avertit de nouveau Ryan. Je connais un bon avocat qui ne demanderait pas mieux que de vous envoyer en prison.

Fidélin lui met la main sur le bras pour le calmer. Le visage cramoisi, le maire s'avance vers eux.

— Tu m'feras pas peur, le jeune. C'est pas un p'tit avocat de Saint-Georges ou de Québec qui va m'énarver. Sacrez vot' camp!

— Vous m'en direz autant quand vous pendrez au bout d'une corde, tonne Ryan en s'approchant de Médée Lévesque.

Le maire va se jeter sur lui, mais Fidélin s'interpose aussitôt. La haine du soldat pour Médée Lévesque est tellement vive qu'en l'absence de son ami, il aurait pu le blesser sérieusement.

— Viens, insiste Fidélin.

À regret, Ryan quitte la maison du maire en se promettant que tôt ou tard, il aura sa tête.

— Dézeline m'a dit que c'est le curé qui avait proposé de remplir le puits. Est-ce qu'on devrait aller le voir?

Ryan hausse les épaules. À quoi bon.

— Je sais ce qu'on va faire. Dimanche, on ira à la messe tous les trois et on s'assoira dans le banc de tes parents en arrière de l'église, pour qu'ils comprennent bien à qui ils ont affaire.

— Bonne idée, reconnaît Fidélin. Je suis pas certain que Maeve voudra venir à l'église, mais on ira sans elle.

Avant de retourner dans le rang Watford, Ryan demande à Fidélin de l'accompagner au cimetière. Il a un mauvais pressentiment. Les mêmes imbéciles qui le harcèlent depuis son retour à Saint-Benjamin sont bien capables de profaner la tombe de Rachel. Et son instinct ne le trompe pas. Quelqu'un a jeté du crottin de cheval au pied de l'épitaphe. Ryan rage.

Du bout de sa botte, Fidélin écarte les excréments. Pendant que Ryan, tête baissée, se recueille sur la tombe de Rachel, Fidélin retrouve l'épitaphe de son père et enlève sa casquette. Ce père parti beaucoup trop vite avec qui il a eu tant de plaisir. C'est lui qui l'a initié à la forêt, qui lui a appris à reconnaître et à nommer les arbres. Les hêtres feuillus, les pins dont on fait les meubles, les épinettes branchues, les érables, bien sûr, les trembles, les sapins gluants. Les chênes, massifs, inébranlables. «Jamais tu touches aux chênes, c'est sacrilège», disait son paternel. Fidélin sent l'émotion l'envahir. Il pense à la douleur de sa mère quand il est mort, à ce long deuil qui ne finira qu'avec elle. Un couple uni, toujours si heureux de se retrouver, qui dansait et s'embrassait devant les enfants

232

comme si rien au monde ne pouvait s'immiscer entre eux. Il aurait tant aimé que son père rencontre Maeve, qu'il lui donne son aval, certain qu'il l'aurait encouragé à la courtiser.

— Tu viens? dit Ryan, que Fidélin n'a pas entendu le rejoindre.

Fidélin fait un signe de croix. Les deux hommes remontent dans le robétaille et retournent à la maison.

— Quelle est ta théorie sur les incidents des deux dernières nuits? demande Ryan à Fidélin.

— Je suis pas rassuré. J'ai l'impression que ça va aller en rempirant. Ils vont tout essayer pour te faire peur. Tu devrais pas rester tout seul.

Têtu, Ryan ne déménagera pas. Il passera ses nuits dehors, s'il le faut, mais il trouvera les coupables. Cachant mal son inquiétude, Fidélin fronce les sourcils. Comment convaincre son ami de sortir de cette maison?

— Tu sais pas ce que Catiche a fait hier? reprend Ryan.

Plus agité encore que d'habitude, Catiche pointait du doigt un rang de topinambours où les trois derniers plants avaient été arrachés. «Chel nambours…» répétait-il sans arrêt. Pourquoi? Ryan n'a pas réussi à déchiffrer son baragouinage.

— Je suis de plus en plus certain qu'il essaie de me faire comprendre quelque chose, de me dire qu'il a été témoin d'un incident qui l'a ébranlé, mais quoi?

57

L'église est remplie, comme tous les dimanches. Le curé ne tolère pas qu'un paroissien rate la messe, à moins de circonstances exceptionnelles. Il profite souvent du sermon dominical pour admonester ses fidèles. Toujours les mêmes reproches : absence de générosité, piété artificielle, médisance, manque d'ambition.

Aujourd'hui, l'humidité et la chaleur enveloppent la nef. L'air est irrespirable. Les hommes suent dans leurs vêtements trop serrés du dimanche. Certaines femmes sont un peu trop «ébavolées» au goût du curé. Devrait-il refuser de leur donner la communion ? Profiter de son sermon pour les inviter à s'habiller décemment ?

Quand il se dirige vers l'autel, Aldéric Vallée a l'air distrait. La mort de Rachel Brennan n'en finit plus de lui compliquer la vie. On raconte que l'évêché l'a convoqué à Québec pour lui taper sur les doigts. Le cardinal lui aurait fait comprendre qu'une femme morte, nue dans un puits, c'est un scandale qui entachera à tout jamais la cure d'Aldéric Vallée. Peu importe que ce soit accidentel ou pas. Ce qui agace davantage l'évêché, c'est qu'il soit associé, même de loin, au meurtre de Rachel Brennan. Pourquoi a-t-il menti au sujet du rapport du coroner ? Pourquoi son nom s'emmêle-t-il à celui des principaux suspects ? À Saint-Benjamin, les commères évoquent les nombreuses visites de leur curé à cette femme attirante. Pourquoi allait-il la voir si souvent ? L'a-t-il déjà confessée ?

A-t-elle communié ? Autant de questions sans réponse, mais porteuses de ragots et de spéculations.

Le bedeau convainc les derniers paroissiens qui flânent encore sur le perron d'église d'entrer au plus vite. Le curé ne lève même pas les yeux vers ses fidèles. Après l'Évangile, il monte lentement dans l'escalier en colimaçon qui le mène à la chaire.

— Mes bien chers frères…

Il s'arrête brusquement avant d'entamer son prêche. Il vient d'apercevoir Ryan O'Farrell, Fidélin Vachon et Maeve Brennan, qui a finalement accepté de les accompagner. Que font ces deux étrangers dans son église ? Le curé a un mauvais pressentiment. Il avait décidé d'admonester ses ouailles pour faire taire les rumeurs insidieuses, mais en présence de ce trio, il hésite.

— Mes frères. Dieu a…

Il n'a pas le temps de finir sa phrase. Ryan O'Farrell se lève, grimpe sur le banc de Robertine, l'un des plus éloignés au fond, et, livide, invective la foule des fidèles.

— Vous êtes tous coupables de la mort de Rachel Brennan. Tous. Votre curé hypocrite, votre maire pourri et jusqu'au dernier des hommes de ce village qui ont jamais cessé de la suivre des yeux et de la désirer chaque fois qu'ils la voyaient. Bande de fumiers ! Vous l'avez traitée de putain, sans la moindre preuve. Sachez que Rachel Brennan n'a jamais cédé à un seul des nombreux maquereaux de la paroisse. Sauf sous la violence, quand l'un de vous l'a prise de force.

Le silence n'est rompu que par le désespoir d'une mouche se heurtant à la fenêtre. Maeve tire discrètement la manche de Ryan, mais il se dégage aussitôt. Elle regrette de ne pas s'être écoutée et de ne pas être restée à la maison avec Robertine, qui ne voulait pas être témoin de l'esclandre de Ryan.

— Le coupable, il est ici parmi vous et prenez-en ma parole, on va le découvrir et l'envoyer à l'échafaud. Vous avez jamais vu ça, hein, un maire ou, ajoute-t-il, en pointant Delbert Lagrange du doigt, un marguillier qui pend au bout d'une corde. Et peut-être les deux ensemble, parce que je ne serais pas surpris qu'ils soient impliqués avec le gros commerçant vicieux de Saint-Prosper.

Le curé se ressaisit.

— Monsieur, je vous prie de sortir de l'église tout de suite. Vous m'entendez? Immédiatement! Messieurs les marguilliers, faites votre travail…

Mais Ryan O'Farrel n'a pas terminé sa tirade.

— Dites-moi donc une chose, cher monsieur le curé. Quand Rachel est morte, vous avez mentionné qu'il fallait remplir le puits. Dangereux pour les enfants, aviez-vous expliqué. Vous aviez de bonnes raisons de le boucher? Que voulez-vous cacher? Qui protégez-vous?

— Silence dans mon église! crie le prêtre.

Les paroissiens sont sidérés. Certains commencent à réagir, brûlant d'envie de foutre cet étranger à la porte. Mais Ryan O'Farrell est déchaîné.

— Qui est venu boucher le puits cette semaine?

Fidélin, sentant l'ahurissement croissant des paroissiens, empoigne Ryan par le bras et, *manu militari*, l'entraîne hors de l'église, Maeve suivant dans la foulée.

— Vous ne perdez rien pour attendre, hurle Ryan en sortant. Et ne vous avisez pas de faire condamner un innocent comme Catiche Veilleux. Jamais vous y arriverez. Il est probablement plus intelligent que vous tous, bande d'arriérés!

L'assemblée des fidèles est abasourdie. Petit à petit, les paroissiens reviennent à la vie. «Tous coupables!» a tonné Ryan O'Farrell. Une femme pleure, l'émotion est trop forte. Les enfants sont collés contre le flanc de leurs parents, traumatisés, pas certains d'avoir bien compris ce qui vient de se passer. Pendant toute l'envolée de Ryan O'Farrell, le maire n'a pas relevé la tête. Delbert Lagrange, non plus. Dézeline Veilleux, en larmes, et Thomas Boily sortent de l'église.

Le curé a perdu son inspiration. Il s'éponge le front, cherche ses mots, bafouille. Le sermon est annulé et la messe, expédiée. Plus que jamais, il doit fermer ce dossier puant.

Ébranlés, les fidèles se dispersent. Jamais perron d'église n'a été déserté aussi rapidement. Tous sont pressés de rentrer à la maison.

Dans la sacristie, le curé demande à un servant de messe d'aller prévenir le maire et le marguillier en chef de se rendre au presbytère immédiatement.

Delbert Lagrange et Médée Lévesque sont encore sous le choc, partagés entre la colère et la honte. Les voilà accusés publiquement d'avoir commis un meurtre. Va toujours pour le commérage, mais d'être ainsi pointés du doigt renforce les soupçons qui pèsent déjà sur eux.

— C'est pas vrai, s'indigne le maire, qu'on s'laissera insulter comme ça par un calvinsse d'étranger.

Le curé fulmine. Il est tellement en colère qu'il vient bien près d'échapper le calice.

— Vous auriez pu commencer par vous lever et le sortir de l'église, bande de peureux!

— Moé, dit Médée Lévesque, j'ai ben envie de mettre ça dans les mains d'un avocat. Y a pas l'droit d'accuser quequ'un à travers son chapeau.

Delbert Lagrange l'approuve d'un geste de la tête. Frustré par les deux hommes, le curé leur montre la sortie.

58

Le ciel rosit à l'horizon. Agenouillé devant le crucifix, Aldéric Vallée termine ses prières matinales. Quand il se penche à la fenêtre, bréviaire en main, il aperçoit un homme dans son jardin. Dans la lumière naissante, il sort aussitôt du presbytère et fonce vers l'intrus, qui déguerpit à la vitesse d'un lièvre avant de s'engouffrer dans la forêt. Même s'il ne le voit que de dos, il est certain d'avoir reconnu Catiche. Le prêtre s'approche de son potager et constate que des bulbes ont été déterrés. « Qui d'autre que Catiche aurait volé des tubercules de topinambour ? Qui d'autre que lui aurait reconnu ce légume dont son amie Rachel raffolait ? » Le curé se gratte le menton. Catiche aurait-il aussi volé son cochon ? Est-il le criminel qui fait trembler la paroisse ?

Une question chicote le prêtre. Comment expliquera-t-il la présence de topinambours dans son jardin ? À l'évidence, Catiche fait le lien entre les tubercules du curé et ceux de Rachel. Aldéric Vallée se souvient que Catiche l'observait lorsqu'il a déterré les bulbes de topinambours sous les yeux ahuris de Rachel, un an auparavant.

Même s'il est idiot, pourrait-il faire comprendre à la police ou à Ryan O'Farrell que le curé a volé les tubercules pour les replanter dans son jardin ? Le prêtre se rassure. Catiche est trop fou pour le compromettre.

Aldéric Vallée conclut que la meilleure solution, c'est d'appeler le policier, de l'informer du méfait de Catiche, la preuve absolue que l'arriéré est capable d'actes criminels et qu'il est probablement le meurtrier de Rachel Brennan.

Quand le policier arrive, il manifeste d'abord son étonnement.

— Vraiment, monsieur le curé, les malheurs s'abattent sur vous. On vous a privé d'un cochon que vous aimiez par-dessus tout et là, on vous arrache vos légumes. Décidément, vos paroissiens n'ont aucun respect.

— Ils sont pauvres et peu éduqués pour la plupart, je leur pardonne, mais dans les circonstances, j'ai cru bon de vous informer du vol de Catiche.

— Il vous a volé quoi au juste ?

— Des topinambours.

Prudent Gagnon pense que l'autre se moque de lui. Des quoi ? Le curé l'emmène dans son potager et lui donne un tubercule.

— Vous êtes bien sûr que c'était Catiche ?

— Oui, rétorque le curé. Je l'ai vu, de mes yeux vu, et si vous allez dans le jardin de Rachel Brennan, je suis certain que vous retrouverez les topinambours.

— Et voulez-vous bien me dire pourquoi il aurait volé un…, comment déjà ?

— Topinambour.

— Je vois. Et pourquoi donc ?

— Rachel Brennan en cultivait. Elle m'en a donné souvent. J'imagine que Catiche pensait que je les volais.

Le détective trouve cette histoire cousue de fil blanc. Il repense aux propos du maire. Veut-on faire de Catiche le bouc émissaire ? Mais une question le tarabiscote. Que diable faisait Catiche dans le jardin du curé avant le lever du soleil, lui qui ne sort presque jamais de la maison depuis la mort de Rachel ?

— Je m'en occupe, monsieur le curé, et s'il le faut, je ferai appel à tous les policiers de Dorchester pour retrouver vos tambours.

— TO-PI-NAM-BOURS! articule le curé, qui commence à s'impatienter.

Quand Prudent Gagnon raconte à Dézeline les propos du curé, elle ouvre de grands yeux ahuris. Catiche est-il sorti très tôt ce matin? À son insu? Elle ne le sait pas. Qu'a-t-il fait à son retour du village? A-t-il planté des topinambours dans le jardin de Rachel? Elle n'en a aucune idée. Son fils ne sort jamais la nuit et s'il l'avait fait, elle l'aurait entendu, et Barbotte aurait manifesté son déplaisir d'être abandonné ainsi.

— Mais de c'temps-citte, j'dors ben dur, ça s'peut que je l'aille pas entendu. Pis, c'est vrai qu'y était plus nerveux encore au déjeuner.

— Je peux lui parler?

Dézeline va chercher son fils adoptif. Catiche tremble de tous ses membres, comme chaque fois qu'il rencontre un étranger. Le policier lui sourit pour le mettre en confiance. Il tire de sa poche le tubercule que le curé lui a donné et le montre à Catiche.

— Topinambour, dit l'enquêteur.

Catiche s'agite. Ses épaules sautent comme des billes de bois bousculées par les vagues. Ses traits se défont. Des larmes perlent à ses yeux.

— Nambours, nambours…, piaille-t-il d'une voix aiguë. Nambours! répète-t-il, en pointant du doigt vers le jardin de Rachel.

Le policier n'est pas certain de bien comprendre, mais à l'évidence, Catiche est très énervé et cherche à s'expliquer. Il va vers la porte, le détective le suit. Dehors, ils se retrouvent face à Ryan O'Farrell, intrigué par la visite de Prudent Gagnon et les cris de Catiche.

— Nambours, nambours! hurle maintenant Catiche.

Les deux hommes ne saisissent pas. Dézeline les rejoint. Catiche s'approche du potager, se met à genoux et vigoureusement, fouille dans la terre fraîchement remuée. Il en tire une poignée de petits tubercules qu'il montre aux trois autres.

— Nambours, chel, nambours, chel…

Dézeline vient d'allumer. Nambours pour topinambours. Elle aurait dû savoir, elle qui avait tant ri quand Rachel lui avait raconté que les tubercules portaient ce drôle de nom.

— Nambours, chel, les topinambours de Rachel, c'est ça qu'il essaye de dire.

Ryan et le policier tentent de comprendre. Ryan tapote le dos de Catiche et lui prend doucement la main. Le demeuré pleure à gros sanglots.

— Chel, nambours…

Le policier et Dézeline s'approchent à leur tour. Elle passe son bras autour de l'épaule de son fils.

— T'es allé chercher les topinambours dans le jardin du curé?

— Chel, nambours, chel, chel…

Le policier croit comprendre. Catiche a récupéré les topinambours dans le jardin du curé et les a replantés dans celui de Rachel.

— À quoi joue le curé? demande Ryan.

Prudent Gagnon croit comprendre que le curé cherche un coupable et que Catiche est tout désigné. Quelle chance inouïe de le prendre sur le fait à voler ses légumes. La preuve que Catiche est le meurtrier. S'il est capable de voler des topinambours, il est bien capable de tuer une femme.

— Je me pose de plus en plus de questions sur le rôle qu'a joué le curé, avance Ryan. Je veux bien croire qu'il veut sauver sa carrière et l'honneur de la paroisse, mais je me demande s'il n'est pas impliqué davantage.

Le policier regarde au loin, inquiet.

59

Dès le départ du policier, le curé file au magasin où il se dépêche de répandre la bonne nouvelle.

— Je le savais, annonce-t-il au marchand et à sa cour, médusés. J'en aurais mis ma main au feu.

Étonnement général. Débridé, le bruit en court dans le village, atteint les rangs, se déforme et s'amplifie. «Le curé a surpris Catiche dans son jardin en train de voler des drôles de patates.»

— C'est ben certain, dit Léonidas Lapierre, que si Catiche a volé les pétaques du Bon Dieu, c'est sûrement lui qui a fait trépasser la Brennan. Pis comme c'est un gesteux, y l'a probablement martyrisée.

— Attendons le résultat de l'enquête, mais là, on semble avoir une bonne piste, martèle le curé.

Spéculations et accusations se mêlent à l'étonnement et à la surprise. Que Catiche soit un voleur, passe encore, mais un meurtrier? Qu'on le pende, et le plus vite sera le mieux! Plusieurs en doutent, mais ils sont la minorité.

Cependant s'il n'en tient qu'à Prudent Gagnon, Catiche est encore loin de la potence. Il a toujours cette drôle d'impression que quelqu'un cherche à détourner l'attention, à en faire un bouc émissaire. Quand le policier se présente au presbytère pour la deuxième fois dans la même journée, le curé est visiblement pressé d'en finir.

— Vous l'avez arrêté, j'espère?

Prudent Gagnon relève la tête et le fixe droit dans les yeux.

— Non.

— Comment ça, non?

Le policier fait quelques pas sur la galerie, balaie le village des yeux et se gratte le menton.

— Vous m'avez bien dit que Rachel vous avait donné des topinambours?

Le visage du curé tourne au cramoisi. Il voudrait étrangler ce policier soupçonneux. À moins que Catiche ne l'ait dénoncé, mais il ne le croit pas.

— J'en ai acheté à Québec, il y a quatre ans. C'est moi qui en ai offert à Rachel. C'était bien normal qu'elle m'en ait redonné à l'occasion.

Le policier l'écrase du regard.

— Pourquoi Catiche s'énerve-t-il autant pour deux ou trois topinambours? Pourquoi s'est-il rendu dans votre jardin à la levée du jour?

Le prêtre tourne en rond, ses grands bras battant le vide.

— Catiche? Vous croyez le bafouillage d'un pareil idiot?

— Ces paroles ne sont pas dignes d'un prêtre qui a une aussi bonne réputation que vous.

— Vous avez raison, je me suis laissé emporter. Mais quand même, croire Catiche et douter de ma parole?

Le policier ne le quitte pas des yeux. Avec les années, il a appris à déchiffrer les expressions, à décoder les nuances dans la voix, les regards fuyants et à deviner les mensonges. Aldéric Vallée tente-t-il seulement de sauver la réputation de sa paroisse? En sacrifiant un citoyen parmi les plus faibles?

— Il ne parle pas très bien, mais quand on lui a demandé pourquoi il avait pris les topinambours dans votre jardin, il s'est agenouillé et a déterré les quatre ou cinq tubercules. À l'évidence, il voulait les remettre à leur vraie place, dans le potager de Rachel. Un peu maladroitement, ajoute le policier avec un sourire goguenard, je l'admets, ils ne repousseront peut-être pas, mais l'intention de Catiche était claire.

—Me traitez-vous de menteur?

Le policier s'impatiente.

— Non, j'essaie juste d'y voir clair. Depuis la mort de Rachel Brennan, Catiche répète les mêmes mots: nambours, nambours pour topinambours. C'est clair qu'il y a un lien. Il est peut-être arriéré, mais pas autant qu'on le pense.

— Je ne veux pas vous faire de peine, monsieur Gagnon, mais si votre enquête porte sur deux ou trois tubercules de topinambour et la parole d'un demeuré, elle risque d'être longue.

Prudent Gagnon ignore la raillerie et repart, mais avant que le curé rentre dans le presbytère, il se retourne vers lui.

— Je suis curieux, monsieur le curé, qu'est-ce que ça goûte, un topinambour?

Le curé le regarde un instant, évite de relever la plaisanterie et ferme la porte derrière lui. Avant de s'en aller, le policier va examiner le potager. Il y voit bien la terre remuée au bout du rang de topinambours, mais rien d'autre n'attire son attention. Le prêtre l'observe par la fenêtre du presbytère.

Quand Prudent Gagnon retourne dans le rang Watford, Ryan O'Farrell est debout au milieu de la route en lui faisant de grands signes avec les bras. Une mauvaise nouvelle?

— Monsieur Gagnon, monsieur Gagnon, venez vite.

Prudent Gagnon stationne sa voiture en bordure du rang.

— Catiche a disparu, s'exclame Ryan. Dans la dernière heure avec Barbotte. On est incapable de les retrouver. Sa mère est morte d'inquiétude. Il ne s'est jamais enfui auparavant.

Le policier cache mal sa frustration. Voilà un scénario cauchemardesque. Catiche envolé, n'est-ce pas une preuve de plus que le curé et ses disciples brandiront partout? Catiche évanoui dans la nature, la peur s'installera dans le village, et qui sait si quelques imbéciles ne tenteront pas de le traquer pour se faire justice. Pire encore, si le vrai coupable n'a pas décidé d'éliminer Catiche. Rien de plus facile que de l'accrocher à une grosse branche d'arbre.

— Il faut le retrouver au plus vite, conclut Prudent Gagnon. Va avec Fidélin et Maeve, et cherche partout où il pourrait se cacher. Cabanes à sucre, granges, partout. Je m'en vais voir le voisin. Il a sûrement sa petite idée là-dessus.

Thomas Boily ne pense pas que Catiche soit très loin. Il ne le croit pas capable non plus de s'enlever la vie. Le suicide? Une notion qu'il ne connaît pas. L'isolement a toujours été son principal moyen de défense. Plus jeune, quand les enfants l'agaçaient, il passait des journées caché dans un arbre.

— Tout c'que j'peux vous dire, c'est qu'un jour, j'ai vu Rachel qui s'en allait dans ma forêt avec des planches pis un marteau. J'ai pensé qu'a s'construisait une cabane. Des rêves de petite fille, j'imagine. À m'avait pas d'mandé la permission, mais ça m'dérangeait pas pantoute.

— Ça peut pas être bien loin, en déduit le policier.

— J' l'ai jamais vue pis j'ai jamais cherché à la trouver, mais j'dirais que c'est à peu près à un mille d'icitte, en gagnant la rivière. Si on marche dans l'bois, l'chien va japper quand y entendra du bruit. Viens avec moé, j'connais l'coin comme le fond de ma poche.

Le jour tombe lentement derrière l'érablière de Thomas Boily. Dans une heure, l'obscurité rendra les recherches en forêt très difficiles. Prudent Gagnon et Thomas Boily suivent les vieux chemins de bois et longent la rivière Cumberland sans succès.

— Catiche!

L'appel de Thomas Boily reste sans réponse. Son cri se perd dans la forêt, multiplié par l'écho. Il s'inquiète.

— J'sus bien certain que si on était proches, Barbotte nous entendrait pis y japperait.

Il fait une pause et reprend après un moment d'hésitation.

— À moins qu'y soueillent morts tous les deux.

Prudent Gagnon ne veut pas y croire. Quand la noirceur les enveloppe, les deux hommes mettent fin à l'expédition. Fidélin et Ryan n'ont pas été plus chanceux. Dézeline est en pleurs. Plusieurs personnes sont attroupées dans le rang Watford, des curieux et d'autres, prêts à participer aux recherches. La nouvelle a déjà fait le tour du village.

— Revenez nous aider demain matin, leur lance Prudent Gagnon. Essayez de dormir, suggère-t-il à Dézeline, je vais revenir très tôt et on le trouvera, j'en suis certain. Avec le beau temps et son chien, il est très capable de survivre une nuit dans le bois.

60

Cette fois, Ryan est certain d'avoir entendu du bruit. Sous le couvert de la main, il craque une allumette et l'approche de sa montre. Deux heures du matin. Par la fenêtre, il ne voit rien. Une nuit noire, boudée par la lune et les étoiles. Il enfile vêtements et bottes, retire lentement la barre de la porte et sort de la maison. Un vent doux lui gratouille le visage. Au loin, il entend le ronronnement d'un moteur de camion. Il marche à pas légers en direction du bruit, le long du rang Watford, pour tenter d'identifier l'occupant du véhicule. Qui d'autre que le commerçant de Saint-Prosper? Soudainement, le grondement s'éteint, mais des voix le font sursauter. Des voix diffuses, impossible de percevoir des mots. Les mêmes que celles de la nuit où on a rempli le puits? Il n'en est pas certain. Ryan s'approche lentement, penché, profitant au maximum du couvert des arbres. En relevant la tête, il aperçoit le camion. Dans la boîte, deux moutons affolés cherchent à se sauver. «Des moutons volés, je le jurerais», pense Ryan. Mais aucune trace d'Odias Bergeron. Il a déserté son véhicule. Qui est avec lui, sinon Delbert Lagrange? Ryan est presque certain d'avoir reconnu sa voix. Il s'approche encore un peu et choisit d'attendre le retour des deux hommes.

Les moutons bêlent de peur. Ryan sursaute. Au loin, un chien jappe. Barbotte? A-t-il entendu venir Odias et Delbert? Sont-ils à la recherche de Catiche? Que faire? Les pister? Espérer qu'ils ne le trouveront pas? Pendant de longues

247

minutes, il reste terré derrière un gros pin, roulé en boule, tous ses sens aux aguets. Quand les deux hommes reviennent, il reconnaît aussitôt Delbert Lagrange et Odias Bergeron.

— On le r'trouvera pas à la noirceur comme ça, dit Delbert Lagrange. Y est fou comme un manche à balai, cherche où y est rendu.

Odias Bergeron ne cache pas sa frustration. Obscurité ou pas, il préférerait poursuivre les recherches. Il remet le moteur du camion en marche ; Ryan a de la difficulté à entendre la conversation. Il se rapproche, prenant bien soin de ne pas faire de bruit.

— Ça sert à rien, se résigne Delbert, y fait trop noir. Pis, explique-moé donc une chose. Si on le r'trouve, on fait quoi ?

Odias pince les narines et fait une drôle de grimace.

— Y pourrait avoir un gros accident.

Un gros accident ? Delbert Lagrange tente de croiser le regard d'Odias Bergeron, sans succès. Que doit-il comprendre ?

Ryan O'Farrell n'a pas bougé de sa nouvelle cachette.

— Veux-tu r'venir dans deux ou trois heures quand y commencera à faire clair, avant que tous les autres s'mettent à sa recherche ? Je sais où la Brennan pêchait. J'sus certain qu'y est autour de la dame sus la Cumberland.

— OK, grogne Odias Bergeron, frustré. M'en vas aller porter ces moutons-là chez nous pis r'venir au plus vite. Je te r'trouve icitte.

Ryan retient son souffle. Que faire ? Les prendre de front ? Trop dangereux, il pourrait y laisser sa peau. Les deux hommes n'ont aucun scrupule. Ils se séparent enfin. Odias monte dans son camion et reprend la route. Ryan songe à suivre Delbert et à le sommer de s'expliquer. Mais il se rappelle les paroles de Fidélin : « Ne fais rien qui pourrait nuire au travail du policier. » À regret, il renonce à l'interroger. Il attend qu'il soit disparu et file vers la maison de Fidélin. Il frappe de grands coups dans la porte. Terrorisée, Robertine n'ose pas ouvrir.

— Qui est là ?

— C'est moi, Ryan. Il se passe quelque chose de grave.

Robertine ouvre aussitôt. Alertés, Maeve et Fidélin accourent dans la cuisine, à moitié vêtus. Le récit de Ryan les convainc qu'il faut retrouver Catiche avant Delbert et Odias. Pas une minute à perdre.

— Delbert a parlé de la dame de Rachel sur la Cumberland, on devrait commencer par y aller.

— Moé, ajoute Robertine, j'demanderais à Thomas Boily de vous aider. Y a toujours traité Rachel avec respect. La forêt autour de la maison de Rachel lui appartient, y pourrait vous être très utile.

Quand Fidélin frappe à sa porte, Thomas Boily, les yeux bouffis, s'étonne.

— Quoi? Ces deux maudits bandits-là, encore! Attends-moé, m'en vas prévenir ma femme pis demander à Réginald de v'nir avec nous autres. Mais pas à la dame, on est allés hier, moé pis Prudent Gagnon, pis la cabane de Rachel est pas dans ce coin-là. On partira dans l'autre direction.

Coup de chance, la lune perce les nuages et jette un éclairage tamisé sur la forêt. Apeurée, Maeve est restée avec Robertine qui pour une rare fois a mis la barre et poussé une commode devant la porte arrière. Les quatre hommes s'avancent lentement dans le bois. Après une heure de recherche, ils n'ont rien trouvé. Le jour se détache dans la mi-clarté. Un merle matinal s'ébroue dans une flaque d'eau.

— J'propose, dit Thomas, qu'on parte chacun dans une direction pis qu'on fasse le plus de bruit possible pour énarver Barbotte. C'est notre meilleure chance de r'trouver Catiche.

Presque tout de suite, le stratagème de Thomas réussit. Alors que le soleil lance ses premiers jets dorés à travers les arbres, un chien jappe de tous ses poumons.

— Par icitte, les gars! crie Thomas.

Ils se regroupent et avancent rapidement en direction des aboiements. Plus ils approchent, plus l'animal s'énerve.

— Appelle-le, Ryan, il va reconnaître ta voix, suggère Fidélin.

— Barbotte ? Viens, Barbotte !

Le chien cesse d'aboyer et apparaît soudainement au détour d'un buisson, la queue agitée comme l'épouvantail du jardin de Dézeline.

— Catiche, où Catiche ?

Le chien sautille, tourne en rond et fonce dans le sous-bois. Fidélin et Ryan réussissent à le suivre et débouchent finalement dans une clairière. Sur un rocher trône une cabane en bois.

— La cabane de Rachel, murmure Ryan, la voix étranglée.

— Catiche, lance Fidélin.

Le silence de ce petit matin qui frémit dans les arbres n'est rompu que par la mélopée désespérément monotone d'une sittelle.

— Catiche ?

Les hommes s'approchent prudemment de la cabane. Qu'ont-ils à craindre de cet être sans défense ? Ryan grimpe sur le rocher, entrouvre la porte et y retrouve le malheureux, écrasé dans un coin, apeuré, enroulé dans la couverture de Rachel, pleurant le reste de ses larmes. Une odeur acidulée d'urine imprègne la cabane.

— Viens, dit Ryan en lui tendant la main.

Catiche ne bouge pas. Il tremble de tous ses membres. Loque ratatinée. Pourquoi s'est-il sauvé ? De quoi, de qui a-t-il si peur ? À quoi bon lui poser des questions ? À quoi bon ajouter à sa détresse ?

— On essayera plus tard, suggère Fidélin.

Ryan l'approuve d'un geste de la main. Encore une fois, il a l'impression que Catiche n'est pas aussi idiot qu'on le laisse croire. Qu'il est assez intelligent pour sentir le danger et se cacher. Ou voulait-il seulement s'enrouler dans la couverture de Rachel et attendre son retour ?

— Viens, on va voir Dézeline.

Avec l'aide de Ryan, Catiche se lève et le suit. Barbotte, trop heureux de quitter l'endroit, sautille de joie.

Quand les hommes sortent de la forêt avec Catiche, le camion d'Odias Bergeron traverse le rang Watford. Ryan n'est pas étonné. Dès l'arrivée de Prudent Gagnon, il lui raconte tout ce qu'il a vu et entendu au cours de la nuit.

61

Saint-Benjamin

Ma très chère Rachel.

Je t'ai un peu négligée ces derniers jours. Les événements se bousculent, mais l'enquête ne progresse pas et je désespère. Imagine-toi donc qu'on veut nous faire croire que Catiche est le coupable. Pourquoi? Parce qu'il a déterré des topinambours dans le jardin du curé pour les replanter dans le tien. Le prêtre te les avait-il volés? Je n'y comprends rien, mais le curé qui cherche toujours à étouffer le drame soutient que si Catiche a volé des topinambours, il est bien capable de t'avoir tuée. Pris de panique, Catiche s'est réfugié dans la forêt.

La nuit dernière, j'ai surpris Delbert Lagrange et Odias Bergeron près d'ici. J'ai entendu des bribes de conversation, assez pour savoir qu'ils étaient à la recherche de Catiche. Pourquoi? Pour le livrer à la police? L'hypothèse ne mérite même pas d'être envisagée. Ils n'ont qu'un seul but, le tuer, pour faire croire ensuite qu'il s'est suicidé parce que le meurtre l'accablait. Et détourner ainsi les lourds soupçons qui pèsent sur eux. Rassure-toi, on a finalement retrouvé Catiche et nous allons veiller sur lui.

L'opération aura cependant permis de trouver ta cabane. C'est là que se terrait Catiche, désemparé. En la voyant, mon cœur s'est mis à gigoter comme un lièvre pris au piège. Tu m'en as si souvent parlé. Je pensais aux

252

beaux moments qu'on aurait pu y passer, loin de tout. J'y retournerai avant de quitter Saint-Benjamin, quand tout sera fini. Pour réfléchir. M'imprégner de toi avant de repartir. Le cœur serré à m'en faire mal.

Que faire de ta cabane? La démolir pour éviter qu'elle tombe aux mains des braconniers? Catiche voudrait-il la garder, s'y réfugier de temps à autre? Je ne sais pas. Que me conseilles-tu?

Je t'aime.

62

Prudent Gagnon se fait menaçant. Mais Odias Bergeron l'ignore et vaque à ses affaires comme si de rien n'était. Cette fois, Prudent ne joue pas la carte de l'insolent, du grand naïf. Il va droit au but. Depuis le temps qu'il rêve de le coincer et de l'envoyer derrière les barreaux!

— Si vous ne répondez pas à mes questions, je vous fais arrêter et emprisonner.

Le commerçant éclate de rire. Façon de faire comprendre au policier qu'il ne le prend pas au sérieux. Comme s'il était au-dessus de la loi.

— Me faire arrêter! A l'est ben bonne celle-là. Et pourquoi donc?

Le policier fait quelques pas, pousse une motte de terre du bout de son pied et plante ses yeux dans ceux d'Odias, qui le défie du regard.

— Que faisais-tu avec Delbert Lagrange dans le rang D de Saint-Benjamin, à deux heures du matin?

Un léger battement des paupières trahit l'agacement du commerçant, mais il se ressaisit aussitôt.

— J'sors jamais la nuit.

Le détective ricane tout bas. «Quel menteur!» se dit-il.

— J'ai des témoins.

Odias Bergeron s'approche. Quels témoins? Il n'a pourtant vu ni entendu personne. Tout le monde dormait.

— J'ai pas d'temps à perdre avec tes batinses d'inventions.

Le policier se frotte le menton. Cette fois, il pense pouvoir le coincer.

— Et les deux moutons qui arrêtaient pas de bêler dans la boîte de ton truck, ils venaient d'où?

Soudainement, Odias Bergeron comprend que le policier en sait plus qu'il ne le croyait. Il cherche rapidement une explication.

— C'est les moutons que j'ai achetés à Joe Leclerc de Cranbourne, tu peux lui d'mander. Pis tu peux aller voir dans la bergerie, y sont là depuis que j'sus r'venu hier soir, avant la noirceur.

— Laisse-moi te reposer la question : «Qu'est-ce que tu faisais dans le rang D au beau milieu de la nuit?»

— Je te répète que tu perds ton temps.

— Arrête de mentir, dis la vérité pour une fois, sinon c'est la prison.

Odias Bergeron se cabre. Un instant, le policier craint qu'il ne lui saute dessus. Quand il est fâché ou embêté, Odias Bergeron a de la salive au coin des lèvres, qu'il essuie de petits coups de langue.

— Apporte-moé des vraies preuves pis dis-moé qui sont tes batinses de témoins pis on va parler.

— En temps et lieu, on fera témoigner la personne qui vous a vus, toi et Delbert Lagrange, la nuit passée.

— Des inventions. Crisse-moé ton camp!

Le commerçant fait demi-tour, grimpe dans son camion et démarre, venant bien près d'écraser les pieds de Prudent Gagnon. Le policier ne désarme pas pour autant. Il sent qu'il se rapproche du but. La réaction d'Odias ne trompe pas. Son visage est crispé et la fanfaronnade est la seule défense qu'il lui reste. Au tour de Delbert Lagrange.

— Encore vous!

Delbert cache mal sa nervosité. Où est passé le flagorneur des dernières rencontres?

— Que faisais-tu dans le rang D avec Odias Bergeron à deux heures du matin?

Après une brève hésitation, Delbert y va d'un sourire épaté.

— Je dormais comme un mulot. Je me suis couché avec un mal de tête...

— Arrête de mentir, Odias vient de me confirmer que vous vous êtes rencontrés au milieu de la nuit. Sans compter des témoins qui vous ont vus.

— Quels témoins?

— Quelqu'un vous a vus et il a aperçu les deux moutons dans le camion d'Odias.

Le visage de Delbert Lagrange prend la couleur de la chaux. Il ne rit plus. Tous ses traits sont crispés. Il cherche son paquet de tabac, se roule une cigarette et l'allume.

— Rien de spécial. On jasait. Il m'a expliqué comment me débarrasser des mulots qui ravagent mon jardin.

— Vous parliez des mulots, se moque le policier. Et les deux moutons dans le truck d'Odias, ils venaient d'où?

— J'sais pas, m'semble qu'y m'a dit qu'y les avait achetés de Thodore Pépin dans le rang Langevin.

L'enquêteur fait quelques pas, revient vers Delbert Lagrange et, les yeux rivés au sol comme s'il allait poser une question sans importance, il déclare:

— Le même témoin vous a entendus dire que vous cherchiez Catiche. Pourquoi?

Delbert Lagrange hausse lentement les épaules et esquisse une moue de surprise. Il ne se souvient pas d'avoir prononcé le nom de Catiche.

— Mon témoin jure que vous avez passé une heure dans le bois à la recherche de Catiche et que vous deviez recommencer au matin.

Delbert Lagrange cligne des yeux, mais ne répond pas. Il est de plus en plus mal à l'aise. Comment se sortir de ce bourbier?

256

— C'est le curé qui vous a demandé de le retrouver?

Delbert respire profondément.

— L'curé est inquiet pis ben du monde ont peur de Catiche. Y seraient tous contents qu'y se r'trouve en prison. C'est évident que c'est lui qui a tué la Brennan.

Le policier observe un long silence en épiant l'autre du coin de l'œil, le laissant mijoter dans ses mensonges. Il vient de coincer Odias et Delbert, mais rien ne prouve encore que l'un d'eux a tué Rachel Brennan.

— On a retrouvé Catiche ce matin et j'ai pas l'intention de l'arrêter. Il a pas volé les topinambours du curé, il les a juste rapportés là où ils devaient être, c'est-à-dire dans le jardin de Rachel Brennan. Ça te surprend?

Delbert Lagrange ouvre la bouche, mais pas un mot n'en sort. Il fait quelques pas vers sa maison. Prudent Gagnon le suit.

— Odias Bergeron a-t-il jamais rendu visite à Rachel Brennan?

— Pas à ma connaissance.

— Il l'a jamais rencontrée, jamais vue, lui a jamais parlé?

— J'ai pas dit ça. Y l'a sûrement vue quand y v'nait icitte.

— Parce que si c'est lui qui l'a tuée, tu peux encore sauver ta peau. Au pire, je t'arrêterai pour les vols d'animaux et laisse-moi te dire que j'ai assez de preuves. Si t'as un bon avocat, t'éviteras peut-être la prison, mais si t'as tué Rachel Brennan, c'est l'échafaud.

Le policier regarde Delbert Lagrange longuement et retourne vers son automobile. Avant de refermer la portière, il hèle Delbert.

— Attention aux mulots, il paraît qu'ils sont féroces cette année.

Delbert Lagrange ne rit pas. L'inquiétude le ronge. Pourquoi Odias a-t-il dit qu'ils avaient passé une partie de la nuit ensemble? Cherche-t-il à lui faire porter le blâme? Prudent Gagnon reviendra-t-il l'arrêter? «Si t'as tué Rachel Brennan, c'est l'échafaud. » Delbert disparaît dans sa demeure, mange un quignon de pain trempé dans la mélasse et s'assoit à la fenêtre, les yeux rivés sur la maison de la défunte.

63

Dans le rang Watford, Thomas Boily fait l'unanimité. Non seulement est-il le plus gros cultivateur de la paroisse, mais c'est un voisin serviable et discret. Il reste loin des disputes et, à l'occasion, joue les arbitres. Quand des hommes se pourléchaient les sens en observant Rachel Brennan, Thomas s'esquivait et les abandonnait à leurs fantasmes. Souvent, il s'est porté à sa défense comme à celle de Catiche.

Le policier l'a rencontré à quelques reprises, surtout pour le convaincre de porter plainte contre Delbert Lagrange et Odias Bergeron. Depuis trois ans, Thomas a perdu deux vaches, quatre moutons et un cochon. Volés? À n'en pas douter. Pourquoi ne les dénonce-t-il pas? «J'ai une femme et dix enfants, je ne veux pas qu'Odias et Delbert s'en prennent à eux.»

Hier, Prudent Gagnon a reçu un message: «Thomas Boily veut te parler.»

— Ton enquête avance? lui demande Thomas.

— Pas autant que je voudrais.

Prudent Gagnon n'a pas de preuves, pas de témoins, seulement des impressions. S'il devait pointer quelqu'un du doigt, ce serait Delbert Lagrange.

— Pourquoi?

— Dur à dire, répond le policier, mais y m'a toujours donné l'impression d'être malhonnête. C'est un ratoureux, un

259

hypocrite. On peut jamais l'prendre la main dans l'sac. Lui et Odias Bergeron sont mes principaux suspects.

— Le maire? lui soumet Thomas.

— Tu penses que le maire pourrait avoir tué Rachel Brennan?

— Je l'sais pas, mais un soir qu'y était venu la voir, a l'aurait garroché en dehors de sa maison. Y s'rait écrasé en bas d'la galerie en sacrant comme un charretier. J'sais pas ce qu'y lui a fait, mais j'ai l'impression qu'a l'a pas manqué. Pendant deux semaines, y a eu la face enflée. Y était pas beau à voir. Y a raconté qu'y était tombé. Mon plus vieux a entendu ça au restaurant cette semaine. C'est pour ça que j't'ai fait venir.

Le policier dissimule un demi-sourire de satisfaction. «Il le méritait. »

— Mais ton gars, y en a juste entendu parler, y a rien vu?

— Y m'dit qu'non. Veux-tu y parler?

Prudent Gagnon se heurte à un grand garçon timoré qui répond non à presque toutes les questions. Il est revenu du village «passé neuf heures», ce soir-là. Il jure qu'il n'a rien vu. Des placotages de restaurant, se dit le policier.

— Le maire, c'est le seul qui a un bon alibi. Il avait une réunion du conseil le soir de la mort de Rachel. Rosaire Bolduc a juré que le maire est rentré chez lui après la réunion, qui a fini vers neuf heures. Ça se pourrait qu'il en soit ressorti aussitôt et qu'il se soit rendu chez Rachel.

Le policier fait une pause.

— Le maire, Delbert et Odias. J'en oublie?

Thomas ne voit personne d'autre. Certes, bien des hommes reluquaient Rachel Brennan, mais comme son fils Réginald qu'il a souvent surpris à épier sa voisine, ils ne sont pas louches pour autant.

— On peut quand même pas soupçonner tout l'monde, c'était une maudite belle femme, ça s'comprend.

— Et le curé dans tout ça?

Thomas Boily a un battement de cils.

— C'est un curé qui pense à sa paroisse à journée longue. Moé, j'trouve qu'y est trop ambitieux. Y voudrait que tout l'monde soueille parfait et c'est ben sûr qu'une affaire comme ça l'rend complètement fou.

— Jusqu'où est-il prêt à aller? demande Prudent. Jusqu'à protéger un criminel? À faire condamner un innocent comme Catiche?

— Quand y s'agit d'honneur pis d'ambition, y a rien à l'épreuve de c'curé-là.

Thomas sort un canif de sa poche et nettoie le fourneau de sa pipe.

— Merci, Thomas. Tu vas moissonner bientôt?

Thomas hoche la tête. Son beau champ d'avoine a subi les foudres de la dernière pluie. De grandes plaques d'épis ont été rabattues au sol, ce qui rendra la récolte très difficile. Mais Thomas en a vu d'autres. Demain, son voisin viendra avec sa jument et ils attelleront les trois chevaux à la moissonneuse. Une fois le moissonnage terminé, Thomas et son fils relèveront ensuite les «stouks» par groupe de quatre, laissant au soleil le soin de sécher ce campement de tentes d'avoine.

64

Médée Lévesque cache mal son impatience quand le policier se pointe chez lui. Encore ? Il n'a rien à lui dire. La multiplication des ragots à son sujet l'horripile. Il en a assez d'être montré du doigt, d'être la cible de railleries et de sous-entendus. Le vieux Fred-à-Pauline l'a même accusé publiquement d'avoir tué « la catin du rang Watford. » Comment peut-on encore le soupçonner ? Des témoins crédibles peuvent jurer qu'il est rentré chez lui après la réunion du conseil.

— Bonjour, monsieur le maire. Comment allez-vous ? J'aurais quelques questions à vous poser.

Médée le dévisage froidement. Prudent enlève son manteau. Depuis quelques jours, l'automne a le souffle glacial de l'hiver. La voix doucereuse du policier surprend Médée, mais Prudent Gagnon retrouve vite son ton normal.

— J'ai une ou deux questions à te poser au sujet de la mort de Rachel Brennan.

— J'ai rien à voir avec ça. Combien de fois j'vas devoir te l'répéter ?

Prudent Gagnon s'empare d'une chaise sans que le maire l'invite à s'asseoir.

— Je ne t'accuse pas. J'ai un témoin qui t'a vu sortir de la maison de Rachel sur le ventre, comme si elle t'avait poussé. J'en ai d'autres qui me disent que t'as eu la face enflée et pleine de rougeurs pendant les deux semaines après.

Le maire branle furieusement la tête.

— J'sus tombé dans son maudit perron à pic, faut pas en faire un drame.

— Quelle était la raison de la visite?

— Pour y demander de payer ses taxes.

Le policier le regarde droit dans les yeux. Battement de cils nerveux de Médée.

— Pourquoi si tard le soir, à la noirceur?

— Calvinsse, parce que j'travaille le jour pis que c'est le seul temps que j'ai pour courir après les lambineux.

Prudent Gagnon se lève, fait mine de partir, mais revient vers Médée.

— Laurélie, la femme de ton bon ami Delbert, a juré que Rachel payait toujours ses taxes dès qu'elles étaient dues.

Le maire déglutit. Peut-il accuser la femme de son meilleur ami d'être une menteuse, même si elle est partie? Médée a toujours senti que Laurélie le méprisait. Qu'a-t-elle dit au détective? Qu'à plusieurs reprises, il a soutiré de l'argent à Rachel Brennan sans raison? Pourrait-il être accusé d'avoir profité de son poste pour empocher de l'argent qui ne lui appartenait pas? D'avoir volé l'argent de contribuables vulnérables?

— Laurélie est en calvaire parce que Delbert l'a sacrée dehors. C'est clair qu'a veut s'venger de tout l'monde.

Quand il a parlé au téléphone avec Laurélie Lagrange, Prudent n'a pas eu l'impression qu'elle voulait se venger de quelqu'un en particulier. Sans accuser personne, elle a tout simplement rappelé les pressions répétées que le curé et le maire exerçaient sur Rachel.

— Elle t'a pas accusé de rien. Elle m'a juste dit que Rachel Brennan payait toujours ses taxes et sa dîme sans chialer.

— J'te dirai simplement que j'ai fait mon devoir au meilleur de ma connaissance. A payait jamais ses taxes tout d'un coup, fallait toujours y courir après.

Le policier s'avance vers lui et exhale son haleine de tabac.

263

— À quelle heure a fini ta réunion ce soir-là?

— À dix heures, j'te l'ai déjà dit.

— J'ai un témoin qui m'a dit que ç'avait fini à neuf heures.

Le maire s'agite.

— Neuf heures ou dix heures, j'm'en rappelle pas. Tout c'que j'me rappelle, c'est que j'sus rentré à maison tout drette après.

Le policier lui tourne le dos, fait quelques pas et revient vers le maire.

— Tu me jures que t'as pas tué Rachel Brennan?

— Non, calvinsse. J'ai jamais levé le petit doigt sur Rachel Brennan. Tu charches à la mauvaise place.

— Où est-ce que je devrais chercher?

Médée Lévesque s'assoit lourdement, comme s'il avait tout le poids de la paroisse sur les épaules. Que lui dire? Doit-il le diriger vers un coupable pour éviter d'être accusé faussement? Vendre la peau d'un autre pour sauver la sienne?

— Honnêtement, je l'sais pas. J'ai des doutes comme tout le monde, mais pas de certitude.

Prudent Gagnon sent que l'autre est en train de fléchir. Le moment est venu de lui soutirer toutes les informations qu'il possède.

— Quelle est ta théorie?

Le ton de Prudent Gagnon est conciliant, presque chaleureux. Il invite à la confidence, à la complicité. Médée Lévesque respire mieux.

— J'sais qu'a dérangeait ben gros Delbert.

— Pourquoi il l'aurait tuée?

Le maire fait une longue pause, prend le temps de rouler et d'allumer une cigarette, et fixe son interlocuteur droit dans les yeux.

— C'est pas lui qui l'a tuée.

Le policier l'écrase du regard. Médée se cale dans sa chaise. On dirait qu'il hésite à parler. Des idées courent dans

264

sa tête. Il tire une longue bouffée de sa cigarette, rejette un nuage de fumée. Le maire, si disert en temps normal, mesure chacune de ses paroles.

— Pourquoi pas?

Médée hésite, se tortille.

— C'est juste une théorie pis j'ai pas une sacrament d'preuve, mais j'pense pas que Delbert l'a tuée. Y est pas capable de faire ça. Ça m'rentre pas dans la tête.

— Ça nous laisse Odias Bergeron, suggère Prudent Gagnon. Ça t'étonnerait?

Encore une fois, Médée reste un long moment sans réagir, puis hoche la tête, mi-oui, mi-non.

— J'ai pas d'preuves, mais ça m'étonnerait pas.

Le policier le regarde attentivement. Que sait-il de plus? Que refuse-t-il de lui dire? Delbert Lagrange lui a-t-il refilé des informations?

— Tu vas m'excuser, supplie le maire, mais j'ai du travail à faire. Reviens me voir si je peux t'aider.

— Une dernière question. Pourquoi, selon toi, Odias Bergeron aurait tué Rachel Brennan?

Médée regarde le vide, le visage indéchiffrable.

— Odias Bergeron traite le monde comme y traite les animaux.

Prudent Gagnon lui tend une main chaleureuse. Il doit garder sa confiance, en faire son complice.

— Merci, Médée. J'imagine que c'est pas facile d'être maire dans une situation comme celle-là et que tu souhaites que le calme revienne au plus tôt. C'est pas très bon pour la réputation de ta paroisse, hein?

Le maire l'approuve et le reconduit à la porte. Soulagé. Il pense avoir persuadé le policier qu'il n'a rien à voir avec le crime. A-t-il été assez convaincant dans le cas de Delbert? Il le croit. Odias Bergeron? Il ne lui a jamais fait confiance. Lors des élections, il lui avait demandé de l'aider financièrement, étant donné qu'il faisait de «bonnes affaires» à Saint-Benjamin.

Mais Odias lui avait ri au nez. «Pourquoi j'me fendrais l'cul pour un p'tit maire de marde comme toé?» Médée s'est promis d'avoir sa revanche. Faire condamner Odias Bergeron sauverait l'honneur de la paroisse. «Rachel Brennan, tuée par un étranger!»

65

Ryan se redresse dans son lit, en sueur. Nouveau cauchemar. Une autre nuit de mauvais sommeil. Il se lève et allume une bougie. Dehors, l'obscurité est opaque. Une idée lui trotte en tête, mais il est incapable de bien la cerner. L'idée qui l'a réveillé. Qui le hante. Jeté dans un cratère par les Allemands? Enterré vivant dans l'explosion d'un obus? Tout à coup, l'image devient claire. Le puits. A-t-on rempli le puits de Rachel pour cacher quelque chose? Pourquoi n'a-t-il pas pensé plus tôt à le dégager? Peut-être y retrouvera-t-il un indice? À l'aube, il fera appel à Fidélin et ensemble, ils videront le puits. Avant de retourner au lit, il jette un coup d'œil à la maison de Dézeline. Tous les voisins ont promis d'être vigilants, de protéger Catiche qui ne sort plus de sa chambre. Tous les voisins, sauf Delbert Lagrange, qu'on ne voit plus depuis deux jours. On le dit déprimé, mortifié par la fuite de sa femme.

— Ryan! Je te dis que t'es de bonne heure à matin, lui lance joyeusement Robertine, la poêle à la main. Rentre, j'allais justement préparer à manger.

Ryan ne se fait pas prier. Depuis son retour, il n'a plus d'appétit, sauf pour les repas de Robertine, les déjeuners en particulier.

— J'ai eu une idée au cours de la nuit.

— Ah oui, laquelle?

— Je veux vider le puits.

Dégager le puits et fouiller ses entrailles dans l'espoir de trouver l'objet qui pourrait le conduire au meurtrier de Rachel. Robertine est sceptique. Le ou les coupables se sont sûrement assurés de ne laisser aucune trace. À moins qu'ils aient été surpris. Ça pourrait expliquer qu'on l'ait abandonnée toute nue.

— On n'a rien à perdre, dit-il à Fidélin et à Maeve, qui ont tout entendu.

— Vous devriez pas d'abord informer monsieur Gagnon ? suggère la jeune femme.

— C'est juste une intuition, objecte Ryan. Si on trouve quelque chose, on l'appellera. Et de toute façon, je comprends pas pourquoi il n'a pas fouillé le fonds du puits avant que des voyous le remplissent. Parfois, je me demande si ce détective est compétent.

Les trois autres sont surpris par la réflexion de Ryan. Comme pour un prêtre, il n'y a pas de raison de douter d'un policier. Après le déjeuner, les deux hommes, pelles et pics en main, se retrouvent au-dessus du puits. Le ciel est à l'orage. Des nuées de moustiques se déploient autour d'eux. De la fenêtre de sa chambre, Catiche les observe, visiblement agité, Barbotte à ses côtés.

La terre est facile à remuer. Elle a été déversée rapidement et n'a pas encore eu le temps de se tasser. De la terre brune, remplie de chicots de bois et de très grosses roches, signe d'une opération bâclée. Au bout d'une heure, Fidélin et Ryan atteignent le fond du puits. Ils prennent soin de bien secouer chaque pelletée à la recherche du moindre indice.

Dans le fond vaseux, ils redoublent de vigilance. Fidélin a perdu espoir de faire une découverte intéressante. Ryan est plus optimiste. Depuis la nuit dernière, il a un vague pressentiment. Alors qu'ils pataugent dans la boue avec de moins en moins d'espace pour manœuvrer, Ryan saisit la pelle de Fidélin et l'empêche d'en lancer le contenu. Un cordon de cuir brun l'intrigue. Il se penche, le tire doucement, et à sa surprise, un crucifix en plomb est accroché à l'une des deux extrémités du cordon.

— C'est celui de Rachel? demande Fidélin.

— Je ne l'ai jamais vu, répond Ryan. Jamais.

Il tâte la corde et essuie le métal de son index. Toujours en bon état. Ce cordon est dans le puits depuis très peu de temps. À qui appartient-il? s'interrogent les deux hommes.

— Allons le montrer à maman, propose Fidélin.

— Bonne idée, mais avant, creusons jusqu'au fond.

Une minute plus tard, Fidélin aperçoit le goulot d'une bouteille de bière.

— Est-ce que Rachel buvait de la Dow?

— Non, elle détestait la bière.

Fidélin tire la bouteille grand format de la boue et l'approche de son nez. Une odeur de restant de bière, d'eau sale et de vase lui fait lever le cœur.

— Garde-la pour Gagnon, dit Ryan.

Après quelques coups de pelle additionnels, ils mettent fin aux fouilles. Au pas de course, énervés comme deux gamins qui viennent de découvrir un trésor, ils vont montrer leur trouvaille à Robertine. Elle a un geste de recul. Où a-t-elle vu ce crucifix? Son visage blêmit.

— C'est celui du curé.

Fidélin et Ryan échangent un long regard.

— Vous êtes bien sûre, madame Vachon?

— Oui, y l'avait dans le cou quand y a fait sa visite paroissiale au printemps.

— On appelle monsieur Gagnon tout de suite, dit Maeve.

Le policier se pointe une heure plus tard. La découverte de Ryan et de Fidélin marque une étape importante dans l'enquête. La bouteille de bière l'intéresse. Elle a probablement été lancée dans le puits par l'auteur ou les auteurs du crime. Le crucifix le fascine. Il essaie de comprendre comment il s'est retrouvé dans le puits. Des images se faufilent dans sa tête. Sans perdre de temps, Prudent Gagnon file vers le presbytère. Il retrouve le prêtre dans la sacristie, occupé à polir un calice.

— Bonjour, monsieur le curé.

Intrigué de revoir le policier encore une fois, il le salue, lui tourne aussitôt le dos et continue son travail.

— Vous allez bien, monsieur Gagnon?

— J'ai un objet qui pourrait vous intéresser.

— Ah oui? fait le curé sans se retourner, comme si cette entrée en matière ne le concernait pas.

— Vous reconnaissez ce crucifix?

Le prêtre l'observe longuement, le visage fermé. Il reste quelques instants sans bouger. Il essuie ses mains sur sa soutane, les yeux fixés sur le crucifix. Visiblement, il cherche une explication.

— Où avez-vous trouvé cela?

Prudent Gagnon lui raconte que Ryan et Fidélin ont vidé le puits, Ryan étant convaincu qu'on ne l'avait pas bouché pour rien et que ce n'était pas seulement une tactique d'intimidation. Quelqu'un s'inquiétait qu'on y retrouve des objets compromettants.

— Faudrait demander à ceux qui ont pris la décision de le remplir.

Le ton est sec.

«C'est pas la municipalité», avait juré le maire. «C'est pas non plus les proches de Rachel Brennan», avait répliqué Prudent Gagnon.

Le policier fait quelques pas.

— C'est à vous, ce crucifix?

Le curé hausse les épaules comme si l'objet n'avait pas d'importance.

— J'en avais une demi-douzaine comme celui-là. Je me souviens d'en avoir donné un à Catiche et un autre à Rachel pour leur porter bonheur. C'est sûrement celui-là que vous avez dans les mains.

Prudent Gagnon remet le crucifix dans sa poche. Il regarde le curé droit dans les yeux.

— Vous en avez donné un à Rachel Brennan?

— Oui, je viens de vous le dire.

— Et elle le portait chaque fois que vous l'avez visitée?

— Elle l'avait la dernière fois que je l'ai vue.

Le curé remet le calice sur la crédence et sort de la sacristie en prétextant du travail à faire sur sa fermette.

Prudent Gagnon tente de démêler toutes les idées, les hypothèses qui courent dans son cerveau. Comment rattacher tous les fils qui établiront hors de tout doute la culpabilité d'un suspect? Il se rend chez Dézeline Veilleux et lui montre le crucifix.

— Vous le reconnaissez?

Elle l'examine rapidement. Elle n'a aucune hésitation.

— Dans le cou du curé lors de sa dernière visite paroissiale.

— C'est vrai qu'il en a donné un à Catiche?

— Pas à ma connaissance.

— Vous êtes certaine?

— Oui, je l'aurais su. Pourquoi vous me demandez ça?

— Ryan et Fidélin ont décidé de vider le puits et ils ont retrouvé ce crucifix dans le fond. Le curé croit que c'est celui qu'il a donné à Rachel ou à Catiche.

— À Rachel peut-être, mais à Catiche, ça m'surprendrait ben gros!

Prudent Gagnon est bien embêté. Comment ce crucifix s'est-il retrouvé dans le fond du puits? Soit que Rachel le portait et qu'il s'est brisé dans sa chute au fond du puits, soit qu'en se débattant, elle a arraché le crucifix du cou de son assaillant. Ou, malgré ce que pense Dézeline, que Catiche s'est débarrassé du sien après l'avoir reçu du curé.

Prudent Gagnon s'en veut. Pourquoi ne pas avoir pensé à examiner plus attentivement le puits dès le début de son enquête? Ses réflexes de détective ne sont plus ce qu'ils étaient. Depuis un procès avorté, faute de preuves, il y a deux ans, et la remise en liberté de l'accusé, Prudent Gagnon doute de lui-même. Pourquoi n'a-t-il pas été capable de monter un dossier étanche qui aurait fait condamner Gilles Laflèche?

Il était évident que le jeune homme avait tué sa grand-mère pour lui voler son argent. Tout le village de Sainte-Marguerite en était convaincu. Même son père le défendait timidement. Aujourd'hui, Gilles Laflèche vit en liberté au Vermont, où il s'est réfugié dès que le juge l'a libéré.

66

Ryan O'Farrell se retourne dans son lit. Il a l'impression d'étouffer. Une odeur lui chauffe la gorge. Celle qui montait des champs de bataille jonchés de cadavres. Maudits Allemands! Il veut respirer profondément, mais ne réussit pas. Soudain, un éclair rougeoyant le réveille complètement. Un crépitement tout près. La maison est pleine de fumée! Il bondit hors de son lit, récupère son portefeuille, s'enveloppe dans la couverture et fonce à travers les flammes. Heureusement, il a oublié de mettre la barre à la porte, mais il tâtonne pour trouver la poignée. Sa respiration est plus courte, la chaleur lui grille le visage, lui mord le cou. Ses pieds brûlent. Finalement, la porte s'ouvre, il se jette dehors, se défait de la couverture fumante et passe la main dans ses cheveux pour déloger les étincelles. Une odeur de roussi lui arrache une grimace. Ses brûlures aux mains et aux pieds lui font mal. Il ouvre de grands yeux ahuris. La maison de Rachel Brennan n'existe déjà plus. Il aurait pu y laisser sa peau.

— Es-tu correct? demande une voix inquiète.

Ryan se retourne vivement. Gênée de le retrouver en caleçon, Dézeline détourne son regard. Alcide Veilleux s'approche.

— Oui, je suis sorti juste à temps.

— J'vas aller t'chercher un vieux manteau d'mon mari en attendant.

Elle s'arrête et revient vers Ryan.

273

— Mon Dieu, t'es brûlé dans la face, j't'apporte des compresses froides.

— Merci. Vous n'avez rien vu ni entendu?

— Non, c'est Catiche qui m'a réveillé, répond Alcide. Y a senti le feu par la vitre ouverte pis y criait comme un perdu, avec Barbotte qui jappait.

L'incendie finit de détruire la petite maison. Ryan est désemparé. À l'évidence, quelqu'un a tenté de le tuer.

— Tiens, dit Dézeline, mets ça sus tes épaules.

Attirés par les flammes, Thomas Boily et son fils arrivent, suivis peu de temps après par Maeve et Fidélin, sidérés. Sauf Delbert Lagrange, tous les voisins accourent pour aider à combattre l'incendie.

— As-tu pu sauver tes affaires? demande Maeve.

— Non, juste mon portefeuille.

Ryan espère que ses souvenirs, les cahiers de Rachel, ses lettres, son journal de guerre et ses quelques piastres d'économie survivront à l'incendie. La veille, craignant les voleurs, il a enfoui le tout dans la boîte en étain de sa bien-aimée et l'a dissimulée dans la terre, sous le port de patates dans la cave.

— Inquiète-toi pas, on va te passer du linge, promet Fidélin.

Le feu achève de consumer la maison. La structure s'effondre dans un bruit sec, crachant mille escarbilles. Ryan pense à Rachel qui aimait tant sa demeure. Elle l'avait achetée avec son argent et elle l'avait aménagée très modestement. Elle en était très fière, à défaut d'habiter celle de ses parents.

Pendant que le groupe observe les derniers soubresauts de l'incendie, Fidélin fait quelques pas au hasard, puis déambule dans le rang Watford, à la recherche d'indices. Le temps sec des derniers jours a durci la route. Aucune trace visible d'humains, de pneus ou de sabots de chevaux. Odias Bergeron, qu'il soupçonne d'avoir commis le méfait, a probablement stationné son camion un peu plus loin comme il le fait toujours. Fidélin ne se souvient pas d'avoir entendu de

274

bruit, mais souvent, la nuit, Odias éteint le moteur et descend la côte au neutre. Quand Fidélin revient, il retrouve Maeve et Ryan assis un peu en retrait, perdus dans leurs pensées.

— T'as rien vu? demande Maeve.

— Non, absolument rien. La route est trop sèche, il n'y a aucune trace.

Puis, se tournant vers Ryan, il lui tend la main pour l'aider à se redresser.

— Viens dormir chez nous. Ça sert à rien de te morfondre ici. Au matin, quand le feu sera mort, on recherchera ta boîte de souvenirs.

— Il va falloir soigner tes brûlures, renchérit Maeve. T'as perdu tes cils et tes sourcils et t'as de grosses cloches d'eau sur la joue. Suis-moi, Robertine a sûrement un remède pour ça.

Ryan n'a pas envie de les suivre. Il veut rester près de la maison.

— Plus tard. Appelle Prudent Gagnon après déjeuner. Moi, je vais monter au village et régler mes comptes avec...

— Non, non, l'intime Fidélin.

Une fois de plus, Fidélin et Maeve le découragent d'entreprendre une action qui pourrait se retourner contre lui. Pourquoi risquer de faire dérailler l'enquête, alors qu'on est si près du but?

— Laisse ça au policier, il ne faut pas nuire à son travail, dit Maeve sans conviction.

— Si au moins il faisait son travail comme il faut, marmonne Ryan avec dépit.

Au lever du jour, la nouvelle du sinistre fait rapidement le tour du village et ajoute à l'inquiétude. À l'évidence, un criminel court dans la paroisse. Jusqu'où ira-t-il? Tous conviennent qu'au-delà de la maison, c'est Ryan O'Farrell qui était visé. Personne ne dormira en paix aussi longtemps que ce crime ne sera pas résolu.

Prudent Gagnon rejoint Ryan O'Farrell en début de matinée. Malgré les cendres encore chaudes, Ryan a récupéré sa boîte de souvenirs. Mince consolation.

— Encore une fois, ils n'ont laissé aucune trace, déplore Prudent Gagnon.

— Non, Fidélin a fait le tour et n'a rien trouvé.

— Et les voisins?

— Non plus. La semaine passée, tout le monde était sur ses gardes parce qu'ils avaient vu Odias Bergeron à quelques occasions, mais comme on ne l'a pas revu cette semaine, on a tous repris nos habitudes.

— Encore faut-il que ce soit lui qui ait mis le feu, interjette le policier.

— Qui d'autre?

Prudent Gagnon hausse les épaules. Par où commencer? Qui interroger? Delbert Lagrange? Odias Bergeron? Ils en sont bien capables. Sont-ils assez naïfs pour croire que le départ de Ryan et de Maeve mettrait fin à l'enquête? Que la police provinciale renoncerait à trouver le coupable? Cette enquête le rend malade.

— Commençons par Delbert Lagrange. Il me dira probablement qu'il dormait comme une taupe et qu'il n'a eu connaissance de rien, mais je vais le brasser. Je pense qu'il pourrait craquer.

Ryan suit le policier des yeux, de plus en plus convaincu que la seule façon d'obtenir des résultats est de poursuivre ses propres recherches.

67

Après le départ de Prudent Gagnon, Ryan O'Farrell, souffrant, se rend chez Robertine. Elle ouvre de grands yeux ahuris en l'apercevant. Elle était convaincue que Ryan avait échappé aux flammes, indemne. Maeve les rejoint aussitôt.

— Il faut absolument soigner ces plaies-là, sinon tu risques l'infection.

Robertine l'examine à son tour.

— T'es chanceux, elles sont pas ouvertes pis on va faire ben attention de pas crever les cloques. Maeve, lave-lé avec de l'eau tiède pis un peu de vinaigre pour désinfecter, pendant que j'prépare une couenne de lard salé pour faire un cataplasme.

— Du lard salé? s'inquiète Ryan.

— Si c'était bon pour mes grands-parents, pour mes parents pis pour ma famille, c'est sûrement aussi bon pour toé. Quand Catiche s'est brûlé, Dézeline lui a fait un cataplasme de tranches de patates, mais j'pense que la couenne de lard est meilleure. Arrête de r'chigner pis laisse-nous faire.

— Étends-toi, dit Maeve, qui place un oreiller sous la tête de Ryan.

Doucement, elle éponge ses brûlures. Il grimace surtout quand elle le fait avec le vinaigre. Elle s'inquiète pour ses cils et sourcils. Repousseront-ils? Elle le souhaite.

— À quoi tu penses? demande-t-elle.

— À Rachel. Je pense sans cesse à elle. Je comprends pas. Elle ne demandait rien d'autre qu'une vie simple, sans problème. La méchanceté des hommes me dépassera toujours. À la guerre, j'ai vu l'horreur dont ils sont capables. Je ne croyais pas la retrouver ici. La rancune, l'acharnement, certaines gens de Saint-Benjamin ne sont pas mieux que les Allemands.

— T'étais très en amour avec ma sœur.

Ryan ébauche un sourire qui lui contorsionne le visage et le fait grimacer de douleur. Décrire sa passion pour Rachel le laisse à court de mots. Elle était tout pour lui dont la famille s'était disloquée à la mort de son père. Rachel avait complètement chamboulé sa vie, elle occupait sa tête, son cœur, sans arrêt.

— Et toi, tu as déjà été aussi amoureuse de quelqu'un?

Maeve rougit. Depuis son départ de Saint-Odilon-de-Cranbourne, son existence a été ennuyante. Travail routinier et deux relations qui ont mal fini, en lui laissant un goût amer. Et là, il y a Fidélin.

— J'ai l'impression que je pourrais vivre avec Fidélin un peu de ce que t'as connu avec Rachel. Ça me fait peur parce que c'est trop vite et que ça me demanderait de faire des gros changements dans ma vie.

Ryan sourit malgré la douleur. Il reconnaît en Maeve les hésitations qui étaient celles de Rachel au début.

— Penses-y sérieusement. Fidélin, c'est un maudit bon gars. Il est honnête. Je le connais depuis trois ans et je peux te dire que tu ne pourrais pas mieux trouver.

Robertine revient dans la cuisine avec deux couennes de lard, qu'elle applique sur les cloques de Ryan. Elle les attache avec un long ruban autour de sa tête.

— Assure-toé de les garder le plus longtemps possible. C'est pas très ragoûtant, mais t'en mourras pas. Je vous laisse. Je m'en vais aider Fidélin à sarcler les pétaques.

Maeve la suit des yeux, attendrie. Cette femme lui plaît. Rien de compliqué, juste la volonté de bien faire. Comme Fidélin.

— Quand tout sera fini, demande Maeve à Ryan, qu'est-ce que t'as l'intention de faire?

Il n'a rien décidé. Tous ses projets sont en suspens depuis la mort de Rachel. Il y réfléchira plus tard.

— Je vais retourner voir ma mère à Saint-Malachie et passer un peu de temps avec elle, même si on ne s'entend pas très bien. Ensuite, si elle veut m'aider financièrement, je retournerai peut-être à l'université. J'aimerais bien devenir avocat. Puis, je me suis toujours juré d'apprendre le piano pour jouer Chopin. Tu connais?

— Non.

— Mais je te promets de revenir pour vos noces.

Maeve éclate de rire, un rire nerveux, mal assuré.

— Si je me décide et si Fidélin ne change pas d'idée.

— Arrête d'avoir peur, il ne reculera pas. Je ne l'ai jamais vu comme ça. Il te regarde sans arrêt. Il te suit des yeux chaque fois que tu fais un pas. Il est en amour par-dessus la tête et je suis certain que Robertine t'aime encore plus. Et puis, qu'est-ce qui te fait croire que Fidélin pourrait renoncer à toi?

— Je pense qu'il est convaincu que pour vivre avec moi, il devra déménager à Québec et ça, je sais que ça lui fait peur.

— Tu veux rester à Québec à tout prix?

— L'idée de vivre à Saint-Benjamin ne m'emballe pas, mais vraiment pas, et je suis certaine que Fidélin voudra pas venir vivre à Québec.

— Vous en avez parlé?

— Non.

Ryan lui saisit la main.

— Laisse-moi te confier un secret. Moi aussi, je serais demeuré à Saint-Benjamin ou à Saint-Odilon si Rachel me l'avait demandé.

68

Saint-Benjamin

Mon grand amour.

Tout va trop vite. Il y a une semaine, on a bouché le puits en pleine nuit. Pourquoi ? Avec l'aide de Fidélin, j'ai décidé de le vider pour en avoir le cœur net. À notre grande surprise, on a trouvé un crucifix provenant du curé. Il jure qu'il t'en a déjà donné un. À toi et à Catiche. Il ment, n'est-ce pas ? Il y avait aussi une bouteille de bière au fond du puits. D'où vient-il ? Comme si ce n'était pas suffisant, la nuit dernière, on a mis le feu à ta maison. J'ai failli y laisser ma peau. Des brûlures partout. J'ai tout perdu sauf l'essentiel, ma boîte de souvenirs, enfouie dans la terre sous la maison. À l'évidence, les coupables ont décidé d'effacer les traces. Tout pointe vers Delbert Lagrange et Odias Bergeron, mais cet incompétent de Prudent Gagnon n'arrive à rien. Il tourne en rond.

Maeve a soigné mes blessures. Elle m'a parlé de toi avec beaucoup de tristesse dans les yeux et cette douloureuse interrogation qui la hante : lui en voulais-tu beaucoup de t'avoir abandonnée ? Je lui ai expliqué que t'as longtemps refusé de m'en parler et que chaque fois que je tentais de t'arracher quelques mots, tu te renfrognais et devenais muette. Mais elle était soulagée d'apprendre que tu n'as jamais prononcé une seule parole méchante à son endroit.

Elle a lu une de mes lettres et voulait savoir ce que t'avais répondu quand je t'ai proposé de rétablir les liens avec elle. Tu te souviens, chère Rachel, tu avais caché ton visage dans tes mains et tu t'étais mise à pleurer. Tu m'as dit qu'elle ne voudrait jamais te revoir. Maeve pleurait aussi quand je lui ai raconté cela. «Je le regretterai toute ma vie, a-t-elle murmuré. J'ai pensé plusieurs fois de faire les premiers pas, mais j'ai toujours été trop lâche pour agir.»

Si ça peut te consoler un tout petit peu, ta mort aura permis à Maeve de rencontrer l'homme de sa vie. Elle est follement amoureuse de Fidélin, même si sa douleur l'empêche d'y voir clair. Plus tôt que tard, elle et Fidélin vivront ensemble. J'en suis persuadé et je m'en réjouis pour eux.

Chère Rachel, la vie nous réservait de si beaux moments. Je rêve encore à nos enfants, au grand bonheur qui aurait été le nôtre avec ta sœur, Fidélin et tous ceux qu'on aime. Mais le destin avait d'autres plans. La vie aussi, cruelle, si injuste.

Je t'aime.

69

L'incendie, la découverte du crucifix et de la bouteille de bière : Ryan est plus convaincu que jamais qu'il doit poursuivre ses démarches, en parallèle avec celles de Prudent Gagnon.

— Mais tu peux pas faire l'enquête à sa place, prévient Fidélin.

— Je sais, mais je trouve qu'il se traîne les pieds et qu'il tourne en rond. Je me gênerai pas pour lui pousser dans le dos.

Maeve s'assoit près de Ryan et de Fidélin.

— Je pense à quelque chose, dit-elle à voix basse. Je veux pas que Robertine l'entende. Elle serait pas d'accord. Si on profitait de la grand-messe, qui dure plus d'une heure, pour aller fouiller dans le presbytère ? Cherche ce qu'on pourrait découvrir.

Un éclair allume les yeux de Ryan. Quelle bonne idée !

— Toi aussi, t'as l'impression que le curé en sait plus qu'il veut bien en dire ? demande Maeve à Ryan.

— Oui, même si j'arrive pas à voir quel rôle il peut bien avoir joué.

Fidélin n'aime pas l'idée.

— C'est risqué. Si quelqu'un sort de l'église et nous voit, on aura l'air fins. On pourrait compromettre l'enquête. Devrait-on en parler à Prudent Gagnon d'abord ?

— Ah, Fidélin, arrête d'avoir peur, se fâche Maeve.

Fidélin est blessé d'avoir été rabroué ainsi, mais il essaie de ne pas le laisser voir.

— Au point où on en est, ajoute Ryan, on a rien à perdre.

Au contraire, pense-t-il, leur bravade, si elle est fructueuse, pourrait faire avancer l'enquête. Ils ont la certitude non seulement que Prudent Gagnon piétine, mais en plus, qu'il n'arrivera à rien. Pourquoi tant de précautions, de détours?

— Je suis prête à risquer le tout pour le tout, renchérit Maeve. Je veux en avoir le cœur net!

Après le déjeuner, ils se rendent près du village et sous la direction de Fidélin, ils empruntent un sentier qui les conduit derrière le presbytère. Quand tous les paroissiens sont entrés dans l'église, et que les trois amis entendent le son du vieil harmonium annonçant le début de la cérémonie, ils courent vers le presbytère. En arrivant, Ryan s'arrête et observe le potager du curé. Tout à coup, un détail le frappe. Il n'en croit pas ses yeux. Ce qui l'avait intrigué la dernière fois devient soudainement très clair.

— Regardez, il a exactement les mêmes tuteurs que Rachel pour ses topinambours. Les mêmes!

Maeve et Fidélin s'en approchent.

— Est-ce possible que Rachel lui en ait donné?

— On devrait les arracher, propose Maeve.

— Non, non, rétorque Fidélin, ça pourrait nuire à l'enquête. On le dira à Prudent Gagnon.

Ryan pousse la porte arrière du presbytère. Elle n'est pas barrée. Il entre sur la pointe des pieds, suivi de Maeve et de Fidélin. Une odeur de renfermé le fait grimacer. L'horloge caquette comme une vieille poule fatiguée. Dans la cuisine, le prêtre a abandonné les restes d'un déjeuner et une tasse de café refroidi sur la table. L'évier est rempli de vaisselle sale.

— Faisons vite, suggère Ryan. Maeve, tu t'occupes de son bureau, moi, je monte dans sa chambre. Fidélin, installe-toi près de la fenêtre et avertis-nous si quelqu'un s'approche.

Inquiet, Fidélin surveille les grandes portes de l'église et le portillon latéral où le bedeau va parfois fumer une cigarette pendant la messe. Rien. On dirait un village déserté par ses habitants. Aujourd'hui, ils sont tous ici, soit résignés, soit heureux de passer plus d'une heure avec le Bon Dieu.

— Vous avez rien trouvé? demande Fidélin à ses deux comparses.

— Pas encore, répond Maeve.

Ryan ouvre tous les tiroirs, déplace les vêtements, jette un coup d'œil sous le lit, fouille dans les poches d'un vieux manteau, mais sans succès. Même si les choses du curé lui répugnent, il replace le tout méticuleusement, pour ne pas laisser de trace.

— Ryan?

La voix de Maeve est surexcitée. Qu'a-t-elle découvert?

— Quoi?

— Viens voir.

Ryan descend les marches deux à la fois et se retrouve aussitôt devant la jeune femme, Fidélin sur les talons. Elle tient une photographie dans ses mains, une photo de Rachel et Ryan. Comment a-t-il obtenu cette photo?

— C'est moi qui avais la photo, explique Ryan, et Rachel m'a demandé de la lui retourner il y a quatre mois, ce que j'ai fait. Comment a-t-elle abouti au presbytère?

Ryan observe longuement le cliché, en sentant monter les larmes.

— Tu l'apportes avec toi? demande Maeve.

— Évidemment.

Fidélin se gratte le menton. Il a l'air perplexe. Maeve l'interroge du regard.

— Comment on explique ça au policier? On a nous-mêmes commis un crime en rentrant dans le presbytère. Les objets qu'on emporte avec nous seront considérés comme volés.

— Fidélin, tu m'exaspères! fait Maeve.

La remarque vive de Maeve heurte Fidélin de plein fouet. La belle complicité entre Ryan et la jeune femme l'agace.

284

— Le curé n'osera jamais porter plainte, le rassure Ryan.

Le policier doit tout savoir, convient Ryan, et si ça tourne mal, il promet de prendre l'entière responsabilité du méfait.

— S'il faisait mieux son travail, on n'aurait pas besoin de le faire à sa place.

Fidélin s'étonne de l'insistance de Ryan à blâmer Prudent Gagnon. Certes, il avance lentement, mais n'est-il pas préférable d'être méticuleux plutôt que de risquer de bousiller l'enquête ?

— Admets que c'est pas une job facile ?

Maeve le dévisage, frustrée par les hésitations de Fidélin. Ryan hausse les épaules, convaincu qu'il a raison de faire pression sur ce policier hésitant.

— Jamais je ne laisserai cette photo dans les mains de ce curé pourri. Jamais ! Elle appartenait à Rachel, pas à lui.

— Attends, le retient Maeve d'un air navré. Je crois qu'il y a d'autres choses.

Ryan l'observe intensément. Maeve déplie une lettre, puis une deuxième et les tend à Ryan.

— C'est mes lettres ! Celles que je lui envoyais depuis des mois ! C'est pour ça qu'elle ne les a jamais reçues. Il les a interceptées au bureau de poste. Mais pourquoi ?

Un instant, Ryan songe à faire irruption dans l'église, à brandir photo et lettres pour montrer à tous que leur curé est impliqué jusqu'au cou dans le drame. Il refoule aussitôt cette idée. Il est préférable de ne rien précipiter.

— Allons-y, presse Fidélin. On en a assez de toute façon. Faudrait quand même pas se faire prendre.

Fidélin balaie les environs du regard et ne voyant personne, il entraîne les deux autres. Maeve tend la main pour arracher les tuteurs. Fidélin l'en empêche. Le trio disparaît.

— T'appelles Prudent Gagnon tout de suite, dit Ryan à Fidélin.

— Oui.

De retour chez Robertine, Ryan s'isole dans la balançoire et se plonge dans les lettres. Il est bouleversé. Il retient son souffle en ouvrant la seule que Rachel lui a écrite au cours des trois derniers mois et qui n'a jamais quitté Saint-Benjamin.

Ryan, mon amour. Moi aussi je m'ennuie de toi, toujours plus. Je pense parfois que ta guerre finira jamais. Je suis un peu découragée. Ici, la vie est pas facile. J'ai envie de déménager à Saint-Odilon. Le curé et le maire viennent me voir pour prendre mon argent. J'ai peur d'eux autres. Le maire m'a pincé un sein et je l'ai garroché dehors. Delbert Lagrange et Odias Bergeron me lâchent pas des yeux. Ils me regardent comme si j'étais un animal. Odias Bergeron est dans le rang avec son truck à tous les soirs. Il s'arrête toujours en haut du rang. J'ai tellement peur qu'il vienne défoncer ma porte. Même Réginald Boily passe son temps à me surveiller. Je pense pas qu'il est dangereux, mais il m'agace. J'aurais tant besoin de toi. Catiche me suit partout, mais il peut rien faire. Je voudrais parler plus souvent à Laurélie, mais elle est toujours malade et j'ose pas la déranger. Qui pourrait bien m'aider? Ryan, je t'en supplie, reviens, j'ai besoin de toi.

Rachel qui t'aime encore plus.

Ryan pose la lettre sur ses genoux, secoué, les yeux mouillés par les sanglots. S'il avait besoin de preuves additionnelles pour incriminer les coupables, il vient de les trouver. Mais qui du maire, de Delbert ou d'Odias a commis le crime? Pourquoi le curé a-t-il cette photo et ces lettres? Il refoule sa colère, son envie d'aller décapiter ces salauds. Réginald Boily? Il ne le soupçonnait pas, mais il demandera à Fidélin de lui parler. Il enfouit les lettres dans sa poche.

Il sursaute quand il entend s'approcher Catiche et Barbotte. Il les rejoint, caresse le cou du chien qui lui lèche les mains et invite Catiche, tête penchée, timide, à s'asseoir avec lui dans les marches. Ryan passe son bras autour de l'épaule de son ami et le serre contre lui. Barbotte se couche dans l'herbe et attend patiemment de repartir avec Catiche.

— J'ai reçu une lettre de Rachel, lui explique-t-il.

— Chel patie, patie, répète Catiche.

À quoi bon lui lire la lettre ? Que pourrait-il en comprendre ? Quand Prudent Gagnon revient en début d'après-midi, il est étonné par la découverte. Comment a-t-il fait pour ne pas remarquer les tuteurs ? Quant à la photo et aux lettres, impossible de perquisitionner sans mandat. À l'évidence, il a des questions pour le curé. Mais il hésite encore. Son supérieur l'a mis en garde contre la moindre erreur et lui a rappelé, deux fois plutôt qu'une, d'être très prudent quand il s'agit du curé.

— Vous savez que vous pourriez avoir de sérieux ennuis pour être entrés dans le presbytère sans invitation. Je vais fermer les yeux pour l'instant, mais de grâce, ne recommencez pas ce petit manège. Ne nuisez pas à mon travail. Ne faites rien sans m'en parler. Vous n'avez pas laissé de traces au moins ?

--- Non, répond Ryan, agacé par le peu d'empressement de Prudent Gagnon. Aucune. J'ai tout remis à sa place dans sa chambre.

Le policier est songeur. La suite des choses l'inquiète.

— Il finira par s'apercevoir que la photo a disparu.

— Et pourquoi il avait mes lettres et celle de Rachel dans son tiroir ?

— Quelles lettres ?

— Des lettres d'amour, les miennes, qu'elle n'a jamais reçues et surtout celle-là, que Rachel m'a écrite mais que je n'ai jamais reçue.

Il la tend au policier qui la lit rapidement. Le visage de Prudent Gagnon se fige. Voilà tous les suspects étalés dans la missive. Même Réginald Boily ? Prudent Gagnon ne peut pas croire qu'il soit coupable, mais il l'interrogera de nouveau et avec plus d'insistance, cette fois.

— C'est bien beau, ces lettres, mais comme vous les avez volées, je ne pourrai pas m'en servir directement. Quand même elles vont nous aider.

Ryan est déçu. Encore une fois, il trouve Prudent Gagnon timoré, trop tatillon. Pourquoi n'a-t-il pas demandé un mandat pour fouiller les maisons de Delbert et d'Odias et le presbytère?

— Laissez-moi d'abord parler au maître de poste. Il est le seul qui peut expliquer comment ces lettres se sont retrouvées dans les mains du curé.

Fortunat Lambert a un geste de recul en voyant arriver le détective Gagnon.

— Bonjour, monsieur Lambert.

L'autre bredouille un timide bonjour. «Je pense qu'il comprend pourquoi je suis ici», se dit le policier.

— Allons droit au but, monsieur Lambert. Est-ce qu'il vous est déjà arrivé de remettre du courrier à des gens à qui il n'était pas destiné, comme au curé, par exemple? Je ne vous accuse pas de l'avoir fait, je veux juste savoir.

Fortunat se mouille les lèvres. Ses mains tremblent.

— Des fois.

— Des fois?

Intimidé, Fortunat est forcé d'admettre que le curé exige de voir tout le «courrier anormal.»

— Anormal? demande Prudent Gagnon.

— Oui, surtout quand ça vient du Vieux Monde, ou d'en dehors de la paroisse.

Selon Fortunat, le curé agit ainsi pour protéger sa paroisse contre la dépravation, les étrangers, les communistes et les Témoins de Jéhovah.

— Donc, à chaque jour que le Bon Dieu emmène, le curé vérifie le courrier?

— Pas à chaque jour...

— Mais vous ne distribuez pas une seule lettre, disons, de l'étranger, avant que le curé l'ait lue?

— C'est ça.

— Et celles qui étaient destinées à Rachel Brennan? Ryan O'Farrell soutient qu'elle n'a pas reçu les dernières.

Fortunat déglutit. Il a de la difficulté à avaler sa salive.

— Le curé dit que c'est un gars ben instruit et que ça doit être un communiste.

Prudent Gagnon se pince le lobe d'oreille. Il en a assez entendu. Il prend congé de Fortunat. Demain, il ira voir son supérieur avant de passer à l'étape suivante.

70

Saint-Benjamin

Mon amour.

Je suis sidéré et perplexe. J'ai la certitude que le curé a été mêlé de très près à ta mort. Avec Maeve et Fidélin, nous avons profité de la grand-messe pour entrer dans le presbytère et fouiller dans les affaires du curé. Maeve avait un pressentiment qui nous a bien servi. Ce qu'on y a découvert m'a déconcerté. Les lettres des trois derniers mois que tu n'as jamais reçues, une autre de toi qui n'a jamais quitté le presbytère, et une photo de nous deux dans son bréviaire. Comment l'expliquer? Plein d'idées foisonnent dans ma tête. Te serais-tu liée d'amitié avec lui au point de partager des choses aussi personnelles? Avais-tu remis en question notre amour? Je ne peux pas y croire. T'a-t-il menacée? Agressée? A-t-il fait du chantage? Je n'arrive pas à y voir clair et mon cœur me fait tellement mal.

71

Au retour du presbytère, Fidélin ne dit pas un mot pendant le dîner. Il est renfrogné, avale rapidement son repas et sort de la maison.

— Qu'est-ce qu'y a? demande Robertine.

Maeve joue celle qui ne sait rien, ne comprend pas. Dès qu'elle a fini de manger, elle sort de la maison à la recherche de Fidélin, introuvable. Elle réalise qu'elle l'a blessé. Au plus vite, se faire pardonner. Il a tant fait pour elle depuis son arrivée, elle n'a pas le droit de le traiter ainsi.

Elle devra patienter, Fidélin ne reviendra pas avant la fin de l'après-midi. À quelques reprises, Robertine, qui a bien compris qu'un malaise s'était installé entre son fils et Maeve, a tenté d'en savoir davantage. Sans succès; Maeve a refusé de s'expliquer.

— Où t'étais passé? demande-t-elle à Fidélin, quand il revient enfin à la maison.

— Je suis allé me promener dans le bois, prendre l'air, profiter du calme de la forêt. C'est encore là qu'on est le mieux.

L'aigreur de la remarque n'échappe pas à Maeve.

— Écoute, je n'aurais pas dû te traiter comme je l'ai fait au presbytère. J'étais très nerveuse et je craignais qu'on prenne ces risques pour rien. Toute cette histoire est en train de me rendre folle. Je te demande de comprendre et de me pardonner. Tu ne mérites vraiment pas cela, après tout ce que t'as fait pour moi.

Fidélin approuve de petits coups de tête. Va pour le pardon.

— Tu m'en veux ? demande-t-elle.

— Non, fait-il, la voix étranglée, c'est pas mal plus compliqué que cela.

Maeve le dévisage. Elle se doute de ce qu'il lui dira. Elle le redoute et le souhaite à la fois.

— Compliqué… ?

— Oui, Maeve, je suis en amour avec toi, comme je ne l'ai jamais été et comme j'aurais jamais imaginé le devenir un jour.

Le cœur de Maeve bondit dans sa poitrine. Est-elle en amour aussi ? Elle ne veut pas l'admettre. Ne pas s'y attarder. Passer son chemin, pour ne pas rester prisonnière de ce village. Retourner à Québec, reprendre le fil de sa vie, épingler les photos de Rachel à son mur pour ne jamais l'oublier.

Maeve cache son visage dans ses mains, des larmes coulent entre ses doigts. Trop d'émotions. Au bout de quelques minutes, elle se lève, rentre dans la maison, disparaît dans sa chambre et n'en ressortira pas pour le souper. Fidélin ne sait pas comment interpréter son geste.

— Au moins, dit sa mère, tu y as dit clairement c'que tu r'sentais pour elle. Si elle t'aime, elle prendra les moyens pour te garder. Sinon, elle repartira et tu pourras passer à autre chose.

Au cours de la nuit, un nouvel orage éclate, violent. Un vieux peuplier s'écrase dans le rang Watford dans un fracas terrible. La pluie gifle la fenêtre. Maeve se lève et pousse la porte de la chambre de Fidélin.

— Je peux ?

— Oui.

Cette fois, elle se glisse sous la couverture, tout près de Fidélin, puis dans ses bras. Corps chauds trop longtemps abandonnés à eux-mêmes. L'étreinte est vive. Le corps à

292

corps, presque brutal. Les roulements répétés du tonnerre couvrent leurs gémissements. Ils n'entendent plus rien, ne voient plus rien, tout à leur plaisir. Après l'amour, corps emmêlés, aucun des deux ne veut se rendormir. Absorbés par une passion trop longtemps repoussée, aux contours encore mal définis. Premiers ébats amoureux précipités, sans préambule. Une attraction purement physique? Tous les deux refusent de le préciser davantage.

Au matin, Maeve se retourne, observe Fidélin, le trouve beau et désirable. Doucement, elle passe son bras autour de ses épaules, étend une jambe entre les deux siennes et lui mordille le cou. Le jeune homme se réveille, lui sourit, la serre fort contre lui. Comment faire durer ce moment?

72

Quand Prudent Gagnon entre dans le bureau de Patrice Bernard, le directeur de la police provinciale à Sainte-Germaine, il est immédiatement à l'aise. Il y a passé tellement de temps depuis les vingt dernières années. Dans toutes les enquêtes qu'il a menées, il a toujours pu compter sur l'appui indéfectible de son supérieur. La grande fenêtre offre une vue imprenable sur le magnifique lac Etchemin. Affairé à parcourir un dossier, Patrice Bernard le regarde du coin de l'œil. Son collaborateur a mauvaise mine. Depuis quelque temps, il s'en inquiète. Prudent Gagnon a ralenti, ses réflexes sont moins affûtés, il hésite, tourne en rond, arrive difficilement à bien cibler ses efforts.

— Mal dormi? Tu t'es chicané avec Thérèse?

Prudent Gagnon fait non de la tête. Sa relation de 30 ans avec sa femme est au beau fixe. Jamais d'engueulades. Que de longues discussions, où il finit toujours par lui donner raison.

— J'ai un plus gros problème que ça. Je devrais dire, on a un plus gros problème.

— Je t'écoute.

— C'est au sujet du curé de Saint-Benjamin. Il en sait pas mal plus qu'il le laisse paraître.

— Ah oui?

Pas très grand, mais rondelet, les cheveux bruns frisés bien taillés, des yeux fureteurs, complet seyant, le directeur de la police est un homme méticuleux, qui ne laisse rien au hasard. Il est aussi d'une prudence maladive. Jamais il ne suggérera au procureur de la Couronne de porter des accusations à moins d'avoir en main des preuves irréfutables.

— Qu'est-ce qui te fait dire ça?

Prudent Gagnon mentionne les éléments qu'il a recueillis : les topinambours, les tuteurs, le crucifix dans le puits, la bouteille de bière, les lettres anonymes, mais Patrice Bernard reste sur sa faim.

— La bouteille et le crucifix peuvent nous aider.

Prudent Gagnon se frotte la joue du revers de la main.

— Depuis le début, j'ai l'impression que le curé me cache quelque chose.

— Touche pas au curé. Même s'il avait commis le meurtre, ce qui est impensable, tu pourrais rien faire. Rappelle-toi l'affaire du curé Delorme. L'Église et le premier ministre s'en étaient mêlés. Jamais un prêtre n'est allé en prison. Et tu peux être sûr qu'en haut lieu, on laisserait pas faire ça. Ta carrière finirait aussitôt.

Prudent Gagnon branle légèrement la tête.

Le 7 janvier 1922, la police découvre le cadavre de Raoul Delorme dans un terrain vague de Montréal. Étudiant de 24 ans, il est le benjamin d'une famille aisée de la rue Saint-Hubert. Six ans plus tôt, le père de la victime léguait ses biens à parts très inégales à ses deux filles et à ses deux fils. Raoul reçoit la quasi-totalité de l'héritage, les demi-sœurs de Raoul n'ont presque rien et Adélard, prêtre catholique, demi-frère de Raoul, est déshérité. C'est quand même à lui qu'on demande de gérer la fortune de son cadet.

Le sergent-détective Georges Farah-Lajoie, le plus célèbre policier du Québec, se voit confier l'enquête. N'a-t-il pas déjoué un complot terroriste en 1910, lors du Congrès eucharistique de Montréal? Après autopsie, il conclut que le cadavre de Raoul Delorme a été déposé dans le terrain vague après sa mort. Six balles dans le cou et dans la tête.

Quand les enquêteurs le rencontrent, l'abbé Delorme est nerveux. Il multiplie les déclarations non sollicitées, que les experts jugent fausses. Elles constitueront l'essentiel de la preuve pour accuser le prêtre de meurtre prémédité.

C'est alors que l'Église intervient. Accuser un prêtre de meurtre est inconcevable.

Mais la preuve s'alourdit. L'enquête démontre que dans les jours précédant le meurtre, l'ecclésiastique a acheté une assurance-vie de vint-cinq mille dollars pour son frère et qu'il a rédigé un faux testament, dans lequel il se nommait seul héritier des biens de Raoul.

Pour prouver son innocence, Adélard promet une récompense de dix mille dollars à celui qui conduira à la capture des assassins. Il va jusqu'à s'adresser à Me Louis-Alexandre Taschereau, premier ministre et ministre de la Justice de la province du Québec. L'Honorable Taschereau soumet le tout au conseil des ministres, avant d'ordonner l'arrestation de Delorme.

Delorme est d'abord jugé inapte pour «dégénérescence mentale héréditaire.» Envoyé à l'hôpital psychiatrique de Beauport, il en ressort «guéri» après quelques mois. Les deuxième et troisième procès se terminent en queue de poisson, le jury ne s'entendant pas sur un verdict. Lors du quatrième procès, de nouvelles technologies sont utilisées pour la première fois au Canada : entre autres, l'expertise balistique et la reconstitution du lieu du crime. Mais ce sont des analyses d'écriture qui démontreront la culpabilité de Delorme. Malgré ces preuves accablantes, le jury flanche sous la pression et déclare Delorme non coupable. Il est remis en liberté en 1924.

Prudent Gagnon parle enfin.

— Tu penses pas que les mentalités ont changé depuis 1924? Tu crois que l'Église s'en mêlerait?

Absorbé par les détails de ce procès, l'un des plus suivis et des plus spectaculaires dans l'histoire de la province de Québec, Patrice Bernard hoche la tête.

— On pourrait jamais le faire condamner. Jamais. Duplessis vient de reprendre le pouvoir. Il est premier ministre et procureur général à la fois. Il mange dans la main du cardinal Villeneuve.

— Je veux pas le faire condamner. Je suis sûr qu'il est pas impliqué directement, mais je suis certain qu'il connaît le coupable.

— J'imagine qu'il se cache derrière le secret de la confession?

— Oui. On fait quoi?

Patrice Bernard se lève, regarde par la fenêtre. Le lac Etchemin est calme, un miroir où se reflète l'image des grands bouleaux.

— J'ai toujours aimé les bouleaux, laisse tomber le directeur. Ce sont des arbres magnifiques. Dommage qu'ils soient si fragiles.

— T'as pas répondu à ma question.

— Tu fais ton travail honnêtement, comme toujours, tu cherches d'autres preuves et surtout, tu nous trouves des témoins. Il doit bien y en avoir un quelque part qui a peur de parler. Quand t'auras fini, tu me le dis. On fera des recommandations. Ils en feront bien ce qu'ils en voudront.

— Ça m'aide pas beaucoup.

— C'est tout ce qu'on peut faire pour l'instant avec les preuves que t'as.

Prudent Gagnon se lève, fouille dans la poche de son veston et tend à son supérieur la lettre que Ryan lui a remise. Patrice Bernard la lit rapidement.

— D'où ça vient?

Prudent Gagnon se résigne à lui relater l'entrée par effraction de Ryan et de ses amis dans le presbytère. La photo, les lettres et les tuteurs.

— Je sais qu'ils ont commis un crime, mais je leur ai promis de fermer les yeux pour tout de suite. Le maître de poste, sans que je lui dise que j'avais vu les lettres, a confirmé que le curé interceptait tout le courrier qui venait d'en dehors du village.

Patrice Bernard se renverse dans sa chaise. Situation délicate. Il a horreur que des citoyens se fassent justice ou fassent le travail de la police. Prudent Gagnon a-t-il manqué de rigueur? Pourrait-on le retenir contre lui?

— T'as compris que tu peux pas t'en servir?

— Je sais, mais t'es conscient que le curé ne portera pas plainte. Si on veut, on peut l'obliger à parler.

— Comment?

— Si je vais le voir demain et que je lui dis qu'il pourrait être accusé de complicité, qu'est-ce qui va se passer?

Patrice Bernard se lève et se rend à la fenêtre.

— Il n'avouera rien. Il a pas la réputation d'être un feluette.

— Tu préfères que je ne le fasse pas?

— Non, vas-y, on verra ce que ça donnera. Le maire et Delbert Lagrange, tu les as écartés?

— Le maire prétend que c'est Odias Bergeron, mais il a pas de preuve.

— Ce baptême-là, on va le coincer un jour.

Patrice Bernard hésite un moment.

— Il ferait un meilleur suspect que le curé. Tu m'as pas dit que quelqu'un avait vu son truck ce soir-là?

— Oui, mais elle est pas certaine. Et elle l'aurait vu à travers un rideau. C'est pas très convaincant.

Prudent Gagnon quitte le bureau, mais avant de franchir la porte, il se tourne vers son supérieur.

— Tu m'appuies, Patrice?

— Je vais toujours t'appuyer, Prudent, mais dans un procès, t'as besoin de preuves. T'en n'as pas et t'as aucun témoin. Personne a vu personne rentrer chez Rachel Brennan ce soir-là. Tout ce que t'as, c'est un crucifix, des lettres et une photo volées dans son bureau et puis... des comment déjà?

— Des tuteurs de topinambours, marmonne Prudent Gagnon en sortant.

73

En quittant le presbytère pour aller célébrer la messe, Aldéric Vallée met la clef dans les deux portes. Il en est certain, Ryan O'Farrell lui a volé la photo et les lettres qu'il conservait dans son bureau. Qu'en fera-t-il? Du chantage? Chose certaine, le policier est au courant, mais il ne peut rien faire, se dit-il, sans être accusé de complicité de vol. De toute façon, Aldéric Vallée saura rapidement ce qu'il en est, Prudent Gagnon l'attend dans la sacristie.

D'entrée de jeu, le policier fait allusion aux tuteurs des topinambours du curé. Les mêmes que ceux de Rachel. Coïncidence?

— Non, ricane le curé, elle en avait une demi-douzaine de trop et elle m'en a gentiment fait cadeau. Mais ce ne sont que quelques branches d'arbre.

— Ce sont des branches bien taillées, de même longueur. Vous êtes visiblement très fier de vos topinambours.

Le détective fait une longue pause, se frotte le menton, en observant le curé à la dérobée. Cache-t-il quelque chose? Mais, imperturbable, le prêtre enfile ses vêtements sacerdotaux.

— J'espère que vous allez assister à la messe, ce serait un honneur pour ma belle paroisse de vous compter parmi les fidèles.

Prudent Gagnon sourit. Le policier regarde le prêtre droit dans les yeux.

— Je me posais la question, monsieur le curé. Les tuteurs, le crucifix dans le puits, les visites fréquentes, est-ce que vous me cachez quelque chose?

— Monsieur Gagnon, une telle question n'est pas digne d'un policier aussi expérimenté. Vous blaguez sûrement?

— Le secret de la confession, ironise Prudent.

Le curé lui tape sur l'épaule et se dirige vers la sortie de la sacristie. Il hésite un instant. Doit-il lui dire qu'on s'est introduit dans le presbytère et qu'on lui a volé des objets personnels? Non. Il faudrait expliquer pourquoi il avait ce cliché et ces lettres de Rachel Brennan. Il entre dans l'église, suivi des servants de messe.

— Au revoir, monsieur le curé.

Dès qu'il est seul dans la sacristie, Prudent Gagnon s'approche de la table de travail du prêtre, sur laquelle traînent, pêle-mêle, des documents et des objets du culte. Il en déplace quelques-uns et aperçoit une note manuscrite, signée par le curé. Il hésite, l'observe attentivement et réalise aussitôt que l'écriture n'est en rien comparable à celle des lettres anonymes. Il est déçu.

Alors, que faire? Attendre la fin de la messe et brandir la menace de l'arrestation pour complicité? Son supérieur a raison, ses preuves sont insuffisantes ou obtenues illégalement. Mais comment en trouver d'autres?

Dans l'église, les paroissiens constatent que leur curé est plus nerveux. Ses gestes sont précipités. Il bouscule un servant de messe par mégarde. Il est incapable de se concentrer, le début de son sermon est hésitant.

— Mes bien chers frères...

La voix est mal assurée. Que se passe-t-il?

— Mes bien chers frères. Depuis la mort de madame Rachel Brennan, des personnes mal intentionnées cherchent à m'associer à ce crime. La belle affaire! Voir si un prêtre pourrait aller aussi bas et se rabaisser au rang des criminels. Une insulte pour notre Sainte Mère l'Église.

Aldéric Vallée incline la tête et fait une longue pause. Il donne l'impression d'essuyer furtivement une larme. L'assemblée des fidèles est médusée. Depuis un moment déjà, la rumeur l'implique dans le meurtre, mais personne ne croit qu'il soit coupable. Les visites fréquentes de Prudent Gagnon au presbytère, encore aujourd'hui, n'ont pas manqué d'intriguer les villageois, mais qui d'autre que le curé connaît mieux les habitants de Saint-Benjamin? Qui d'autre peut conduire le policier vers le coupable sans trahir le secret du confessionnal?

— Si je vous ai caché la vérité quand j'ai reçu le rapport du coroner, c'était avant tout pour vous protéger, pour ne pas salir la réputation de notre belle paroisse ou exposer des innocents à la vindicte de quelques illuminés, d'autant plus que les conclusions n'étaient pas très précises. Ce rapport évoquait la possibilité qu'un crime ait été commis, alors que selon moi, un accident était beaucoup plus plausible.

Médée Lévesque, le maire, plisse les yeux. Pourquoi le prêtre ment-il à nouveau? Le rapport dit clairement qu'elle a été frappée à la tête. Les pleurs d'un enfant le tirent de sa réflexion et interrompent le sermon du curé. Mais au lieu de sommer les parents d'emmener leur rejeton dans la sacristie, comme il le ferait d'habitude, Aldéric Vallée se montre patient, bienveillant, il est même tout sourire.

— Le soir de la mort de Rachel Brennan, j'étais allé porter le viatique à Sauveur Bolduc, qui se mourait. Sa femme vous le confirmera. Je m'occupais d'un grand malade à l'article de la mort, voilà pourquoi j'étais dans le fond du rang Watford ce soir-là.

Dans l'église, quelques chuchotements satisfaits accueillent la déclaration du curé. Pour la plupart, les paroissiens sont rassurés. Leur père spirituel n'a rien à voir avec ce crime. Mais certains trouvent l'explication un peu courte. Sauveur Bolduc est mort il y a trois mois, à l'âge de 92 ans. Sa femme aussi âgée a perdu la mémoire. Depuis longtemps, elle ne reconnaît même plus ses enfants. Comment vérifier l'information?

— En terminant, je vous remercie de votre appui, qui m'est d'un grand réconfort. Les prochains jours pourraient être difficiles pour notre paroisse, car la chasse au coupable va s'accentuer. J'espère qu'on ne s'en prendra pas à des innocents.

Engoncée dans son banc, Dézeline Veilleux a envie de se lever et de lui demander si ce pieux espoir vaut également pour Catiche. Elle se tourne vers Robertine Vachon, qui cache mal son dépit.

— En par cas, s'insurge Alcide Veilleux, y sont ben mieux d'pas toucher à Catiche, parce qu'y vont avoir affaire à moé.

Fraîchement revenu d'un trop long séjour dans les chantiers de Sanmaur, en Mauricie, le mari de Dézeline se sent d'attaque. Le gros homme à la moustache bien taillée a la réputation de ne pas s'en laisser imposer. Souvent, il a rudoyé ceux qui se moquaient de Catiche. Ses coups de pied ont endolori plusieurs postérieurs.

Malgré le plaidoyer du curé, les spéculations reprennent de plus belle. Qui a tué Rachel Brennan? Quand on lui pose la question, le maire se contente de grimacer.

— Laissez l'enquête suivre son cours. Pis soyez pas si certains que c'est quequ'un d'la paroisse. Ça pourrait ben être un étranger.

Médée Lévesque n'en dit pas plus. Un étranger? Quel étranger?

74

Delbert Lagrange n'a pas son air habituel. Il ne cache pas son impatience quand il aperçoit l'automobile de Prudent Gagnon.

— Si t'es venu pour me parler du feu de la maison de la Brennan, tu perds ton temps.

Le policier a un geste de recul. Il est surpris par l'attitude belliqueuse de Delbert. Certes, il n'allait pas confesser le crime, mais qu'il soit si rapidement sur la défensive étonne le détective.

— Ç'a t'a même pas réveillé, toi qui as la réputation d'être un oiseau de nuit?

Le ton persifleur de Prudent Gagnon hérisse Delbert. À retardement peut-être, mais le départ de sa femme l'a ébranlé beaucoup plus qu'il ne le laisse voir. Son association avec Odias Bergeron fait de lui le principal suspect du meurtre de Rachel Brennan. On ne le regarde plus comme avant. Ceux qui hier encore le saluaient aujourd'hui baissent les yeux. Des cultivateurs, plus bavards maintenant que la police enquête, l'ont apostrophé rudement. «Maudit voleur! Assassin! lui a crié Rosaire Lepage. Tu vas mourir sus l'échafaud et j's'rai l'premier à applaudir.» Le maire, son ami, a pris ses distances, et le curé ne se manifeste plus. Même Odias le pointe du doigt. Se sont-ils tous ligués contre lui pour le déclarer coupable du meurtre de Rachel?

— J'ai dormi toute la nuit. J'ai eu connaissance de rien.

303

— Pourtant, tous les autres dans le rang sont accourus pour aider Ryan O'Farrell.

Delbert perd patience. Il hausse le ton.

—Je t'ai dit que j'ai eu connaissance de rien. Tu peux pas comprendre ça?

L'extrême nervosité de Delbert laisse croire à Prudent Gagnon qu'il n'est pas sans reproche.

— C'est pas toi qui as mis le feu?

Delbert Lagrange le fusille du regard. Ses lèvres tremblent, ses yeux clignent sans arrêt. Il hurle.

— Non, je te dis!

— T'as vu ton ami Odias, hier?

Delbert hausse les épaules. Oui, il a rencontré son ami Odias, mais quelques minutes seulement, pour lui remettre un râteau.

— Un râteau? s'étonne le policier.

Delbert Lagrange ignore la question et lui tourne le dos. Le tête-à-tête avec Odias, la veille, a été tumultueux. Les deux hommes ont failli en venir aux coups. Delbert n'a pas apprécié qu'Odias le contredise, sur leur rencontre nocturne à la recherche de Catiche et sur la provenance des moutons qui se trouvaient dans son camion cette nuit-là. Bernés par le policier, Delbert et Odias ont réalisé que leurs mensonges respectifs les rendaient doublement suspects.

— T'aurais pas pu fermer ta batinse de grande gueule! lui a reproché Odias. Si t'as des r'mords de conscience, c'est pas d'ma faute.

— T'aurais pu commencer par me dire la vérité pour les deux moutons!

Les deux hommes se sont bombardés de blâmes, mais à la fin, la seule constatation évidente était que le policier les avait piégés. Comment s'en sortir? Maintenant, l'incendie va encore compliquer la situation. A-t-il fait une erreur en disant qu'il avait rencontré Odias la veille?

— Penses-tu que c'est Odias qui a fait brûler la maison?

— Va y d'mander. Tu sais où y reste.

Delbert Lagrange s'éloigne d'un pas lent vers l'étable, comme pour signaler qu'il n'a rien d'autre à ajouter.

Prudent Gagnon s'appuie contre son automobile, frustré. Malgré la multiplication des incidents, malgré tous les indices qui pointent vers le duo formé de Delbert et d'Odias, il n'arrive toujours pas à déceler le lien solide qui lui permettra de faire une arrestation. Et Odias Bergeron ne lui donnera pas beaucoup de nouvelles munitions.

— Encore toé! l'apostrophe le commerçant.

— Oui, et la prochaine fois, je vais revenir avec une demi-douzaine de policiers pour t'emmener à Saint-Joseph.

— J'ai ben hâte de voir ça. Pis même si tu m'emmènes à Saint-Joseph, j'ai de l'argent pour me payer Rosaire Beaudoin, le meilleur avocat de la Beauce, pis pas seulement pour me défendre contre tes niaiseries, mais pour te traîner en Cour.

Odias Bergeron est intimidant. Personne n'a jamais réussi à le coincer. Prudent Gagnon en rêve.

— T'étais à Saint-Benjamin, hier? T'as eu connaissance du feu?

— Quel feu?

— Fais-moi pas perdre mon temps. Delbert m'a dit que t'étais dans le rang Watford hier.

Odias penche la tête. Prudent Gagnon devine qu'il est furieux. Contredit encore une fois par son ami Delbert.

— Y s'est trompé comme ça lui arrive de plus en plus souvent. Y vieillit, mon ami Delbert.

La voix d'Odias se veut enjouée, mais le policier n'est pas dupe de cette bonhomie artificielle.

— Et le râteau?

Odias se retourne vivement. «Tabarnak de Delbert Lagrange!»

— Quel râteau?

Le policier le regarde longuement, une vieille tactique qui parfois amène le suspect à se trahir, mais celui-ci est plus coriace.

— Le râteau, c'était y a deux semaines.

Prudent a l'impression qu'Odias a perdu sa belle assurance. Le temps est venu de le pousser dans ses derniers retranchements.

— Pourquoi tu me dis pas la vérité, pour une fois?

Odias Bergeron bondit vers le policier et lui met les deux mains sur les épaules. Une pluie de postillons gicle sur le visage de Prudent Gagnon.

— J'ai rien à voir avec c'feu-là pis avec la mort d'la batinse de Brennan. C'est-tu assez clair? T'es trop niaiseux pour comprendre ça? Crisse-moé ton camp d'icitte!

Un instant, Odias songe à l'étrangler et à enterrer le corps au bord de la forêt. Lentement, il retire ses mains, fait demi-tour et disparaît. Le policier, ébranlé, regrette qu'aucun témoin n'ait été dans les environs. Ç'aurait suffi pour arrêter le malfrat et l'inculper. Mais jamais plus il ne prendra le risque d'être seul avec lui. Odias est capable de le blesser sérieusement et même de le tuer.

«La prochaine fois, ce sera pour t'emmener en prison», se jure-t-il à lui-même.

75

Catiche est agenouillé dans le potager de Rachel avec Réginald Boily. Le temps de la récolte est arrivé. Déjà, l'automne enflamme l'érablière de Thomas Boily. Méticuleusement, Catiche coupe une longue tige de topinambour flétrie, déterre le tubercule, l'essuie contre son pantalon et le dépose dans un sac. Comme s'il s'agissait d'une pièce d'or.

Sa mère lui a dit qu'elle n'en voulait pas, mais il craint que le curé vienne les voler. Quant aux carottes et aux oignons, Ryan les a donnés à Thomas Boily, pour le remercier de tout ce qu'il a fait pour Rachel. Réginald les empile dans une grosse boîte de bois.

Catiche attache le sac qu'il vient de remplir et en ouvre un autre. Tout à coup, un bruit sourd déchire la quiétude de la matinée. Un avion, probablement de reconnaissance, vole très bas, comme s'il cherchait à se poser. Affolant. Dans les champs, les hommes ont retiré leur casquette pour mieux voir ce monstre volant. Apeuré, Catiche se lève, oublie topinambours et Barbotte, et file à toute vitesse vers la maison en criant son effroi. Jamais n'a-t-il vu pareil oiseau! Il est terrorisé. Dézeline, elle-même surprise par le vacarme, n'arrive pas à le rassurer. Barbotte aboie, les yeux fixés sur l'appareil, qui disparaît lentement au-dessus de la ferme de Thomas Boily. Réginald s'est réfugié dans le bosquet. Dézeline jette un coup d'œil à la fenêtre. Le danger est passé. Elle suggère à son fils de retourner au potager, mais il hésite.

Depuis la mort de Rachel, Catiche est encore plus peureux. Le moindre bruit inusité le fait fuir. Il se méfie de tous, même de ceux qui l'ont toujours bien traité.

La présence de Réginald devrait le rassurer, mais il refuse de sortir de la maison. Quand il aperçoit Maeve et Fidélin par la fenêtre, il grimpe l'escalier, deux marches à la fois, et se cache immédiatement dans sa chambre. Il n'en ressortira pas avant qu'ils soient partis. Fidélin s'avance vers Réginald Boily.

— Salut, Réginald. On peut te dire deux mots?

Réginald, intimidé par Maeve qu'il ne connaît pas, hausse les épaules.

— T'avais une bonne relation avec Rachel?

Réginald rougit et baisse les yeux. Il ne sait pas quoi répondre. Fidélin se demande s'il doit lui parler de la lettre de Rachel. Est-ce vrai qu'il la surveillait souvent? Et pourquoi?

— Le soir qu'elle est morte, intervient Maeve, t'es bien certain que t'as rien vu?

Réginald est muet, il est de plus en plus mal à l'aise. Il ne prend même pas le temps d'enlever la terre sur les carottes qu'il vient de récolter. Est-ce la présence de Maeve? Sa timidité maladive l'empêche de répondre.

— En tout cas, Réginald, si tu sais quelque chose ou si t'as vu quelque chose, tu dois le dire à la police. Je crois comprendre que t'aimais beaucoup Rachel et je suis sûr qu'elle t'aimait bien aussi. Si tu connais le meurtrier, c'est ton devoir de le dénoncer. C'est épouvantable qu'une belle et jeune femme comme Rachel soit morte pour rien. Tu me promets de tout raconter ce que tu sais?

Réginald s'accroupit dans le potager en dodelinant légèrement de la tête. Maeve et Fidélin ne parviennent pas à interpréter sa réaction. Ils ont rendez-vous avec Dézeline. À Prudent Gagnon d'interroger Réginald plus à fond, ce qu'il n'a pas encore fait.

Dézeline les accueille dans la cuisine, l'index sur la bouche.

— Parlez pas trop fort, y est caché dans sa chambre, y a eu tellement peur de l'avion.

— Vous n'avez pas réussi à en tirer davantage? demande Maeve.

Dézeline hausse les épaules dans un geste d'impuissance. Parfois, Catiche baragouine tout seul «pati Chel». Il saisit qu'elle est partie. Sait-il qu'elle est morte? En décode-t-il le sens final? Dézeline n'en est pas certaine.

— Des fois, j'ai l'impression qu'il comprend plus qu'il en a l'air, suggère Maeve.

— Pourquoi vous dites ça? demande Dézeline, agacée, comme si on lui reprochait de ne pas comprendre son fils.

Maeve et Fidélin ont été très surpris quand ils ont appris que Catiche avait récupéré les topinambours de Rachel dans le jardin du curé.

— Ça prouve, reprend Fidélin, qu'il a une certaine intelligence.

Dézeline hausse de nouveau les épaules. Elle a toujours tenu pour acquis que Catiche ne comprenait rien à rien. Sa seule préoccupation a été de lui assurer nourriture et abri. Elle a agi comme tous ceux qui prennent soin d'un arriéré. «Il peut se compter chanceux de pas avoir été placé à Saint-Michel Archange.»

— Vous pensez qu'y est assez intelligent pour avoir tué Rachel? demande Dézeline brusquement.

— Non, s'empresse de répondre Maeve, c'est pas ce que j'ai voulu dire. Je voulais savoir s'il n'aurait pas vu l'individu qui a mis le feu à la maison de ma sœur. À mon avis, c'est la même personne qui a tué Rachel.

— J'ai mes doutes, se rappelle Dézeline. Y s'est réveillé en hurlant. Mon mari pensait que le chien l'avait mordu. J'ai pour mon dire que quand y a vu l'feu, y était déjà trop tard pour apercevoir quequ'un.

Maeve est déçue. Elle espérait que Catiche leur indiquerait une piste, comme il l'avait fait pour les topinambours.

— Comment vous expliquez ce feu?

Dézeline retrousse le nez, essuie ses mains sur son tablier et met de l'eau à bouillir sur le rond du poêle pour le thé.

— J'sus ben certaine que c'est pas un accident, mais si j'en dis trop, y vont brûler la nôtre pis y mettront tout ça sus l'dos de Catiche. Y pourraient dire ensuite que Catiche a pas seulement tué Rachel, mais qu'y a même essayé d'en faire autant avec sa propre famille.

— Qui ça, ils? s'enquiert Fidélin.

Dézeline a une moue méprisante et détourne la tête. Elle baisse la voix.

— Regardez autour, vous avez pas besoin de bretter ben loin.

— Delbert Lagrange, suggère Maeve.

— J'mettrais ma main au feu que c'est lui pis le gros verrat de Saint-Prosper. J'sais pas pourquoi la police les arrête pas. En tout cas, mon mari va s'occuper d'eux autres s'y s'avisent de toucher à Catiche ou à notre maison. On attendra pas après la police.

— Je vous comprends donc, l'approuve Maeve. Gagnon est pas capable de rien trouver.

Elle s'arrête sur le pas de la porte.

— Vous êtes pas obligée de me répondre, mais avez-vous déjà vu Réginald Boily traîner autour de la maison de Rachel?

— Non, y faisait souvent les commissions de son père pis des fois Rachel lui demandait d'y rapporter du butin du magasin, mais rien d'plus que ça.

Frustrée parce qu'elle n'a rien tiré de Réginald et de Dézeline, Maeve donne un grand coup de pied dans un tas de petites branches. Elle saisit la main de Fidélin, la serre très fort dans la sienne.

— J'commence à être d'accord avec Ryan. On tourne en rond. L'enquête avance pas.

Réginald Boily a rempli sa boîte de carottes, qu'il transporte à bras-le-corps. Il marche lentement dans le rang Watford, les larmes aux yeux, le cœur déchiré. Doit-il raconter tout ce qu'il sait?

Fidélin passe son bras autour de la taille de Maeve. Elle laisse tomber sa tête sur son épaule.

76

Patrice Bernard, le directeur de la police provinciale, a convoqué Prudent Gagnon dans son bureau à la première heure. Il est taciturne.

— Tu rentres à l'heure des coqs, se moque Prudent.

— J'ai des mauvaises nouvelles pour toi.

— Laisse-moi deviner, c'est au sujet du curé de Saint-Benjamin ?

Patrice Bernard le confirme d'un geste de la tête. La veille, il a reçu la visite du député de Dorchester et ministre de la colonisation, Jos-D. Bégin, envoyé spécial du premier ministre Duplessis, à la suggestion du cardinal Villeneuve.

— C'est déjà rendu au bureau du cardinal et du premier ministre ? s'étonne Prudent.

Avec peu de subtilité, et beaucoup de fermeté, le député a fait comprendre au directeur de la police que «le crime de Saint-Benjamin» est délicat ! Un procès éclabousserait «notre beau comté de Dorchester» et toute «notre belle province de Québec».

— Et comme j'ai été nommé par les libéraux de Taschereau, laisse-moi te dire que je vais perdre ma job bien vite si le procès touche, même indirectement, le curé de Saint-Benjamin.

— Mais il est impliqué, j'en suis certain.

— C'est pas ce qu'ils pensent à Québec. Regarde la lettre que j'ai reçue du secrétaire du cardinal Villeneuve.

— Du cardinal?

Patrice Bernard tire la missive de la poche intérieure de sa veste et la tend à Prudent Gagnon.

Québec, le 3 octobre 1944

Monsieur le directeur,

Le curé de la paroisse de Saint-Benjamin est venu me rencontrer il y a trois jours pour discuter des circonstances entourant la mort d'une femme nommée Rachel Brennan. Je dois avouer que notre bon curé est déconcentané par les soupçons de complicité que votre enquêteur fait porter sur lui. Depuis qu'il est arrivé à Saint-Benjamin, il s'est employé à rassembler tous ses fidèles autour de l'église, mais certains d'entre eux lui ont donné beaucoup de fil à retordre. Cette Rachel Brennan a refusé de mettre les pieds dans l'église de la paroisse. C'est donc dire qu'elle ne s'est pas confessée et n'a pas communié pendant dix ans. C'est inacceptable, vous serez sûrement d'accord avec moi. Alors, qu'il ait levé la voix, qu'il l'ait menacée de brûler en enfer, c'est très compréhensible, même si ce n'est pas toujours l'approche recommandée. Mais laisser croire qu'il protège quelqu'un et l'inciter à renier le secret du confessionnal sont des tactiques indignes d'un policier catholique. Je compte donc sur vous, monsieur le directeur, pour ramener votre enquêteur dans le droit chemin et l'inviter à chercher le vrai coupable.

Bien à vous,

Pour le Cardinal Jean-Marie-Rodrigue Villeneuve

Archevêque de Québec,

Jean-Marie Lécuyer, secrétaire

Dépité, Prudent Gagnon jette la lettre sur le bureau de son directeur et s'enfouit la tête entre les deux mains. Patrice Bernard se lève et vient s'asseoir près de lui.

— Qu'est-ce qu'on fait?

Prudent Gagnon se mord la lèvre inférieure.

— Écoute, Patrice. Est-ce que je te dis que le curé a tué Rachel Brennan ? Non. Ce que je te dis, c'est qu'il en sait pas mal plus qu'il veut bien le dire et qu'il pourrait nous aider à trouver le coupable. Mais s'il se cache derrière le secret du confessionnal, si le premier ministre et le cardinal l'appuient, il se refermera davantage et on ne saura rien de lui.

— T'as besoin de meilleures preuves, et surtout d'un témoin qui voudra parler. Au moins un. Tu m'as souvent dit que Delbert Lagrange était un faible et qu'il pourrait être l'auteur des lettres anonymes et de l'incendie de la maison. Tu m'as pas mentionné aussi qu'il avait contredit Odias et qu'ils se sont sûrement parlé dans le blanc des yeux ?

— Où est-ce que tu veux en venir ?

Patrice Bernard se lève, se masse le bas des reins et se retourne vers Prudent Gagnon.

— Demain, j'irai avec toi et on interrogera Delbert Lagrange. On ne le lâchera pas, tant qu'on l'aura pas forcé à nous dire la vérité. Et pour lui faire peur encore plus, on va emmener Léonce Gagnon avec nous. Avec ses six pieds et demi et ses 320 livres, il aura un effet intimidant sur Delbert Lagrange. On va se planter debout autour de lui et on le laissera pas partir avant qu'il ait vidé son sac.

— Je veux bien essayer. J'espère que ça marchera, répond Prudent, rasséréné.

— Et tout de suite après, on ira voir Odias Bergeron et s'il parle pas, on l'arrête et on l'amène à Saint-Joseph.

— On a suffisamment de preuves ?

— Sur les vols d'animaux, on en a assez. Le cultivateur de Sainte-Aurélie qui a perdu deux vaches est prêt à témoigner. Il l'a vu, et son voisin aussi. Le temps est venu de changer de vitesse. Ma job pis la tienne sont en jeu.

Prudent Gagnon a un petit sourire de satisfaction. Le tout pour le tout. Assez de tergiversations.

— J'imagine que si je perds cette cause-là, après celle de la vieille Laflèche, je suis bon pour la retraite ?

— Sois confiant.

Prudent Gagnon a une autre carte dans sa manche, mais il n'est pas certain qu'il pourra la jouer. Réginald Boily. Si quelqu'un a été témoin du drame, c'est lui.

— Tu l'as pas interrogé?

— Son père m'a dit qu'il était revenu du restaurant du village vers neuf heures et demie, ce soir-là, qu'il s'est couché en arrivant et qu'il n'a rien vu.

— Neuf heures et demie? C'est rare qu'un restaurant ferme aussi tard, la semaine. As-tu vérifié avec le propriétaire?

Prudent ne l'a pas fait. Il n'y a pas pensé. Patrice Bernard songe à le rabrouer. Il est évident que son détective n'a plus les réflexes qu'il avait. Le remplacer? Mais par qui? Et à cette étape de l'enquête, ce pourrait être risqué. «On a déjà assez perdu de temps.»

— Je vais parler aux deux, à Réginald et au propriétaire du restaurant. Et le curé?

Patrice Bernard hésite quelques secondes.

— On fera notre devoir de policiers.

Il fait une pause.

— On est dans le même bateau, Prudent. On risque tous les deux de perdre nos jobs à cause de cette enquête. On a tous les deux un défaut, on est libéral et ça, c'est notre plus gros péché.

Patrice Bernard fixe le plafond, réfléchit et regarde Prudent Gagnon dans le blanc des yeux.

— J'ai un ami qui travaille au journal Le Soleil à Québec et qui cherche toujours des bonnes nouvelles. Je pourrais l'appeler. Quand ça se retrouvera en première page, ça sera pas mal plus difficile de nous mettre des bâtons dans les roues.

Prudent Gagnon et Patrice Bernard se serrent la main, sourire complice au visage.

77

Delbert Lagrange s'est pendu sur le ganoué au-dessus des tasseries. Il a laissé les portes de la grange ouvertes pour que tous ceux qui passeront par là aperçoivent le cadavre, qui tourne lentement sur lui-même, soufflé par le vent froid.

Rosario Boily, le cadet de Thomas, court de toutes ses forces pour aller annoncer la nouvelle à son père. Le garçonnet haletant tremble. Il bredouille, arrive à peine à se faire comprendre.

— Monsieur Delbert est pendu par une corde dans la porte de grange.

— T'es ben certain de c'que tu racontes?

— Je l'ai vu.

Thomas confie son fils en pleurs à sa mère et enfile aussitôt son manteau.

— C'est rien, murmure-t-il à l'enfant, j'vais aller l'réveiller.

Réginald sur les talons, Thomas Boily se rend au pas de course jusqu'à la grange de Delbert. Rosario ne s'est pas trompé. La scène est pathétique. Il en a le souffle coupé. Son cœur cherche à sortir de sa poitrine. Il se signe machinalement et regarde son fils d'un œil contrit, comme s'il voulait lui épargner cette scène. «Mon Dieu, pardonnez-lui ses péchés.»

— Va chez Robertine prévenir Fidélin pis Ryan, pis demande-leur d'appeler Prudent Gagnon. Ensuite, attelle

Princesse pis va prév'nir l'curé. Avertis le maire en passant. Dépêche-toé.

Réginald décampe, trop heureux de quitter cette scène lugubre. Thomas Boily est bouche bée. Comment peut-on en arriver là? Il n'ose pas toucher au cadavre. Inutile de vérifier s'il est encore vivant. Le cou cassé, la tête ballante, les bras et les jambes flasques, Delbert Lagrange est bien mort. «Est-ce qu'il s'est pendu avant de l'être pour le meurtre de Rachel Brennan?» Voilà la première question qui est venue à l'esprit de Thomas Boily. Son geste mettra-t-il un terme à ce drame qui secoue Saint-Benjamin depuis des mois? Est-ce la fin des vols d'animaux? Il l'espère, même si la mort de son voisin va de nouveau bouleverser les villageois.

Quand Réginald Boily leur annonce la nouvelle, Maeve, Ryan, Fidélin et sa mère interrompent leur déjeuner. Suicidé? Mélange de soulagement et de frustration. On ne saurait jamais si c'était vraiment lui qui avait tué Rachel. Fidélin jette rapidement un manteau sur ses épaules et sort de la maison, Ryan dans sa foulée. Maeve, en pleurs, refuse de les suivre.

— Appelez Prudent Gagnon tout de suite, demande Fidélin à sa mère.

Robertine se penche sur Maeve pour la rassurer et compose le numéro du policier.

— C'est mieux comme ça, dit-elle ensuite à la jeune femme. Au moins, on arrêtera de s'en faire pis d'toujours en parler.

Un vent débridé mugit sa colère dans le rang Watford. Les feuilles se sauvent à toute vitesse et vont se terrer dans les ravins.

— C'est pas vrai, se lamente Fidélin en arrivant au pas de course, suivi par Ryan, livide.

Les deux hommes s'immobilisent près de Thomas Boily, ahuris par le spectacle. Ryan voudrait décrocher le cadavre et lui tordre le cou, pour avoir la satisfaction de venger Rachel.

— Trop lâche pour faire face à la musique!

Fidélin et Ryan s'approchent du pendu. Fidélin le pousse légèrement et recule aussitôt, dégoûté. Ryan ne dit mot, plein de colère. Comment ne pas imaginer la suite des choses? À quel point ce sera facile d'imputer la responsabilité du crime à Delbert Lagrange? Pour quelle autre raison se serait-il enlevé la vie? Échappatoire rêvée pour le maire et Odias Bergeron! «Ils ne l'emporteront pas en paradis, se jure Ryan, ils ont été à tout le moins complices, et méritent d'être jugés.»

Le curé arrive enfin et sort rapidement de la voiture de Léonidas, sa tuque enfoncée jusqu'aux oreilles. Il s'avance lentement, les yeux exorbités, fixés sur le pendu. La main tremblante, il précipite un signe de croix, tire un goupillon de son sac et en asperge généreusement Delbert en murmurant des prières. *Requiescat in pace.*

— Tordieu de Tordieu, s'époumone Léonidas, y s'est accroché à la poutre. Tordieu!

Le curé le fusille des yeux.

— Léonidas, surveille ton langage. Aidez-moi, on va le décrocher de là.

— Non, dit froidement Ryan. Prudent Gagnon s'en vient. On l'attend et on ne touche à rien.

Le curé le dévisage. De quel droit cet effronté peut-il l'empêcher de procéder comme il l'entend? N'est-il pas le maître absolu de ce village? Quand il réalise que personne ne l'appuie, pas même Thomas Boily, il ravale sa frustration. Ryan O'Farrell serre les poings dans ses poches. Il tente de refouler sa rage. L'envie de marteler le cadavre de Delbert et le visage du curé.

— Bon débarras, laisse tomber durement Ryan. Si encore il était le seul coupable! J'espère que ses complices en feront autant, ajoute-t-il, les yeux plantés dans ceux du curé.

Aldéric Vallée le dévisage avec mépris.

— Vous ne savez pas de quoi vous parlez. Vous racontez n'importe quoi. Ne tirez pas de conclusion trop vite. Vous n'avez aucune preuve contre Delbert.

Ryan s'avance vers lui, mais Fidélin s'interpose aussitôt. Thomas Boily s'est rapproché. La tension est vive. Les policiers sont à moins d'une heure de route. «S'y peuvent arriver au plus vite», pense Thomas.

Le curé fait les cent pas devant la grange sous les yeux hébétés des autres. Un nouveau scandale pour sa paroisse. Comment réagira l'évêché? Mutation? Rétrogradation dans une paroisse plus petite?

Ils tournent tous les yeux vers la route dès qu'ils entendent la sirène de la police qui roule à grande vitesse. Prudent Gagnon en descend suivi de Patrice Bernard et de Léonce Grégoire. Le trio examine longuement le cadavre. Prudent Gagnon grimpe sur un banc, vérifie le nœud autour du cou de Delbert et pose son doigt sous sa mâchoire pour s'assurer que le pouls s'est arrêté.

— Qui est-ce qui est arrivé ici en premier? demande Prudent Gagnon.

— C'est mon garçon de dix ans qui allait r'lever ses collets, répond Thomas Boily. J'sus venu aussi vite que j'ai pu, mais y était trop tard.

Prudent Gagnon est contrarié, la pendaison de Delbert Lagrange entravera encore plus la conduite de son enquête. À quoi bon maintenant chercher d'autres coupables? À l'unanimité, on conclura qu'il s'est pendu pour échapper à la justice. «Voilà qui va faire l'affaire du curé, se dit-il. Un dossier puant enfin classé!»

— Qu'est-ce que vous en pensez, monsieur le curé? laisse tomber Prudent.

Le prêtre se mouille les lèvres.

— Je le répète, tirez pas de conclusion trop vite. Je le connais bien et je ne le crois pas capable d'avoir commis un meurtre.

La déclaration étonne les trois policiers. Pourquoi continuer à le défendre? Pourquoi ne pas rejeter la faute sur Delbert et espérer mettre un point final à une enquête qui embarrasse la paroisse au grand complet? Profiter de cette occasion en or, en condamnant Delbert Lagrange *in absentia*? Ryan O'Farrell se mord la langue, mais ne réussit pas à retenir un juron.

318

— Calvaire!

Le prêtre se détourne vivement. Patrice Bernard intervient aussitôt.

— Retournez chacun chez vous, on s'en occupe. Monsieur le curé, assurez-vous d'appeler sa femme pour qu'elle trouve quelqu'un qui prendra soin de la ferme. On passera vous voir avant de repartir à Sainte-Germaine.

Le curé jette un dernier regard à Delbert Lagrange avant de repartir.

— Je vais demander au maire de lui téléphoner et au marguillier du banc de préparer les funérailles.

Ryan O'Farrell n'en croit pas ses oreilles. Il hurle sa colère.

— Quelles funérailles? Depuis quand l'Église accueille les suicidés? Qu'on l'enterre avec la charogne dans un tas de fumier! Si Rachel ne méritait pas plus que le coin profane, ce bandit ne mérite pas l'attention de l'Église. Vous devriez avoir honte de vous!

Fidélin lui prend le bras et l'éloigne de la scène. Sidéré, le curé se dirige vers la voiture et ordonne à Léonidas de le ramener au village.

Les trois policiers décrochent le cadavre et le déposent sur un tréteau improvisé. Plus tard, ils demanderont au coroner de confirmer la pendaison.

— Viens, dit Patrice Bernard à Prudent, on va faire le tour de la maison pour chercher des indices, même les plus insignifiants. Toi, Léonce, jette un coup d'œil dans l'étable.

La maison est en désordre. Dans la cuisine, des restes de nourriture, des épluchures de patates, une souris étouffée dans une trappe et un seau de lait caillé dégagent une odeur nauséabonde. Sur la table, une feuille de papier.

— Patrice, viens voir.

Prudent Gagnon s'en empare et parcourt rapidement le texte.

Je sais que vous allez décider que parce que je me sus pendu, c'est moé qui a tué Rachel Brennan. Détrompez-

vous. C'est pas moé. Je l'aimais trop pour ça. Regardez du côté de ceux que je pensais être mes amis. Lequel a tué Rachel ? J'ai jamais osé leu poser la question parce que j'avais trop peur de la réponse. J'ai voulu les protéger avec les lettres, le remplissage du puits pis le feu de la maison. J'ai voulu enterrer tout ça parce que tout le monde m'accusait sans preuve, mais ç'a pas marché. Je sacre mon camp, y a pu rien qui m'intéresse.

Delbert Lagrange

Prudent laisse tomber la lettre sur la table, mais la reprend aussitôt. Il vient de réaliser que l'écriture est identique à celle des lettres de menace. La feuille de papier provient de la même source. En fouillant un peu, il retrouve un carnet. Trois pages en ont été arrachées.

— S'il l'a pas tuée, en tout cas les menaces venaient de lui, conclut Prudent.

— Qu'est-ce qu'il veut dire par «Je l'aimais trop pour ça»?

Prudent Gagnon se frotte les yeux.

— Je le sais pas, mais tout ça est de plus en plus mystérieux.

Patrice et Prudent n'arrivent pas davantage à interpréter les deux dernières phrases. Qui accuse-t-il? Le maire, Odias et le curé l'ont-ils laissé tomber? Trahi? Cherche-t-il à régler ses comptes? Prudent se frotte le front. Cette enquête va le rendre fou.

78

Quand les trois policiers rappliquent au presbytère, le curé les accueille dans son bureau et ferme la porte derrière lui. Ébranlé, il a beau retourner l'affaire dans tous les sens, il ne peut pas concevoir que Delbert Lagrange se soit suicidé. Ça n'a pas de sens!

— C'est à cause de sa femme, je mettrais ma main au feu, dit-il. Elle n'avait pas de raison de partir. Ça l'a démoli. Une femme qui abandonne son mari, c'est un scandale. Elle mériterait d'être excommuniée!

Prudent Gagnon pense que le prêtre exagère, mais il n'est pas là pour lui parler de Laurélie Lagrange. Il jette un coup d'œil à ses deux collègues.

— Donc, c'est pas parce qu'on le soupçonnait du meurtre de Rachel Brennan?

Le curé leur tourne le dos et fait une longue pause.

— C'est pas lui qui l'a tuée.

— Pourtant, on vient de trouver cette lettre sur la table de la cuisine. Elle est écrite sur le même papier que les deux lettres anonymes et l'écriture est absolument identique.

Le curé parcourt la courte note de Delbert et fronce les sourcils. «*Je l'aimais trop pour ça.*» Aldéric Vallée cache mal son étonnement. De quel amour parle-t-il? En dehors du travail que Rachel Brennan effectuait dans sa maison, Delbert avait-il une relation privilégiée avec elle? Pourquoi ne s'en est-il jamais confessé? Cette femme avait-elle une vie secrète? Profondément contrarié, le curé redonne la lettre à Prudent.

— Ça prouve ce que je viens de vous dire, que ce n'est pas lui qui l'a tuée.

— Si c'est pas lui, insiste le détective, qui est-ce? Qui sont ces gens «qu'il *pensait être ses amis*»?

Le curé se laisse tomber sur sa chaise et prend le temps d'allumer sa pipe. Puis, les deux mains serrant fermement les bras de sa chaise, il murmure d'une voix blanche:

— C'est Odias Bergeron qui l'a tuée et c'est sûrement lui qui a forcé Delbert à écrire les lettres. Et à mettre le feu à la maison de Rachel Brennan.

Les trois policiers sont bouche bée. Un long silence tombe sur le groupe.

— Comment le savez-vous? demande finalement Patrice Bernard.

— Je le sais, c'est tout.

«Un peu court comme explication», se dit Prudent Gagnon.

— Donc, il a obligé Delbert à écrire les lettres, à incendier la maison et à boucher le puits? Et pourquoi Odias l'a-t-il forcé à commettre tous ces crimes?

Le prêtre expire profondément.

— J'pense que Delbert lui devait pas mal d'argent.

— Delbert vous l'a dit?

— Je ne peux pas parler davantage.

Prudent hoche la tête. Une fois de plus, il a l'impression que le prêtre ne lui dit pas tout.

— Vous seriez prêt à témoigner dans un procès?

— Ce n'est pas la place d'un homme de l'Église. Faites votre travail. Trouvez les preuves et les témoins.

— Il y en a?

— Je le sais pas, tranche le curé d'un ton cassant.

Patrice Bernard sent un frisson de colère lui parcourir le corps. Il fait signe à Prudent Gagnon de le laisser poursuivre l'interrogatoire.

— Le problème, monsieur le curé, c'est qu'on a autant de preuves contre vous qu'on en a contre Odias Bergeron.

— Vos preuves! fait-il en éclatant de rire. Deux ou trois tuteurs de topinambours et un crucifix, vous appelez ça des preuves? Vous n'êtes pas très sérieux. Le respect pour la religion catholique ne vous étouffe pas!

— Quand avez-vous parlé à Odias pour la dernière fois?

Le curé se cabre.

— Je ne lui ai jamais adressé la parole, jamais.

Les trois policiers froncent les sourcils en même temps, visiblement incrédules. Ils observent attentivement le curé, emmuré dans le silence. Aldéric Vallée se lève comme pour leur montrer la sortie.

— Écoutez, au moins deux fois en faisant mes longues promenades, j'ai vu le camion d'Odias Bergeron arrêté pas loin de la maison de Rachel Brennan. Un soir que je l'avais visitée pour lui apporter un livre qu'elle m'avait demandé, j'ai aperçu Odias qui s'approchait. Quand il m'a vu, il a déguerpi aussitôt. Je pense qu'il était saoul.

— Et le soir du meurtre de Rachel Brennan?

Le prêtre hésite un long moment.

— On s'est dit bonsoir, rien de plus.

— Delbert Lagrange ne vous a jamais rien révélé à son sujet?

Oui, Delbert lui a fait part de ses craintes. Parce qu'il lui devait de l'argent, Odias a souvent essayé de l'entraîner dans les vols d'animaux, mais Delbert a toujours refusé de le suivre. Odias l'a menacé, même battu. Les trois policiers écoutent le récit du curé, perplexes. Ils se lèvent.

— Il ne nous reste plus qu'à l'arrêter, suggère Patrice Bernard.

Le curé a un geste d'indifférence, comme si l'affaire ne le concernait plus. Les trois policiers quittent le presbytère, plus confus que jamais.

— Il ment comme il respire, laisse tomber Prudent Gagnon. Il a menti sur le rapport du coroner et il a menti aujourd'hui. Et je crois pas une minute que Delbert devait de l'argent à Odias.

Patrice Bernard a la même impression. Le curé veut faire porter l'odieux du crime sur les épaules d'Odias. Pour clore le dossier au plus vite? Par loyauté envers Delbert Lagrange, qui lui a rendu de si nombreux services? Pour régler de vieux comptes avec le commerçant de Saint-Prosper?

— Le curé a probablement raison quand il dit qu'Odias est le meurtrier, mais on a aucune preuve.

— On va retourner au bureau et passer à travers tout ce qu'on a sur lui, propose Patrice Bernard. On va l'arrêter pour vol d'animaux. Ensuite, on lui tordra les bras sur le meurtre de cette femme.

À Québec, Laurélie Lagrange observe un long silence quand Médée Lévesque lui annonce la mort de son mari.

— Il s'est pendu? Ça me surprend qu'il ait eu autant de courage.

— Ça te fait pas de peine? s'étonne le maire.

— Pantoute! Moi, je verserai pas une larme pour cet homme-là! Bon débarras!

Laurélie ne cache pas son mépris. Une question la tarabuste davantage.

— C'est lui qui a tué Rachel?

— On le sait pas encore, la police continue d'enquêter.

Médée Lévesque fait une pause.

— Qu'est-ce qu'on fait avec son bien? Ça te r'vient.

Laurélie réfléchit un instant. Veut-elle de cet argent sale? Quelles sont les options? Offrir la terre à un de ses neveux? La liquider et verser l'argent à sa fille? Si elle fait ce choix, peut-elle faire confiance au maire? Se dépêchera-t-il de tout refiler à Odias Bergeron à un prix dérisoire? Devrait-elle plutôt décider de tout vendre à l'encan? La seule idée d'enrichir Odias Bergeron lui donne un haut-le-cœur.

— Laisse-moi y penser et en parler à ma fille et j'te rappelle demain. Salut.

Avant que Médée n'ait pu ajouter un mot, Laurélie a raccroché le téléphone.

79

En sortant du presbytère, Patrice Bernard propose «de faire une saucette» au restaurant de Célanire Boulet, où se trouvait Réginald Boily le soir du meurtre de Rachel Brennan. Un long comptoir, quelques tabourets, une table de billard plus loin, le restaurant n'en est pas vraiment un. Les jeunes s'y retrouvent après le souper pour siroter une boisson gazeuse, fumer et placoter. Célanire sert parfois un repas aux très rares «étranges» qui s'arrêtent chez elle.

— J'ai fermé à huit heures au plus tard des plus tard, ce soir-là, pis si j'me souviens ben, Réginald était déjà parti. Y voulait rentrer chez eux avant la pluie. Mais j'sus ben certaine que j'ai jeté le dernier dehors ben avant huit heures.

Grosse femme potelée, de courtes jambes, des lunettes qui lui glissent sur le bout du nez, Célanire répond toujours spontanément aux questions qu'on lui pose sans jamais chercher à édulcorer la vérité.

— Il n'a rien dit d'inhabituel? Il avait l'air normal? demande Prudent Gagnon.

Célanire a une mimique amusée. Réginald est un jeune homme de peu de mots. La plupart du temps, il s'assoit tout seul et écoute les conversations des autres sans jamais s'en mêler.

— Y est encore ben gêné, sourit Célanire.

Les trois hommes prennent congé d'elle et décident de rendre visite à Réginald Boily avant de rentrer à Sainte-Germaine.

326

Ils le retrouvent avec son père autour d'un abattis. Un gros feu consume arbustes, aulnes et chicots de bois, arrachés à l'arpent de terre que le père et le fils viennent de défricher.

— De la terre neuve, c'est votre curé qui sera content, blague Prudent Gagnon.

—Que nous vaut l'honneur ? répond Thomas Boily, intrigué de voir les trois policiers.

— On aurait quelques questions à poser à ton gars, fait Patrice Bernard.

Réginald Boily baisse les yeux, fixe le bout de ses bottes, visiblement rongé par la nervosité.

— À quelle heure es-tu revenu du village, le soir de la mort de Rachel Brennan ?

— Je vous l'ai déjà dit, intervient le père du jeune homme, vers neuf heures et demie.

— Laisse-le répondre, suggère Patrice Bernard, c'est plus un enfant.

Thomas Boily s'insurge, mais ravale son mécontentement.

— On vient de passer chez Célanire et elle se rappelle très bien que ce soir-là, elle a fermé à huit heures, et que t'étais parti depuis un bout de temps. T'avais peur de la pluie. C'est vrai ?

Thomas Boily fixe intensément son fils. Plein d'idées se bousculent soudainement dans sa tête. Toutes ces fois où il a surpris Réginald épiant Rachel. Son cœur bat à tout rompre dans sa poitrine. Réginald pleure comme un enfant, trop d'émotions refoulées. Patrice Bernard essaie de le rassurer.

— Écoute, Réginald, on t'accuse pas, mais si t'as été témoin de quelque chose, c'est ton devoir de le dire, parce que si on apprend plus tard que tu nous as caché la vérité, tu pourrais te retrouver en prison.

— Déjà, ajoute Prudent Gagnon, que quand je t'ai interrogé, tu m'as dit que t'avais rien vu.

Le policier fait une pause. Thomas Boily est désemparé. Il se laisse tomber sur une souche et se couvre le visage des deux mains.

— Recommençons à zéro. T'as vu quelque chose, ce soir-là?

Réginald fait oui de la tête.

— Tu peux nous raconter?

Quand il est allé au village ce soir-là, Réginald a dû se jeter dans le fossé pour éviter d'être frappé par le camion d'Odias Bergeron. Filant à bonne vitesse, le véhicule zigzaguait dans le rang Watford. Quand il est revenu chez lui, Réginald a constaté que le véhicule était arrêté près de la maison de Rachel. Il s'est approché, mais la nuit était noire et il ne voyait pas très bien. Il a entendu deux hommes discuter. Il pense qu'il s'agissait du curé et d'Odias Bergeron, mais il n'est pas certain, il était trop loin.

— Et après?

Le curé est parti, explique le jeune homme, et il croit qu'Odias s'est dirigé vers la maison de Rachel, mais il ne pourrait pas le jurer. Il se souvient que Barbotte a hurlé, il a rappelé son chien, attiré par les aboiements de l'autre, mais sa bête a mis du temps avant de revenir vers lui. Après, il est rentré se coucher.

— Il y avait de la lumière aux fenêtres de la maison de Rachel Brennan?

— Non.

Réginald a cessé de pleurer, mais de petites secousses agitent encore ses épaules. Il essuie son nez du revers de la manche de son manteau et jette un coup d'œil à son père, qui branle la tête d'incompréhension. «Pourquoi n'a-t-il rien dit avant?»

— Quand tu dis que le camion zigzaguait, avais-tu l'impression qu'Odias Bergeron était saoul?

Réginald fait oui de la tête. Il se souvient que l'un des deux hommes vomissait. Il se rappelle aussi du bruit d'une bouteille lancée sur le gravier, probablement une bouteille de bière.

— Quand les deux hommes discutaient, est-ce qu'ils avaient du fun ensemble?

— Non, j'pense qu'y s'chicanaient.

— Mais t'as pas entendu clairement?

Réginald hésite.

— Juste une phrase ben forte du curé. «Va-t'en chez vous tout d'suite.»

— T'es sûr que Delbert Lagrange n'était pas là?

— Ben sûr.

— Y a d'autres choses que tu voudrais nous dire?

Le jeune homme fait non de la tête. Prudent Gagnon et Patrice Bernard préviennent Réginald de rester à Saint-Benjamin aussi longtemps qu'ils ne lui donneront pas la permission de se rendre dans les chantiers.

— Tu comprends que tu seras notre principal témoin au procès?

Prudent Gagnon et Patrice Bernard sont soulagés. Enfin un témoin, même s'il n'a pas tout vu et entendu. Il permet de resserrer l'étau autour d'Odias. Et confirme que le curé en sait davantage qu'il le laisse croire.

— Il faudra que l'avocat de la Couronne prépare Réginald comme il faut, prévient Patrice Bernard, parce que Rosaire Beaudoin, à mon avis le meilleur avocat de la province, va démolir un témoin aussi fragile, mentionne-t-il à Prudent Gagnon en retournant vers la voiture.

Réginald Boily a baissé la tête. Un procès? Témoigner? Tout cela semble au-dessus de ses forces. Devrait-il se sauver, se cacher en forêt comme il l'a fait quand la police militaire a fait le tour du village à la recherche des déserteurs? Son père s'approche de lui.

— T'as jamais touché à Rachel?

— Non! hurle Réginald de tous ses poumons en se sauvant vers la maison.

Avant de rentrer à Sainte-Germaine, Patrice Bernard propose à ses deux collègues de s'arrêter sur les lieux du drame. Une fois rendus, il leur demande de fouiller les fossés le long du rang Watford.

— Le plus petit indice peut nous aider.

Au bout de dix minutes, Prudent Gagnon revient avec trois bouteilles de bière vides qu'il tient par le goulot pour ne pas effacer les empreintes digitales.

— Trois grosses Dow, comme celle qu'on a trouvée dans le puits.

— Je comprends qu'Odias Bergeron devait être saoul pas pour rire, s'il a bu quatre grosses bières. C'est sûrement pas le curé qui les a calées, blague Patrice Bernard, pince-sans-rire.

— On va arrêter à Saint-Prosper, j'ai une ou deux questions pour le vendeur de bière.

— Apporte les bouteilles. On va demander à Rosaire de prendre les empreintes avec la vapeur d'iode, pour comparer avec celle qu'on a trouvée dans le puits. Ça pourrait être utile si Odias nie que les bouteilles lui appartenaient.

80

Ce soir, Rachel Brennan n'arrive pas à s'endormir. Elle ne tient pas en place, fébrile comme une enfant avant sa première communion. Les nouvelles qu'elle a entendues à la radio en fin d'après-midi l'ont réjouie. «La guerre finira bientôt», a dit l'annonceur de CHRC, répétant une déclaration fort optimiste d'un résistant français. «Les Allemands sont en déroute.» Plus qu'une question de temps avant que Ryan revienne au pays, jubile Rachel.

— Barbotte, Ryan s'en vient, t'es content? Il va probablement passer l'été avec nous autres.

Le chien bat frénétiquement de la queue. Chaque fois que Rachel mentionne le nom de Ryan, Barbotte dresse les oreilles et, fou de joie, se précipite à la porte pour l'accueillir.

Dehors, la nuit est noire, mouillée d'un fin crachin. Rachel espère que le soleil reviendra demain pour sécher le bois qu'elle a coupé dans la journée. Thomas Boily lui a permis de récupérer deux bouleaux de bonne taille que la bourrasque a déracinés. Un peu plus tôt, elle a cru entendre le roulement d'un camion, mais c'était probablement le vent.

Fatiguée, Rachel tire de la commode l'un des derniers poèmes que Ryan lui a envoyés.

J'oubliais de te dire

Qu'en ces matins d'automne

Beaux comme ton sourire

Je recréais ton corps

À même les coloris des bois

J'oubliais de te dire

Qu'en ces matins de neige opaline

Pure comme ton visage

Je dessinais tes lèvres

Sur l'aile des poudreries

J'oubliais de te dire

Qu'au frémissement de l'aube

Je devinais tes bras

À hauteur de mon corps

J'oubliais de te dire

Qu'un soir de septembre

Je reviendrai

Dans le sillage d'une feuille d'automne

Rachel éteint la lampe, fait une dernière caresse à Barbotte et s'endort en imaginant Ryan à ses côtés. Elle sombre dans un sommeil profond. Quand un bruit violent la réveille, elle se demande si elle rêve. Avant qu'elle ait le temps de se relever dans son lit, la porte est défoncée, elle a oublié de mettre la barre. Un souffle froid l'enveloppe. Elle entend Barbotte hurler de douleur. Elle croit percevoir une silhouette, au-dessus d'elle. Elle n'a pas le temps de crier, d'appeler au secours. Elle reçoit un violent coup derrière la tête. Le plafond tourne. Elle croit entendre Barbotte pleurer. Tout valse autour d'elle. Ses mains battent le vide. Une main se glisse sous son pyjama. Un second coup à la nuque...

Barbotte jappe de plus en plus fort. Aiguillonné, celui de Thomas Boily aboie de colère en s'approchant de la maison. Un clapotement caillouteux dans le rang Watford. Un juron. Le chien s'arrête et renifle le cadavre dans le puits. Barbotte protège sa patte blessée.

81

— Odias Bergeron, vous êtes en état d'arrestation!

En camisole, les bretelles baissées, le corpulent commerçant éclate de rire à la vue des trois policiers. Il ferme la boîte de son camion, où s'entassent trois vaches et un veau. Il se prépare à partir.

— Arrêté? Pourquoi au juste?

— Pour le meurtre de Rachel Brennan.

Le vendeur de bière de Saint-Prosper a confirmé qu'Odias avait acheté six grosses bouteilles de bière Dow, le matin du drame. Comment l'une d'elles s'est-elle retrouvée dans le puits? Prudent Gagnon et Patrice Bernard en sont arrivés à la conclusion qu'Odias l'y avait jetée après avoir tué Rachel. Le curé est probablement passé par là juste avant ou juste après qu'Odias ait commis son crime. En arrêtant Odias Bergeron, Prudent Gagnon et Patrice Bernard font le pari qu'il lâchera le morceau. Quelques jours de détention devraient suffire.

— T'as quelqu'un qui peut s'occuper de tes affaires pendant un bout de temps?

Odias les dévisage, la haine dans les yeux, réalisant soudainement qu'ils sont sérieux.

— Pourquoi donc? proteste-t-il, furieux.

— Parce qu'on t'emmène en prison à Saint-Joseph.

Odias est blanc de colère. Il crache aux pieds de Prudent Gagnon.

— Essaye pour voir, mon batinse d'écœurant!

Odias veut empoigner Prudent par le cou, mais Léonce Grégoire s'interpose aussitôt. Un rude corps à corps s'engage entre les deux hommes de force égale. Patrice Bernard immobilise un bras d'Odias, Prudent lui passe les menottes, esquivant de justesse les coups de pied du commerçant.

— T'as quelqu'un pour s'occuper de tes affaires, oui ou non? répète ce dernier. Où est ton gars?

— Parti.

Attirés par l'automobile des policiers, des badauds se sont rassemblés devant la maison d'Odias Bergeron, qui se tourne vers un jeune garçon.

— Va demander à ton père de venir r'mettre les animaux dans l'étable pis d'en prendre soin d'icitte à c'que je r'vienne. Dis-y que ça sera pas long, le temps de m'débarrasser de ces trois trous de cul.

La bravade d'Odias provoque la colère de Patrice Bernard. Les policiers le poussent rudement sur le siège arrière de leur automobile à côté de Léonce et démarrent à toute vitesse.

— Vous perdez votre temps, les avertit Odias, alors que la voiture file vers Saint-Joseph.

— On a un témoin qui a vu ton truck pas loin de la maison de Rachel Brennan avant le meurtre...

Patrice Bernard interrompt Prudent Gagnon.

— Pis un autre qui t'a vu dans le rang Watford quelques minutes plus tard, avec le curé, ajoute-t-il pour voir la réaction d'Odias.

Le commerçant fixe le décor qui défile devant lui et ne dit mot. Quels témoins? Le curé? Il n'est vraiment pas en position de le dénoncer. Convaincu que les policiers jouent la comédie pour lui tirer des aveux, Odias ne répondra qu'aux seules questions incontournables qui ne menaceront pas de l'incriminer.

— J'ai un avocat, le meilleur de la Beauce, qui va me sortir de là ben vite. Vous allez avoir l'air d'une gang de niaiseux encore une fois.

334

Patrice Bernard hausse les épaules. Il connaît bien l'illustre plaideur Rosaire Beaudoin, qui a souvent obtenu l'acquittement de criminels. Odias a les moyens de se le payer, pense-t-il. Mais la Couronne, pour une cause comme celle-là, nommera son procureur le plus coriace, comme lors du procès de la Cloutier de Saint-Méthode d'Adstock, quelques années auparavant. Québec avait dépêché à Saint-Joseph ses deux plus redoutables représentants, qui avaient finalement eu le dessus sur Rosaire Beaudoin.

— Maudits avocats ! se contente de marmonner Prudent Gagnon à Patrice Bernard.

Prudent devrait se réjouir de l'arrestation d'Odias Bergeron, mais il est persuadé que des éléments importants lui échappent. Le curé a-t-il été le complice d'Odias ? Patrice Bernard ne veut pas lui non plus l'envisager. Ce serait la parole d'un prêtre contre celle d'un individu louche. Les deux policiers imaginent facilement le dilemme des jurés. Oseraient-ils condamner un prêtre ?

Ils ont un suspect et un très bon, qui ne jouira d'aucune sympathie. D'autant plus qu'Odias Bergeron mérite sûrement la potence.

L'automobile s'arrête en face du palais de justice de Saint-Joseph qui sert aussi de prison. Léonce Grégoire ouvre la portière et aide Odias à descendre de l'automobile. Le greffier remplit une fiche, se lève et conduit Odias dans une cellule, où il attendra son interrogatoire et sa première comparution.

82

Au village, la nouvelle de l'arrestation d'Odias Bergeron est accueillie avec beaucoup de soulagement. Il sera jugé, condamné et pendu. Tant mieux! La vie reprendra son cours normal. Le curé pavoise. Il répète à qui veut l'entendre que l'honneur de sa paroisse est intact et que sa réputation a été lavée. «Comment a-t-on pu croire qu'un citoyen de notre belle paroisse aurait pu être associé, même de très loin, à un crime aussi crapuleux?»

Comme tous les autres, Maeve et Fidélin sont soulagés. Mais Ryan a de très sérieuses réserves.

— Il sera plus facile d'accuser Odias, mais j'ai maintenant la conviction que c'est le curé qui a tué Rachel.

La déclaration de Ryan fait sursauter Maeve, Robertine et Fidélin, qui n'en croient pas leurs oreilles. D'où tient-il pareille certitude? La veille, Ryan a eu une longue conversation avec Prudent Gagnon. La confession de Réginald Boily lui laisse croire que le prêtre a été le dernier à avoir vu Rachel vivante. Une opinion que partage le policier.

— Ben voyons donc, lance Robertine, dépassée. Odias, j'ai pas d'misère à l'imaginer. Mais le curé? Pourquoi y aurait fait ça?

Quels motifs ont pu pousser Odias Bergeron ou le curé à assassiner Rachel? La même question douloureuse hante Maeve Brennan. Sa sœur a probablement résisté à leurs avances et ils l'ont tuée, et jetée dans le puits en pensant qu'elle y sombrerait et qu'on ne retrouverait jamais le corps. Elle essuie une larme.

— Que ce soit le curé ou Odias, il faut que justice soit faite, affirme Maeve.

— Et on pourra passer à autre chose, renchérit Fidélin. Essayons de dormir.

La lune s'est roulée en boule au-dessus de l'étable de Thomas Boily. Chacun dans leur lit, Maeve et Fidélin regardent le plafond. Maintenant qu'une arrestation a eu lieu et que l'affaire est devant les tribunaux, Fidélin se demande si le temps n'est pas venu de franchir l'étape suivante.

— Dors-tu? lui demande-t-il à travers la cloison.

— Non.

Il sort de sa chambre et s'assoit au bout du lit de Maeve, absorbée dans ses macabres pensées, chassant les images de Rachel agressée par Odias ou le curé. Toute cette tension qui crispe son corps.

— Tu t'endors vraiment pas, soupire Maeve.

— Toi non plus?

— J'arrive pas à me changer les idées.

Fidélin lui saisit le pied et le frictionne doucement.

— T'as pas répondu, l'autre jour, quand je t'ai dit que j'étais en amour avec toi.

Maeve ferme les yeux. Elle sait maintenant qu'elle aime Fidélin, mais cet amour est mal défini, obscurci par la douleur causée par la mort de sa sœur. Elle n'a pas changé ses plans. Elle songe à rentrer à Québec, sitôt le procès terminé.

— C'est certain, Fidélin, que tu ne me laisses pas indifférente. Je suis très attirée par toi, mais je ne veux pas t'imposer de vivre ailleurs que là où tu es heureux. T'as une bonne job, payante, et je suis pas certaine que tu pourrais en trouver une aussi bonne à Québec.

— Et t'as vraiment pas envie de quitter Québec?

— Vivre à Saint-Benjamin? Dans le village où on a tué ma sœur? Avec tous ces gens qui me méprisent, qui me menacent et qui détestaient Rachel? Toujours montrée du doigt, forcée d'aller à l'église, je ne suis pas certaine d'en être capable.

— Tu m'aimes pas assez pour passer par-dessus tout ça.

Maeve ferme les yeux, respire profondément, cherche les bons mots.

— Je n'ai pas dit ça. C'est mon dilemme, Fidélin. Faire les compromis nécessaires, ou perdre un homme comme je n'en retrouverai probablement jamais dans le reste de ma vie.

— Si je te suivais à Québec?

— Non, j'aurais trop peur que tu t'ennuies et que tu sois malheureux par ma faute. Donne-moi un peu de temps pour réfléchir.

— Je suis pas pressé, dit Fidélin, je t'attendrai aussi longtemps qu'il le faudra.

— J'ai de la misère à y voir clair. Ma tête et mon cœur sont occupés par Rachel. Je n'arrive pas à m'en détacher. J'ai besoin de faire la paix avec moi-même avant de replonger.

En bas, Robertine tend l'oreille pour saisir des bribes de conversation. Depuis quelques jours, depuis qu'ils ont passé la nuit ensemble, elle sait que Maeve et Fidélin sont en amour. Elle regrette qu'ils se soient dérangés avant le mariage, mais ce ne sont plus des enfants. Avec un léger pincement au cœur, elle comprend que son fils la quittera bientôt pour fonder sa propre famille. Son bébé partira, elle se retrouvera seule. Heureusement, elle aime beaucoup Maeve et n'aurait pas imaginé une meilleure bru.

Dans la chambre voisine, Ryan O'Farrell, couché sur le dos, les mains derrière la tête, en a assez entendu pour se réjouir du bonheur de ses deux amis. Comme Robertine, il est convaincu que Maeve et Fidélin sont faits l'un pour l'autre. Ce n'est qu'une question de temps. Ryan ne peut s'empêcher de penser à Rachel, qu'il aurait déjà épousée si elle avait vécu. Douleur vive, que l'arrestation d'Odias Bergeron ne soulage pas. Surtout si le curé s'en tire sans égratignure. Il ne repartira pas de Saint-Benjamin avant d'en avoir le cœur net. Et si Odias l'a tuée tout seul, sans la complicité du curé, qu'il pourrisse au bout d'une corde comme Delbert Lagrange.

83

L'air est vif. Une belle soirée d'automne bascule lentement dans les ombres de la nuit. Ryan et Fidélin viennent de retrouver la vache que Robertine, désespérée, croyait perdue à jamais. En fin d'après-midi, quand elle l'a appelée pour la traite du soir, elle ne l'a pas trouvée. Madame avait disparu. Si Odias Bergeron avait été en liberté, Robertine l'aurait immédiatement soupçonné d'avoir volé sa vieille bête, la seule qui avait survécu à la mort de son mari. Mais l'animal avait franchi la clôture affalée et broutait derrière la maison abandonnée de Delbert Lagrange. D'un coup de tête, Fidélin lui a ordonné de rentrer à la maison, ce que la vache a fait sans hésiter.

— J'ai entendu ta conversation avec Maeve la nuit passée. Je n'arrivais pas à dormir. Ça ne me regarde pas, mais je te garantis qu'elle deviendra ta femme. T'as bien fait de lui donner un peu de temps. Tu ne le regretteras pas.

Un immense sourire illumine le visage de Fidélin. Il passe son bras autour de l'épaule de Ryan et le serre contre lui.

— Ça fait du bien de penser à autre chose qu'à ce maudit procès. J'ai tellement peur d'être déçu, dit Ryan.

— Tu penses aller à Saint-Joseph à tous les jours?

— Oui, je veux rien manquer.

Soudain, ils entendent un bruit de bottes battant la route. Une démarche cadencée, on dirait un militaire.

— Qui est-ce qui peut bien se promener dehors à cette heure-ci ? demande Fidélin.

Ryan se lève sur la pointe des pieds et tente d'identifier le marcheur.

— Probablement Réginald Boily ou...

Il le reconnaît aussitôt.

— C'est le curé.

— Quoi? fait Fidélin, pourquoi il ravaude encore dans le rang?

— Cachons-nous, pour voir ce qu'il va faire.

Les deux hommes se précipitent sur le bas-côté du chemin. Le prêtre allonge la foulée, regardant à droite et à gauche comme s'il cherchait quelqu'un. En passant devant l'emplacement de la maison de Rachel, il ralentit et y jette un long coup d'œil, avant de continuer sa route. C'est la première fois qu'on le revoit dans le rang. Au village, on raconte qu'il sort moins souvent du presbytère depuis la mort de Rachel.

— Qu'est-ce que tu dirais, demande Ryan, si on lui réglait son compte quand il repassera devant nous?

— T'es pas sérieux?

Fidélin n'aime pas l'idée. Tabasser un prêtre? Qu'arrivera-t-il si le curé les reconnaît et les dénonce à la police?

— Il n'osera jamais, avance Ryan. Il n'a rien fait après notre entrée dans le presbytère et il ne fera rien cette fois-ci. Il n'est plus en position de dénoncer qui que ce soit.

Fidélin branle la tête comme s'il voulait se convaincre que Ryan a raison.

— Et c'est la seule façon de venger Rachel, car il est devenu évident qu'ils vont accuser et condamner Odias Bergeron. Le curé sera blanchi. On aura jamais une aussi bonne occasion d'y faire payer son crime.

— Tu vas quand même pas le tuer?

— Non, même s'il le mériterait.

Fidélin n'est toujours pas persuadé que c'est une bonne idée. Oui, le curé sera exonéré de tout blâme. Mais de là à taper sur un prêtre?

— On peut pas le laisser pour mort?

Ryan esquisse une moue de dédain. Il s'empare d'un rondin d'érable qui traîne le long de la route.

— Je vais l'assommer en m'assurant qu'il ne nous reconnaîtra pas, comme je l'ai appris à la guerre, et après on lui décorera le visage. On y fera ce qu'il a fait à Rachel, mais sans lui enlever la vie. Il revient, cachons-nous.

Ryan dissimule le rondin et plonge dans les quenouilles du fossé avec Fidélin. Comme le prêtre marche très rapidement, l'opération s'annonce difficile. Quand il arrive à la hauteur des deux hommes, il s'arrête. Les deux mains sur les hanches, il regarde longuement les ruines de la maison de Rachel. Ryan sent une grande colère l'envahir, un puissant désir de vengeance. À ses côtés, Fidélin a penché la tête : il ne participera pas à l'agression, à moins que les choses tournent mal.

Quand le prêtre repart, Ryan se précipite, comme le chevreuil qui bondit du feuillage, assène un coup de rondin derrière le crâne du curé, qui s'écrase. Il le bourre de coups de pied, dont quelques-uns bien sentis sur le nez et les paupières. Il fait signe à Fidélin de déguerpir.

Les deux hommes disparaissent rapidement dans la nuit. Aldéric Vallée se tord de douleur, le regard masqué par un voile qu'il n'arrive pas à dissiper. Il essaie désespérément d'ouvrir les yeux pour identifier son assaillant, sans succès. «Qui d'autre que Ryan O'Farrell?» se dit-il.

— On fait quoi s'il nous accuse? demande Fidélin, le souffle court.

— On fera comme lui, rétorque Ryan, on mentira. Et pas un mot à ta mère et à Maeve. C'est notre secret à nous deux.

84

Saint-Benjamin

Chère Rachel,

D'abord, pardonne-moi d'avoir douté de ton amour. Je n'en avais aucun droit. Comme le mien, il était inébranlable. Le curé a voulu le détruire, il aura réussi au prix de ta vie. Que voulait-il? Seulement te convertir? Je ne le crois pas. Un prêtre peut-il succomber à la tentation? S'imposer par la force? Je ne peux pas chasser cette idée de ma tête. Tout à l'heure, avec Fidélin, nous l'avons surpris devant les ruines de ta maison. C'est la première fois qu'on le revoyait dans le rang Watford depuis ta mort. À quoi pensait-il? Avait-il des regrets, des remords? Pourquoi est-il revenu sur la scène du crime? Est-ce lui qui a engagé Odias ou Delbert Lagrange pour allumer l'incendie? Éliminer jusqu'à ton souvenir? A-t-il mis le feu, ou leur a-t-il demandé de le faire à sa place? Toutes ces questions ont obscurci mon esprit. Je ne suis pas fier de moi, mais je n'ai pas pu m'empêcher de lui donner une bonne raclée. À coups de poing et de pied.

Pourquoi en suis-je rendu là? Il y a tellement de hargne, de violence en moi. Les relents de la guerre? Une explication trop facile. J'ai la conviction profonde que le curé est responsable de ta mort. Je doute que le procès d'Odias Bergeron nous donne les vraies réponses. On va condamner, sacrifier un être ignoble. Jamais on n'osera accuser un prêtre dans cette trop catholique province de Québec. Je ne lui pardonnerai jamais son crime. Jamais. Aurais-je dû en finir avec lui?

343

85

Partout dans la province de Québec, des manifestants s'opposent vigoureusement à la conscription. Pressé par son cabinet qui menace de démissionner, Mackenzie King, le premier ministre canadien, vient de faire adopter une loi qui enverra 16,000 soldats canadiens en Europe. À Montréal, les protestations ont dégénéré en violence. À Québec, les fenêtres du journal The Chronicle Telegraph, en faveur de la nouvelle loi, ont volé en éclats.

Ryan O'Farrell se désole en entendant la nouvelle. «Quel gaspillage de vies humaines!» Mais c'est le début du procès pour meurtre d'Odias Bergeron qui retient l'attention de l'ancien soldat. Ce criminel a plaidé non coupable et son avocat, maître Rosaire Beaudoin, compte bien démontrer que son client est innocent. La Couronne a désigné maître Antonio Dorion, un procureur aguerri de Québec. Rabougri comme un arbuste trop longtemps privé de soleil, le visage parcheminé, l'honorable juge Adélard Cliche sera sur le banc. Un jury de douze hommes, tous de la Beauce, sera appelé à rendre un verdict.

Ce procès est de loin le plus important de la séance de la Cour d'assises de Saint-Joseph-de-Beauce. Odias Bergeron, menottes aux mains, la barbe hirsute, est conduit dans le box des accusés juste avant l'arrivée du juge. Il jette un long regard tout autour, ne cachant pas sa hargne envers cette assemblée qui le condamne d'avance. Les deux plaideurs sont considérés parmi les meilleurs et les plus spectaculaires de la province de Québec. Les curieux ont rapidement rempli la grande salle du tribunal, d'un style néoclassique dépouillé.

Maître Antonio Dorion, grosses lunettes, chevelure argentée ramenée en arrière à la Clark Gable, invite son premier témoin, Prudent Gagnon, le détective de la police provinciale. Si l'avocat du ministère public lui permet de faire son exposé sans interruption et avec la courtoisie habituelle, maître Rosaire Beaudoin ne fait pas dans la dentelle. Cheveux bruns relevés en vagues, des yeux toujours en mouvement, élancé comme une quenouille, l'avocat de la défense le malmène allègrement.

— Est-ce exact, monsieur Gagnon, que votre preuve repose uniquement sur des ouï-dire?

Prudent Gagnon se rebiffe. Il tient un témoin important et plusieurs pièces à conviction. À la demande du procureur, il n'a pas mentionné la dénonciation du curé, encore moins les lettres et photos trouvées dans le presbytère. Le ministère public veut éviter d'embarrasser un prêtre, si ce n'est pas nécessaire.

— Mon client soutient que le curé était avec lui ce soir-là, est-ce vrai ou pas?

— C'est exact.

Murmures d'étonnement dans la salle. Que faisait le curé de Saint-Benjamin dans le fond d'un rang après la tombée de la nuit?

— Il se promène en soirée dans les rangs de la paroisse. Il marche de sept à huit milles par jour, précise Prudent.

— Il doit être en forme, ironise l'avocat de la défense.

Maître Beaudoin ajuste un bouton de manchette et s'approche du policier.

— Donc, vous avez un témoin, Réginald Boily, qui a vu le camion de mon client, le soir du meurtre?

— Oui, et le même camion a failli le renverser quand il est allé au village. Il zigzaguait. Puis, à son retour, il a vu le camion stationné à quelques centaines de pieds de la maison de la victime. Réginald l'a aperçu et il est bien certain de l'avoir reconnu.

— Vous conviendrez que ce n'est pas une preuve, répond l'avocat, sourire en coin.

Prudent Gagnon s'empresse d'ajouter que Thomas Boily a aussi vu le camion d'Odias Bergeron le soir où quelqu'un a rempli le puits de la maison de Rachel Brennan. Un autre homme l'accompagnait, probablement Delbert Lagrange, information que Thomas Boily n'avait pas dévoilée précédemment par peur de représailles.

— Mais n'est-il pas vrai, monsieur Gagnon, qu'on a trouvé un crucifix dans le fond du puits?

— Exact.

— Et à qui appartenait-il?

Prudent Gagnon raconte que le curé jure avoir donné des crucifix à Rachel Brennan et à Catiche Veilleux, mais que la mère de ce dernier n'en a jamais entendu parler.

— Les topinambours et les tuteurs qui ont disparu du jardin de la victime, ne les a-t-on pas retrouvés dans celui du curé?

— Le curé a d'abord dit qu'il les avait achetés, puis il a affirmé que Rachel Brennan les lui avait donnés.

— Le curé a changé sa version des faits?

— Oui.

Le juge Cliche ouvre les yeux très grands. Quel rôle le curé a-t-il joué dans cette affaire? Tout ce qu'il entend depuis quelques minutes tend à incriminer le prêtre, bien plus que l'accusé. Voilà qui pourrait compliquer drôlement le procès.

— Mon client, votre Honneur, n'avait rien à voir avec le crucifix, les topinambours et les tuteurs, les seules pièces à conviction que la Couronne a déposées.

Antonio Dorion fait objection.

— Votre Honneur, mon collègue évite de mentionner la bouteille de bière Dow retrouvée dans le puits, et trois autres qu'on a récupérées dans le fossé, pas loin de la demeure de la victime. L'hôtelier a confirmé avoir vendu six grosses bouteilles de bière à Odias Bergeron, la journée du meurtre.

— Mon honorable collègue est-il en train de nous dire que mon client est le seul buveur de Dow dans la Beauce et Dorchester? J'en bois moi-même. Suis-je un suspect, par conséquent?

De grands éclats de rire accompagnent la sortie de maître Beaudoin. Odias Bergeron est impassible. Le juge est irrité.

— À l'ordre! Avez-vous d'autres questions, maître Beaudoin?

— Non, votre Honneur.

Antonio Dorion se lève.

— J'aimerais apporter une précision, Votre Honneur. Les empreintes prises sur les bouteilles sont celles d'Odias Bergeron.

Dans l'après-midi, maître Antonio Dorion appelle Maeve Brennan à la barre des témoins. La jeune femme est nerveuse. Fidélin la rassure d'un petit geste de la main. Ryan O'Farrell est engoncé dans sa chaise. Le témoignage de Prudent Gagnon l'a déçu, lui a fait croire encore une fois que le détective a mal fait son travail.

— Jurez-vous de dire la vérité, toute la vérité, rien que la vérité? Dites «Je le jure», ordonne le greffier à Maeve Brennan.

— Je le jure, bredouille-t-elle d'une voix chevrotante.

L'interrogatoire du procureur de la Couronne vise avant tout à démontrer la bonne conduite de Rachel Brennan, à prouver que celle qui a été assassinée n'était pas une femme de petite vertu. Mais encore là, le contre-interrogatoire de maître Beaudoin est impitoyable.

— N'est-il pas vrai que vous avez été dix ans sans lui parler? Qu'elle vous faisait honte?

— Non! s'écrie Maeve.

Elle explique les circonstances qui les avaient séparées. En est-elle fière? Non, bien sûr. Aurait-elle dû faire les premiers pas pour rétablir la communication avec elle? Oui. Mais elle n'a jamais eu honte de sa sœur.

— Elle avait pourtant mauvaise réputation. Dans le village, on disait qu'elle se dérangeait avec tous les hommes qui la visitaient. Et ils étaient nombreux, ajoute le procureur d'un ton persifleur.

— C'est faux! proteste Maeve, au désespoir.

— Objection, votre Honneur! hurle le procureur de la Couronne.

Ryan O'Farrell se lève dans la salle d'audience, rouge de colère, le doigt pointé vers l'avocat de la défense.

— Ce sont des mensonges, des inventions de gens jaloux! tonne-t-il.

Le juge cogne du maillet sur la table.

— À l'ordre, monsieur! avertit le magistrat. Une autre intervention comme celle-là et je vous fais expulser de ma Cour. Maître Dorion, votre objection?

— Mon confrère n'a aucune preuve, il répète d'insidieux ragots, il se fie à des commérages de petit village pour faire une telle allégation. Je lui enjoins de retirer sa question.

Le juge s'y oppose.

— Continuez, maître Beaudoin.

Maeve Brennan a la gorge serrée, une larme perlant au coin de l'œil.

— Vous ne l'avez pas vue depuis dix ans et néanmoins vous jurez que c'est faux.

Le procureur de la Couronne bondit de nouveau de son siège.

— Mon confrère vient d'alléguer un fait sans la moindre preuve.

— En temps et lieu, promet Rosaire Beaudoin. On aura des preuves et des témoins.

Lesquels? se demandent Fidélin et Ryan. Des amis d'Odias qui lui doivent de l'argent et qui viendront mentir devant le tribunal? Encore une fois, le maillet du juge rappelle la salle à l'ordre.

— Maître Beaudoin, si vous ne pouvez pas étayer vos dires, passez à vos questions suivantes.

— N'est-il pas vrai, mademoiselle Brennan, que votre sœur a vécu avec Ryan O'Farrell en dehors des liens du mariage?

Ryan tremble de rage. La stratégie de l'avocat est claire. Démontrer que Rachel Brennan était une putain et qu'on ne devrait pas se surprendre de sa mort! Jusqu'où ira-t-il pour la salir et insinuer qu'elle méritait ce qui lui est arrivé? Jusqu'à faire croire que Rachel a attiré Odias Bergeron, qu'elle l'a séduit, l'a menacé et qu'il n'a eu d'autre choix que de se défendre? Le juge intervient de nouveau.

— Mademoiselle Brennan, l'affirmation de maître Beaudoin est-elle exacte?

En pleurs, Maeve Brennan fait oui de la tête. Rosaire Beaudoin reprend son contre-interrogatoire.

— N'est-il pas vrai, mademoiselle Brennan, que votre sœur était très forte physiquement?

Maeve cligne rapidement des yeux.

— Je le crois.

Où veut-il en venir, se demande-t-elle? Rachel était douée d'une force impressionnante. Elle se souvient de l'avoir vue transporter deux veaux de bonne taille, sans effort. Mais quelle est la pertinence de cette information?

— Je n'ai pas d'autres questions, conclut l'avocat de la défense.

Le procès est ajourné jusqu'au lendemain. Antonio Dorion est préoccupé. Rosaire Beaudoin pavoise.

— Je pense que le jury a compris bien des choses. Ça regarde bien, souffle-t-il à l'oreille d'Odias Bergeron, qui reste de marbre. Je vais démontrer que tu n'as pas eu d'autre choix que de te défendre, quand cette femme t'a attaqué.

— C'est pas moé qui l'a tuée, répète Odias.

— Mais c'est toi qu'on accuse et je dois te défendre.

La salle d'audience se vide aussitôt que le greffier a terminé son boniment.

— Demain, la Cour entendra madame Dézeline Veilleux et monsieur Thomas Boily, en matinée. La séance est levée.

Fidélin rejoint Maeve et la prend dans ses bras.

— Ne t'en fais pas, t'as rien dit qui pourrait nuire. Je suis très fier de toi.

Ryan les retrouve. Il est inquiet de la tournure des événements. Non seulement la preuve circonstancielle de Prudent Gagnon lui semble faible, mais la stratégie de la défense le préoccupe. Rosaire Beaudoin s'emploiera sans relâche à dénigrer Rachel et à la présenter au jury comme une moins que rien, qui se donnait au premier venu. Une femme qui n'allait pas à l'église et qui vivait avec un homme sans être mariée. Une femme d'une grande force physique, qu'on accusera d'avoir attaqué Odias Bergeron, qui n'a pas pu faire autrement que de se défendre. À convaincre le jury qu'il a agi en légitime défense. Quel gâchis !

— Tu penses qu'ils vont l'acquitter ? demande Maeve.

Un éclair de frustration passe sur le visage de Ryan O'Farrell.

— Dès que le procès sera terminé, j'envoie mon inscription à l'université, et si Odias et le curé ne sont pas condamnés, je reviendrai, et je les poursuivrai jusqu'à la fin de mes jours s'il le faut.

86

Réginald Boily est le témoin clef de maître Antonio Dorion. Mais avant de l'interroger, l'avocat a quelques questions à poser à Dézeline Veilleux. Comme avec Maeve, la veille, le procureur de la Couronne entend se servir du témoignage de Dézeline pour démontrer la bonne conduite de Rachel Brennan.

— N'est-il pas vrai que Rachel Brennan a été d'un grand secours pour votre fils handicapé?

Dézeline s'empresse de le confirmer. Rachel a toujours bien traité Catiche, elle ne s'en est jamais moquée et lui a montré à chasser, à pêcher et même à cultiver un potager, ce qu'elle-même et son mari n'avaient jamais réussi à faire avec leur fils.

— Autant que vous sachiez, demande l'avocat de la Couronne, madame Brennan recevait-elle souvent des visiteurs?

— Le curé, souvent, le maire de temps en temps, pis Ryan O'Farrell avant qu'y parte pour la guerre, explique Dézeline.

— Avez-vous déjà vu l'accusé près de la maison de madame Brennan?

— À côté, non, mais ben des fois, dans l'rang Watford, le soir quand y faisait noir.

Lorsque vient son tour de l'interroger, maître Beaudoin s'approche de Dézeline.

— Avez-vous déjà vu l'accusé entrer dans la maison de la victime ?

— Non.

— Madame Veilleux, votre fils Catiche…, c'est son vrai nom ?

Dézeline le dévisage, mais ne répond pas à la question insidieuse. Un nuage de mépris passe dans son regard. Un nom inusité ? C'est celui que le curé de l'époque a inscrit sur son baptistaire.

— Madame, intervient le juge, vous devez répondre.

— Oui.

— Votre fils était un intime de Rachel Brennan ?

— Oui.

— Ça ne vous inquiétait pas ?

— Non.

— Lui arrivait-il d'entrer dans la maison de madame Brennan ?

— Non.

— Qu'est-ce qu'ils faisaient ensemble ?

— Objection ! hurle le procureur de la Couronne. Ça n'a rien à voir.

— Objection retenue, tranche le juge.

Maître Rosaire Beaudoin fouille dans ses documents et se tourne vers le jury.

— Vous ne trouvez pas curieux, madame Veilleux, qu'une femme mature s'amuse avec un homme à l'intelligence déficiente ?

La question de l'avocat est chargée de sous-entendus. Un murmure de réprobation monte dans la grande salle du palais de justice.

— Objection ! s'insurge de nouveau maître Dorion. Encore une fois, mon collègue tente de salir la réputation de la victime sans avancer la moindre preuve.

— Maître Beaudoin, prévient le juge, changez de registre, ou mettez fin à l'interrogatoire.

— Je n'ai pas d'autres questions, laisse tomber l'avocat de la défense, un sourire méchant aux coins des lèvres.

Le procureur de la Couronne invite ensuite Thomas Boily à la barre des témoins. Nerveux, Thomas s'avance rapidement, en évitant de croiser le regard courroucé d'Odias Bergeron.

— Monsieur Boily, avez-vous vu l'accusé dans le rang Watford, le soir du meurtre de Rachel Brennan ?

— J'ai entendu passer son camion, mais je l'ai pas vu.

— Comment avez-vous su que le camion appartenait à l'accusé ?

— C'est le seul qui passait régulièrement dans le rang, le soir.

— Vous l'entendiez souvent ?

— Oui.

— Qu'avez-vous pensé en l'entendant, ce soir-là ?

— Qu'y était encore en train de voler des animaux avec Delbert Lagrange.

— Ils vous en avaient déjà volé ?

— Oui.

— Objection, votre Honneur, interjette maître Beaudoin, ce procès ne concerne pas des larcins de basse-cour. Le témoin prétend qu'on lui a volé des animaux. Pourquoi n'a-t-il pas porté plainte ?

Le juge demande à Thomas de répondre à la question.

— Parce qu'on avait tous très peur d'Odias. Y a souvent battu des cultivateurs.

Prudent Gagnon retient son souffle. Thomas Boily en dit plus qu'il ne l'espérait. Quand l'avocat de la défense s'oppose à une nouvelle question de son adversaire, le magistrat lui ordonne de se rasseoir.

— Avez-vous déjà vu l'accusé entrer dans la maison de Rachel Brennan ? demande le procureur en reprenant son interrogatoire.

— Non.

— Les avez-vous déjà vus ensemble ?

Thomas hésite, déglutit et jette un regard fuyant vers Prudent Gagnon.

— Une fois, chez Delbert. Y la lâchait pas des yeux pis y a fait des farces plates à son sujet.

— Par exemple ?

— Objection ! crie maître Beaudoin. Mon collègue est en train de faire à mon client un procès d'intention, chose qu'il me reprochait de faire.

— Objection rejetée ; continuez, maître Dorion.

— Donc, pouvez-vous nous donner un exemple, monsieur Boily, des plaisanteries de mauvais goût qu'aurait proférées l'accusé à l'endroit de la victime ?

Le témoin est mal à l'aise. La sueur perle à son front.

— Y a dit que c'était une ben belle jument !

Nouveau brouhaha dans la salle, mélange de murmures étouffés et de grondements de colère. Ryan O'Farrell ravale son indignation. Maeve se cache le visage dans les mains.

— À l'ordre ! crie le juge.

Visiblement agacé par les tactiques de son adversaire, l'avocat de la défense se lève d'un bond, quand vient son tour d'interroger le témoin. Son regard, son ton se font plus incisifs que jamais.

— N'est-il pas vrai que vous avez vu plusieurs personnes se rendre chez Rachel Brennan, monsieur Boily ?

Thomas se mord la lèvre inférieure. La nervosité l'accable.

— À part le curé pis le maire, non.

— Avez-vous jamais vu l'accusé dans ou près de la maison de Rachel Brennan ?

— Non.

— Donc, répétons, les seules personnes que vous avez vues entrer chez la victime sont le curé et le maire ?

— C'est ça.

— Et pourquoi le curé y allait-il si souvent ?

Thomas Boily baisse de nouveau la tête et hausse légèrement les épaules. Il ne veut pas répondre à cette question. Il ne connaît pas la réponse et ne veut pas la connaître.

— Vous devez répondre, rappelle le juge.

— Je l'sais pas, monsieur le juge.

— Avez-vous déjà été témoin d'actes, disons, pas très catholiques, de la part du curé de Saint-Benjamin ?

Le juge intervient aussitôt et ordonne au témoin de ne pas répondre. Il admoneste l'avocat de la défense, lui rappelant qu'il ne peut pas faire de telles insinuations à l'endroit d'un prêtre sans les étayer de preuves suffisantes. Rosaire Beaudoin dévisage le juge, un éclair de défi dans les yeux.

— Je n'ai pas d'autres questions, conclut maître Beaudoin.

Le regard inquiet, le geste lourd, le juge Cliche se tourne vers le greffier.

— J'inviterais maintenant Réginald Boily à s'avancer à la barre des témoins.

Le jeune homme est intimidé. Il prête serment, la voix et la main tremblantes. Maître Antonio Dorion tente de le mettre en confiance.

— Vous connaissiez la victime depuis longtemps ?

— Depuis qu'a l'est arrivée à Saint-Benjamin.

Réginald n'avait que 11 ans quand Rachel Brennan est apparue dans le rang Watford. Il s'en souvient clairement. À son retour de l'école, ce jour-là, il avait été impressionné par cette étrangère à la chevelure abondante, plus grande que son père, qui venait de s'installer dans la maison voisine.

— Vous avez déjà vu l'accusé près de la maison de la victime ?

— Oui.

— Souvent ?

— Oui.

— À la noirceur ?

— Toujours.

— Le soir du meurtre, vous l'avez vu près de la maison?

— Oui.

— Est-il entré dans la maison?

— Je sais pas. Je l'ai pas vu.

La voix de Réginald est de plus en plus grêle. Dans le fond de la salle, il faut tendre l'oreille pour l'entendre.

— Était-il seul?

— Non, avec le curé.

— Vous en êtes bien certain?

— Oui.

Guidé par maître Dorion, Réginald Boily répète ce qu'il a dit aux policiers. Il est même plus précis, plus affirmatif. Les doutes qu'il émettait lors de l'interrogatoire de la police sont devenus des certitudes. Il jure qu'il s'agissait du curé et d'Odias Bergeron, et que ce dernier vomissait.

— Vous avez entendu ce qu'ils disaient?

— Juste un peu, le curé y a dit de rentrer chez eux.

Dans le box des accusés, Odias Bergeron relève la tête, le regard indéchiffrable.

— Je n'ai pas d'autres questions pour l'instant, termine maître Dorion.

Rosaire Beaudoin se lève aussitôt et s'avance très près de Réginald. Il est intimidant.

— Dites-moi, monsieur Boily, si vous avez vu mon client aussi souvent autour de la maison, c'est que vous y étiez tout aussi souvent?

Réginald baisse les yeux.

— Pour bien voir ce qui se passait autour de ou dans la maison de la victime, c'est-à-dire même à l'intérieur, comme vous le prétendez, vous deviez vous en approcher? Est-ce que je me trompe?

— Non.

— Ai-je raison de croire que vous surveilliez Rachel Brennan tous les jours?

356

Réginald ravale sa salive, ses mains sont moites. Son père baisse la tête, déchiré par les aveux de son fils. Maeve Brennan ouvre de grands yeux.

— Pas tous les jours, répond Réginald Boily.

— Pas tous les jours? Mais régulièrement, à ce que j'entends. Vous lui parliez souvent, à Rachel Brennan?

— Non. Juste quand j'allais faire des commissions.

Parfois, explique-t-il, son père l'envoyait porter des œufs, des légumes ou de la viande qu'il vendait à Rachel. Mais il n'est jamais entré dans la maison. Il restait toujours sur le pas de la porte. Leurs conversations n'ont jamais dépassé les «bonjours et mercis».

— Votre Honneur, quelle crédibilité peut-on accorder à un témoin qui passait son temps à épier la victime et qui caressait probablement des pensées inavouables à son endroit?

Une fois de plus, un chuchotement désapprobateur monte dans la salle d'audience.

— Objection! clame Antonio Dorion.

Le juge tape du maillet pour obtenir le silence. Il demande aux deux avocats de s'asseoir. Il se tourne vers Réginald.

— Monsieur Boily, vous jurez sur la sainte Bible que vous avez bel et bien vu deux hommes, ce soir-là, et que l'un d'entre eux était l'accusé ici présent?

Réginald Boily éclate en sanglots, les épaules sautillantes comme s'il était atteint de convulsions. Un malaise flotte dans la grande salle. Le juge fait signe de la main de le laisser retrouver ses esprits. Réginald s'essuie les yeux du revers de sa manche de chemise. Au bout de deux minutes, le magistrat répète sa question.

— Je l'jure, gémit Réginald, la voix brisée.

— Et vous êtes certain qu'il s'agissait de l'accusé et du curé de Saint-Benjamin?

— Oui, monsieur le juge.

— Vous n'avez rien vu d'autre?

— Non, monsieur le juge.

La séance est levée. Le juge se retire pendant que Thomas Boily console son fils. Ryan, Maeve et Fidélin, encore estomaqués par les aveux de Réginald, ne savent plus quoi penser de ces nouvelles informations. À l'évidence, Rachel ne le laissait pas indifférent. Mais comme pour Catiche, ils ne le croient pas capable de l'avoir tuée.

87

Laurélie Lagrange a d'abord refusé de témoigner, mais comme les autres, elle n'a pas eu le choix d'obtempérer. À la demande du procureur, elle trace un portrait très favorable de Rachel Brennan, «grosse travaillante, sage et à son affaire».

— Pourquoi le maire et le curé la visitaient-ils si souvent? Outre les taxes et la dîme, y avait-il d'autres raisons? demande à son tour l'avocat de la défense.

Laurélie hausse les épaules, un rictus de dépit sur les lèvres.

— Ça m'étonnerait pas que les deux aient voulu faire des cochonneries avec elle, mais c'était pas son genre.

— Rachel Brennan ne vous a jamais rien dit? s'étonne maître Rosaire Beaudoin.

— Elle m'a dit qu'ils venaient pour les taxes et la dîme. Et même si elle les payait, y revenaient pareil.

— Est-ce qu'elle s'est jamais plainte d'avoir été…, comment dire…, harcelée par les deux hommes?

— Non, mais c'est clair qu'elle avait peur d'eux autres. Elle était pas très portée sur les confidences.

L'avocat de la défense fait quelques pas et, la main sous le menton, revient vers Laurélie.

— Quelle était la relation de votre mari avec Rachel Brennan?

Laurélie admet que Delbert l'épiait souvent, mais elle ne sait pas s'il a tenté de la séduire.

— Vous l'avez abandonné et il s'est pendu, n'est-ce pas ?

Une vague de grondements s'élève dans la grande salle. Le procureur de la Couronne s'interpose.

— Objection, votre Honneur ! Mon collègue essaie encore une fois de dénigrer un témoin très crédible.

— Répondez à la question, tranche le juge.

Laurélie se cabre et hausse la voix.

— Vous voulez que je vous raconte ma vie avec Delbert Lagrange ? Comment il m'a traitée pendant toutes ces années ? Combien de fois il m'a battue ? Comment il aimait mieux se déranger avec des animaux que faire son devoir conjugal ?

Le malaise est palpable dans la salle. Des hommes gênés baissent les yeux.

— À l'ordre ! crie le juge. Contentez-vous de répondre à la question que maître Beaudoin vous a posée.

— Oui, je l'ai quitté et non, je me sens pas coupable, pas une miette. Y s'est pendu ! Bon débarras !

— Madame Lagrange, dit le magistrat, la question est délicate, mais je dois vous la poser. Votre mari aurait-il été capable de tuer Rachel Brennan ?

Elle hésite, ses yeux fixent le vide.

— Il était capable de tout.

— Y compris d'un meurtre ? renchérit le juge.

Laurélie s'interrompt, penche la tête, se mouille les lèvres et après une longue pause, laisse tomber :

— Lui et l'accusé, oui.

L'assistance met du temps à réagir. Quand elle explose dans un immense brouhaha, le juge a de la difficulté à rétablir l'ordre. Maître Beaudoin revient vers Laurélie.

— Après son suicide, les policiers ont trouvé une lettre de votre mari dans laquelle il a écrit qu'il aimait trop Rachel Brennan pour la tuer. Comment interprétez-vous cela ?

Quelle lettre ? Laurélie Lagrange sent ses jambes défaillir. Aurait-elle été si naïve pendant toutes ces années ? Rachel lui aurait-elle caché les avances de Delbert ? En faisant comme si de rien n'était? Impossible, elle n'y croit pas. Il a écrit cette phrase pour se déculpabiliser auprès des policiers. Elle se ressaisit.

— En tout cas, si lui l'aimait, elle le détestait.

— Comment pouvez-vous en être si certaine? demande l'avocat, comme s'il raisonnait une enfant.

Laurélie lui lance un regard de feu. Ses mains tremblent, tellement sa colère est grande.

— Il y a juste une femme qui a vécu avec Delbert Lagrange qui peut comprendre cela, monsieur l'avocat.

Quelques rires fusent, vite étouffés dans la salle d'audience.

— Vous connaissez bien l'accusé? poursuit l'avocat de la défense.

— Bien? Non, heureusement.

Le juge perd patience.

— Madame, contentez-vous de répondre aux questions et épargnez-nous vos commentaires personnels. Ça n'intéresse pas la Cour.

Laurélie le fusille des yeux. L'avocat de la défense revient à la charge.

— N'est-il pas vrai que votre mari lui devait beaucoup d'argent?

Laurélie semble surprise. Delbert avait des dettes? Pourtant, elle a toujours eu l'impression que sans rouler sur l'or, il était plutôt à l'aise.

— Demandez-y, fait Laurélie, en lançant un coup d'œil méprisant à Odias Bergeron.

— Madame, intervient le juge, je ne peux pas accepter votre cynisme. Vous devez répondre aux questions.

Laurélie s'emporte, elle crie sa réponse.

— Mon mari me tenait pas au courant de ses affaires, mais je sais qu'il avait pas mal de bidous de cachés dans la grange.

— Je n'ai pas d'autres questions, tranche Rosaire Beaudoin.

Pour sauver son client, il devra semer un doute raisonnable dans l'esprit des jurés. Leur laisser croire que quelqu'un d'autre, le curé ou Delbert Lagrange, a tué Rachel Brennan.

À la reprise du procès en après-midi, le maire de Saint-Benjamin, Médée Lévesque, est appelé à la barre des témoins.

— Monsieur le maire, connaissez-vous l'accusé ici présent?

— Oui.

— C'est un de vos amis?

— Non.

— Vous avez déjà fait des affaires avec lui?

— Une seule fois et je l'ai regretté toute ma maudite vie.

Médée Lévesque rappelle la vente de deux moutons pour lesquels Odias ne l'a jamais payé. Et quand il a réclamé son dû, le commerçant l'a menacé. Pourquoi n'a-t-il pas porté plainte? Pour les mêmes raisons que tous les autres. Il avait peur des conséquences.

— Monsieur Lévesque, demande à son tour l'avocat de la défense, n'est-il pas vrai que vous êtes allé souvent visiter Rachel Brennan?

— Non, seulement deux fois dans la dernière année, pour qu'a paie ses taxes.

— Elle ne les payait pas?

— Pour les taxes pis la dîme, y fallait souvent y pousser dans l'dos.

— D'après mes informations, monsieur le maire, elle vous a déjà sorti de chez elle par la force de ses bras. Le niez-vous?

Des éclats de rire fusent dans la salle. Médée ravale sa colère.

— C'est des inventions.

— Des inventions? Est-ce vrai qu'elle vous a lancé par-dessus la galerie et que vous êtes allé vous écraser, face la première, dans la gravelle?

— Absolument pas, j'ai déboulé dans les marches.

— Pourtant, un témoin a tout vu.

— C'est des menteries pis des calomnies, je vous dis.

Dans la salle d'audience, Ryan O'Farrell se tortille sur sa chaise. Toute sa haine pour ce maire minable refait surface. Même si les preuves sont plus accablantes à l'endroit du curé, de Delbert Lagrange et d'Odias Bergeron, il rêve encore de punir cet être méprisable.

— Est-ce vrai, monsieur le maire, que vous vous êtes vanté, avant une réunion du conseil, d'avoir écrasé de votre index le bout du sein de la victime?

Le maire est de plus en plus mal à l'aise. À l'évidence, un conseiller en qui il avait confiance l'a trahi. Il réglera ses comptes avec Archillas Boulet. Qu'il tente de se faire réélire la prochaine fois!

— C'est pas vrai, j'y ai jamais touché. Jamais.

— Savez-vous pourquoi le curé la visitait aussi souvent? Était-ce juste pour la dîme?

Médée Lévesque reconnaît que la dîme était le prétexte, mais que le curé voulait avant tout la convertir.

— La convertir? s'étonne le plaideur.

— Oui, parce que pendant les dix ans qu'a l'a vécu dans notre paroisse, on l'a jamais vue à la messe une seule fois, pis j'me souviens que l'curé a dit qu'a s'était jamais confessée pis qu'a l'avait jamais communié.

Rosaire Beaudoin fait quelques pas vers le jury et, dépité, lance à la ronde.

— Elle n'a jamais mis les pieds dans une église, et cela, comment le savons-nous? Pas par des ragots, des racontars, des dires de n'importe qui, non. Nous le tenons de la bouche du maire lui-même!

— Objection! lance Antonio Dorion, pris par surprise par la déclaration du maire. Que Rachel Brennan ait été catholique, protestante ou athée, ça ne donne à personne le droit de la tuer.

— Poursuivez, maître Beaudoin, dit le juge.

— Je n'ai pas d'autres questions pour monsieur le maire.

Deux témoins défilent à la barre dans l'après-midi. Des amis d'Odias Bergeron, cultivateurs de Saint-Prosper qui n'ont jamais entendu parler des vols d'animaux. L'un d'eux, ancien marguillier de la paroisse, évoque l'incroyable générosité d'Odias à l'endroit de la Fabrique. «Pis, renchérit l'autre, y faisait brûler ben des lampions, surtout les gros à une piastre!»

88

Athènes vient d'être libérée. Le maréchal Erwin Rommel est mort, contraint par Hitler de se suicider, raconte le journal *Le Soleil*. Ryan O'Farrell ne peut s'empêcher de lire par-dessus l'épaule de son voisin. Aix-la-Chapelle serait sous peu la première grande ville allemande à tomber aux mains des Alliés. Ryan n'arrive pas à se réjouir de ces bonnes nouvelles. À son arrivée au palais de justice, ce matin, deux femmes l'attendaient, toutes vêtues de noir. En deuil, à l'évidence.

— Nous cherchons Ryan O'Farrell, dit la plus jeune à Maeve, qu'elle intercepte en lui mettant la main sur le bras.

— Ryan? Il est là, avec Fidélin.

Les deux femmes s'approchent de lui.

— Bonjour, j'suis Mathilde Gilbert, la mère d'Euchariste. J'vous présente Sylvie Veilleux, la fiancée de mon fils.

Rapidement, Ryan devine la mauvaise nouvelle, mais il pose quand même la question:

— Comment va mon bon ami Euchariste?

Sylvie Veilleux éclate en sanglots. Mathilde Gilbert prend une grande inspiration:

— On a r'çu la nouvelle hier qu'y était mort.

Elle cesse aussitôt de parler, envahie par les larmes. Ryan s'approche d'elle, la prend dans ses bras et cherche les bons mots pour la consoler.

— Votre fils a été un grand soldat, madame Gilbert. Et un homme serviable, toujours de bonne humeur, l'un des meilleurs que j'aie rencontrés dans ma vie. Vous pouvez en être fières. Il vous aimait beaucoup, vous et Sylvie. J'avais l'impression de vous connaître, comme si vous aviez été ma mère et ma sœur.

— Merci pour les lettres, murmure Sylvie.

Ryan ne peut réprimer un sourire nostalgique. Combien de lettres a-t-il écrites pour Euchariste? S'il l'avait écouté, il en aurait écrit tous les jours, à sa mère et à Sylvie. Ryan lui avait fait promettre d'apprendre à écrire, une fois la guerre terminée.

— Bon courage, murmure Ryan aux deux femmes.

À Saint-Joseph-de-Beauce, les informations sur la guerre sont reléguées à l'arrière-plan par le procès d'Odias Bergeron. Ce matin encore, la salle d'audience déborde. Des curieux se massent dans le corridor, certains sont même refoulés à l'extérieur. Bien assis sur le «banc des menteurs», devant le palais de justice, des hommes spéculent sur les témoignages de la journée. Celui d'Odias Bergeron est attendu avec impatience. Depuis le début, le gros commerçant a toujours gardé un visage indifférent, comme si ce procès ne le concernait pas. Il a parfois fixé certains témoins, tels le maire, Thomas Boily et Maeve Brennan, avec une haine non dissimulée. Mais une fois l'interrogatoire amorcé, son intérêt diminuait.

La veille, il a eu une longue discussion avec son avocat, lui répétant qu'il n'a pas tué Rachel Brennan. Mais souvent, il doute de lui-même. Il avait bu six grosses bouteilles de Dow et au moins un verre de la bagosse de Delbert, dans les heures précédant le meurtre. Jamais auparavant n'avait-il consommé autant d'alcool. Sa mémoire a des ratés. Il se souvient d'avoir jeté la dernière bouteille dans le puits. Le corps de Rachel Brennan s'y trouvait-il déjà? Il ne s'en souvient pas. Est-il rentré chez lui ce soir-là? Non, il a dormi dans son camion. Au matin, une forte odeur d'urine l'a assailli, en même temps que les premiers rayons du soleil. Il a tenté de se rappeler les événements de la veille, sans y arriver. Il est rentré à la maison pour se laver, changer ses vêtements et soigner un lancinant mal de tête.

À quelques reprises, Rosaire Beaudoin lui a posé la même question : quel rôle le curé a-t-il joué? Odias ne s'en souvient pas clairement. «Je sais pas s'y l'a tuée. Je me souviens de rien.»

Le greffier entre dans la salle.

— À l'ordre. Veuillez vous lever.

Le juge Cliche marche lentement vers son siège et observe discrètement l'accusé. Odias Bergeron est impassible, ses paroles à peine audibles quand il prête serment.

— Maître Beaudoin, à vous la parole.

L'avocat de la défense a choisi de faire témoigner son client, faisant le pari qu'il pourrait ainsi mieux le disculper.

— Le soir de la mort de Rachel Brennan, étiez-vous dans le rang Watford de Saint-Benjamin?

— Oui.

— Vous y faisiez quoi?

— J'ai arrêté voir mon ami Delbert Lagrange.

— Vous avez vu la victime ce soir-là?

— Non.

— Le curé de Saint-Benjamin?

Odias hésite un moment.

— Oui.

— Que vous a dit le curé de Saint-Benjamin au sujet de Rachel Brennan?

Nouvelle hésitation d'Odias Bergeron, plus longue que la précédente. Tous les yeux sont rivés sur lui.

— Y a dit qu'y avait parlé à la Brennan au sujet de la religion pis qu'y s'en retournait au presbytère.

— Donc, le curé est entré dans la maison de Rachel Brennan pour lui parler?

— Oui.

— Vous l'avez vu?

— J'l'ai vu r'sortir d'la maison.

Nouvelle éruption de marmonnements dans la salle. Que faisait le curé dans la maison de la victime? se demande-t-on sous le couvert de la main.

— À l'ordre! Sinon je fais évacuer la salle, prévient le juge.

— Et ensuite?

— On a parlé un peu.

— Est-ce vrai qu'il vous a ordonné de rentrer chez vous?

— J'm'en souviens pas, mais y était ben fâché.

La tension est à son comble dans la grande salle du tribunal. Ryan O'Farrell se mord les lèvres de colère. C'est le curé qui a tué Rachel, il n'en a plus aucun doute.

— Avez-vous tué ou aidé quelqu'un à tuer Rachel Brennan? demande enfin l'avocat de la défense à son client.

— Non. Jamais.

— Je n'ai pas d'autres questions.

Antonio Dorion, le procureur de la Couronne, s'avance vers lui. Rosaire Beaudoin a recommandé à Odias d'en dire le moins possible.

— Monsieur Bergeron, des témoins affirment vous avoir vu jeter un veau vivant dans la rivière Cumberland et ils disent aussi que vous avez égorgé une vache sans raison, à Sainte-Rose-de-Watford. Est-ce exact?

L'avocat de la défense bondit.

— Objection, votre Honneur! Ces racontars n'ont rien à voir avec la cause qui nous intéresse.

— Répondez à la question, ordonne le juge.

— C'est pas vrai.

— Vous est-il jamais arrivé de voler des animaux?

Odias Bergeron a un léger mouvement d'épaule et malgré les menaces du juge, il ne répondra pas à la question. Maître Dorion en vient à l'essentiel.

— Qu'avez-vous fait dans le rang Watford de Saint-Benjamin, le soir du meurtre de Rachel Brennan?

— J'ai déjà répondu.

Constatant la mauvaise foi d'Odias Bergeron, le juge Cliche intervient :

— Vous savez que vous êtes passible d'outrage au tribunal, si vous refusez de répondre aux questions?

Odias hausse les épaules. Son avocat se penche à son oreille. Il ne réagit pas.

— Je reprends ma question. Qu'avez-vous fait dans le rang Watford le soir du meurtre de Rachel Brennan?

— J'ai pris un coup avec mon ami Delbert.

— Vous vous êtes saoulés?

— Ça se peut.

— Et ensuite?

Odias Bergeron, en quelques mots, explique que lui et Delbert ont fumé des cigarettes, et bu de la bière et de la bagosse que Delbert avait fait plus tôt. Quand Delbert est allé se coucher, complètement ivre, Odias est reparti.

— Pour aller où?

— J'ai bretté un peu pour me dessoûler.

— Et vous avez rencontré le curé?

— Oui, le curé de Saint-Benjamin.

Dans la salle, les curieux retiennent leur souffle. Le juge Cliche s'est renfrogné. L'avocat de la défense voudra sûrement faire témoigner le prêtre.

— Vous avez parlé de quoi, exactement?

Odias ne se souvient pas de la teneur de la conversation d'une dizaine de minutes. Que faisait le curé dans le rang Watford après la tombée du jour? Odias se contente de dire que le prêtre aime faire de longues promenades le soir et qu'il n'était pas étonné de le rencontrer.

— Ce n'était pas la première fois?

— Non.

— Et après, le curé est parti?

— Oui.

Après, Odias croit se souvenir qu'il a marché encore quelques minutes.

— Vous êtes rentré dans la maison de Rachel Brennan?

— Non.

— Est-ce vrai que vous étiez attiré par cette femme et que vous avez déclaré, et je cite : «C'était une maudite belle jument!»?

— J'ai jamais dit ça.

— Donc vous étiez ivre ce soir-là?

L'accusé hausse les épaules.

— On a trouvé vos empreintes sur quatre grosses bouteilles de Dow près de la maison, trois dans le fossé et une dans le puits. Ovide Laflamme a confirmé que vous en avez acheté six le jour même. Vous le niez?

— J'm'en souviens pas.

Odias dévisage l'avocat, mais n'en dit pas davantage. Le juge intervient.

— Répondez à la question.

— Y m'arrive d'acheter d'la bière, comme tout l'monde.

Le procureur fait une pause, boit de l'eau et revient vers l'accusé.

— Est-ce vrai que vous étiez tellement ivre ce soir-là que vous avez vomi dans le fossé?

— Non.

— Est-ce que vous vous souvenez si le cadavre de la victime était déjà dans le puits quand vous êtes reparti?

Odias fixe le bout de ses souliers et bouge à peine les épaules.

— À la noirceur, j'pouvais pas rien voir.

— Parce que vous étiez ivre, vous ne vous souvenez de presque rien. Se pourrait-il que vous soyez rentré dans la maison de Rachel Brennan et que vous ne vous en souveniez pas?

Odias hésite. Il baisse les yeux.

— Non.

— Je n'ai pas d'autres questions.

Le greffier prend la parole.

— La séance est levée. Nous reviendrons en après-midi.

— Je vais faire témoigner le curé, dit Rosaire Beaudoin à son collègue.

— T'es mieux d'en parler au juge d'abord.

Quand les avocats des deux parties se retrouvent devant le juge, il est tendu.

— Je n'ai pas le choix, affirme Rosaire Beaudoin. L'acquittement de mon client en dépend.

— Je n'en vois pas la nécessité, réplique maître Dorion.

Rosaire Beaudoin le dévisage, les yeux en feu.

— Ne me dis pas comment faire mon travail.

Le juge intervient. Aucun doute possible, il devra ordonner la comparution du curé.

— Arrêtez-vous tous les deux. Le jury décidera qui est coupable ou ne l'est pas. Mais pour que le jury rende un verdict éclairé, il a besoin de tous les faits, donc il doit entendre le curé, mais il faudra l'interroger avec dignité et respect. C'est un prêtre, après tout, pas un commerçant d'animaux. Je vais voir avec Québec s'il y a des règles à suivre.

La remarque du juge agace Rosaire Beaudoin, qui ne cache pas sa désapprobation.

— On va quand même pas se laisser mener par le bout du nez par la gang de Québec. On est capables de faire des procès aussi bien qu'eux. J'espère qu'il vous reste un peu de fierté, messieurs.

Le magistrat le toise durement et sort de son bureau.

— Monsieur le greffier, prévenez tout le monde qu'il n'y aura pas de séance cet après-midi. Nous reprendrons demain matin à neuf heures.

Se tournant ensuite vers les deux avocats :

— Le greffier appellera le curé de Saint-Benjamin dès que nous aurons eu des nouvelles de Québec. J'espère qu'il pourra témoigner demain. Pour ma part, je veux relire la transcription du procès de l'abbé Delorme. À demain, maîtres.

Aussitôt, le juge téléphone au bureau du procureur général de la province de Québec pour savoir comment procéder dans le cas d'un prêtre. Souvent, dans des procès, les prêtres sont appelés à témoigner de la bonne ou de la mauvaise conduite d'un fidèle, mais cette situation est fort différente. Il est probable que l'affaire se rende jusqu'au procureur général lui-même, l'honorable Maurice Duplessis, qui s'adonne à être le premier ministre fraîchement élu de la province de Québec.

89

La nouvelle s'est répandue en Beauce et Dorchester à la vitesse du martin-pêcheur quand il plonge dans le lac à Busque. Elle a même fait la une du Soleil de Québec. «Le curé de Saint-Benjamin complice d'un meurtre?» peut-on lire en manchette. Dans les officines du pouvoir, à l'Assemblée législative et à l'Évêché, souffle un vent de panique. Comment étouffer le scandale? Le cardinal Villeneuve a aussitôt dépêché un prêtre de son entourage, spécialisé en affaires juridiques, pour porter secours à Aldéric Vallée.

La veille, le bureau du procureur général de la province a recommandé au juge Cliche de procéder «avec une très grande diligence.» Les avocats du gouvernement ont convaincu l'Évêché de faire témoigner le curé de Saint-Benjamin. «Les accusations sont très graves et le prêtre doit les démentir publiquement pour laver sa réputation.»

Sans oublier les pressions de maître Rosaire Beaudoin, organisateur principal de l'Union Nationale en Beauce, auprès d'un collaborateur du premier ministre. «Va pour la diligence, mais le prêtre doit témoigner. Pourquoi la justice s'écraserait-elle devant la religion?»

Une demi-heure avant la séance du matin, Adélard Cliche convoque les deux avocats pour les inciter à la retenue dans l'interrogatoire du curé.

— C'est un homme d'Église, il a droit à notre respect.

— Mon devoir est de défendre mon client, rétorque Rosaire Beaudoin.

Le juge le prévient qu'il lui permettra de poser toutes les questions pertinentes, mais qu'il n'hésitera pas à l'interrompre s'il dépasse les bornes.

Depuis six heures ce matin, l'entrée du palais de justice de Saint-Joseph-de-Beauce bruisse de curieux, dix fois plus que ne peut en contenir la grande salle du tribunal. La journée est belle. En contrebas, la rivière Chaudière coule paresseusement vers Québec. Quand le curé de Saint-Benjamin apparaît en compagnie de l'abbé René Domingue, la foule se tait. Le prêtre a un diachylon au-dessus de l'œil droit et une longue éraflure sur la joue gauche.

« Je suis tombé », a-t-il menti. Aldéric Vallée est certain que Ryan O'Farrell est le coupable. Qui d'autre ? Ce soir-là, hanche et visage endoloris, il a mis du temps à revenir au presbytère. Pendant deux jours, il n'en est pas sorti, même pas pour chanter la basse messe. Il a soigné ses blessures avec des compresses froides et un onguent poisseux. Était-ce un avertissement ? Jusqu'où ira l'ancien soldat, si Odias est condamné et que le prêtre est exonéré de tout blâme ? Le curé vit dans la crainte. Ses propres paroissiens ne le regardent plus comme avant. Plusieurs s'en méfient. Il sait que ses jours sont comptés à Saint-Benjamin et qu'aussitôt le procès terminé, il se verra confier une nouvelle responsabilité, une plus petite paroisse ou un vicariat. La déchéance !

Le prêtre s'engouffre rapidement dans le palais de justice. Derniers mots vite échangés çà et là, les curieux se bousculent dans son sillage. Deux femmes âgées font leur signe de croix. Tête baissée, le curé entre directement dans la grande salle du tribunal. Le procureur, Antonio Dorion, accueille les deux prêtres et conduit Aldéric Vallée à la barre des témoins. Le prêtre sue à grosses gouttes, les mains moites, les traits ravagés par l'insomnie.

— Debout pour l'entrée de la Cour, ordonne le greffier.

Le juge Cliche jette un rapide coup d'œil au prêtre avant de monter sur son siège.

374

— Procédez.

Le greffier assermente le curé. Des gens dans la salle s'étonnent. Un prêtre obligé de prêter serment? L'avocat de la défense se lève et s'approche lentement du curé.

— Hier, mon client a déclaré sous serment qu'il vous avait rencontré dans le rang Watford, le soir du meurtre de Rachel Brennan. Disait-il vrai?

— Oui.

— Auriez-vous l'obligeance d'expliquer à la Cour ce que vous y faisiez?

— Je sors tous les soirs pour marcher dans ma paroisse. Ça me fait du bien. À l'occasion, je m'arrête pour placoter avec les gens.

— Vous allez souvent dans le rang Watford?

— Pas plus que dans les autres rangs.

— Pourquoi avez-vous dit que ce soir-là, vous étiez allé porter l'extrême-onction à un malade?

Le curé s'agite, souffle dru.

— Je me suis trompé.

L'avocat le regarde longuement, façon de faire comprendre à tous qu'il ne le croit pas.

— De quoi avez-vous discuté avec mon client?

Le curé jette un regard furtif à Odias Bergeron, qui le fixe intensément, un éclair de mépris dans les yeux.

— Il était ivre mort, je lui ai enjoint de cesser de boire.

— Ivre mort? Au point de ne pas pouvoir marcher correctement?

Le curé ne répond pas directement à la question.

— Il puait la bière.

— De quoi d'autre avez-vous parlé?

— Il m'a raconté que Delbert Lagrange n'allait pas très bien et que je devrais le visiter. Il a jouté que Delbert buvait beaucoup depuis quelque temps parce qu'il craignait d'être accusé injustement du vol des animaux. Je m'en veux de ne pas l'avoir écouté, j'aurais probablement pu l'empêcher de se pendre.

L'avocat se tourne vers les jurés, pour s'assurer qu'ils seront très attentifs aux questions suivantes.

— Est-il exact que vous rendiez très souvent visite à Rachel Brennan?

— Pas tellement souvent. Une fois par mois.

— Vous visitez tous vos fidèles une fois par mois?

— Objection, votre Honneur!

Le juge ordonne à Rosaire Beaudoin de ne pas tomber dans l'insinuation, de ne pas faire un procès d'intention au témoin.

— Pourquoi la visitiez-vous si souvent?

Le procureur veut protester de nouveau, mais le juge l'en empêche d'un geste ferme. Le curé explique à la Cour, la voix soudainement tremblotante, que Rachel Brennan vivait seule, qu'il s'inquiétait beaucoup pour elle et qu'il était de son devoir de s'assurer qu'il ne lui arrive rien de mal.

— Je veillais sur elle, comme j'aurais veillé sur ma sœur.

Ryan O'Farrell en a assez entendu. Il se lève en pointant le curé du doigt:

— Hypocrite. Hypocrite! Elle avait peur de lui. Elle le détestait. Tout ce qu'il voulait, c'était de s'amuser avec elle. Vieux cochon! Mais elle t'a résisté, hein? C'est lui qui l'a tuée!

— À l'ordre! À l'ordre!

Dans le vacarme qui s'ensuit, deux constables empoignent Ryan O'Farrell et l'expulsent *manu militari* de la salle d'audience. Le calme met du temps à revenir.

—J'ajourne la séance pour quinze minutes, déclare le juge.

Maeve et Fidélin retrouvent aussitôt Ryan dans un couloir du palais de justice, menottes aux poignets. Un policier l'interroge, calepin en main. Une plainte pour avoir perturbé l'ordre sera portée contre lui. Ses deux amis sont inquiets.

— Ça ne me dérange pas, ça vaut bien ça pour avoir eu l'occasion de dire devant tout le monde que ce curé est un menteur et un assassin.

Au retour, Rosaire Beaudoin reprend son interrogatoire là où il a laissé, même si, pendant la pause, le juge lui a demandé d'accélérer.

L'avocat se gratte le cou du revers de son index, hésite un moment, vérifie une note sur son bureau et s'avance vers le témoin.

— Ces drôles de légumes, des topinambours, je crois, Rachel Brennan vous les avait donnés?

— Il me semble que oui.

Rosaire Beaudoin se mord les lèvres.

— Pourquoi avez-vous dit au détective Gagnon que vous les aviez achetés à Québec après avoir lu une petite annonce dans *L'Action catholique*?

Le curé blêmit.

— Je me suis sans doute mal exprimé, ou j'avais l'esprit ailleurs quand il m'a posé la question. Ça se peut aussi qu'il ait compris de travers, ça lui arrivait souvent.

Prudent Gagnon a une moue amusée. Le seul fait d'avoir obligé le curé à témoigner est une grande victoire.

— Et votre crucifix, qu'on a découvert dans le puits? Comment l'expliquez-vous?

— Je l'ai déjà dit. J'en avais une demi-douzaine et j'en ai donné quelques-uns à mes paroissiens.

— Et à Rachel Brennan?

— Oui.

— À Odias Bergeron?

— Non, mais à Catiche Veilleux.

— D'où vient celui qu'on a retrouvé dans le puits?

— Je n'en ai pas la moindre idée.

— Monsieur le curé, quand vous avez terminé votre conversation avec mon client, que s'est-il passé?

— Je suis reparti au village à pied. J'ai ralenti pour m'assurer d'entendre le moteur du camion se mettre en marche, mais je ne l'ai pas entendu. J'ai songé à retourner voir. Je me suis dit qu'il était tellement saoul qu'il aurait pu tomber ou s'endormir dans son camion. Mais il était déjà tard et je suis rentré au presbytère.

— Revenons à la visite que vous avez rendue à la victime ce soir-là. Vous sortiez de la maison de Rachel Brennan quand vous avez rencontré mon client?

— Oui.

— Pourquoi l'avez-vous visitée?

— Pour la convaincre de se confesser et de communier.

— Vous avez réussi?

— Non.

— Vous l'avez menacée?

—J'ai peut-être élevé la voix, sans plus.

— Était-elle vivante quand vous êtes sorti de la maison?

— Oui, bien sûr.

— La bouteille de bière qu'on a trouvée dans le puits, savez-vous d'où elle venait?

Le curé hésite un moment, regarde Odias Bergeron et laisse tomber:

— Il y en avait une dans la maison de Rachel Brennan, à moitié vide, je l'ai jetée dans le puits.

Odias Bergeron relève vivement les yeux.

— À votre connaissance, Rachel Brennan buvait-elle de la bière?

— Je ne crois pas.

— J'aurais une ultime question, monsieur le curé. Pendant tout le temps que vous avez été là, avez-vous vu mon client entrer ou sortir de la maison de la victime?

— Probablement après que je sois parti, mais...

L'avocat l'interrompt aussitôt.

— Si vous n'y étiez plus, vous n'avez rien pu voir. Répondez à la question. Quand vous y étiez, avez-vous vu mon client entrer ou sortir de la maison de Rachel Brennan?

— Non.

Rosaire Beaudoin a un petit sourire narquois à l'endroit du curé.

— Je n'ai pas d'autres questions.

Le procureur de la Couronne s'avance vers lui.

— J'ai une seule question, monsieur le curé. Vous savez ce que l'accusé a déclaré hier. Qu'en est-il exactement? Avez-vous été impliqué, de près ou de loin, dans la mort de Rachel Brennan?

Odias Bergeron lève les yeux vers le curé, curieux d'entendre ce qu'il dira. Le prêtre serre très fort le rebord de la barre des témoins, respire profondément et se tournant vers le jury, laisse tomber:

— Je n'ai pas tué Rachel Brennan. Le seul fait d'y croire un instant est une insulte à l'intelligence. Je suis prêtre. Cet homme a été le dernier à quitter le rang Watford ce soir-là.

Brouhaha dans la salle. Maeve n'en peut plus. «Menteur!»

Le juge se tourne vers Aldéric Vallée.

— Souhaitez-vous ajouter quelque chose, monsieur le curé?

Il voudrait s'expliquer une dernière fois, pour être bien certain que le jury comprenne qu'il n'est pas coupable, mais l'abbé Domingue, d'un vif mouvement de la tête, lui fait signe de se taire. Nul besoin d'en rajouter et de risquer de desservir sa cause.

— Non, rien d'autre, répond le curé.

— La Cour a entendu tous les témoins, annonce le greffier, nous entendrons demain les plaidoyers des deux avocats. La séance est ajournée.

90

Ryan O'Farrell a été détenu pendant deux heures dans une cellule de la prison attenante au palais de justice. Il a été libéré sous la promesse de comparaître pour répondre à des accusations de méfait public. Il est interdit de séjour dans la salle du tribunal jusqu'à la fin du procès.

Dans la Packard sale de Léonidas Lapierre, qui les ramène à la maison, peu de mots sont échangés. Avant de quitter le palais de justice, Maeve et Fidélin ont promis à Ryan de lui raconter dans le détail les plaidoyers des deux avocats, prévus le lendemain.

Sur le siège arrière, Maeve allonge le bras et saisit la main de Fidélin. Les traits tirés, le visage défait par la douleur. Le témoignage du curé l'a bouleversée. Jusqu'à la fin, elle a voulu croire qu'Odias Bergeron était le coupable. Il en a tous les attributs, mais depuis quelques heures, des doutes l'assaillent. Elle ne peut s'empêcher d'imaginer le drame dans sa tête. Sa sœur était-elle déjà morte, tuée par le curé, quand Odias est entré dans la maison ? Qui, du curé ou d'Odias, a jeté le corps nu dans le puits ? Si Rachel était morte quand Odias est entré et si c'est lui qui a jeté le cadavre dans le puits, pourquoi l'a-t-il fait ? Parce qu'il savait qu'on l'accuserait ? Quand elle soumet ces questions à Fidélin et à Ryan, c'est Léonidas, « la pie », qui répond.

— Odias Bergeron, c'est un bandit de grand chemin. Y a rien à son épreuve, mais y a une chose que j'comprends pas.

380

La voix haut perchée, Léonidas intrigue ses trois passagers.

— Quoi donc? lance Ryan, agacé par le baratin de Léonidas.

Tenant le volant d'une main, le petit homme soulève sa casquette, renvoie sa tignasse de cheveux grisonnants à l'arrière, et expose sa théorie.

— Quand Odias voulait se débarrasser d'un animal mort, y l'mettait sus ses épaules pis y allait l'domper loin dans l'bois. Mon beau-frère l'a déjà vu faire. Y pouvait transporter une taure sus ses épaules. Y était fort comme deux jouaux! S'y avait voulu faire disparaître le corps de Rachel, y l'aurait mis dans son truck pis y s'rait allé le j'ter ben loin dans l'bois.

Léonidas fait une pause, la salive gicle sur ses lèvres.

— C'est c'qui m'fait dire, reprend-il, qu'il était trop saoul pour le faire et que c'est l'curé qui l'a garrochée dans l'puits.

— Qu'est-ce que t'en penses, Ryan? demande Fidélin.

Ryan O'Farrell a les yeux fixés sur la route, dont le tracé s'estompe dans l'obscurité naissante. Il n'en démord pas, le curé a tué Rachel. La théorie de Léonidas ne fait qu'ajouter à ses certitudes.

— Mais ils vont tout faire pour condamner Odias Bergeron et le pendre au plus vite. Il était tellement saoul ce soir-là que sa parole ne vaut rien du tout. Vous verrez, le curé sera nommé dans une autre paroisse et on n'en parlera plus.

— J'ai pour mon dire que c'est en plein ça qui va s'passer, approuve Léonidas. Jamais un curé montera sus l'échafaud dans la province de Québec. On est ben d'trop catholiques pour ça! Pis Duplessis laissera jamais faire ça, même si Beaudoin est son organisateur par icitte. S'y faut, l'pape va s'en mêler!

Comme Ryan, Léonidas devine que le curé sera muté rapidement dans une autre paroisse. Même s'il est blanchi et qu'Odias est pendu, les paroissiens ne lui feront jamais plus confiance. Trop de doutes, d'insinuations et de ragots se sont transformés en certitude. Plus personne ne croit que la perception de la dîme était l'unique raison de toutes ces visites qu'il faisait à Rachel, à des heures aussi tardives.

Arrivé à la maison, Fidélin aide Maeve à descendre de l'auto et la serre dans ses bras. La théorie très plausible de Léonidas n'a rien fait pour atténuer sa douleur.

— Je t'aime, murmure Fidélin.

Elle sourit tristement, en luttant de toutes ses forces pour refouler ses larmes. Au souper, Robertine veut tout savoir du témoignage du curé, mais les trois amis n'ont pas très envie de revenir sur les détails de la déposition d'Aldéric Vallée.

— Moi, déclare Maeve, je souhaiterais qu'ils soient pendus tous les deux par la même corde.

Le souper copieux de Robertine est à peine entamé. L'appétit a disparu. Ryan se retire dans sa chambre, suivi peu après de Maeve et de Fidélin.

— Tu veux dormir avec moi ? propose-t-il.

Maeve fait oui d'un petit coup de tête.

— Le procès va finir demain ou dans les jours suivants. T'es contente de retourner à Québec et d'oublier tout ça ?

Maeve se serre contre lui.

— Je n'oublierai jamais ce qui vient de se passer.

Un long silence tombe sur la chambre. Fidélin cherche encore les bons mots.

— Je t'aime, Maeve.

— Moi aussi, mais j'ai besoin de me retrouver, de réfléchir. Pour l'instant, l'idée de vivre ici m'est insupportable. Mais avec un peu de temps, on pourra peut-être trouver une solution. Peux-tu être patient ?

— Oui. Je te l'ai déjà promis.

— Bonne nuit.

91

Le soleil tente désespérément d'égayer ce matin brumeux, qui enveloppe Saint-Joseph-de-Beauce. Seule la pointe majestueuse de l'église réussit à percer la brouillasse et à s'élancer vers Dieu. Un camion chargé de bois s'engage sur le pont de fer qui le conduit à Saint-Frédéric. Les derniers clients du comptoir-lunch du garage Bourret courent vers le palais de justice.

— À l'ordre. La Cour.

Le juge Adélard Cliche marche lentement, fourbu. Heureusement, le procès tire à sa fin. Il s'assoit, balaie la salle du regard et se tourne vers les deux avocats.

— Maîtres, la parole est à vous.

Le procureur de la Couronne s'approche lentement des jurés.

— Votre Honneur, messieurs les jurés, pendant ce procès, mon confrère s'est surpassé. Il aime les effets de toge, le théâtre, il aurait fait un excellent acteur.

Sourires à peine ébauchés dans l'assistance.

Maître Dorion s'indigne que son collègue parle d'une preuve de circonstance. L'enquête a été minutieuse. Il est évident qu'une main criminelle a tué Rachel Brennan, et cette main ne peut être que celle de l'accusé.

— Maître Beaudoin a employé des arguments injustes pour sauver son client. Tous les témoins ont mis en doute l'honnêteté de l'accusé. Sa vie en a été une de violence, d'intimidation et de petits crimes restés impunis. Un homme violent, craint de tous, qui ne respecte rien ni personne. Un homme froid, capable de tuer un animal pour le plaisir de le voir mourir. Un homme arrogant, méprisant, qui n'a pas daigné répondre à mes questions et se croit au-dessus des lois.

Odias Bergeron a peu réagi depuis le début des plaidoyers. Il a l'air de s'ennuyer comme s'il avait hâte d'en finir. Une ombre de défaite, de résignation dans le visage. Impénitent, il pense à son camion, ses balades dans les rangs des villages voisins du sien. Sa solitude chérie, la nuit, quand le reste du monde dort. Devra-t-il renoncer à tout cela, croupir en prison, mourir sur la potence? Depuis le début du procès, il revoit dans sa tête le film de sa vie. Une vie de déceptions, de jalousie, de crimes et de mépris du bien des autres. Une vie compromise dès sa naissance. Sans jamais avoir fréquenté l'école, il est devenu riche par la force de ses bras et la dépravation de son imagination. L'argent lui a permis de dominer le curé de sa paroisse, de faire fi des autorités et d'obtenir tout ce qu'il voulait. Abandonné par les siens, en deuil de son ami Delbert, son complice de vols d'animaux quand il avait besoin d'aide pour capturer les bêtes, il ne s'est jamais senti aussi seul. Ses enfants, qui le méprisent, ne lèveront pas le petit doigt pour lui venir en aide. Vaut-il la peine de se battre, d'espérer l'acquittement pour retomber dans la vacuité de cette vie sordide? Antonio Dorion le tire de sa rêverie.

— Jusqu'où mon collègue est-il allé pour tenter d'obtenir l'acquittement de l'accusé? Jusqu'à accuser un prêtre. Rien de moins. Son client a tenté d'incriminer un prêtre. Faut-il être à ce point désespéré?

Dans la salle d'audience, pas un bruit. Fidélin a pris la main de Maeve et la serre fort dans la sienne.

— Le soir du meurtre, l'accusé était ivre. Il était tellement saoul qu'il ne se souvient pas de ce qui s'est passé après le départ du curé.

384

Le procureur fait une pause et laisse tomber d'un ton solennel :

— Un homme violent, aux instincts débridés, prêt à tout pour satisfaire ses désirs. Lui aussi convoitait la victime. Regardez-le. Il est bâti comme un taureau. Fort comme il est, avec le tempérament qu'on lui connaît, avec tout ce qu'on sait des faits, tout indique que c'est lui, le meurtrier.

Maître Dorion fouille dans ses notes et revient vers le jury.

— Messieurs les jurés, ne laissez pas cet homme se moquer de la justice encore une fois. Faites votre devoir. Reconnaissez-le coupable du meurtre de Rachel Brennan.

Une vague de grognements balaie la salle. Un frisson court dans le dos de Maeve Brennan. L'avocat s'approche du jury.

— Messieurs les jurés, pour être conforme à la preuve, le verdict doit en être un de culpabilité. Honorable juge, cher collègue, messieurs les jurés, que Dieu vous aide.

L'avocat de la défense, maître Rosaire Beaudoin, bondit aussitôt de son siège. Il a l'habitude des longs plaidoyers spectaculaires, ponctués d'effets de toge irrésistibles. Il a gagné plus que sa part de procès, évitant souvent la prison à des criminels que tout condamnait.

— Messieurs les jurés, vous allez poser l'acte le plus important de votre existence. La vie d'un homme est entre vos mains. Je sais que vous ne rendrez pas votre verdict à la légère. Mon collègue vous dit que vous avez le choix entre mon client et un prêtre. Moi, je vous dis que vous n'avez qu'un choix : la justice. Que l'accusé soit commerçant, prêtre ou avocat, il a droit à la justice.

Suit alors un long silence de maître Beaudoin, le temps de permettre au jury de bien absorber ses premières phrases. Le juge se cale dans son siège.

— Est-il prouvé hors de tout doute que l'accusé a tué Rachel Brennan ? Son décès n'est-il pas plutôt imputable à un accident ? À un suicide ? À d'autres mains que celles de mon client ? La preuve présentée par la Couronne, continue l'avocat, est très mince. Mon honorable collègue ne vous a soumis qu'un tissu de présomptions, de spéculations, de ouï-dire et, je dirais même, d'insinuations malveillantes, de la part de témoins peu crédibles. Sa cause s'appuie sur des placotages, martèle Rosaire Beaudoin, le dépit dans la voix.

«Membres du jury, avez-vous entendu un seul témoin jurer qu'il a vu Odias Bergeron, non seulement tuer Rachel Brennan, mais entrer dans sa maison? Un seul? J'adjure chacun de vous de vous poser la question, car elle est capitale: ai-je le droit d'envoyer un homme à l'échafaud sur des racontars? Notre société en est-elle rendue là?»

Dans la salle, les gens sont fascinés par l'éloquence de l'avocat, ses gestes théâtraux, sa belle indignation.

— Quelle est la dernière personne qui est entrée dans la maison de la victime? lance-t-il, avant de faire une longue pause pour laisser au jury le temps de réfléchir à la réponse. Je vais vous le dire: c'est le curé de Saint-Benjamin...

Le juge Cliche se recale dans son siège. L'avocat de la défense va-t-il trop loin?

— Je ne l'accuse de rien, s'empresse d'ajouter Rosaire Beaudoin d'un ton mielleux. Ce que je veux vous faire comprendre, c'est qu'il était dans la maison de Rachel Brennan, ce soir-là, et que l'accusé n'y était pas.

Quelques bougonnements flous, vite étouffés, montent dans la salle d'audience.

— Messieurs les jurés, je sais que l'affaire est délicate, mais la justice exige que vous examiniez très sérieusement le rôle que le curé de Saint-Benjamin a joué dans ce drame. Comment se fait-il qu'on ait retrouvé son crucifix dans le puits? D'où provenaient les topinambours et les tuteurs de son jardin? Quel était le but de ses visites fréquentes à la victime? Et le soir du meurtre? Il a avoué être entré chez elle. Je pose la question. Que venait-il faire tard le soir? Est-il le dernier à l'avoir vue vivante? Quelqu'un d'autre aurait-il pu s'y trouver avant le curé? Delbert Lagrange, par exemple, qui «l'aimait trop»? Est-ce à dire que c'est lui qui l'a tuée? Ce sont des questions pertinentes. Réfléchissez bien à la réponse que vous leur donnerez, car les conséquences en seront extrêmement graves, et pour mon client, et pour votre âme et conscience.

L'avocat fait une nouvelle pause. Dans la salle, pas un bruit ne perturbe le silence. Un doute fuse dans la tête des gens. Odias Bergeron est-il vraiment coupable? Maître Beaudoin s'approche de la table des jurés.

— J'ai le plus profond respect pour les prêtres. Ils sont l'âme et le cœur de nos belles paroisses. Sans eux, la province de Québec serait livrée sans défense aux forces du mal. Mais les prêtres sont des humains, après tout, et la nature humaine est faible. Je ne dis pas que le curé de Saint-Benjamin a menti au tribunal, je dis...

— Monsieur le procureur! l'interrompt le juge.

Rosaire Beaudoin est contrarié par l'intervention du magistrat, qu'il soupçonne d'avoir déjà fait son lit. Pourquoi l'empêche-t-il de faire son travail? N'est-il pas de son devoir de défendre son client et de convaincre le jury, par tous les moyens?

— Je dis, messieurs les jurés, que vous devez examiner très, très attentivement les agissements du curé.

Rosaire Beaudoin, le dépit dans les yeux, ajoute que la calomnie et les jugements téméraires sont des péchés que l'Évangile réprouve au plus haut point.

— Où est la charité chrétienne? Messieurs les jurés, l'accusé est loin d'être un baise-la-piastre. C'est un bon catholique comme vous, qui n'a jamais hésité à renflouer les coffres de la Fabrique de Saint-Prosper. Savez-vous combien d'argent il a donné à sa Fabrique depuis cinq ans?

L'avocat fait une longue pause pour tirer le maximum de profit de la réponse.

— 200 piastres, deux cents belles piastres du Dominion.

Il regarde longuement les jurés, intimidés, bouleversés par la responsabilité qui leur incombe. L'avocat se prépare à conclure son plaidoyer.

— Messieurs les jurés, l'accusé n'est pas parfait, mais l'êtes-vous?

Rosaire Beaudoin regarde chacun des douze jurés qui ont tous baissé la tête. Le juge Cliche se redresse sur sa chaise, mais ne dit rien.

— Il n'est pas parfait, comme aucun de nous dans cette salle. Je vous implore de le traiter avec justice.

L'avocat prend un ton solennel.

— La société vous a investis du pouvoir de Dieu. Cette heure est la plus grave de toute votre vie. Imaginez votre horreur et vos remords si vous condamniez un pauvre innocent. L'unique verdict raisonnable en est un d'acquittement. Messieurs les jurés, honorable juge, mon cher collègue, merci de votre attention.

Rosaire Beaudoin lève des yeux moqueurs vers Antonio Dorion. À l'évidence, il a semé le doute dans l'esprit des jurés. Les a-t-il persuadés d'acquitter l'accusé ?

Soupir de soulagement dans la salle d'audience. Le juge tape du maillet sur le bureau.

— La séance est ajournée, je ferai mes recommandations aux jurés demain matin.

92

Québec, le 15 novembre 1944

L'honorable juge Adélard Cliche
Palais de justice
Saint-Joseph-de-Beauce
Très honorable juge,

Le procès que vous présidez en ce moment, avec tout le doigté qu'on vous connaît, pourrait avoir de sérieuses répercussions dans la province de Québec. Après une conversation privée, hier soir, le très honorable premier ministre Maurice Duplessis et Son Éminence le cardinal Rodrigue Villeneuve, archevêque de Québec, se sont montrés très inquiets de la tournure des événements. Bien sûr, la justice doit suivre son cours, mais nous craignons que l'acquittement de l'accusé ouvre la porte à des accusations de meurtre contre le curé de Saint-Benjamin, ce qui constituerait un scandale sans précédent dans notre belle province. Laissez-moi vous dire que Sa Sainteté le pape Pie XII s'inquiète du dénouement du procès. Voilà pourquoi votre recommandation aux jurés sera de la première importance.

Depuis le tournant du siècle, un seul prêtre a été accusé de meurtre et il a justement été acquitté, en dépit d'un acharnement judiciaire scandaleux et injustifié contre lui. Aldéric Vallée est un prêtre dont l'évêché est très fier. Il a ses défauts, ses entêtements et il vise un peu trop la perfection, mais nous voyons en lui un futur évêque. L'an dernier, il a distribué 7 972 communions, plus que tout autre curé de la province au prorata de sa population. Ses efforts pour accélérer la colonisation et le développement de la paroisse de Saint-Benjamin sont dignes de ceux de notre illustre et bien-aimé curé Antoine Labelle. Le député de Dorchester et ministre de la colonisation, le très honorable Joseph-Damase Bégin, peut en témoigner. Avec la fin de la guerre qui approche, plusieurs jeunes soldats démobilisés vont rentrer dans leur village et des prêtres comme Aldéric Vallée pourront les convaincre de cultiver le sol ancestral de notre belle patrie.

Honorable juge, votre tâche n'est pas facile, mais notre confiance en votre jugement est inébranlable et nous comptons sur vous pour que justice soit faite.

Bien à vous. Nos prières vous accompagnent.

Raymond Domingue, prêtre et directeur des affaires juridiques.

Évêché de Québec

Adélard Cliche dépose la lettre sur son bureau. L'honorable Maurice Duplessis, le cardinal et même le pape s'en mêlent! Le message est clair, ils n'exigent rien d'autre que la condamnation d'Odias Bergeron. Ces nouvelles pressions l'irritent. Magistrat depuis vingt ans, il n'a jamais eu mauvaise conscience. Mais aujourd'hui, il hésite. Le témoignage d'Aldéric Vallée le fait douter. Ses propos, son attitude, sa nervosité inhabituelle n'inspiraient pas confiance. Un relent de fourberie. Jusqu'où aller pour forcer la main du jury sans renier sa propre conscience? Il se lève, revêt sa toge et entre dans la salle d'audience, remplie à craquer encore une fois.

— À l'ordre! hurle le greffier. Monsieur le juge Adélard Cliche.

Légèrement voûté, le poids d'un procès éreintant sur les épaules, le juge déplie devant lui une feuille de papier sur laquelle il a griffonné quelques notes.

— Je serai bref. Les avocats des deux parties ont fait d'éloquents plaidoyers, mais laissez-moi vous rappeler quelques grands principes. La défense soutient que la preuve telle que présentée n'est que circonstancielle, mais ne l'a pas réfutée pour autant. Je vous recommande donc d'abord de revoir et de discuter très soigneusement entre vous de tous les faits, tels qu'établis lors de ce procès. Examinez la preuve dans son ensemble et si tout concorde, ne vous inquiétez pas. Deuxièmement, sans vous fier aux apparences, vous devez cependant tenir compte du passé et de la personnalité de l'accusé.

« Troisièmement, je vous rappelle instamment que le curé de Saint-Benjamin n'est pas accusé de quoi que ce soit. Il a démenti les insinuations faites à son endroit. Ce n'est pas du curé qu'il s'agit, mais de l'accusé ici présent.

« Comme votre serment vous y oblige, votre verdict doit être basé sur la preuve, la seule preuve qui a été faite devant vous. »

Le juge Cliche fait une pause, boit un peu d'eau. Doit-il s'arrêter maintenant ou doit-il faire part au jury des réserves habituelles? Aura-t-il jamais l'âme en paix s'il ne le fait pas?

— Si vos délibérations vous conduisent à conclure qu'il reste un doute raisonnable sur la culpabilité de l'accusé, vous devez l'acquitter. Dans le cas contraire, votre devoir est de le condamner. Avec l'aide de Dieu, vous ne vous tromperez pas.

« Messieurs les jurés, retirez-vous et commencez vos délibérations. Votre président voudra bien informer le greffier quand vous aurez un verdict. La Cour est levée. »

Une fois le juge parti, les jurés quittent la salle. Espérant un jugement rapide, plusieurs curieux s'assoient dans les marches du palais de justice pour être bien certains d'être les premiers à entendre le verdict et, espèrent-ils, la sentence.

93

Le jury délibère depuis six jours. Pourquoi si longtemps? Pourquoi est-ce si compliqué de condamner un commerçant véreux? À Québec, politiciens et gens d'Église tremblent d'inquiétude. La Beauce créera-t-elle le scandale? La veille, le président Gédéon Lacasse a demandé à rencontrer le juge Adélard Cliche. Les douze jurés sont dans une impasse. Au départ, cinq jurés voulaient libérer Odias Bergeron. Quatre d'entre eux se sont finalement ralliés à leurs collègues. Onze des douze jurés croient qu'Odias est coupable. Mais le dernier résiste farouchement. «Pas un seul témoin a vu l'accusé entrer ou sortir de la maison de la victime», répète-t-il à ses collègues.

— Vous devez le convaincre, insiste le juge, sinon le procès se terminera en queue de poisson, sur un désaccord du jury.

Il faudra une journée additionnelle à Gédéon Lacasse et aux autres jurés pour dénouer l'impasse. Au matin du septième jour, les traits tirés, la barbe longue, les cheveux huileux, le regard éteint, les douze hommes reviennent devant le juge. Le moment, celui que tous attendent depuis le début de ce spectaculaire procès, est solennel. L'heure est grave. Le greffier se lève, lit l'acte d'accusation et s'adresse à l'accusé.

— Odias Bergeron, levez la main droite.

Puis, se tournant vers les jurés, le greffier leur demande:

— Messieurs, trouvez-vous l'accusé coupable ou non du crime qu'on lui impute?

392

Le président, Gédéon Lacasse, mince comme une quenouille, s'appuie sur le rebord de la balustrade et d'une voix molle, donne la réponse au nom de ses confrères :

— Nous le trouvons coupable.

La foule frémit, stupeur et satisfaction. Quelques mots glissés à l'oreille du voisin. Hochements de tête approbateurs. Se tournant vers l'accusé, le greffier lui demande :

— Odias Bergeron, avez-vous quelque chose à dire pour qu'un tel verdict de culpabilité ne soit pas rendu contre vous ?

Froidement, l'accusé toise le jury, dévisage le greffier et plonge ses yeux haineux dans ceux du juge.

— Batinse, j'sus pas coupable.

La voix est forte, presque un cri. De longs frissons courent dans le dos des spectateurs. Une pause interminable s'ensuit. Le malaise est partout. Un vieil homme se racle la gorge. Le juge se tourne vers le jury.

— Messieurs du jury, le verdict rendu est suivant mon opinion.

Bourdonnement d'anticipation dans la salle d'audience. Les traits sont crispés, creusés par la gravité du moment. Odias Bergeron a baissé la tête. Impossible de voir sa réaction. Son avocat lui met la main sur l'épaule, mais ne réussit pas à croiser son regard.

— Silence, s'il vous plaît !

Le juge sort de la salle d'audience et revient peu après, ganté de noir pour le prononcé de la sentence.

— Vous avez été trouvé coupable par vos pairs du meurtre de Rachel Brennan. Pour obéir à la loi, je dois prononcer sur vous ces terribles paroles. Odias Bergeron, époux de feu Thérèse Lacroix, je vous condamne à la peine de mort. L'exécution aura lieu à Montréal dans la cour de la prison de Bordeaux, où vous serez détenu jusqu'à la date de l'exécution et serez pendu par le cou jusqu'à ce que mort s'ensuive. Que Dieu vous aide et vous protège.

Dans la grande salle du tribunal, tous les spectateurs ont perdu l'usage de la parole. Le juge tarde à quitter son siège, comme s'il regrettait la décision qu'il vient de rendre. Maître Antonio Dorion fixe le vide, réfléchissant à l'énormité de la conclusion. De l'autre côté de l'allée centrale, maître Rosaire Beaudoin est impassible. Il fera appel, convaincu de pouvoir démontrer que le juge a failli à son devoir d'impartialité. Les constables s'approchent du condamné, lui saisissent le bras avec ménagement et le ramènent en cellule. Odias Bergeron est imperturbable.

94

Deux ans plus tard

Barbotte hésite, avance doucement, remue la queue et, reconnaissant le visiteur, bondit vers lui.

— Barbotte, tu m'as reconnu!

Ryan O'Farrell revient dans le rang Watford pour la première fois depuis la fin du procès pour le meurtre de sa bien-aimée.

— Fidélin, viens voir, vite!

Un nourrisson dans les bras, Maeve sautille de bonheur sur la galerie de la maison. Fidélin accourt aussitôt et se précipite vers Ryan. Longue accolade des deux hommes, sous le regard attendri de Maeve. Ryan se libère et s'avance vers elle. Il l'embrasse sur la joue et laisse libre cours à ses larmes. Il s'essuie les yeux du revers de sa manche et caresse le visage du bébé, une jolie fillette nommée Rachel, Fulmina, Marie Vachon.

— Rachel? répète Ryan, un sanglot dans la voix.

— Oui.

Maeve a longtemps cru qu'elle ne pourrait jamais avoir d'enfant. Le médecin l'a rassurée. «Soyez patiente, ça viendra.» La naissance de Rachel l'a comblée et redonné un sens à une vie que le grand amour de Fidélin n'arrivait pas toujours à satisfaire pleinement.

Une semaine après son retour à Québec, deux ans auparavant, Maeve a sauté dans le train, bagages en main, et est revenue à Saint-Benjamin. Ils ont bâti une maison sur l'emplacement de celle de Rachel et se sont mariés devant le nouveau curé de la paroisse.

Ryan O'Farrell essuie une nouvelle larme, brisé par l'émotion. Son retour a ravivé une douleur pas encore guérie. À la demande de Maeve, il a accepté d'être le parrain du bébé. Robertine en sera la marraine. Celle-ci s'avance à son tour vers Ryan et le prend dans ses bras, la gorge nouée.

Depuis deux ans, Ryan étudie à Montréal. Il deviendra bientôt avocat. Il n'a pas hésité à acquiescer à la proposition de ses amis. Il s'était promis de revenir à Saint-Benjamin dès que possible, pour se recueillir sur la tombe de Rachel. Il ira tout à l'heure. Deux ans plus tard, son souvenir ne le quitte pas. Il ne l'oubliera jamais.

Soudain, il entend un gazouillis, mélange de rires nerveux et de pleurs. Ryan se retourne. Branlant comme roseau fouetté par le vent, Catiche ne sait pas comment se mêler au groupe. De grosses larmes lui coulent sur les joues. Ryan s'en approche, lui ouvre les bras, le serre fort contre lui, sa main caressant longuement les cheveux de Catiche. Barbotte, ralenti par l'âge, les observe de ses yeux doux, bienveillants. Rachel Vachon tire de ses petits poings sur la blouse de Maeve, elle a faim.

95

Odias Bergeron sera pendu. Débouté par la Cour du Banc du Roi, son appel n'a pas eu plus de succès devant la Cour Suprême du Canada, qui a refusé d'ordonner un nouveau procès.

Malgré tout, le doute subsiste. Avant d'être pendu, Odias aurait dit à un autre prisonnier que Rachel Brennan était nue et inconsciente quand il est entré dans sa maison. Pris de panique, sachant qu'on l'accuserait du crime, il a jeté le corps dans le puits pour le faire disparaître, mais dans sa précipitation, il s'est enfui sans voir que les pieds du cadavre s'étaient pris à la margelle. Mais le procureur adjoint de la province de Québec a jugé que les «placotages de prisonniers» ne justifiaient pas la tenue d'un nouveau procès.

La manchette de *L'Action catholique*, «À bout de recours, Odias Bergeron sera pendu», fait courir un frisson dans le dos d'Aldéric Vallée. Ce terrible drame ne le laisse plus jamais en paix. Il aura maintenant deux morts sur la conscience. Ce soir-là, l'envie était trop forte. Il a défoncé la porte, repoussé le chien d'un coup de pied et assommé Rachel. Deux solides coups de poing à la tête. La soutane est tombée.

Quand il est ressorti, il a croisé Odias Bergeron, complètement ivre. Les deux hommes se sont disputés, le curé lui a ordonné de s'en aller. «Va-t'en chez vous.» Odias n'était pas...

— Monsieur le curé?

La servante le tire de son cauchemar.

— Il y a un homme qui veut vous voir. Il dit qu'il est un vieil ami.

Le curé cherche à deviner de qui il s'agit.

— Faites-le entrer.

Il dépose le journal sur son bureau. Curé de Saint-Alfred de Beauce depuis son départ de Saint-Benjamin, Aldéric Vallée se promet de chanter une grand-messe pour le repos de l'âme d'Odias Bergeron, mais en apercevant le visiteur, ses jambes fléchissent.

— Vous?

Prudent Gagnon tend la main au curé. Que lui veut-il?

— Je passais par ici, dit Prudent Gagnon, en allant voir le ramancheur de Saint-Victor, précise-t-il. Je me suis étiré quelque chose dans le dos. Et maintenant que je suis à la retraite, j'ai du temps pour mes amis.

Le curé grimace. Mais que doit-il craindre d'un policier à la retraite?

— Désolé d'entendre cela, déplore le curé, sans l'inviter à s'asseoir, espérant que la visite sera de courte durée.

— Je vois que vous lisez le journal. Triste nouvelle, hein?

De petits gestes saccadés de la tête, le curé marque sa désapprobation.

— Odias Bergeron est l'être le plus méprisable que j'ai rencontré dans ma vie.

— Peut-être, mais moi, réplique l'ancien policier, je me pose des questions. Je me demanderai toujours si j'ai pas contribué à faire condamner un innocent.

— Comment ça?

Prudent Gagnon met du temps avant de répondre.

— J'imagine qu'un prêtre a des envies comme tout le monde?

398

Aldéric Vallée a un sourire méchant.

— Puisque votre âme est tourmentée, insinue-t-il, ne devriez-vous pas vous confesser, au lieu d'essayer de vous décharger de vos fautes sur les autres?

Prudent Gagnon fixe le curé intensément. Mais avant qu'il reprenne la parole, le prêtre s'approche de lui.

— Vous vous êtes planté, encore une fois, comme à Sainte-Marguerite, sauf que cette fois, ce n'est pas un criminel qui a été acquitté par votre incompétence, mais un innocent qui est mort à cause de vous. Maintenant, si vous voulez bien m'excuser.

Le curé se dirige vers la porte, l'ouvre et, avec un sourire forcé, pousse Prudent Gagnon à l'extérieur. Prudent fait deux pas, s'arrête, se retourne. La porte du presbytère claque derrière lui.

96

Très chère Rachel.

Je reviens de Saint-Benjamin. Je n'y étais pas retourné depuis ta mort. Je voulais me donner un peu de temps avant de retrouver cet univers. Laisser derrière moi la haine et la violence qui m'habitaient. Je ne serai jamais capable de pardonner à tes bourreaux, mais je n'ai plus envie de vengeance. J'ai retrouvé la paix.

Je ne cesserai jamais de penser à toi. Pas un jour, une minute, une seconde ne passent sans que je ressente tes caresses, tes yeux posés sur moi, ce sourire qui m'éblouissait. Sans que je retrouve le goût de ta bouche, la chaleur de ton corps. Sans que mes mains se perdent dans tes cheveux. Sans que je réinvente nos longues discussions, nos courses folles en forêt, tous ces merveilleux moments en ta compagnie.

Toujours tu me guides dans la tempête. Tu m'aides à retrouver le soleil par matins brumeux. À dormir quand le tonnerre gronde. Ton nom enlumine les pages de mes livres de droit. Je l'ai écrit en bleu sur les murs de ma chambre. Parfois, il me tire un sourire, une moue de regret, des larmes.

De retourner à Saint-Benjamin a malmené mon cœur. La blessure ne guérira jamais. Mais de me rapprocher de toi, de te retrouver au cimetière, de toucher la terre qui te recouvre, de te sentir vivre dans le bruissement des feuilles de topinambours m'a fait du bien.

Et tu m'as fait rire. Abandonné depuis un an, parce que trop petit, le cimetière est envahi par les topinambours. Tu t'es bien vengée! Ils poussent partout, ombrageant les pierres tombales, éclipsant complètement celle de Delbert Lagrange. Beau pied de nez à tous ces gens qui t'ont méprisée. Belle façon de leur dire qu'ils ne te détruiront jamais.

Maeve et Fidélin sont resplendissants. Tu devrais voir la petite Rachel! Eh oui, c'est le prénom que Maeve lui a donné, sa façon à elle de te garder à ses côtés, de se faire pardonner ses fautes passées. Mon ami Fidélin veut être maire. Maeve et Robertine s'en inquiètent. Je l'ai encouragé. Saint-Benjamin mérite un maire de son calibre, après l'imbécile de Médée Lévesque qui a dirigé la paroisse trop longtemps.

Catiche et Barbotte ont vieilli. Dézeline pense que le chien a au moins quinze ans et qu'il n'en a plus pour très longtemps. Il est souvent couché, le museau entre les deux pattes de devant, comme lorsqu'il m'attendait au retour des chantiers de la Brown. Sa disparition sera un coup terrible pour Catiche. Il a changé lui aussi. Je l'ai trouvé tellement plus calme. On dirait que ses yeux ont retrouvé la vie, qu'il voit et comprend tout ce qui se passe autour de lui, mais qu'il préfère rester à l'écart. J'ai voulu l'emmener au cimetière, il a refusé. Trop douloureux, j'imagine.

Mon amour, tu vivras toujours en moi. Je t'aime.

Ryan

DANIEL
LESSARD

Daniel Lessard, journaliste politique, vétéran de la tribune parlementaire à Ottawa et commentateur politique de premier plan à la télé et à la radio de Radio-Canada, est né et a grandi à Saint-Benjamin, en Beauce, lieu que respirent les trois volumes de *Maggie*, sa grande saga beauceronne, ainsi que *Le puits*, son quatrième roman. Suivez Daniel sur Facebook, visitez son site Internet: www.daniellessard.ca ou écrivez-lui à dlessard1947@yahoo.ca

AUX ÉDITIONS PIERRE TISSEYRE

DONALD ALARIE
Les Figurants

HUBERT AQUIN
L'antiphonaire

YVES E. ARNAU
Laurence
La mémoire meurtrie
Les Olden. La suite

C. BERESFORD-HOWE
Le livre d'Ève
Cours du soir

GÉRARD BESSETTE
Anthologie
d'Albert Laberge
La bagarre Le libraire
Les pédagogues

ALAIN BORGOGNON
Le cancer

FRANCIS BOSSUS
Tant qu'il pleuvra
des hommes
Quand la mort est
au bout
La couleur du rêve
La tentation du destin

JEAN DE BRABANT
Rédigez vos contrats

MOLLEY CALLAGHAN
Telle est ma bien-aimée
Cet été-là à Paris
Clair-obscur

EMILY CARR
Klee Wick
Les maux de la croissance

JEAN-CLAUDE CASTEX
Les grands dossiers
criminels du Canada
(deux volumes)

LAURIER CÔTÉ
Zangwill
Abominable homme
des mots

PIERRE DESROCHERS
Ti-cul Desbiens ou le
chemin des grèves
Les années inventées

JACQUES GAUTHIER
Chroniques de l'Acadie
(quatre volumes)

LOUIS GAUTHIER
Anna
Les grands légumes
célestes vous parlent

DIANE GIGUÈRE
L'eau est profonde
Le temps des jeux
Dans les ailes du vent
L'abandon

MONIQUE DE GRAMONT
Le maître du jeu

CLAUDE JASMIN
La corde au cou

DENNIS JONES
Le plan Rubicon
Palais d'hiver

SUSANNE JULIEN
Mortellement vôtre
Œil pour œil
Le ruban pourpre

JACQUES LAMARCHE
  Ils auront trente ans

ANDRÉ LANGEVIN
  Une chaîne dans le parc
  Évadé de la nuit
  L'Élan d'Amérique
  Poussière sur la ville
  Le temps des hommes

JACQUES LANGUIRAND
  Klondyke

STEPHEN LEACOCK
  Un grain de sel

FRANÇOISE LEPAGE
  Paule Daveluy ou
    La passion des mots

DANIEL LESSARD
  Maggie
  La revenante
  Le destin de Maggie

LAURA LESSARD
  Je suis Laura… pour
    le meilleur et pour
    le pire.

FRANÇOISE LORANGER
  Une maison… un jour
  Encore cinq minutes,
    suivi de Un cri qui
    vient de loin

LOUISE MAHEUX-FORCIER
  Amadou
  Appassionata Arioso
  En toutes lettres
  Neige et palmiers
  Le cœur étoilé
  Le piano rouge
  Le sablier
  L'île joyeuse
  Paroles et musiques

  Un jardin défendu
  Un parc en automne
  Une forêt pour Zoé

ANDRÉ MALTAIS
  Le réveil de l'aigle

CLAIRE MARTIN
  Dans un gant de fer
  Doux amer
  Moi, je n'étais qu'espoir
  Quand j'aurai payé
    ton visage

MARIO MASSON
  L'autoroute de
    l'information

FLORENCE MENEY
  Rivages hostiles

W.O. MITCHELL
  Qui a vu le vent?

PIERRE-YVES MOCQUAIS
  Hubert Aquin ou la
    quête interrompue

ROGER MODOLONI
  L'aube du temps
    qui vient

JEAN PALARDY
  Les meubles anciens
    du Canada français

ALICE PARIZEAU
  Côte-des-Neiges
  La charge des sangliers
  L'amour de Jeanne
  Les lilas fleurissent
    à Varsovie
  Les militants
  Ils se sont connus
    à Lwow

ROGER POUPART
  La grossesse de Roger